La mujer que no existió

La mujer que no existió

Kate Moretti

Traducción de Laura Fernández

Rocaeditorial

Título original: *The Vanishing Year*

© 2016, Kate Moretti

Primera edición: noviembre de 2018

© de la traducción: 2018, Laura Fernández
© de esta edición: 2018, Roca Editorial de Libros, S. L.
Av. Marquès de l'Argentera 17, pral.
08003 Barcelona
actualidad@rocaeditorial.com
www.rocalibros.com

Impreso por LIBERDÚPLEX, S.L.U.
Sant Llorenç d'Hortons (Barcelona)

ISBN: 978-84-17092-33-7
Código IBIC: FF; FH
Depósito legal: B. 22874-2018

RE92337

Para mi madre.
Estoy segura de que este libro tendrá el
argumento suficiente para ti.

1

Nueva York, abril de 2014

Últimamente he soñado mucho con mi madre. No con Evelyn, la única madre que he conocido, la mujer que me crio y me dio amor y me enseñó a nadar en las frías aguas del lago Chabot, a hacer un meloso pastel de pacanas, a pescar con mosca. He pensado mucho en Evelyn durante los cinco años que han pasado desde que murió. Diría que he pensado en ella cada día.

Pero en los últimos tiempos no dejo de soñar con la madre que nunca llegué a conocer. La imagino con dieciséis años, dejándome al cuidado de las enfermeras de la unidad de recién nacidos. ¿Me daría un beso en la frente? ¿Contemplaría los diminutos dedos arrugados de su bebé? ¿O simplemente se escabulló, lo más rápido que pudo, medio encorvada, tratando de pasar inadvertida para que nadie la viera, hasta que cruzó las puertas y salió a la noche donde pudo volver a respirar?

Podría haber nacido en los lavabos del baile de graduación o en el asiento trasero del coche de sus padres. Prefiero imaginar que era una chiquilla asustada. Lo único que sé de ella es su nombre: Carolyn Seever, y es muy posible que sea falso.

Mis sueños son incoherentes, una explosión de colores estridentes y luces cegadoras. A veces Carolyn me está salvando de un asesino sin rostro y otras veces ella es el asesino sin rostro, y me persigue con cuchillos por escaleras de caracol que parecen infinitas.

Incluso cuando estoy despierta, cortando verduras para una ensalada o tomando notas para una reunión de la junta de dirección, me disperso, me pierdo en una ensoñación en la que me imagino qué estará haciendo ella en ese momento o me pregunto si tendremos el mismo pelo oscuro e ingobernable o la misma letra. Me hago preguntas acerca de las peculiaridades biológicas que habré heredado de alguien a quien no conozco y, a veces, vuelvo en mí en medio de la cocina asiendo un enorme cuchillo de carnicero mientras la lechuga se queda lacia en la encimera. He perdido bastante tiempo de esta forma.

Me pregunto si estaría orgullosa de la mujer en la que me he convertido.

La gala benéfica de CARE, la asociación que vela por el bienestar y la educación de niños desamparados, empieza dentro de una hora. Me paseo por el dormitorio. Nunca la he presidido y no me puedo permitir el lujo de estar distraída y, sin embargo, aquí estoy, perdiendo el control cuando menos me conviene.

—Relájate, Zoe, estoy convencido de que has hecho un gran trabajo. Como siempre.

Henry se me acerca por detrás. Sus enormes manos rozan mi clavícula mientras me abrocha el cierre del collar de perlas de agua dulce alrededor del cuello. Cierro los ojos y me relajo contra su sólida figura, todavía musculosa a pesar de sus cuarenta años. Me besa el hombro derecho desnudo y deja resbalar la mano por mi costado. Noto el calor de la palma de su mano contra la seda ajustada de mi vestido y me vuelvo para besarle. Doy un paso atrás y contemplo su esmoquin. Su engominado pelo rubio y su recio mentón le confieren una imagen poderosa, o quizá solo se deba a su forma de mirar a la gente, incluso a mí. Me está observando con la cabeza ladeada.

—¿Qué?

—Creo que el diamante solitario quedaría impresionante con ese vestido —sugiere con delicadeza, y yo me quedo parada.

Cruza el dormitorio, abre la caja fuerte y saca uno de los muchos estuches de terciopelo que hay dentro. Observo cómo extrae con habilidad una cadena fina muy brillante, vuelve a meter el estuche en la caja fuerte y hace girar la rueda en la dirección de las agujas del reloj. Me encanta la curva que le dibuja el cuello mientras examina el collar, la pequeña hendidura que le aparece por detrás de la oreja y la pendiente que se inicia justo por donde le nace el cabello; los mechones que se curvan ligeramente en la nuca, me dan ganas de enterrarle las uñas en el pelo. Adoro las largas líneas de su cuerpo e imagino su espalda por debajo de las capas de tela gruesa, llena de pendientes pronunciadas y valles. Me fascina esa sonrisa suya casi imperceptible con la que me provoca mientras me hace un gesto para indicarme que me dé la vuelta. Obedezco y él me quita las perlas y me abrocha el solitario con habilidad. Me vuelvo para mirarme al espejo y una pequeña parte de mí está de acuerdo: el diamante queda precioso. Es grande, cinco quilates, y descansa sobre la ancha abertura de mi vestido sin tirantes, la punta de la lágrima roza seductoramente mi escote generoso. Como siempre, Henry me despierta sentimientos encontrados. Disfruto de su carácter autoritario, de la fuerza que imprime a sus opiniones, que nunca son meras sugerencias. O quizá se deba a que es muy distinto a mí: tan decidido, tan seguro.

Pero me gustaban las perlas.

—Me parece un poco ostentoso para lucirlo en una gala benéfica, ¿no? —Acaricio el contorno del diamante con el dedo mientras le miro a través del espejo. Él pasea la mirada por el reflejo de mi cuerpo—. El tamaño del diamante —le aclaro.

Niega suavemente con la cabeza.

—A mí no me lo parece. Ya sé que es una gala benéfica a favor de los niños, pero las únicas personas que asisten a esta clase de cosas son ricas. Ya lo sabes. Sirve tanto de escaparate para el organizador como para lo demás. Todo el mundo te estará mirando.

Me apoya las manos en los hombros.

—¡Para! Me estás poniendo nerviosa.

Ya estoy muy alterada, y mi cabeza no deja de repasar cada detalle. Ya he asistido a algunos de estos eventos en calidad de delegada, pero nunca he presidido ninguno. Habrá mucha gente, todo el mundo estará pendiente de mí, y al pensarlo se me acelera el corazón.

Ya llevo más de un año con Henry y todavía no he dejado de sentir la necesidad de demostrar mi valía. Esta será la primera ocasión en la que acapare todo el protagonismo. Mi puesta de largo, por decirlo de alguna manera. Y me siento como una tonta. Lo estoy arriesgando todo para conseguir un poco de aprobación. Aunque estas cosas no se las puedo contar a Henry, ni a nadie.

Las palmas de sus manos están frías y son pesadas. Nos quedamos en esta postura durante un tiempo indefinido, mirándonos a los ojos a través del espejo. Como siempre, no sé lo que está pensando. No tengo ni idea de si está contento o complacido, ni de ninguno de los sentimientos que ocultan sus palabras. Su mirada es hermética, velada, y tiene un gesto un poco triste en los labios. Me da una beso en el cuello y cierro los ojos.

—Estás preciosa —susurra, y, por un segundo, se le suaviza la firmeza de los pómulos, se le abren un poco los ojos y la rigidez de su boca, de su barbilla, parece relajarse. Su rostro se abre para mí y puedo descifrarlo. Me pregunto cuántas mujeres afirmarán también que su marido las confunde. La mayor parte del tiempo Henry es un libro cerrado, su rostro es una pátina regular, la expresión que luce en el dormitorio es la misma que tiene en la sala de juntas, y yo tengo que descodificarlo, rastrear el significado de sus cautas reacciones. Pero en este momento me está mirando expectante.

—Estaba pensando en Carolyn.

Hago una mueca. Ya sé que no es momento para hablar de esto. Quiero retirar las palabras. Él esboza una sonrisita.

—Ya hablaremos luego. Vamos a pasarlo bien, ¿de acuerdo?

Se mete la mano en el bolsillo y saca el móvil. Sale de la habitación y mi espalda se queda fría, añora su calor. Tengo los hombros más ligeros, y cuando me vuelvo a mirar al espejo me doy cuenta de que estoy con la boca abierta, como si fuera a pedirle que volviera.

No es que se oponga a que quiera encontrar a Carolyn, solo le impacienta mi repentina obsesión. No cree que estas cosas acaben bien, y es la clase de hombre que respeta «la situación actual»; él podría haber utilizado estas palabras para describirlo. No entiende la necesidad que tengo de hacerlo. «Me tienes a mí —me dice cuando saco el tema—. Nos tienes a nosotros, nuestra vida, la que tenemos ahora. Ella te abandonó.»

Creo que se lo toma como algo personal.

Llevamos casi un año casados y tenemos el resto de nuestras vidas para «complicar las cosas». Pienso en las parejas que se ríen y comparten sus respectivos pasados, sus recuerdos de infancia y los amores perdidos. Henry piensa que todas esas conversaciones son innecesarias, triviales. Es de la clase de personas cuya existencia discurre por una línea recta y que tiene la cabeza llena de cosas que hacer y objetivos. Divagar es cosa de holgazanes y soñadores. Y, desde luego, reflexionar sobre lo que ha quedado atrás es un esfuerzo completamente innecesario; no se puede cambiar el pasado. Una vez le confesé que cuando iba a la universidad tenía un diario, una libreta donde anotaba fragmentos de poesías, citas que había ido reuniendo, fracciones de mi vida. Henry ladeó la cabeza y frunció el ceño, la mera idea le resultaba inconcebible.

Y, sin embargo, aquí estoy. Esta casa. Este hombre. Esta vida. A pesar de las inseguridades que parecen seguirme a todas partes como un gato callejero. Miro mi reflejo. Cuando levanto la mano para tocar el diamante que descansa en mi garganta, engastado en una montura tan grande como una fresa, me veo la delgada cicatriz rosa que zigzaguea horizontalmente por mi muñeca derecha.

Sus pasos seguros resuenan en el suelo de teca y su voz grave de barítono resuena en las paredes cuando pide que nos preparen el coche. Hora de irse.

Siempre me ha atraído la elegancia y creo que es culpa de la fascinación que Evelyn sentía por el dinero. Es muy fácil dejarse deslumbrar por el dinero cuando no lo tienes. Pero al contrario que Evelyn, yo no busco la brillante fachada retocada de la fama, la sensación que da poder gozar del privilegio de la comodidad. Yo prefiero los pequeños detalles: líneas limpias y un diseño elegante. Le doy importancia a que los *California rolls* estén pasados de moda, o a que las bolsas de los regalos reflejen bien un tema. Me encanta la mezcla de brillantes dalias puntiagudas con margaritas blancas, un contraste de clasicismo y diversión, el resultado, cargado de gracia y elegancia, suscita un suave jadeo: «La verdad es que no suelo fijarme en los centros de mesa, pero este es exquisito». Pienso en los detalles, en el color de la mantelería: «¿Combinará con el estambre de color amarillo mantequilla que brota del centro del lirio?». En el vino, en el plato principal, «el cordero es un gusto adquirido». Cuando me ocupo del diseño, tanto si se trata de un adorno floral como de la decoración de una gala benéfica, me siento cómoda. En ese momento siento que soy yo misma, quienquiera que sea en ese momento. Esta ha sido la única constante de mi vida.

Las escaleras de la Biblioteca Pública de Nueva York están iluminadas con cientos de velas sin llama que lucen gracias a la magia del diseño, el viento no les afecta. El mármol blanco del Astor Hall brilla con una luz de color azul intenso. Entre las columnas de dos metros forradas con lirios blancos y verdes asoman enormes instalaciones de luces que evocan árboles desnudos a punto de florecer. Hay luces blancas encendidas encima de casi cualquier superficie. Las mesas están iluminadas por unos focos en tonos azules y verdes. Es un bosque encantado, coronado con mariposas de cristal suspendidas en lo alto. Metamorfosis. Qué apropiado.

Henry me posa la mano en la espalda y se me acerca al oído:

—Zoe, esto es precioso.

Su aliento huele tan dulce como el caramelo hilado.

—Tenías razón, ¿era esto lo que esperabas? —bromeo.

Henry fue quien sugirió que celebrásemos la gala benéfica en la Biblioteca Pública de Nueva York.

El vestíbulo está más bonito de lo que podría haber imaginado, mejor que en mis tontos bosquejos. Giro sobre mis pies para empaparme de los detalles, esa elegancia que tanto me gusta: las mesas de seis comensales, perfectas para mantener una conversación íntima, los centros de mesa de cristal con forma de árbol, las ramas blancas orientadas hacia el techo que sostienen algunas mariposas con las alas de cristal. Todas las mesas están adornadas con plantas, pequeños ramos silvestres metidos en Mason Jars cubiertos de escarcha y lirios en miniatura. La sensación general es la de estar entrando en un bosque encantado, pero sin duendecillos traviesos. Todo reluce, nos rodea un brillo blanco y verde.

14

Pienso en llamar a Lydia, las flores son preciosas. La Fleur d'Élise se ha encargado del evento, como favor personal hacia mí, aunque mis conversaciones con Lydia han sido estrictamente profesionales. Noto esa punzada de dolor que tan bien conozco debido a la pérdida.

Las paredes están forradas con información sobre CARE, todo con muy buen gusto. Son fotografías en blanco y negro de galas anteriores, menos elegantes pero más «reales», porque los ricos suelen afirmar que quieren que sea algo «real», un concepto que siempre me ha hecho reír. La gente asegura que desea autenticidad, otra palabra que se utiliza mucho en estas galas, y, sin embargo, nunca se ve a hombres como Norman Krable, uno de los ciudadanos más ricos de Nueva York, en los parques infantiles nuevos o en algún orfanato después de posar para la foto de la inauguración. Me esfuerzo mucho para que no me afecten esas cosas. Y, aun así, ahí están las fotografías en blanco y negro, reales y auténticas, donde aparecen las sonrisas abiertas de los niños huérfanos, negros y blancos, asiáticos e indios, latinos e hispanos. Niños que no comprenden el racismo o el odio, solo el gélido rechazo de la negativa de una familia de adopción. Sé como se llaman algunos de ellos, pero no todos, y no puedo evitar preguntarme si soy mejor que los Norman Krables del mundo.

—Zoe, creo que todo ha quedado precioso. —Francesca Martin se acerca caminando hacia mí con energía y sus tacones repican contra el suelo de mármol—. Solo una cosa, habíamos elegido mantelería blanca, pero ven, mira. —Me lleva a una mesa de la esquina y el blanco se ve muy duro, cegador y basto bajo la luz azul. La mesa que hay al lado absorbe el azul con naturalidad, el mantel suaviza la luz de alguna forma, pero no consigo distinguir el color—. Es un mantel de color lavanda. ¡Ya lo sé! —Levanta una mano y niega con la cabeza—. El color lavanda está pasado de moda, créeme, ya lo sé. Es como de hace tres primaveras, y la verdad es que no tengo ni idea de si se volverá a poner de moda, pero creo que con la luz azul el blanco es demasiado. Ni siquiera se nota que es de color lavanda. El verde y el azul lo compensan.

—Es muy tarde para hacer cambios de última hora.

Me muestro escéptica, pero Francesca no es la coordinadora de eventos de la Biblioteca Pública de Nueva York porque sí. Tiene un instinto finísimo, impecable. Le muestro mi aprobación y uno de los empleados de Francesca cambia los manteles. El brillo de la sala se suaviza al instante y reina un resplandor intenso.

La gala benéfica es un acto relativamente pequeño: solo asistirán doscientas personas. No es la clásica cena formal, sino un cóctel sencillo en el que se servirá una variedad de aperitivos elegidos en consonancia con el tema del bosque encantado de la fiesta: ragú de champiñones salvajes, tostaditas con puré de guisantes de primavera, vieiras con mantequilla de *foie-gras*, tartar de bisonte. En las mesas altas de la esquina hay bandejas de plata llenas de hojaldres y chutney de frambuesas, tartaletas de ricota de fresa con miel de flor de manzano.

Se me hace la boca agua, pero los nervios me encogen el estómago.

—Sencillamente asombroso, querida.

16   Henry está junto al trío de cuerda con una copa alta de champán en cada mano. Me da una y me dedica una de sus raras pero deslumbrantes sonrisas.

«Orgullo. En este momento está orgulloso.»

La noche se desenvuelve con una rapidez imparable. Me arrastran de una mesa a otra, es como una cinta transportadora para relacionarse. Básicamente guardo silencio, asiento y sonrío. Reconozco a algunas personas, pero Henry conoce a todo el mundo y se pasea rodeándome por la cintura con su brazo protector. Es mi gala, pero de alguna forma es Henry quien dirige el espectáculo. No dejan de evaluarme, todo el mundo tiene un «por qué» en la punta de la lengua. Con cada palabra encantadora, cada chiste, cada vez que la multitud ruge de risa en presencia de mi marido, las mujeres, especialmente las mujeres, me miran con la cabeza algo ladeada y entornan un poco los ojos. Es un gesto apenas perceptible. ¿Por qué tú? Nunca verbalizan la pregunta. Ahora que lo pienso, los hombres lo aceptan mejor.

Esta noche están imponentes con sus esmóquines oscuros y las caras recién afeitadas y relucientes; las mujeres que los acompañan están arrebatadoras con sus vestidos largos, a cuyos diseñadores solo se refieren como Carolina, Vera, Donna y Oscar. Mi vestido sin tirantes, azul y adornado con cristales blancos, lo encontré en Bergdorf's. Me debato entre mi independencia y el deseo de que Henry se enorgullezca de mí. Él finge no darse cuenta, y yo finjo que no me siento fuera de lugar en su mundo. De momento, a los dos nos va bien ese acuerdo tácito.

Un periodista del *New York Post* se pasea por la sala. Le he invitado yo, pero le he pedido que no se haga pesado. Le regalé la entrada a pesar de las protestas de la junta directiva de CARE, pero a cambio le he pedido que incluya un artículo sobre la gala en la primera página de las notas de sociedad. Espero que nos reserve un buen espacio en el periódico. Me ha dicho que dependerá de si acude Norman Krable.

El periodista, cuyo nombre he olvidado, ha recibido instrucciones muy precisas: fotografiar la gala, los invitados, la decoración, no fotografiarme a mí bajo ninguna circunstancia. Se rio al oírlo creyendo que mi insistencia se debía a la inseguridad femenina y acallé sus protestas haciéndole un gesto con la mano. Se pasa la noche haciendo fotografías en silencio y, no puedo estar segura, pero tengo la sensación de que me apunta a menudo con la cámara. Me mantengo en un segundo plano, evito ser el centro de atención, pero no dejo de toparme con los ojos del periodista. Parece ser uno de esos hombres que quieren rescatar a una mujer, uno de esos tipos que piensan: «Esa mujer no sabe lo preciosa que es», como si él pudiera demostrármelo. Es absurdo. Evitar ser el centro de atención se ha convertido en una forma de vida para mí y, no hace mucho tiempo, fue también una necesidad. Puede que incluso siga siendo una necesidad, pero evito pensar en ello.

En el estrado se relevan antiguos donantes y miembros de la junta directiva. Le he pedido al copresidente que haga de maestro de ceremonias. Hablar en público no es lo mío. La última oradora es Amanda Natese, una estudiante de cocina de veinte años que creció y se formó gracias al dinero que le proporcionó CARE. Su caso es todo un éxito, esperamos que sea el ejemplo de lo que el futuro traerá. Nos gustaría

17

poder contar con más ejemplos como el suyo. Cuando Amanda cumplió los dieciocho años el sistema dejó de preocuparse por ella y recibió cuatro mil dólares por cortesía de CARE. Ha trabajado fregando platos y como aprendiz en muchas cadenas de restaurantes y hace poco se matriculó en la escuela de cocina. Los asistentes reciben su discurso con una ovación y se ponen en pie para despedirla. El periodista no deja de hacer fotografías. Tampoco nos viene mal que Amanda sea una imponente mujer negra de un metro ochenta que nació con una elegancia que el sistema fue incapaz de robarle. La saludo cuando baja del escenario, en el ala oscura, y la abrazo. Al verla de cerca me doy cuenta de que está llorando y noto cómo me relajo un poco. «Esto es importante.» Me lo repito como un mantra, es lo mejor que puedo hacer.

Busco a Henry. Cuando estoy en público siempre busco a Henry. No puedo evitarlo. No es muy alto, pero su cabello brillante es una baliza.

Cuando está rodeado de gente se muestra encantador, erudito. Sus comentarios son amables y está bien informado sobre actualidad y política. Sus opiniones suelen ser bien recibidas y casi nunca se las debate nadie. El tono de su voz tiene algo que flota por encima del escándalo de la multitud. Lo encuentro en un círculo junto a hombres que asienten con él mientras habla entusiasmado sobre deducciones fiscales.

Una pelirroja se acerca a él, le susurra al oído y él se ríe. Cuando me ve, alarga el brazo hacia atrás, me mete en el círculo colocándome a su lado, entre él y la pelirroja, y ella me dedica una sonrisa astuta. Ahí está el «por qué». La mujer se coloca a su izquierda, sigue inclinándose hacia él. Le susurra comentarios ingeniosos, palabras que yo no consigo descifrar, habladurías que no comprendo. Ella y Henry conocen a las mismas personas. Yo me entretengo recolocando unas luces mal puestas. Al final, la mujer se marcha.

Norman Krable aparece tarde con una rubia colgada del brazo que no es la señora Krable, y la multitud se alborota ante el ligero tufillo a escándalo. Miro al periodista y me guiña el ojo. Lo único que pidió era una buena pieza en el periódico. Asiente, la rubia consolida el acuerdo, y yo suspiro aliviada.

La caridad nunca ha aparecido en la sección de sociedad, pero mi objetivo de este año es ponerla al nivel de los famosos. No por la pompa y el glamur, eso no es más que un estorbo para mí, sino por el hecho de que estoy muy comprometida con la causa de ayudar a niños adoptados y huérfanos.

Así vuelvo a ser yo.

—Menudo zoquete —murmura Henry por detrás de mí.

Henry conoce a Norman y siempre ha sido muy claro acerca del desagrado que siente por los adúlteros. Para Henry es muy fácil criticar, porque su mujer todavía no tiene ni treinta años. Se lo recuerdo compartiendo la broma en privado con él y me dice lo que me contesta siempre: «Seguiré queriéndote cuando tengas noventa años».

Los murmullos se apagan y más tarde oigo comentar que la rubia de Norman es muy guapa pero más tonta que un zapato. Henry está a punto de echarse a reír cuando lo oye, pero no llega a hacerlo, las suaves líneas que le rodean la boca se le marcan más y sofoca un carraspeo.

La noche está terminando y pienso que la gran cantidad de invitados que se marchan entonados y riendo es una señal de que la gala ha sido un éxito. He hablado con el noventa por ciento de los asistentes y estoy cansada. Exhausta. Me apoyo en el hombro de Henry.

—Disculpe, la hemos estado observando toda la noche y tengo que preguntárselo —dice una voz por detrás de mí. Me doy la vuelta y me quedo mirando fijamente a su propietaria. La mujer prosigue como si yo no hubiera palidecido—. Usted es Hilary Lawlor, ¿verdad? ¡Claro que sí! La reconoceríamos en cualquier parte.

La mujer es gruesa, flácida y amable, y su marido es casi idéntico a ella: dos matrioskas una junto a la otra. Me esfuerzo por respirar, pero los reconocería en cualquier parte, su risa alegre, sus narices respingonas idénticas: la de ella salpicada de pecas, la de él no. Los redondos y brillantes ojos azules de la mujer rodeados de pestañas delgadas. Ha ganado casi veinte kilos en los últimos cinco años, y su marido también, cosa que no me extraña en absoluto. Tengo calor y frío al mismo tiempo; me zumba la cabeza.

Henry me está rozando con el brazo y noto cómo se yergue con interés.

—Lo siento, debe de confundirme con otra persona. Yo me llamo Zoe Whittaker.

Me vuelvo y agarro a Henry del brazo, con demasiada fuerza. Henry no dice nada pero frunce el ceño cuando le doy la espalda a la pareja.

En cinco años esto solo ha pasado una vez. Ha habido algún incidente que me ha descubierto, me han encontrado, pero todo ha quedado en nada. Me encontré con una profesora de la universidad en un restaurante e intenté escabullirme antes de que pudiera reconocerme. Vi cómo asomaba la comprensión a sus ojos, cómo volvía ligeramente la cabeza, abría la boca para hablar. Pagué la cuenta y me marché.

Y quedó en nada, como estoy segura de que ocurrirá hoy también. Y, sin embargo, me doy cuenta de que no puedo respirar.

—Hilary, no puedo creerlo. ¿¡Sabes que todo el mundo piensa que estás muerta!?

Tiene una voz estridente y está emocionada, se desplaza un poco para ponerse de nuevo delante de mí. Me doy cuenta de que no va a dejarlo pasar. ¿Quién lo haría? Me quedo mirando fijamente el enorme colgante en forma de circonita rosa cuadrada que se bambolea sobre su generoso escote, donde brilla un reguero de sudor. Está a punto de abrazarme, estoy convencida. Quiero decirle: «Hilary está muerta, ¿sabes?». Pero no puedo. Abro y cierro la boca y entonces, como no sé qué más hacer, me tapo la boca con la mano y le murmuro a Henry:

—Me parece que he tomado demasiado champán. Estoy mareada.

Él se apresura a agarrarme del codo y me acompaña afuera. El aire es frío, tal como debería ser una noche de abril, y el viento me acaricia las mejillas y me vuelve a circular la sangre. No sé cuándo ha llamado al coche Henry, pero nos está esperando en la puerta y nos apresuramos a subir, una avalancha de seda cruje al rozar los asientos de piel. Una vez dentro, me coge de la barbilla y me obliga a mirarlo. Me observa con atención. Yo aparto la cabeza involuntariamente. Me pregunta:

—¿Estás bien? ¿Vas a desmayarte?

Niego con la cabeza.

Nos quedamos en silencio mientras ordeno mis pensamientos y me doy cuenta de lo sorprendente que es que solo haya ocurrido dos veces. O sea, fui a la universidad en California, pero no está en la otra punta del mundo. Esto es Nueva York, hay millones de personas que vienen y van de esta ciudad cada año. Inspiro hondo e intento tranquilizarme con la esperanza de que esa mujer no llame a sus amigas esta noche, a sus viejas amigas de la hermandad: «¡No vas a creer a quién me he encontrado esta noche!». Nadie la creerá. Es una locura.

—Ha sido muy raro —dice Henry mirando por la ventana mientras me dibuja círculos en el reverso de la mano distraídamente—. Pensaban que eras otra persona, Hannah no sé qué.

—Sí. No tengo ni idea de quién era. —Me río pero la carcajada suena forzada—. Debo de haber tomado un montón de champán.

—Pero ¿los conocías?

Ahora Henry me está mirando con los ojos entornados. Henry no suele presionarme. Normalmente es demasiado displicente para eso. Pero ahora ha clavado sus afilados ojos de águila en una idea, tiene un ratón de campo en el punto de mira.

Aguardo mientras valoro las opciones que tengo. Miro por la ventana, a la escalinata de la biblioteca que se aleja, y los veo en lo alto, observándonos con la boca abierta, y el hombre niega con la cabeza señalando con un rollizo dedo índice al coche que se aleja. Deben de habernos seguido afuera. No tengo alternativa, sigo protegiendo mi secreto como si mi vida dependiera de ello.

—No, no los conocía.

Pero estoy mintiendo. Molly McKay era mi compañera de habitación de la universidad. Hace cinco años, justo en la agónica semana de exámenes finales, me marché en plena noche del pequeño apartamento que compartíamos en la calle Williard y no volví.

21

2

*E*l sábado me despierto sudando, presa del pánico, debido a los vagos recuerdos de un sueño aterrador que se me ha colado en la cabeza. Antes de que desaparezca del todo, solo puedo recordar unas sombras alargadas y unos hombres con pistolas persiguiéndome por la Calle 42. Me incorporo y desenredo las piernas de las sábanas húmedas. El dormitorio ha adquirido el inquietante tono de la lluvia a primera hora de la mañana: azulado y deprimente.

Henry no está, pero eso no es raro. Suele levantarse antes de las cinco y se marcha, incluso los sábados. Los domingos son para dormir hasta tarde y tomar un expreso en el salón, pero los sábados solo son un día laborable más.

El recuerdo de la noche anterior me asalta de repente y se me encoge dolorosamente el estómago. Descuelgo las piernas por el lateral de la cama y, por un segundo, se me nubla la vista cuando el mundo gira ante mis ojos. Me llevo la mano a la frente. No me tomé ni una copa de champán, las palpitaciones que noto detrás de los ojos no pueden ser una resaca. Tengo un vago recuerdo de Henry dándome una pastilla blanca la noche anterior y besándome la frente. «Esta noche te tomarás esto», dijo, y yo sentí una rápida punzada de irritación. Pero me la tomé instintivamente, necesitaba dormir y olvidar a Molly McKay. No protesté pero, sinceramente, no entiendo su afición a las pastillas, su preocupación, siempre intentando darme una cosa u otra: una medicina, una pastilla, una droga. Siempre hay algo para curar cualquier malestar y los frascos aguardan alineados en el botiquín de Henry como soldados que esperan para combatir su montón de aflicciones: alprazolam, zolpidem, lorazepam. El espesor y la sequedad que noto en la lengua lo confirman. Henry, que desconoce mi pasado y mis problemas, siempre hace caso omiso de mis protestas con una palmadita despectiva.

La ducha está caliente y el agua se lleva los últimos retazos de la bruma de lo que fuera que me diera ayer. Mientras me seco y me envuelvo con la toalla, metiendo una esquina por debajo de la otra, me desprendo del resentimiento. «Solo quiere ayudarme.» A Henry le gusta mimarme y yo me debato entre adorarlo en secreto, el consentimiento y la idea de ser su «mujer cautiva» y el rechazo infantil, rebelándome como una adolescente frente a sus normas y peticiones absurdas. Henry se crio en una familia tradicional y el paternalismo corre por sus venas, cosa que me resulta encantadora y un poco molesta, dependiendo del día.

Miro el reloj. Las 8:58. Quiero llamar a Francesca para averiguar cómo pude pasar por alto el nombre de Molly McKay en la lista final de invitados. ¡Claro! Se casó con su novio, pero no tengo ni idea de cómo se apellida ahora. Entonces todo encaja, como piezas de un rompecabezas. ¡Gunther! Su novio, que ahora es su marido, estaba segura, se llamaba Gunther. Bueno, si hubiera visto a Molly y a Gunther en la lista de invitados, habría estado alerta. Estoy acostumbrada a protegerme de esa forma. He pasado la mitad de la última década mirando hacia atrás con cautela cuando voy por la calle, aunque, para ser sincera, desde que me casé con Henry, he empezado a ser más descuidada. Cuesta no sentirse protegida en nuestra casa de Tribeca, aislada del mal, como si tener dinero pudiera garantizarte una existencia a salvo. Pero no soy ingenua: en muchos casos, ¿no son los ricos quienes hacen el mal?

Recuerdo a Molly cuando íbamos juntas a la universidad, regordeta y alegre, con unos ojos azules despiertos y vigilantes. Ya entonces, cuando se le metía algo en la cabeza —algún chico que nos gustara a alguna de las dos, un profesor al que odiáramos, algún cotilleo—, buscaba la manera de beneficiarse de ello, lo convertía en un arma. Ya en aquella época era una manipuladora sutil, y la edad y el tiempo afinan las habilidades naturales de las personas. Era una mujer a la que, si sabía tus secretos, había que tenerle miedo. Me la imagino volviendo loco a su perrito Gunther. Éramos malas y siempre lo llamábamos así a sus espaldas: su perrito faldero.

Suena el teléfono y me alejo de mis pensamientos. El reloj da las nueve en punto y sonrío. Henry llama exactamente a las nueve cada día. Nunca llama ni un minuto antes ni un minuto después. Una vez le pregunté qué pasaría si un día estaba en una reunión a esa hora. Era algo que podía ocurrir. En ese momento, se limitó a parpadear y me dijo: «Puedo escaparme unos minutos de cualquier reunión, sobre cualquier tema». Y su respuesta fue tan convincente que jamás volví a cuestionárselo, por lo menos en voz alta. Pero sigue pareciéndome raro cada día. ¿Quién puede decir que es capaz de controlar el tiempo, sin importar cuánto sea, exactamente en el mismo momento cada día y sin equivocarse?

—¿Hola? —medio suspiro y medio río al contestar al teléfono.

—¿Sigues encontrándote mal?

Su voz resuena por la línea, es sedosa e intensa como el chocolate fundido.

—No, ya me encuentro mejor. Supongo que es normal teniendo en cuenta lo mucho que he dormido.

Lo digo con sarcasmo, pero con una sonrisa.

Henry se ríe con suavidad.

—¿Por qué no dejas que te cuide? Me encanta hacerlo, ¿sabes? Y has dicho que te encuentras mejor. —No le contesto porque es verdad, me encuentro mejor. Como guardo silencio, él prosigue—: Está bien, lo siento. Ya sé que odias las pastillas para dormir. Me esfuerzo mucho para no recomendártelas. ¿Me perdonas? ¿Comemos juntos?

—Tal vez. Tengo que resolver algunas cosas de ayer por la noche. ¿Puedo contestarte más tarde?

Acaricio la cenefa del cubrecama con la punta del dedo, una uña roja sobre la brillante tela blanca, es como una gota de sangre. Me ciño un poco más la toalla.

Me doy cuenta de que carraspea al otro lado de la línea. No suelo decirle que no a Henry.

—Comerás, ¿verdad? Comerás de todas formas. ¿Por qué no comes conmigo?

—Ya veremos, ¿de acuerdo? Te llamaré. No te preocupes. Te quiero.

Colgamos y, antes de poder pensarlo dos veces, llamo a Francesca para pedirle la lista final de invitados. Mi correo electrónico pita treinta segundos después, lo abro en el teléfono y repaso la lista. Está igual que el miércoles pasado, no hay ni rastro de Molly McKay o de Gunther como-se-llame. Vuelvo a llamar a Francesca y le pregunto si puede ser que alguien fuera a la gala benéfica sin estar en la lista de invitados. No le da mucha importancia.

—Claro, creo que algunas empresas compraron entradas para utilizarlas como invitaciones. Es bastante común, algún colega de fuera de la ciudad, el jefe quiere llevarlo a un evento bonito, «¿has visto lo estilosa que puede ser Nueva York?». Las galas benéficas se utilizan para hacer contactos. ¿Por qué?

No le especifico ningún motivo y colgamos. Enciendo el ordenador sin soltar el teléfono. Busco en Google: Gunther, la Universidad de California y San Francisco, y en el primer enlace hay una fotografía de Gunther Rowe. La fotografía es de este año. Tiene la cara enterrada en el cuello y una sonrisa generosa, demasiado ingenua para ser un hombre que está a punto de cumplir treinta años. Tiene los dientes separados y da una imagen como de dibujo animado. Está un poco mayor que el Gunther que yo recuerdo, y más gordo, pero no hay duda de que es él. Busco un poco más en Google y descubro que Gunther y Molly se casaron en 2005, fue una ceremonia lujosa en los viñedos de la costa oeste.

Busco un poco más en Facebook, Twitter y en LinkedIn y descubro que en la actualidad Gunther vive en Mobile, Alabama, y que trabaja como representante farmacéutico para Gencor Pharmaceuticals. Otra búsqueda rápida me dice que las oficinas centrales de Gencor están en la avenida Lexington, aquí en Manhattan. Suspiro. Vale, probablemente el misterio esté resuelto. Me planteo volver a llamar a Francesca para confirmarlo, pero entre que ayer me marché a toda prisa y las llamadas de esta mañana, es probable que piense que me he vuelto loca. Me asalta una sensación irracional de encierro, de claustrofobia. ¿Y si Molly y Gunther descubren quién soy? Lo cierto es que no sería complicado, me he vuelto vergonzosamente descuidada. Me los imagino apareciendo en mi casa, posiblemente entablando una conversación cómoda con Walter, el portero. «¿Cuánto tiempo hace que conoce a Zoe Whittaker?» Entierro la cabeza entre las rodillas e inspiro hondo para tranquilizarme. Estoy pensando en las fotografías, Dios, qué idiota he sido. «Quiero aumentar la visibilidad de CARE», ¡dije eso! ¿En qué estaba pensando? ¿Y si mi cara acaba en los periódicos? No sería la primera vez.

Poco después de llegar a Nueva York, participé en un artículo que se publicó en la revista *New York* sobre la floristería en la que trabajaba, La Fleur d'Élise. Era una trabajadora más, una becaria. Me sacaron en la esquina de una fotografía de grupo, no importó lo mucho que me esforcé por escabullirme. No dejé de girar la cabeza en el último minuto, hasta que el fotógrafo, exasperado, acabó afirmando que había conseguido una buena. Elisa me había mirado poniendo los ojos en blanco como si hubiera sabido que yo era el problema. Cuando se publicó el artículo, sudé la gota gorda durante un mes. Pero mi cara, mi estúpida, elástica e involuntaria sonrisa estaba allí, perfectamente reconocible. No pasó nada.

Me muerdo el puño. Siempre me costó obedecer, incluso de niña. Era obstinada. «Hilary hará lo que le venga en gana.» Era algo que solía decirme Evelyn con su cara redonda y angelical, tan saludable y rebosante de color, inclinada hacia arriba con la boca abierta, meneando el dedo delante de mi nariz.

Recuerdo algo y rebusco en el bolso. Saco un pedazo de papel y marco el número que yo misma anoté. Cuando la recepcionista contesta y dice *New York Post*, le pido que me pase con Cash Murray. Su voz suena al otro lado de la línea después de un pitido y el hilo musical de espera y le pido que quedemos para tomar un café. Acepta y elige un sitio que está a una manzana de su oficina. Me visto conservadora, llevo una blusa de seda blanca y unos pantalones negros, y llego a la cafetería diez minutos antes de lo acordado. Para mi sorpresa, Cash ya está allí, sentado en un reservado y hojeando el *New York Times*.

—¿Tienes que esconderte en cafeterías oscuras para leerlo? —le pregunto mientras me siento en el reservado delante de él.

La pernera del pantalón se me engancha en un desgarrón del vinilo rojo del asiento. Agacho rápidamente la cabeza y me alivia advertir que la tela no se ha roto.

Me sonríe y me doy cuenta de que es mucho más joven de lo que había imaginado. Tiene mi edad, es un hombre corpulento, de esos que se pasan una hora en el gimnasio cada día, pero es probable que no haga más que eso, un sencillo esfuerzo para luchar contra la genética. Tiene los codos apoyados en la mesa, unos brazos fuertes, y se muerde mucho las uñas. Se mueve rápido, hace los clásicos ademanes nerviosos de alerta propios de los periodistas.

—¿A qué debo el honor, señorita Whittaker?

Le da un trago a su taza levantando el codo de la mesa. Yo me sonrojo, me siento transparente.

—¿A que me gustaría que me enseñaras las fotografías de anoche?

Formulo la respuesta de forma interrogativa y me reprimo en silencio. Pienso en Henry, que habla con entusiasmo y habría dicho la frase de forma imperativa, y Cash se estaría esforzando para conceder su petición. Me mira alzando las cejas con una sonrisa amistosa en los labios.

—¡Vaya! Sí, ¡tengo algunas buenísimas! —Ahora está entusiasmado y se reclina en el asiento—. Me encantaría centrarlas en ti. Sabes, sales muy bien en las fotografías.

Se muerde la uña.

—Bueno, eso es lo que quería decirte. Necesito que no publiques ninguna foto mía. —Intento poner voz de Henry—. Ya lo hablamos antes de la gala.

—Bueno, eso es casi imposible. O sea, tú presidiste la gala. El evento en conjunto fue espectacular, y tú eras la estrella más brillante de la noche. Si te preocupan las fotografías, te aseguro que son espectaculares. Lo digo en sentido profesional.

—No, señor Murray, no es por eso. Es que no puedo salir en los periódicos, ¿entiendes? Y no cambiaré de opinión al respecto.

—Bueno, para serte sincero, no tienes por qué. A mí me

invitaron a la gala para que hiciera fotografías. Si quieres que escriba el artículo, necesito utilizarte. Francamente, las fotografías de niños pobres no venden páginas de sociedad. Pero las mujeres guapas que se preocupan por los niños pobres sí.

—En ese caso no publiques el artículo.

—Pero ya lo he escrito.

—No me importa, ¿no puedes limitarte a cancelarlo todo?

Me mira con recelo y yo me remuevo incómoda en el asiento. Mantengo el contacto visual, me niego a ser la primera en apartar la vista. Al final me dedica una sonrisa cargada de ironía.

—¿Por qué no te enseño lo que tengo y seguimos a partir de ahí?

Asiento despacio. Está bien, vale.

—Pero tengo la cámara en casa. ¿Qué te parece si quedamos aquí el lunes a la misma hora?

—¿Cuándo se publicará el artículo?

Estoy sorprendida, pensaba que lo publicaban mañana.

28 —Bueno, es un resumen de la gala, pero queremos destacar el aspecto caritativo, así que se publicará el próximo domingo.

Accedo a quedar con él y luego casi me muero de risa al pensar en algo de pronto. El motivo que se oculta tras mi insistencia es una historia mucho mejor que la que él está intentando proteger. Entonces me doy cuenta de por qué Cash Murray es periodista de las páginas de sociedad. Carece del olfato para encontrar las buenas noticias.

Saco el móvil y llamo a Henry.

—Zoe, tenía el presentimiento de que cambiarías de opinión. He salido para Gramercery Tavern. Reúnete conmigo allí.

Cuando llego, ya está sentado. Ha elegido una mesa en el centro de la sala con vistas a la puerta para poder ver quién entra y sale. Lleva una camisa informal propia de los sábados y unos pantalones de color caqui perfectamente planchados. Se me corta la respiración al verlo.

—Siéntate, querida. Te he pedido una copa de vino. ¿Cómo has pasado la mañana?

Me mira con interés por encima de la carta. Intenta parecer

despreocupado, pero siempre le interesa mucho saber en qué ocupo el tiempo. A veces es algo que me molesta. Hoy hago algo que no he hecho nunca, omitirlo.

—Bueno, he hablado con Francesca sobre ayer por la noche.

Técnicamente es verdad.

—Supongo que estaba encantada, ¿no?

Henry lee los primeros platos. No sé por qué se molesta, pedirá tartar de ternera y una copa de Barolo.

—Completamente. Gracias por tu ayuda. Por lo de anoche, y por las últimas semanas.

Henry ha apoyado la gala benéfica en público, ha hablado del tema con sus colegas y ha hecho declaraciones a los medios de comunicación. Puedo ver sus ojos asomando por encima de la carta, le han salido unas arruguitas en las comisuras. De alguna forma parece mayor que ayer por la noche.

—¿Y por qué no iba a hacerlo? Lo que es importante para ti también lo es para mí. ¿Tanto te cuesta creerlo?

Cierra la carta y me mira con intensidad. Esto es lo que le sale mejor, esa mirada tan intensa que dice: «Eres la única persona de toda la sala». Henry Whittaker cautiva a todo el mundo, desde los inversores hasta el personal del servicio. Cosa que explica por qué puede pedir una única copa de un vino que solo se vende por botellas.

Henry le hace un gesto a alguien que aguarda al otro lado del comedor y durante el resto de la comida sigo sentada en silencio mientras Henry habla de negocios —altibajos del mercado— con cualquiera que se acerca a nuestra mesa. Intenta incluirme en las conversaciones, no deja de hablar sobre la noche anterior, les dice a sus amigos que soy brillante. Reciben sus comentarios asintiendo con educación; están acostumbrados a la forma que tiene de hablar sobre mí. Me quedo una hora, el tiempo suficiente para contentarlo, y luego me excuso. Le doy un beso en la mejilla y me marcho.

Por la tarde echo una siesta. Luego deambulo por el ático mientras anochece, el crepúsculo va envolviendo el apartamento en oscuridad, casi sin darme cuenta, hasta que apenas puedo ver. Voy al salón principal y enciendo solo una lámpara. Me encanta nuestra casa. Desde aquí se ve todo Manhattan, lo juro. He pasado muchísimas horas mirando por las ventanas desde todas las habitaciones, a la calle de abajo, donde los coches parecen de juguete y las personas corretean como si fueran ratoncitos con prisa.

El edificio es una fábrica textil restaurada. Henry siempre deja caer, en las conversaciones informales, que es de antes de la guerra. A la gente parece impresionarle ese dato. Los suelos son de un color cereza muy intenso y hay ornamentos esculpidos en las molduras. Todo es robusto y grande, enorme, decorado a mano. Los techos de seis metros de alto y la intensa decoración de las arcadas dan paso a muebles elegantes de líneas sencillas. El contraste es el sueño de cualquier diseñador, y cuando me vine a vivir aquí exploré cada rincón, deslicé los dedos por todas las repisas talladas a mano y todas las superficies de mármol. Toda la casa parece cubierta de barniz. Una vez le pregunté a Henry si podía redecorarla, quizá añadirle algunos toques suaves y florales. Me miró extrañado: «Pero es Penny quien se encarga de la decoración».

Penny. La mano derecha de Henry: ama de llaves, cocinera, la persona que le organiza la vida, decoradora, quien encuentra las llaves y carteras extraviadas, halladora de insólitos aparadores de final de siglo. Me parece que tiene unos sesenta años, pero parece mayor, tiene la piel castigada, como si se hubiera expuesto demasiado al sol, tostada como una pasa. Cuando me contestó eso me sentí dolida. Yo me había graduado en diseño de interiores en la universidad, aunque por aquel entonces no podía decírselo. Me pregunto si podré decírselo ahora. Abro el libro.

Espero a que Henry vuelva a casa.

3

San Pablo, California, junio de 2009

El bar olía a hombres viejos, esa clase de mancha de sudor permanente que se pega a todo: a la textura rugosa de la madera de las sillas, a la gruesa y antigua capa de barniz de la barra, a las pesadas cortinas con brocados. El ambiente parecía húmedo y caliente, como si el aire acondicionado hubiera estado encendido y ahora se estuviera condensando en todas las superficies debido al calor. Hasta las señales de neón del bar se habían rendido y parpadeaban sin entusiasmo: Max's Cocktail Lounge. El nombre evocaba algún establecimiento de los años cuarenta tapizado en terciopelo, pero la realidad estaba cubierta de paneles de madera.

Me senté al final de la barra, donde daba comienzo un ritual nocturno que comenzaba con vodka con tónica y acababa con whisky. No tenía ningún sitio adonde ir. Excepto a este lugar.

Le oí antes de verlo.

—Que me aspen si no estoy viendo a la pequeña Hilary, que ya no es tan pequeña.

La voz atravesó el humo y el alcohol y me provocó un escalofrío. Se puso a mi lado, posó las puntas de los dedos en el borde de mi taburete y yo solo podía pensar «no te atrevas a tocarme». La rabia me atenazaba la garganta.

—Mick. —Lo miré y pareció sorprenderse. El pelo rubio se descolgaba por delante de sus ojos verdes. Estaba moreno, arrugado, pero tenía un aspecto castigado que provocaba en las mujeres ganas de rescatarlo. En una mujer en particular—. Está muerta. Pero gracias por venir.

Observé su reacción con los ojos entornados y se mostró debidamente sorprendido, luego triste.

—Vaya, lo siento, cariño. Sabía que estaba enferma.

—Pero ¿no viniste?

—Tu madre y yo… La quería pero no encajamos.

Soltó una tos que sonó casi como un sollozo. Levanté la vista un segundo. Tenía los ojos secos.

—No sé qué significa eso.

—Es fácil, encanto. Es una buena persona.

—Era.

Aparté el vaso, el licor rebosó el borde y se vertió en la barra del bar.

—¿Qué?

—Era una buena persona. Ahora está muerta. En este momento está en las dependencias del forense del condado porque yo, su hija, y posiblemente la única persona que la quería, no puede permitirse enterrarla.

Se sentó en un taburete a mi lado y puso las palmas de las manos sobre la madera que tenía delante.

—¿Cuándo?

Su tono era dulce, la arrogancia había desaparecido y el dolor aparecía demasiado tarde.

—Hace una semana, el domingo.

—Tu madre tenía un millón de amigos, H. Todo el mundo la quería, era pura energía, ¿sabes?

Me lo dijo como si yo no lo supiera y me dieron ganas de golpearle las espinillas con los dos pies, bien fuerte. Me lo imaginé, la punta de mi tacón dejando pequeñas marcas punzantes de color azul verdoso, como las que él había dejado en los brazos de Evelyn, que le salpicaban la piel como huellas dactilares diminutas.

La verdad era que antes tenía amigos. Antes de Mick. Antes del cáncer.

—Sí, bueno, ¿y dónde están?

Tiro de la esquina de la servilleta y meto la yema del dedo en el charco de whisky para llevármela a la lengua.

—No lo sé. Tengo algunos números de teléfono, podríamos llamar a algunas personas. Pedir ayuda.

—¿Por qué no ayudas tú? Ella te quería, ¿sabes?

Pareció dolido.

—Nunca fui lo bastante bueno, eso es todo, Hilary. Siento lo de Evelyn. Lo lamento todo.

Le hice un gesto con la mano para que lo olvidara. No importaba. Mick había entrado y salido de nuestras vidas tantas veces que a duras penas nos había dado estabilidad. Hacía más de seis meses que no le veía. El tiempo justo para que Evelyn se pusiera enferma, muy enferma. Para que el cáncer volviera con fuerza y muriera. Sola.

—Puedo ayudarte. Puedo conseguir dinero, ¿qué necesitas?

—Tres mil dólares.

—Eso no es mucho. —Se frotó la mandíbula, la barba incipiente salpicada de tonos grises—. ¿Puedo llevarte a casa?

—Vete, Mick.

Apoyé la frente en el reverso de la mano con la que estaba agarrando el vaso. Todo parecía tan pesado. Cuando levanté la mirada ya se había ido.

Los días habían empezado a confundirse unos con otros. Ignoré el teléfono, que no dejaba de sonar, me llamaban profesores y amigos, personas a las que había olvidado cuando me marché aquella noche. Fue cuando me llamó la enfermera que la cuidaba: «Ven a casa. Evelyn no pasará de esta noche». Me subí al tren con destino a Richmond con la poca ropa que había metido en una mochila y un monedero patéticamente vacío. Llegué a casa casi dos horas después, demasiado tarde. Evelyn había fallecido antes de que pudiera despedirme.

Los profesores querían que volviera a clase, que me presentara a los exámenes finales, que me graduara. Escuché solo tres mensajes de los veinte que tenía. Molly: «Hilary, ¿qué narices te ha pasado? Llámame». A continuación: «Hilary, tienes un examen final, es el último. Por favor, no lo eches todo a perder. Llámame, te lo organizaremos todo». Era la doctora Gupta, su delicado acento flotaba por la línea y me tranquilizaba con su cercanía. Estuve a punto de llamarla, la única persona que parecía tener cierta empatía, que siempre había estado ahí para mí, que me escuchaba. Me quedé allí sentada con el dedo encima del botón, pensando, pero al final borré el mensaje. «Hilary, si no vuelves esta semana y te presentas al examen final, no te graduarás. Es la última vez que te llamo.» El doctor Peterman. Un capullo. Los borré todos. Parecía todo perdido.

No podía arañar dinero de las paredes de madera de nogal del aula de exámenes, sobre todo teniendo en cuenta que si quería aprobar tenía que estudiar. Tenía dos semanas para enterrar a Evelyn antes de que interviniese el estado. Pero no tenía forma de conseguir el dinero. Intenté solicitar una tarjeta de crédito, pero como no tenía un historial previo con el banco me la denegaron.

Fui a ver al abogado de la «propiedad» de Evelyn, un hombre delgado y desgarbado que ejercía desde un sótano húmedo de Elmwood, y se rio de mí. No había más que deudas. Tenía que pagar las deudas antes de poder pagar el funeral de Evelyn. Estaba atrapada en aquella especie de purgatorio, desesperado e insondable. El asco que sentía de mí misma era como una manta gruesa y húmeda. La bruma del alcohol limaba un poco las esquinas afiladas. Solo un poco.

—Esto es lo que va a ocurrir —me explicó. Sus dedos nerviosos sacudían la ceniza del cigarrillo con tanta frecuencia y con tal inquietud que perdió la brasa de la punta en más de una ocasión y tuvo que volver a encenderlo—. El estado celebrará un entierro costeado con fondos públicos. En realidad no es ningún entierro. Incinerarán el cuerpo. Después podrías reclamar las cenizas, pero en ese caso tendrás que pagar los costes al crematorio y al estado. Si no, disponen de las cenizas como mejor les parece.

De pronto sentí náuseas.

—¿Disponen? —pregunté con dificultad y respirando por la boca.

Al abogado le olía el aliento a pescado.

—No conozco los protocolos. Las funerarias suelen tener protocolos individuales.

Lo dejé en su despacho pegándose el cenicero a la cara y persiguiendo las cálidas brasas rojas por el cristal con un Camel roto entre los dientes.

Mick volvió a Max's una semana después y me puso delante un sobre de manila sucio lleno de billetes. Yo estaba sentada en el mismo taburete, tomando la misma bebida, con los mimos zapatos, y el mismo odio en la lengua.

—Ahí hay mil dólares. Conseguiré más. ¿Cuánto tiempo tenemos?

—Han pasado cuatro semanas desde el día que murió, así que solo quedan dos más. —Hice girar el sobre entre los dedos índice y anular—. No te molestes.

Se sentó en el taburete que había a mi lado.

—Le fallé mucho a Evelyn. Te fallé a ti.

—No me debes nada, Mick.

Tenía que librarme de mi síndrome del padre ausente, y eso me revolvía el estómago.

Pidió un whisky. Luego otro. Me cogió del hombro y el gesto parecía casi paternal. Preocupado. Me pagó otra copa. Noté cómo me resbalaba una lágrima por la mejilla, se estrelló en la barra, y él deslizó una pastilla blanca por la barra con ayuda del pulgar. No pareció que se estuviera aprovechando. Pareció un acto amistoso. Se me fundió en la lengua, era agria y amarga, y cuando cerré los ojos, flotaba. Aquella noche, Mick me llevó a casa, me dejó en el apartamento de Evelyn, que estaba en un edificio de tres plantas sin ascensor en Market, con la pintura desconchada y una cerradura rota. Dormí en su cama, con su camisón.

Cuando me desperté a la mañana siguiente, no me sentía mal. No tenía resaca, solo me quedaba un sutil recuerdo de felicidad. Era un cuelgue muy distinto a los que había experimentado, en la universidad habíamos probado el éxtasis, experimenté una calidez líquida entre los muslos y una euforia en el pecho, como si estuviéramos enamoradas de todo el mundo. Esta vez no había alucinaciones ni euforia, en realidad, solo una alegre naturalidad que no había experimentado en meses. Quería recuperarla. Me llamaba como si fuera una necesidad física, pero tan inocua como la cafeína.

Después de aquello, iba a Max's cada día, a esperar a Mick, aunque intentaba convencerme de lo contrario. Me volvía para mirar la puerta cada vez que se abría. A decir verdad, estaba empezando a gustarme cómo olía aquel lugar. El apartamento de Evelyn olía a perfume Calvin Klein caducado. Cuando Mick volvió, el sobre que llevaba en la mano era fino. Lo tiró en la barra y se sentó soltando un gruñido.

Pidió copas para los dos sin preguntarme qué quería.

—No te estás cuidando, Hilary.

Ya sabía que tenía un aspecto horrible. No sabía qué decir. ¿Me estaba desmoronando? Me pregunté cuántas de aquellas pastillitas blancas necesitaría para pasarme la vida inconsciente. Llevaba más de una semana sin lavarme el pelo y la grasa le daba un brillo húmedo. Llevaba siempre los mismos vaqueros porque todo lo demás me iba grande. Evelyn no tenía lavadora, por lo que me metía con ellos en la ducha y les frotaba champú con las uñas y después los colgaba sobre la cortina para que se secaran.

El propietario había empezado a aparecer por allí, llamaba a la puerta. No se había enterado de que Evelyn estaba muerta, pero seguía necesitando el alquiler aunque tuviera cáncer. Yo había empezado a entrar y a salir a hurtadillas, miraba a escondidas por el rellano antes de correr escalera abajo para salir a la calle. Las facturas empezaban a amontonarse.

Esta vez me puso la pastilla en la servilleta. Estuve a punto de no verla.

—¿Y si quiero más?

—No tienes dinero, cariño.

Se sacó algo de la muela. Me quedé mirando el sobre que había entre nosotros.

—Necesito dinero. Necesito enterrar a mi madre. Pagarle el alquiler. Pagar sus tarjetas de crédito.

Me chupé el meñique, lo pegué a la pastilla y me lo metí en la boca.

Mick soltó una bocanada de aliento caliente y amargo, se reclinó y rebuscó en el bolsillo de los vaqueros. Sacó un sobrecito blanco, del tamaño de un naipe. Me lo deslizó por debajo del muslo y me apoyó la mano en la rodilla un poco más de lo debido.

—Véndelas por diez dólares cada una. Nos repartiremos los beneficios, te puedes quedar una por cada diez que vendas.

Cogí el sobre y lo abrí. Dentro había diez pastillitas. Lo miré:

—No.

Pero tenía el corazón acelerado.

—Muy bien. ¿Tienes alguna idea mejor?

Vi la sonrisita que tenía en la cara y me dieron ganas de darle una bofetada. Volví a cerrar el sobre y me lo guardé en el bolsillo trasero. Todos aquellos pasajes al olvido.

—Nos vemos dentro de una semana, cariño.

Al principio nos veíamos una vez a la semana, pero entonces empecé a buscar a Mick, a llamarlo por teléfono. Necesitaba más de una de aquellas pastillitas. Me hacían sentir que podía solucionar mis problemas. Descubrí que a las amas de casa de Berkeley les encantaban las drogas «legales». Oxy, Vicodin, cualquier cosa que me consiguiera Mick. No importaba. Además, no parecía una traficante: me duché, me lavé el pelo. Era una «universitaria». Cogía el tren varias veces a la semana y paseaba por Cragmont Park. Todo era muy civilizado. Nunca me sentí rara o fuera de lugar cuando paseaba por los parques y les vendía pastillas a esas inmaculadas mujercitas rubias. Yo era una de ellas.

Observaba cómo pagaban los diez dólares; los sacaban de fajos de billetes que guardaban en sus bolsos Chanel. Los pagaban con facilidad, luego se metían las pastillas entre los dientes, se las tragaban y besaban a sus bebés gordos y babosos mientras enterraban la nariz en su cabello aterciopelado. Se marchaban empujando carritos Bugaboo, cogiendo de la mano a sus saltarines hijos de seis años, y yo me sentaba bajo el cenador y observaba cómo se contoneaban y se reían hasta que desaparecían de mi vista.

Me sentía rara vendiéndoselas a los estudiantes, era como si fuera menos destructivo proporcionar pastillas «energéticas» a las aburridas esposas de los profesores. Además, los estudiantes me asustaban. La felicidad que irradiaban me resultaba tan familiar que notaba una punzada de dolor justo por debajo de la caja torácica. No era capaz de mirarlos a los ojos, no podía deshacerme de la sensación de que «era uno de ellos». No, las madres eran más fáciles. Por lo menos, siempre que no lo pensara demasiado.

A veces, resultaba demasiado tentador tomar más de lo que se suponía que podía coger para mí. Empecé a cobrarlas al doble y me comía literalmente los beneficios. ¿Qué más les daba a ellas? Era tan fácil desprenderse de un billete de veinte como de uno de diez, y de esa forma por lo menos no tenían que preocuparse por el cambio.

Llamé a Mick, necesitaba casi el doble de suministro, empecé a jugar conmigo misma. Entretanto, cada día estaba más y más colocada. Dos pastillas al día. Cuatro. Luego dos cada noche. Y todo eso mientras pasaba las noches en el bar con la nariz metida en una copa de vodka. Ya no me molestaba en mezclarlo con limón.

—¿Qué voy a hacer con mi vida, Mick? —estaba sollozando.

—Entierra a tu madre. Vive en su apartamento. Consigue un trabajo. —Se encogió de hombros, tenía un palillo entre los dientes—. Es lo que hace la gente, Hilary.

No necesitaba que Mick me diera lecciones de cómo vivir la vida. La suya era mucho más desastrosa que la mía. Dejé el poco dinero que tenía en la barra, me levanté y me tambaleé. Mick alargó el brazo y me cogió. Me acompañó hasta la puerta y anduvimos juntos las cuatro manzanas que nos separaban del apartamento de Evelyn.

Por la mañana, salí arrastrándome y vomité en la calle. Puede que fuera por el alcohol o por las pastillas. Básicamente se debía al asco que sentía de mí misma. Cuando estaba bajo el efecto de las pastillas se me quitaba el dolor de estómago. Podía comer, aunque cantidades pequeñas. Si me pasaba colocada el tiempo suficiente, ya no me sentía colocada. Me sentía normal. Era capaz de funcionar. Podía conversar con los dependientes y las personas que me encontraba en el ascensor. Las pastillas se convirtieron en una necesidad. Con ellas me sentía normal. Me aliviaban las taquicardias y la ansiedad que las acompañaba.

Cada vez tenía más dinero, pero seguía sin ser suficiente para combatir el aviso de desahucio que acabé recibiendo. Pensé en darle algunos billetes de cien al propietario, un calvo gordo y grasiento que había visto deambular por los pasillos llamando a las puertas de los demás holgazanes. Pensé en pegar un sobre en la puerta como muestra de buena fe. Me preocupó que alguien pudiera robarlo. A veces los detalles te inmovilizan, te arrastran a la inactividad. Más purgatorio.

Empecé a salir de fiesta con Mick por las noches. Acabamos en el apartamento de un tío cuyo nombre no supe nunca, y me pasaron una pipa y fumé. Fueron las cuatro horas más sencillas de mi vida. Me sentí libre, como si todo fuera a salir bien. Me sentía guapa. Me sentía realizada, como si pudiera volver sin más y acabar mis estudios, quizá incluso aquella misma noche. Todo parecía tan posible, todo lo que ya me había acostumbrado a tildar de deprimente imposibilidad.

A la mañana siguiente me desperté en el suelo de la habitación de Mick, pegajosa, sucia y sudada. Él no estaba, pero en su lugar, en su cama, había una chica sentada. Debía de tener dieciséis años. Quince. Era demasiado joven. Se me revolvió el estómago. Aunque no sabía si se debía a la resaca o a la chica.

—¿Quién narices eres?

Estaba enfadada. Era demasiado joven. Se encogió de hombros, pero parecía aterrorizada, pegó la espalda al cabezal de la cama y se me quedó mirando fijamente con los ojos desorbitados rodeados por una línea negra.

Salí al comedor y llamé a Mick, le dejé un mensaje muy expresivo. Cuando me di la vuelta la chica estaba allí, delgada y con ojitos inocentes.

—¿Cuántos años tienes?

—Dieciocho.

Apretó los labios.

—Y una mierda —siseé. Apenas tenía pechos. Me asaltó una idea estúpida e irracional—. Ven conmigo. Vamos a algún sitio. A tomar café. Lo que sea.

Me miró como si me hubiera vuelto loca. Era una mirada demasiado castigada para la edad que tenía.

—Estás como una cabra si piensas que voy a irme contigo.

Pero tenía los hombros gachos.

Lo presentía: no me costaría mucho convencerla. ¿Cómo podía salvar a alguien si era incapaz de salvarme a mí misma?

«Por favor», articulé. Ella se alejó de mí mientras escudriñaba la habitación con ferocidad.

—Necesito ayuda —confesé. No estaba mintiendo—. ¿Cómo te llamas?

—¿Y cómo narices voy a ayudarte yo? Vas a hacer que me maten.

—Pues entonces deja que te ayude yo. ¿Cuántos años tienes?

—Que te den —susurró, y se estiró el labio inferior. Tenía una marca negra en la húmeda carne rosada. Una palabra: JA-REd. Se lo había tatuado un aficionado, la d minúscula estaba torcida y se descolgaba por la esquina, parecía que se le fuera a caer de la boca.

Alguien llamó a la puerta y la chica abrió los ojos como platos, estaba aterrorizada. La abrí de golpe y me encontré de frente con un hombre muy corpulento que reculó, no esperaba encontrarse conmigo. Se le dilataron las aletas de la nariz y me miró con los ojos entornados como cuchillas. En la parte izquierda de la cara, desde la barbilla hasta la frente, tenía una cicatriz gruesa y larga, tan roja, feroz y brillante como sus ojos. Se acercó a mí, olía a cigarrillos y a hierba. Llevaba una chaqueta negra corta y en su interior brillaba el reflejo plateado de una pistola.

—¿Quién eres?

Me aparté de la puerta. Apreté los dientes. Puse la palma de la mano en la puerta y alargué el brazo hacia la chica.

El tipo me cogió de la mano y me retorció el brazo a la espalda hasta que grité de dolor.

—Ni se te ocurra tocarla.

Ella pasó a toda prisa por mi lado y me lanzó una mirada vacía y torturada. Tenía los ojos oscuros, tan inertes y profundos como una cantera. Se fue abrochando los botones de la camisa mientras corría. El hombre la siguió fuera y cuando llegaron al sedán cubierto de polvo la empujó de malas maneras hacia el asiento de atrás, donde esperaban por lo menos dos chicas más.

Cuando el coche se marchó a toda prisa, anoté la matrícula, convencida de que no me serviría de nada. Lo más probable era que fuese robado. Me sentía como si me hubieran empapado con agua helada. Miré a mi alrededor: estaba todo lleno de periódicos, ceniceros y cajetillas de tabaco. Había ropa por todas partes. Basura sobre cualquier superficie, moscas revoloteando por encima de las bocas de pegajosas botellas de licor. La suciedad. Entonces lo comprendí todo. Yo formaba parte de aquello. Mi vida era tan rastrera como la de Mike. Estaba a solo un paso de que se aprovechara de mí, como de Evelyn, como de aquella chiquilla. Por primera vez vi mi aspecto grasiento, los granos de pus que tenía en la raíz del pelo por culpa de las drogas, las uñas mordidas de los nervios, la suciedad que tenía pegada a las rodillas de los vaqueros.

Cogí el bolso y me lo colgué del hombro. Cuando abrí la puerta, Mick estaba allí a punto de meter la llave en la cerradura.

—¿Adónde vas, cariño? —dijo arrastrando las palabras. Dios, qué sonrisa.

—Me marcho, Mick.

—¿Has conocido a Rosie?

La chica.

—Debe de tener quince años, Mick.

Tenía que salir de allí.

Se encogió de hombros.

—J dice que tiene dieciocho. Y yo me creo lo que dice.

—Adiós, Mick.

Metí mi culo en casa y me quedé allí una semana. Sin pastillas. Sin alcohol. Tuve temblores, deambulé por el piso. Estuve metida en la cama empapada en sudor y con la respiración entrecortada. Los días se fundían unos con otros, me sentía como si acabara de correr veinticinco kilómetros. Me dolían y me crujían las rodillas y los tobillos cada vez que me levantaba para ir al baño.

Mick estuvo llamando a la puerta de Evelyn, su voz grave resonaba por el piso, primero estaba preocupado, después desesperado, y al final enfadado. Muy enfadado. Volvió todos los días.

Cuando pasó lo peor, revisé mi teléfono. Tenía llamadas perdidas del forense y tres mensajes de voz. Miré el sobre de manila medio lleno que tenía sobre la cómoda mientras escuchaba los mensajes de hacía dos semanas. Me resultaba más sencillo saber que había vencido el plazo sin que me lo confirmaran. La voz me resonaba en el oído. Habían tenido que tomar decisiones sin mí. Ya sabía qué significaba eso. Una incineración financiada por el estado y un entierro en una fosa común. Es gracioso que consigan hacer que suene bien. Solo significaba que enterrarían las cenizas de Evelyn con todos los cuerpos que nadie reclamaba. Otras escorias humanas que no podían permitirse un funeral: drogadictos y borrachos. Ni siquiera le devolví la llamada.

Hasta ese momento no sabía cuánto podía llegar a odiarse una persona. Era incapaz de quitarme de la cabeza la imagen de Evelyn tendida en una fosa común, rodeada de otros cuerpos putrefactos. Aunque el forense me había explicado que no era así, que era mucho más humano que eso.

Tenía mensajes de voz de compañeras de la universidad, básicamente de Molly, me preguntaba dónde estaba y si estaba bien. «¿Podía hacer el favor de llamar a alguien?»

No podía quitarme a Rosie de la cabeza. El terror en su cara, la desesperación en sus ojos. Ese asiento trasero lleno de Rosies, sus piernas, largas y delgadas, parecían bastoncillos.

Algunos días después, acabé en la comisaría de Richmond rellenando una denuncia. No podía incluir todo lo que había visto en el espacio que había en el impreso.

—Solo quiero hablar con alguien. Por favor.

No dejaba de moquearme la nariz y la recepcionista me miró asqueada. ¿Es que nunca había visto a una persona enferma? Trabajaba en una comisaría, por el amor de Dios.

Me llevaron a una sala y un agente joven, de unos veintitantos años, dejó una taza llena de agua en la mesa. Se sentó delante de mí con una libreta y una grabadora.

Se lo conté todo. Le di el nombre de Mick, el de Jared, le expliqué lo que había hecho, las pastillas que había vendido y dónde, lo que vi, le hablé de Rosie y de ese coche lleno de chicas. De lo jóvenes que parecían. No me importaba ir a la cárcel, tampoco tenía nada que perder. Les di el número de matrícula y una descripción del hombre que me encontré en la puerta: alto, corpulento, pelo oscuro y grasiento, barba espesa.

Pregunté si me meterían en la cárcel.

El agente paró la grabadora.

—Vendiste drogas en un parque.

—No eran para los niños.

Eché la barbilla hacia delante, con actitud desafiante, como si eso pudiera mejorar las cosas.

—Vamos a arrestarte.

Estaba intentando ser amable.

—Tengo dinero para pagar la fianza.

El dinero para el funeral de Evelyn. Era la gota que colmaba el vaso. No dejaron que me marchara. Me procesaron, me registraron y me metieron en una celda durante dos días acusada de vender sustancias ilegales. Pero al final las madres del parque no admitieron haberme comprado nada. Lo único que tenían era mi confesión. No había pruebas. Me llevaron a una sala y me recibió el mismo policía joven. Habría jurado que se había enamorado de mí.

—Tenemos mayores preocupaciones —dijo muy serio. Tenía el pelo de punta y parecía que llevara dos días sin dormir—. ¿Recuerdas esos nombres que me diste? ¿Aquel coche? ¿Esas chicas? Te metiste en una red de prostitución. Hay un departamento de policía en San Francisco que se encarga de esto, todos los departamentos del Área de la Bahía colaboran con ellos. Llevan mucho tiempo detrás de ese tipo. Tu declaración, sumada a las pruebas que ya tienen, podría acabar con la red. Nos dijiste algo que no sabíamos. La marca en la boca.

—No puedo testificar.

Mick era un tipo peligroso, pero ¿el tipo que había recogido a Rosie? Era absolutamente aterrador.

—No se puede decir que tengas elección.

Alargó el brazo y me tocó la mano. Apoyó sus limpias uñas cuadradas sobre las mías, mordidas y sucias. Olía bien, a jabón y a loción para el afeitado. Llevaba anillo de casado. Me pregunté si su mujer sería tan joven como él. Quizá estuviera embarazada de su primer hijo, hinchada y radiante, pensando todo el día en cosas de bebés y haciéndose la pedicura. Probablemente él le masajeara los pies cansados por la noche, le haría friegas en la tripa con manteca de coco. Seguro que ella tenía un montón de vaqueros que le quedaban bien, los lavaba en la lavadora con un suavizante fresco. Seguro que nunca se había inyectado heroína. Ni había vendido drogas delante de los niños.

Aparté la mano. Había dado los pasos correctos para no convertirme en una escoria. Tenía que acabar lo que había empezado.

Cuando todo salió a la luz, le conté mi historia al jurado. Le expliqué al mundo, o por lo menos al mío, lo que había hecho. La historia nunca llegó a los medios de comunicación; las consecuencias solo me parecieron importantes a mí y, quizá, a las once chicas que ayudé a liberar, que puede que algún día me lo agradezcan o no. Algunas de ellas parecían disgustadas con su nueva libertad, porque, por lo menos, cuando vivían controladas por alguien, comían, podían vestirse y colocarse.

Averigüé, a medida que avanzaba el procedimiento y gracias a aquel policía tan simpático, que Mick estaba involucrado, cosa que me sorprendió. Jared era el cabecilla, pero Mick trabajaba para él. Jared vendía drogas y chicas y Mick cumplía órdenes. No pude evitar preguntarme si haría mucho tiempo que Evelyn sabía todo aquello. Lo dudaba. Me sentí sucia, como basura, como si hubiera participado. Como si de alguna forma hubiera decepcionado a Evelyn otra vez.

Me dejaron volver a casa. Al asqueroso piso de Evelyn en San Pablo. Dormí en su cama, con su camisón, sus mantas, su perfume y sus almohadas. Estaba limpia, ni drogas ni alcohol. Tenía toda la intención de quedarme allí. Incluso utilicé el dinero de las drogas para pagar el alquiler. Quería encontrar un trabajo.

Pensé en llamar a mis amigos. Pero la universidad parecía haberse quedado a un millón de años de distancia. Me había convertido en otra persona, alguien capaz de herir a los demás, de lastimarme a mí misma, de rescatar a otros. Durante la semana posterior al juicio me levantaba a una hora normal y me preparaba café, cogía el periódico y leía los anuncios de empleo. Como un ser humano normal y decente.

Ocho días después, vinieron a por mí.

44

4

Nueva York, abril de 2014

Cuando me despierto a las ocho de la mañana del lunes, Henry ya se ha marchado. Su lado de la cama está terso y arreglado, están incluso los almohadones con brocados. Las borlas me hacen cosquillas en la mejilla. Me estiro y rozo una hoja de papel con los dedos. Una nota. «Esta noche cenaré en casa, por favor, pídele a Penny que prepare algo. Hay cruasanes en la cocina.» Dejo caer el papel en la cama. Soy perfectamente capaz de preparar la cena y lo he hecho en alguna ocasión, pero él siempre insiste en que se lo pida a Penny, cosa que me molesta. Tengo que pasarme todo el día rodeada del eco de este piso, mi voz resuena en las paredes yermas y desnudas y en los suelos de mármol. A veces me pregunto si la inutilidad puede matar a una persona.

Tengo un mensaje de texto de Cash Murray. «¿Qué tal te va a las diez?» Le contesto: «Te veo allí».

En la cocina, cojo un pedazo de hojaldre desconchado y dejo que se me enrosque en la lengua, se funde como si fuera mantequilla. No tengo ni idea de dónde los ha sacado. En mi nueva vida me he acostumbrado a lujos que aparecen de la nada. Vivir con Henry es así. Una vez me encontré una nota donde solo ponía: «París, mañana». Y cuando me desperté la mañana siguiente, el coche estaba esperando fuera con el maletero lleno de maletas que no sabía que teníamos y ropa que no era mía. Un vestido de seda a rayas blancas y negras, sombreros de ala ancha y pañuelos de Hermès. Mi corte de pelo bob demasiado largo flotaba a mi espalda azotado por la brisa brumosa que venía del Sena. La resplandeciente sonrisa de Henry en el barco de alquiler. «¿Eres feliz?» Y mi respuesta esquiva: «¿Quién no iba a serlo?». Porque por lo menos eso era cierto.

Después le pregunté: «¿Por qué París», y él se encogió de hombros con desenfado. «Nunca había estado. Quería ver París. Contigo. Es una ciudad para amantes, ¿sabes?» Enroscó los dedos en mis rizos y dio un suave tirón a modo de aprobación silenciosa, le gustaba que hubiera dejado crecer mi corte de pelo de duendecillo. Luego su boca caliente, su lengua en mi cuello, las hojas doradas del techo que bailaban y parpadeaban a la luz de las velas.

Luego, después de medianoche, le presioné, como hago siempre. Bajo el amparo de la oscuridad, mis dedos encontraron los suyos bajo las sábanas, medio dormidos, susurré las preguntas al aire, como una bocanada de humo, y se quedaron flotando allí, entre nosotros. «Tara. Su vida antes de conocerme.» Henry se quedó allí, tan quieto y tan callado durante tanto tiempo que supuse que se había quedado dormido. Cuando se levantó, el aire frío se coló por debajo de las mantas como una ráfaga ártica. Cruzó el dormitorio, cerró el pestillo de la puerta del servicio. Me quedé dormida antes de que volviera.

No era la primera vez que le presionaba, mis ideas sobre el matrimonio eran un híbrido de lo que había visto en la televisión y las películas de Disney. Me moría por encontrar esa conexión íntima que presentía que estaba enterrada bajo un dolor superfluo que solo yo podía curar. Yo era la nueva esposa que consolaba al viudo, la que lo engatusaba para que volviera a amar, casi contra su voluntad. Allí, en la ciudad más romántica del mundo, bajo las brillantes luces de la Torre Eiffel, no me tomé su desaire como un rechazo. Parecía un desafío. Un conflicto de comedia romántica escrito con una banda sonora de Peter Gabriel.

Suena mi teléfono y me aleja del recuerdo.

—Buenos días, amor.

La voz de Henry resuena en la línea como el murmullo de una locomotora y yo cierro los ojos.

—Hola. ¿Cómo te ha ido el día?

Pego los dedos al mostrador de mármol blanco y negro y chupo las migas que se me han quedado pegadas.

—He estado ocupado, pero quería oír tu voz. ¿Qué estás haciendo?

—Me estaba comiendo un cruasán y recordando París, aunque no sé por qué.

—Oh, Dios, justo estaba pensando en eso el otro día. Fue un viaje alucinante, estabas preciosa.

Se le entrecorta la voz y sé que está recordando nuestras noches, las largas veladas relajadas en el *jacuzzi*, nuestras piernas desnudas entrelazadas. Suelto una suave risita.

—¿Te acuerdas del tejado?

Se me acelera el corazón y noto las palpitaciones rápidas entre las piernas. Recuerdo una imagen de mi espalda pegada al tejado de ladrillo del hotel, el vestido remangado hasta la cintura con aspereza y Henry pegado a mí, mis manos resbalando por su cálida espalda húmeda de sudor del aire de julio. Cómo se le contrajeron los músculos cuando alcanzó el clímax.

—No puedo hablar de eso aquí. —Su tono es provocador y lo oigo resoplar con frustración al decir la última palabra—. Esta noche podremos recordarlo como es debido.

—Está bien, está bien.

—¿Has llamado a Penny?

Adopta un registro normal, vuelve a concentrarse en las obligaciones, como siempre.

—Todavía no, la llamaré. O cocinaré yo. A veces lo hago.

Se hace un silencio.

—Como tú quieras. —Oigo voces de fondo—. Nos vemos esta noche.

Y cuelga sin más.

Me encanta despertar las debilidades de Henry. Disfruto viendo cómo aparece una sonrisa en su rostro rígido o ver cómo sus oscuros ojos inteligentes se nublan de deseo. Me gusta imaginarlo así: poderoso, controlando a la perfección su sala de juntas, con sus elegantes muebles de caoba y sus vistas de toda la ciudad, llena de punzones de acero y nubes, y por debajo de su fuerza y dominación, mientras ladra órdenes que otros hombres corren a cumplir, está distraído pensando en mí. Ya me lo ha dicho en alguna ocasión: «Me distraes».

Siempre he pensado que es una de las cosas más bonitas que le ha dicho a nadie.

Me visto rápido y menos de media hora después estoy dentro de un taxi. La cafetería no está más llena de lo que estaba hace dos días, y Cash está sentado en el mismo reservado con dos humeantes tazas de café en el centro de la mesa de formica gris y azul. Me siento frente a él y me dedica una gran sonrisa mientras cierra el periódico. Abre el portátil.

—Las fotos son increíbles. Estoy impaciente por enseñártelas.

Tiene una expresión animada, los ojos muy abiertos, y se le entrecorta la voz mientras pasea el dedo por el Trackpad. En su fondo de pantalla aparece una niña rubia con pecas y mellada. Me pregunto si será hija suya y le miro la mano. No lleva anillo.

Inicia un pase de diapositivas y gira la pantalla hacia mí. Hay fotografías de Henry, está arrebatador con su traje entallado y el pelo rubio brillando bajo las luces del salón. Me está observando, mirándome fijamente, me sonríe en casi todas las instantáneas. Las fotos en las que salgo yo desprenden menos seguridad, tengo la cabeza vuelta, una expresión insegura o nerviosa, imágenes sinceras en las que me estoy apartando el pelo de la cara u observando a la multitud, o riendo rodeada de un pequeño grupo de gente. Me ha sacado muy guapa, la verdad es que apenas puedo creer que sea yo. Hay fotos de fotos, los retratos ampliados de niños jugando en parques decrépitos, e instantáneas de la decoración, brillantes luces de color azul blanquecino que parecen mágicas al reflejarse en las paredes de espejo de la biblioteca.

—Son magníficas. ¿Cómo has conseguido que se vea así?

Me he quedado prácticamente sin habla, y cuando llego al final de la presentación y vuelve a empezar automáticamente, no puedo dejar de mirarlas. Él se encoge de hombros con un ligero rubor en el cuello.

—Bueno, las cámaras no reproducen la belleza que no existe. Solo la capturan en el momento indicado. La noche fue exactamente así. —Le da la vuelta al portátil para acercárselo y empieza a pinchar fotografías—. Estas son las que quiero utilizar.

Me las enseña.

Hay seis imágenes. Dos de ellas son mías: una de perfil, con la cabeza pegada a la de una invitada, riendo como si fuéramos amigas, yo tengo el rostro ensombrecido; y otra con el brazo entrelazado con el de Henry y la cabeza apoyada en su hombro. El resto son de Francesca, de la gala en sí, de los invitados, del orador. En las dos instantáneas en las que aparezco yo, no veo muy bien mis rasgos; estoy de perfil o girada, el ángulo es impreciso y tengo la cara oscurecida. En una de las seis fotografías reconozco a Molly y a Gunther y se me encoge el corazón, me trepa un sabor agrio por la garganta. Repaso su imagen posando el dedo índice en la pantalla.

—Por favor, solo puedes utilizar la que estoy con Henry. Puedes eliminar la que estoy de perfil.

Señalo la pantalla y chasqueo la lengua. Él ladea la cabeza justo cuando me suena el móvil. En la pantalla aparece el nombre de Lydia, pero rechazo la llamada.

—¿Conocías a esa pareja? Ellos parecían saber quién eras.

Su voz destila la despreocupación forzada propia de alguien que está indagando. Le pone leche y azúcar al café y lo remueve despacio, la cuchara repica contra la porcelana blanca.

—Oh, no los conocía. Ellos decían que me conocían de la universidad o algo así, pero... —Fuerzo una carcajada—. Lo de la universidad fue hace mucho tiempo, así que ¿quién sabe?

Encojo un hombro y frunzo los labios ondeando la mano. Lo único que puedo pensar es: «Por favor, cambia de tema».

—¿Ah, sí? ¿Dónde estudiaste?

—En la universidad de California, en San Francisco.

Me sale antes de poder pensarlo bien, porque estar tan cerca de los treinta significa que el tema de la universidad no sale nunca. Antes tenía la historia muy bien hilada, pero ya hace mucho tiempo que nadie me pregunta, por lo que la verdad se me escapa como el corcho de una botella de champán. En cierto sentido, me siento aliviada al decirlo.

—¿Ah, sí? ¡Una chica de la costa oeste! —Se acaricia la barbilla con actitud pensativa y me mira de reojo. Tiene los dientes muy rectos y una sonrisa amable y jovial—. Dime, ¿por qué estás tan implicada en CARE? ¿Qué te llevó a elegir este camino? —Enciende la grabadora que tiene al lado con habilidad y yo la miro antes de hablar—. Ignórala. Tengo que grabarlo, no tengo nada de memoria para estas cosas. Pero quiero escribir un poco sobre ti si no te importa.

Su interés me intriga. Henry siempre está interesado en mí, en mi pelo o en mi ropa, en cómo estoy o en el aspecto que tengo. En lo que haya hecho o dicho en las fiestas que necesite una leve corrección después. Quiere saber lo que he hecho con mi tiempo, durante el día. Se muestra menos interesado, por lo visto, en mis ideas caprichosas: mis pensamientos desordenados, poco definidos. Aparte de mis actividades en CARE, no suele preguntarme mi opinión acerca de nada.

Admito que no siempre me molesta que me tenga tan controlada. Hay cierta libertad en ello, en no tener que pensar en las cosas de la vida, como en qué comer para desayunar o para el almuerzo, en dónde o qué comprar, en cómo vestirse. A él le gusta enseñarme cómo debo ser. Consigue que deje de preocuparme por no acabar de sentirme aceptada por las clases altas. Niega con la cabeza con desdén cuando le explico que las mujeres se emparejan y acercan las cabezas las unas a las otras casi sistemáticamente durante los actos que preside él, hasta que yo me quedo en medio de la sala sola e incómoda.

Pero esto es distinto. Cash parece genuinamente interesado en mí, y la emoción que siento es casi vergonzosa. No es algo romántico, pero desde que conocí a Lydia no he vuelto a tener un amigo, un amigo de verdad, y la verdad es que, desde que me casé con Henry, Lydia ha sido más bien una conocida. Aunque Cash tampoco es un amigo. Solo lo hace por el artículo. La emoción se deshincha como el aire de un globo.

—Me adoptaron —digo con lentitud y rotundidad mientras hago girar la cuchara entre los dedos. Doy rodeos, la verdad se difumina en medio, atrapada en un desierto emocional al que ya no puedo acceder—. Mi padre adoptivo murió en un accidente de coche cuando yo era un bebé. Nunca llegué a conocerlo. Mi madre adoptiva murió de cáncer de ovarios en 2009, durante mi último año de universidad. Por eso me solidarizo con esos niños. Algunos son huérfanos, otros son niños en acogida con padres drogadictos. Yo pasé un tiempo sin tener padres. Así que supongo que en cierto modo lo entiendo. También tuve una madre biológica que no me quiso.

Nunca le había confesado esto a nadie, y me parece peligroso admitir tanto de mi vida anterior, una vida que ya no tengo derecho a sentir mía. Últimamente siento muchas ganas de recuperarla y, en cierta medida, con obstinación. Incluso con el pequeño desliz del viernes por la noche, el miedo general ha disminuido y en su lugar hay una semilla seca de resentimiento. Estos cinco años de paz me han vuelto imprudente con mi seguridad. Es más, me siento segura admitiendo ciertas partes de mi pasado, como el respiradero de un tanque de presión.

—¿Alguna vez intentaste encontrarla?

—¿A quién?

—A tu madre biológica.

—No. No sé por qué. Supongo que durante muchos años Evelyn fue todo cuanto necesité. Ella era mi mejor amiga. Nunca tuvimos que enfrentarnos a ese estúpido odio de los años de instituto. Tampoco es que intentara salirme siempre con la mía, o que ella me hubiera dejado. Simplemente sentía que buscar a mi madre biológica habría sido un insulto para ella. O algo así.

—¿Y ahora?

—¿Ahora?

—Sí, como ha muerto, ¿por qué no lo has intentado?

Me revuelvo en el asiento, flexiono la pierna izquierda y me siento encima. Había cientos de motivos. Buscar a Carolyn suponía admitir, en cierto modo, quién era yo antes, tanto si la buscaba en la red o con ayuda de un detective privado. De alguna forma tendría que utilizar el nombre de Hilary Lawlor para llegar hasta allí. Para seguir adelante, para continuar viviendo, me había visto obligada a dividir mi vida con un abismo gigantesco que mantenía a Hilary a un lado y a Zoe en el otro. No había ningún puente para volver, por lo menos en mi cabeza. Seguía teniendo un poco de miedo de que Mick o Jared y sus hombres siguieran buscándome, que me persiguieran o que estuvieran esperando a que volviera a cruzar ese puente. Era como si cuando crucé, cuando me convertí en Zoe, Hilary hubiera dejado de existir. No hablaba de ella ni pensaba en ella.

No solía recordar mi pasado, elegí fingir que no había existido, como si hubiera nacido siendo una adulta llamada Zoe. A veces fantaseaba con enfermar y olvidar todos los recuerdos. Excepto a Evelyn. A ella seguía queriéndola.

También estaban las ramificaciones legales. Yo hui. Testifiqué ante un jurado, pero desaparecí antes del veredicto. Jared seguía en la cárcel, en parte porque había marcado a sus once chicas. Pero yo escapé a pesar de las citaciones. No sé si alguien vino a por mí, si me buscaron. En Nueva York, viviendo entre los refugios y las calles, conseguí un carné de conducir y un certificado de nacimiento falsos. Son sorprendentemente fáciles de conseguir si formulas las preguntas adecuadas. Parecía una vagabunda, humilde y digna de confianza. Me costó hasta el último centavo que tenía en aquella época. Pero mi identidad no me pertenecía, por lo menos legalmente. Sin embargo, me sentí más segura que si hubiera dejado que lo hubiera hecho el detective Maslow.

—Supongo que no puedo explicarlo. Técnicamente podría hacerlo. Últimamente he andado un poco perdida.

Como estaba perdida en mis pensamientos, las palabras escaparon de mi boca y, hasta que las dije, no había sabido que era cierto. A veces, las cosas no parecen reales hasta que las verbalizas. Había estado pensando en mi madre, soñaba con ella. La idea de volver a buscarla me había resultado abrumadora y difusa.

—Una vez escribí un artículo sobre el tema. Reencuentros de personas adoptadas. En Texas, hace siete, ocho años —dijo Cash inclinándose hacia delante—. Puedo ayudarte. ¿Quieres que te ayude?

—¿Te aburren las noticias de sociedad? —bromeé señalándole con la cuchara.

Él se reclinó en el asiento y se cruzó de brazos.

—Sí, Dios, ya lo creo. A veces me cuesta mantenerme despierto. —Se rascó la nuca al darse cuenta de lo que acababa de admitir—. No es que tu, emm, gala no fuera espectacular. Y te he conocido y es genial, pero...

Me reí y lo liberé de su tormento.

—Ya lo entiendo. ¿Demasiados ricos y muy poco tiempo?

—Vivo en un estudio al este del Village. Lo que quiero decir es que los meses flojos pueden llegar a ser una especie de tortura para mí.

Me asalta un recuerdo de mi madre, Evelyn, muy elegante con su uniforme almidonado del hotel, adorablemente ceñido a la cintura, haciendo piruetas por la cocina, marchándose para hacer su turno de noche, mientras yo, con dieciséis años, chupaba manteca de cacahuete de una cuchara. Evelyn trabajaba de asistenta durante el día y limpiaba un hotel por las noches o a primera hora de la mañana, en función del turno que le tocara. A pesar de su rompecabezas laboral, siempre nos las arreglábamos para organizarnos.

Nos reíamos de nuestra pobreza, lo llamábamos «financiación creativa», íbamos a buscar latas abolladas de crema de maíz que nos comíamos con tostadas. La cosa cambió cuando se puso enferma por primera vez, ya no parecía ninguna aventura. Daba la sensación de precariedad, como si estuviéramos bailando sobre el filo de una navaja. Fue entonces cuando descubrí que la pobreza tenía consecuencias reales.

Recuerdo muchos meses malos.

· Aparece una camarera, sus ojos azules entornados se pasean por nuestras solitarias tazas de café. Me doy cuenta de que está calculando la propina e intenta no poner los ojos en blanco. Cash paga la cuenta a pesar de mis protestas.

—Déjame ayudarte.

Se muerde el labio. Parece muy convencido.

—Ya veremos, ¿de acuerdo? Escribe el artículo, a ver qué se te ocurre. ¿Me lo enviarás antes de publicarlo?

Me preocupan las fotografías. Soy consciente de que esas imágenes sumadas al hecho de haber admitido que soy de San Francisco podrían hundirme. Hacía muchos años que no actuaba de una forma tan absurda. Por lo menos desde que se publicó aquella fotografía en la revista *New York* en la que me escondía en una esquina, pero, de alguna forma, tenía una extraña sonrisa en los labios.

Aunque no creo que me estén buscando activamente, la idea de ocultarme está muy afincada en mi mente, y la idea de volver me atenaza la garganta.

53

—Por supuesto.

Nos levantamos para marcharnos juntos. Por el rabillo del ojo veo cómo me acerca la mano a la espalda para acompañarme hasta la salida. «Los hombres y sus actos caballerosos.» Me abre la puerta y salgo a una acera llena de gente. Brilla el sol y entorno los ojos mientras busco las gafas en el bolso.

—Llámame cuando hayas escrito el artículo. Me han encantado las fotografías, Cash. Eres muy buen fotógrafo.

Guardo silencio porque estoy siendo sincera y él esboza una gran sonrisa. El cumplido le ruboriza ligeramente las mejillas. Me acompaña hasta la esquina, donde yo seguiré caminando hacia la zona alta y él bajará hasta su despacho.

La señal blanca que da permiso para caminar parpadea y bajo a la calzada. Oigo el rugido de un motor; las voces de la gente han enmudecido. Levanto la vista y me quedo helada. Un coche se está abalanzando sobre el cruce, las luces cabecean cuando pasa por un bache. Mis pies son sólidos bloques de hormigón, están pegados a la calzada. De pronto, algo me golpea y me caigo. Grito y cierro los ojos, mis dedos pierden la correa del bolso. Cuando abro los ojos, Cash respira con agitación a mi lado, tendido en el suelo, le brilla el sudor en la frente y no deja de mirar el cruce con una expresión salvaje en el rostro. El coche —al pensarlo después recuerdo que era un sedán gris que brillaba bajo el sol— ha desaparecido.

—¡Giró a la izquierda!

Una persona de la multitud señala hacia el callejón.

—¿Ha anotado el número de matrícula? —grita Cash antes de levantarse y correr media calle en la dirección por la que ha girado el coche.

Abandona muy decidido y vuelve corriendo conmigo. Me incorporo. Me quema el hombro justo por donde ha impactado contra la calzada.

—¿De qué narices iba ese? —exclama alguien.

Un hombre de rasgos hispanos cruza la calle limpiándose las manos en su delantal blanco. Ha dejado el carrito de comida al otro lado de la calle y se acerca con los ojos desorbitados.

—Ese coche, señorita. —Le falta el aliento y está nervioso—. ¿Está usted bien? Le ha salvado la vida.

Hace un gesto señalando a Cash, que no deja de mirar a un lado y a otro de la calle con preocupación.

Asiento, me levanto un tanto avergonzada y fuerzo una carcajada.

—Debían de estar borrachos.

—No, no, señorita. No era ningún borracho. Estaba aparcado, ¿sabe? Justo ahí. —Señala su carrito de cacahuetes—. Justo delante de mí. Durante una hora o más. Cuando usted cruzó la calle, el coche se puso en marcha.

—¿Qué quiere decir? ¿Que quería atropellarnos?

Cash se pone en pie con agresividad y se apoya las manos en las caderas preparándose para pelear con el conductor desconocido.

—A usted no, señor, usted se fue para el otro lado. —Se encoge de hombros como disculpándose y me señala a mí—. Iba a por ella.

5

La idea de volver a mi piso y quedarme allí sin hacer nada no me seduce.

Cash no había querido dejarme sola, pero nadie había anotado el número de matrícula. Una pequeña multitud se había agolpado a mi alrededor y alguien me dio una palmada en el hombro, con la intención de consolarme, supongo. Nadie podía hacer nada y yo dudaba que el coche hubiera ido a por mí realmente. Parecía demasiado azaroso, demasiado surrealista. Supuse que el conductor sencillamente había cometido alguna negligencia o estaría distraído, se había dado cuenta de que llegaba tarde, y se había saltado un semáforo en rojo presa del pánico. Mandé a Cash a su despacho a escribir su artículo. Empezó a caminar hacia el centro muy receloso y sin dejar de mirar hacia atrás.

Caminé hasta la Sexta Avenida, veintidós manzanas en total, y me quedé vacilante ante el escaparate de La Fleur d'Élise. Incluso a pesar del paseo, todavía tengo el corazón acelerado por el accidente.

Hace bastante tiempo que no vengo —casi un año— y la vergüenza me ruboriza las mejillas. Imagino a Lydia en la habitación trasera, preparando y cortando, y a Elisa delante, comentando cotilleos sobre los famosos a través de la puerta de acero de tamaño industrial que habrá dejado entreabierta. La Fleur es, básicamente, una floristería para eventos. Solo para las estrellas. Elisa lleva mucho tiempo siendo una de las mejores floristas de la ciudad.

Sacudo las manos, que dejo colgar a ambos lados del cuerpo,

y hago rotar los hombros para relajarlos. «Esto es muy mala idea.» Pero no tengo otro sitio adonde ir. Estoy a punto de dar media vuelta y marcharme a casa, o esconderme en una tienda, lo que sea. Me quedo mirando fijamente el mar de taxis, una marea amarilla, se me ponen los ojos vidriosos. Pero alguien toma la decisión por mí.

—Vaya, vaya, mira a quién tenemos aquí.

Lydia está en la puerta de la floristería con los brazos cruzados sobre el pecho y los pies cruzados a la altura de los tobillos. Le brilla algo en la ceja.

—¿Llevas un *piercing* nuevo?

La miro con los ojos entornados y esbozo una sonrisa amistosa. Espero que funcione.

—¿Y eso es un Armani?

Me señala con la barbilla. Levanto las manos con las palmas hacia fuera. Tiene las puntas del pelo corto teñidas de azul. De las orejas le cuelgan unos pendientes largos. Tacones de piel negra. Es probable que lleve medias de rejilla debajo de la falda larga de gasa negra. El pintalabios rojo rodea sus cegadores dientes blancos. Antes nos sentábamos juntas en ese escalón y fumábamos un cigarrillo tras otro.

Da un paso atrás y me abre la puerta. Hace un gesto con la cabeza en dirección a la tienda. Cruzo la puerta y ella me da un golpecito con el hombro.

La tienda rebosa colorido y de pronto me siento nostálgica. La parte de delante, un espacio pequeño y exclusivo, solo se abre con cita previa. Las flores que sobran las venden para banquetes de empresas pequeñas o a clientes privados.

—La otra noche la biblioteca estaba increíble. Gracias.

Agacho la cabeza y aparto la mirada.

—Dale las gracias a Javi. Fue él quien hizo los diseños, no yo. —Me adelanta y me guía hasta la trastienda, que es igual de caótica que siempre—. Aunque no está, lamentará no haberte visto.

«Lo lamentará tanto como un halcón», pienso.

La sala está llena de cubos de acero con flores y sobras que han considerado «menos perfectas», aunque cualquier persona pensaría que quedarían perfectas en la mesa del comedor. Cojo una rosa de tallo largo de color melocotón y rozo el único pétalo roto y marchito. Hay más sobras que de costumbre, y eso solo puede significar una cosa.

—¿Hay boda este fin de semana?

Cojo unos cuantos lirios aterciopelados, los estambres son de un intenso color naranja tigre que resalta sobre el fondo violeta oscuro.

—Es la boda de los Slattery. —Lydia está en la mesa de preparación cortando como una loca, sus tijeras repican contra la mesa de acero inoxidable—. No podemos hacer mucho hasta el miércoles, pero podemos empezar a preparar las que son más resistentes.

Observo cómo corta los tallos a lo largo con un cuchillo, luego les da la vuelta a las hojas y da forma al follaje. Si cierro los ojos, puedo imaginarme que sigo trabajando aquí: Lydia y yo sentadas una junto a la otra cortando y podando con los pulgares vendados. Hago girar mi anillo de casada en el dedo.

Es impresionante que hayan conseguido la boda de los Slattery. Mikael Slattery ha sido uno de los diez solteros más codiciados durante casi una década. Lo había visto con una morena de piernas largas en las recepciones y fiestas a las que había acudido con Henry. He olvidado su nombre. ¿Natalie? ¿Natasha? Ah, sí, Nadine algo.

Me aguanto las ganas de tocar una de las flores mal colocadas, ponerla de nuevo en su sitio, sugerir que el vibrante color naranja podría ensalzarse con tonos melocotón, no con amarillo. Esas serían las viejas conversaciones entre la antigua Zoe y Lydia. Ahora somos personas nuevas, con una amistad nueva. Eso si me acepta.

—Bueno, ¿dónde has estado metida, Zo? —Me sonríe y la comisura de su boca roja se curva hacia arriba—. Te llamé.

—Sí, ya lo sé. —La libreta de la boda está encima de la mesa y la hojeo. Las páginas están llenas de ideas sobre diseños, colores y detalles. Sé que al principio hay una biografía sobre la novia y el novio, pero no las leo—. ¿Dónde está Elisa? —pregunto.

—Esta mañana tiene una clase.

Miro el reloj. Es mediodía. Elisa da clase en la escuela de diseño floral de Nueva York. Y el día que tiene clase no vuelve hasta después de las dos. Por lo menos solía ser así. Alargo el brazo y apoyo la mano sobre la de Lydia, que está tirando de la hoja de una rosa. Noto la aspereza de sus nudillos bajo la palma. Vacila, maldice y suelta el tallo; en su pulgar florece una gran gota de sangre. Un error de principiante.

Corto una servilleta de papel y se la ofrezco.

—Vamos a buscar algo para comer.

Caminamos las dos manzanas hasta Sam's y Lydia se preocupa por su pulgar como si fuera una incisión quirúrgica. Lo inspecciona y se lo tapa, lo aprieta, lo destapa, se limpia una gran gota de sangre.

La cafetería está exactamente igual: cálidos tonos marrones y las paredes cubiertas de arte de punta a cabo. Marcos brillantes con colores sorprendentes. Mesas de mosaico y sillas de hierro. El delicado sonido de jazz de un saxofón flota en el aire. Sam está apostado tras el mostrador. Su prematuro pelo gris es más escaso que antes, pero lleva una camiseta que reconozco a pesar del tiempo que hace que estuve aquí por última vez.

—¡Zoe! —Salta extendiendo los brazos y yo lo abrazo algo incómoda por encima del mostrador con la caja registradora entre los dos y pegada a mi hombro—. ¿Lo de siempre?

Me guiña el ojo y yo me río y asiento. Observo cómo añade caramelo y leche a un gran vaso de papel. Lydia dice algo justo cuando él acciona el espumador de leche. Señala una mesa y nos sentamos.

—No estés enfadada conmigo —digo demasiado fuerte, justo cuando se apaga el zumbido de la máquina de hacer capuchinos.

Puedo soportar el mal humor de Lydia, sus pataletas, sus respuestas incendiarias y su sarcasmo, pero su silencio siempre me ha destrozado. Lydia es un prodigio cuando calla: sus muros crecen, resuenan y se vuelven fríos como un dolor glacial.

Esboza una sonrisa. Tiene líneas de expresión nuevas alrededor de los labios.

59

—Siempre acabas cediendo.

Sam nos trae el café y un plato de bollos: *baguettes* con queso *brie*, cruasanes con mermelada de arándanos. Les untamos mantequilla en silencio.

—No estoy enfadada contigo. Te echo de menos. ¿Tan malo es?

Evita el contacto visual. A Lydia no le va el rollo sentimental. No sé qué decir. Nunca hemos sido la clase de amigas que se mandan tarjetitas de felicitación.

—No. No es malo. Yo también te echo de menos.

Quero explicárselo todo. Molly y Gunther. El coche. El accidente. Henry. Las palabras me inundan la boca, se me amontonan detrás de los dientes. Trago saliva.

—¿Y qué ha pasado? Es la primera vez que te veo desde hace casi un año.

Se mete un trozo de cruasán con *brie* en la boca y yo dejo mi *baguette* en el plato, me he quedado sin apetito.

—No. Te vi. —Entorno los ojos y miro el techo—. En enero. En la fiesta que se celebró para el bebé de Peter.

Chasqueo los dientes triunfante.

Ella se queda boquiabierta.

—Aquello fue una casualidad. Nosotras nos encargamos de hacer los adornos florales. Tú eras una de las invitadas. Y fue incomodísimo.

—A mí no me pareció incómodo —le miento. Y luego añado con poca convicción—: Estabas fantástica. Y Javi también. Todos estabais guapísimos.

—Antes vivíamos juntas, nos veíamos cada día. Entiendo que después de casarte no pudieras seguir encadenada a mí todo el tiempo. Pero un año... o sea, venga ya. Te he llamado. Sigo llamándote.

—Ya lo sé. —Cruzo las piernas y me golpeo la rodilla con la mesa. El café me salpica la muñeca—. Además, hemos hablado. No es que te haya ignorado. Solo hemos estado... ocupadas.

—Y una mierda.

Me muerdo la mejilla para evitar sonreír. En este ambiente en el que todo el mundo parece tener motivaciones secretas o malas intenciones, añoro mucho a Lydia.

No espera a que le conteste.

—Dime qué ha pasado, ¿por qué ahora?

—Solo te necesitaba de nuevo en mi vida. Lo siento. ¿Es suficiente?

Sacude los dedos y me lanza algunas migas, luego se encoge de hombros.

—Supongo que sí. ¿Cómo le va a 'Enry 'Iggins?

Ignoro la pulla.

—Está mucho más... ocupado. Paso muchas horas sola. ¿Crees que Elisa me dejaría, no sé, trabajar como voluntaria de vez en cuando?

Lo último lo digo rápido.

—¿Dónde? ¿En la tienda?

Abre los ojos como platos, el diamante que lleva en el *piercing* le brilla en la ceja.

—Sí. Puede que sea una tontería.

Jugueteo con el tenedor y aprieto los dedos contra sus puntas hasta que me duele.

—Estoy segura de que sí. ¿Estás bien?

—Solo añoro estar allí. Echo de menos el olor, diseñar, a ti. Incluso añoro sus peticiones ridículas.

—Dos cafés, uno caliente, otro frío. Siete servilletas, por favor. —Lydia alza el tono y finge un acento francés parecido al de Elisa. Sonreímos—. ¿Por qué estás sola?

—Porque Henry está ocupado. Trabaja los siete días de la semana. Nuestro piso es enorme. Me siento como una canica dentro de un jarrón. Necesito tener algo que hacer. Sentirme útil.

—Tienes la organización benéfica para la que te presentaste voluntaria, ¿no?

—Sí. La gala benéfica fue increíble. —Sonrío al recordarla y ella hace un sonido fingiendo aprobación—. Pero no puedo hacerlo todo el tiempo. No puedo hacerlo cada día.

—¿Y Henry te dejará?

Intento fingir que es una pregunta ridícula. «¿Si me dejará?» Pongo los ojos en blanco. Pero no contesto.

—¡Ja! No se lo dirás. —Su tono es plano—. ¿En serio, Zo? Qué clase de matrimonio es si...

61

—Hablas como si fuera un maltratador.

Aparto el plato y repica contra la mesa. Lydia no entiende las relaciones, el intercambio que suponen, nunca las ha comprendido. Pienso en el desfile de hombres que han pasado por su vida: altos, bajos, delgados, fornidos. No tiene ningún tipo en particular. Ella consumía a los hombres, los devoraba, hasta que se convertía en todo su mundo. En cuanto alguno de ellos le pedía algo —que cambiara algo, aunque solo fuera para que pudiera pasar más tiempo con él, quizá que no trabajara entre doce y catorce horas en la floristería porque, afrontémoslo, no estábamos salvando vidas—, lo dejaba. Y si alguien le preguntaba, los ninguneaba haciendo un gesto con la nariz, como si no hubieran existido nunca. «Oh, Carl.» Ponía los ojos en blanco. Solo porque la querían demasiado. Era agotador.

—No, solo pienso que es muy controlador.

La miro un poco enfadada.

—Déjalo, Lydia. Es protector. Tiene derecho a serlo. Está traumatizado por su pasado. —Bajo la voz—. Estuvo casado, pero su mujer murió en un accidente de coche.

Aprieta los labios. Me doy cuenta de que quiere saber los detalles, pero no pregunta. Me alegro, porque tampoco los conozco. Henry sigue teniendo pesadillas, patea entre las sábanas y grita el nombre de su anterior esposa en sueños. Tara.

Sam espera junto a la mesa en la que tienen el azúcar y la leche, a escasos metros de nuestra mesa. Abre las tapaderas de todos los tarros y los rellena, primero de un lado, luego del otro, y cuando ya no parece encontrar un motivo para seguir allí, se da media vuelta y se marcha a la cocina. El volumen de la música baja y apenas es audible.

—Nos divertimos mucho en aquel apartamento horrible de Hoboken —digo.

Recuerdo las habitaciones minúsculas, lo único que separaba nuestras camas era la sábana que colgamos, un fino velo de privacidad que anticipaba las actividades individuales que estaban por llegar. La segunda semana ya la habíamos pegado a la pared, la atamos con un cordel de cocina y le clavamos una chincheta. El resto del piso consistía en un comedor, donde solo cabía un monstruoso sofá de tela escocesa enorme que encontramos en la calle, y una cocinita que parecía de juguete.

—¿Llegaste a encontrar a Carolyn?

Ladea la cabeza, le brillan los ojos. Cuando conocí a Henry, yo estaba en plena búsqueda. Lydia y yo habíamos rastreado los periódicos de San Francisco, páginas web sobre adopción, incluso llegamos a llamar a una tía de Evelyn. Lydia era la compañera perfecta, su sed de misterio y su creatividad me empujaron a seguir mucho más tiempo del que hubiera debido. Nunca encontramos nada. Lydia sabe lo de mi adopción, pero no sabe nada de Mick.

Y solo Mick sabe lo que le hice a Evelyn.

Entonces empecé a salir con Henry y lo olvidé. La conversación que he mantenido con Cash hace solo un rato me resuena en la cabeza. La sacudo.

—No he vuelto a buscarla, ¿verdad que es raro? Lo olvidé bastante. Aún pienso en ello de vez en cuando, pero no lo suficiente como para hacer nada al respecto.

Siento la repentina necesidad de estar ligada biológicamente a alguien, de tener una conexión irrompible que impida que la fuerza de Henry se me lleve por delante.

Me aterra pensar que he mantenido dos conversaciones acerca de mis madres en un solo día.

Sam aparece a mi lado con sendas tazas de chocolate. Cogemos una cada una. El azúcar me envuelve la lengua, dulce, cremoso. Exquisito. Se marcha dejando un reguero de Polo a su paso.

—Puedo ayudarte a buscar.

Me encojo de hombros y le hago un gesto con los dedos para que lo olvide. Ella se recuesta y se cruza de brazos.

—Estás muy diferente. —Lo dice como si no fuera una cuestión de opinión y tampoco tuviera mucha importancia—: ¿Qué es eso, seda? —Me toca la manga de la blusa con el meñique. Yo aparto el brazo sin querer. Odio que me escudriñen así, que me estudien. He vivido tanto tiempo fingiendo ser normal e invisible que he olvidado lo que es destacar. Y, de repente, con Lydia, siento que destaco, me siento incómoda con mi blusa de seda—. Tienes el pelo de un solo color. Y lo llevas muy largo.

Es verdad. Algunos desconocidos se habían quejado de mi pelo en público. El corto y anguloso corte punk estilo bob que llevaba cuando Lydia y yo vivíamos juntas ha crecido y ahora llevo una espesa melena castaña que me llega a los hombros. No le digo que es porque a Henry le gusta que le haga cosquillas en la cara cuando me pongo encima de él.

—Deja que te ayude a buscar.

No sería Lydia si no entendiera las indirectas. La luz de la ventana se filtra por su pelo teñido de azul y la envuelve en una brillante bruma cerúlea. Me encojo de hombros como si no tuviera importancia, pero se me acelera el corazón. Niego con la cabeza. Una cosa es aceptar la ayuda de Cash, es una cuestión profesional. Y otra muy distinta es recurrir a Lydia, que todavía está enfadada conmigo. Con Cash podría cancelarlo en cualquier momento: «Oh, no importa, ha sido una tontería, ja, ja». Lydia no lo aceptaría, ella insistiría y excavaría, con su mirada incisiva y sus manos hábiles, hasta desenterrar el último detalle sórdido de mi vida, y lo dejaría al descubierto para que Henry lo viera. No importaba lo que dijera Lydia, Henry era lo único que me quedaba.

Miro el reloj. Son las dos pasadas. Elisa ya habrá vuelto a la tienda, se habrá enfadado al ver que Lydia no está, el cartel de «cerrado» y el mostrador vacío. Pagamos la cuenta, dejo un billete de diez dólares de propina en la mesa cuando Lydia no me mira. No estoy segura de que la motivación sea del todo altruista y me vuelvo para mirar a Sam, que sigue cerca de nuestra mesa tratando de escuchar nuestra conversación. No me he imaginado su curiosidad. ¿Estaba guardando las apariencias? «Puede que viva dominada por otra persona, pero ahora tengo dinero.»

El camino de vuelta a la tienda es corto y Lydia entrelaza el brazo con el mío y me va golpeando la cadera mientras camina.

—¿Podemos repetir esto? ¿Pronto? —pregunta extrañamente tímida.

—¿Le comentarás mi propuesta a Elisa? Lo que te he dicho sobre volver. Digamos, una vez por semana.

—Será como en los viejos tiempos.

Lydia esboza una sonrisa roja y blanca.

Cuando llegamos, la tienda sigue vacía, cerrada y oscura, y Lydia entra, enciende las luces y deja la puerta abierta, como si no hubiera salido. Nos abrazamos, pero rápido, la palmadita en la espalda de rigor y un beso al aire. A las dos nos incomoda el contacto físico. Me apresuro hasta la esquina de la calle y cojo un taxi.

Cuando ya estoy a medio camino de casa, recuerdo el coche que se abalanzó sobre mí. No consigo decidir si decírselo a Henry o no. Parece una tontería: un conductor imprudente, un semáforo inoportuno. La verdad es que no vale la pena ni comentarlo. Además, solo conseguiría preocuparlo.

Se preocupa demasiado.

6

*D*espués de todo, Penny prepara la cena: un finísimo carpacho de atún sobre una cama de crujiente achicoria roja y una hogaza de pan crujiente con un poco de ajo y un chorrito de aceite. A Henry le gusta cenar ligero porque siempre disfruta de comidas muy pesadas rodeado de piel y madera de caoba, con puros, filetes de carne jugosos y sedosos cabernets.

Cuando llego, la mesa ya está puesta y grito un saludo hacia la cocina donde oigo cómo Penny canturrea algo sensual a ritmo de jazz. Subo corriendo las escaleras y me cambio de ropa, elijo unos vaqueros y una camisa. Me recojo el pelo en un moño bajo informal y vuelvo justo cuando Henry aparece por la puerta.

Me dedica una sonrisa brillante, veo asomar sus dientes y cómo aparecen arrugas junto a los ojos, y se me corta la respiración. Me abraza y me da un beso en los labios, me pasea la lengua por el labio inferior hasta que me tiemblan las rodillas. Me deshace el moño y entierra los dedos en mi pelo.

—Suelto —murmura, y yo me río.

Me separo de él contoneando las caderas en actitud provocadora y me vuelvo a recoger el pelo. Él niega con la cabeza en broma. Lo cojo de la mano y lo llevo hacia la cocina donde Penny nos está sirviendo los platos. Los lunes y los jueves compartimos cenas informales en la isla central de la cocina. Mi tarde con Lydia me ha dado una nueva perspectiva, me ha recordado la suerte que tengo. Todo el apartamento que compartíamos habría cabido dentro de esta cocina.

—Es perfecto, Penny. Hoy he comido filete y me preocupaba que hubieras preparado carne roja.

—Henry, los lunes nunca cocino ternera.

Le da una palmadita en la mano y se da media vuelta para seguir con lo que fuera que estuviera haciendo en el fregadero. Lleva la corta melena gris recogida en un moño bien apretado y viste unos vaqueros y un jersey holgado. Está un poco demacrada.

Antes pensaba que el personal de servicio llevaría uniforme y nos llamaría señor y señora. Mis conjeturas procedían de Evelyn. Ella formaba parte del personal de servicio de más de una casa de la Bahía. Cogía el tren desde Richmond hasta Berkeley y de allí a San Francisco, un viaje de dos horas todas las mañanas. A veces intento imaginarme a Evelyn aquí, ocupando el lugar de Penny, y la imagen se me escurre de la cabeza tan resbaladiza como un espagueti húmedo. Ella hablaba de sus jefes con formalidad y veneración, el señor Misaka, la señora Tantor. No solo los respetaba, también los admiraba.

Pero Penny es diferente. Ella no parece personal de servicio. Penny parece una madre, alguien que cuida de Henry y de mí sin hacer ruido y que nunca pide nada a cambio. En alguna ocasión la he oído hablar con Henry con mucha confianza, incluso bromeando. Ella le toma el pelo y él lo permite. Lleva sirviendo a la familia de Henry desde que él era joven, conoció a sus padres antes de que murieran, conocía a su mujer, sabe más de él que yo. No oculta su lealtad hacia Henry. No es desagradable conmigo, pero tampoco se muestra excesivamente cercana. La he sorprendido mirándome con una extraña fascinación, como si yo fuera un insecto al que observara con una lupa.

Cuando empezamos a salir, le pregunté a Henry al respecto.

—Me parece que a Penny no le caigo muy bien.

Henry respondió con tranquilidad mientras enroscaba la pasta alrededor de su tenedor con los ojos clavados en el plato.

—Sabe que yo pago sus facturas. Si no se lleva bien con mi nueva esposa, podría arruinarse la vida. Supongo que mantiene las distancias para protegerse.

—Me pregunto si estará enamorada de ti.

Henry se rio y soltó el tenedor.

—¿Enamorada de mí? ¡Es por lo menos veinte años mayor que yo!

—Eso no significa nada —protesté—. Tú eres diez años mayor que yo.

—Su marido está muy impedido, ¿sabes? Se quemó en un incendio cuando yo era un niño. —Frunció los labios—. Una tragedia. Necesita el dinero, Zoe.

Y me sentí como una tonta. Estúpida, mezquina y tonta.

Pero a veces nos mira con mucha curiosidad, como si no supiera quién es Henry, como si yo fuera un espécimen raro. No se limita a mirarme, me examina. Luego, cuando Henry y yo estamos juntos, casi ni me mira. Y una vez entré en la cocina justo cuando la escuché decir: «Henry, esto no está bien. No me parece adecuado». Y cuando me vieron cambiaron de actitud, Henry le dio unas palmaditas en el hombro y murmuró que ya hablarían luego. Supe que ella estaba hablando de mí, sobre mis orígenes, mi misterioso pasado, mi infancia pobre.

68

Pero antes de que pudiera protestar o pedirle explicaciones, aparecía a mi lado con mi ropa de la tintorería limpia, el carísimo frasco de champú que casi se me había acabado pero todavía no había pedido y las invitaciones a las fiestas que nos habían enviado perfectamente ordenadas.

—¿Cómo te ha ido el día?

Henry está exprimiendo limón sobre su atún con cuidado, preocupado porque su ensalada no lleva pimiento.

—Ha sido interesante. —No sé cuánto contarle. «Empieza con lo peor»—. Hoy casi me matan.

El tenedor de Henry repica contra el mostrador de mármol y se me queda mirando con los ojos desorbitados por el miedo, me doy cuenta de que he sido muy desconsiderada. Muy descuidada. Tara. Penny se ha dado media vuelta y está boquiabierta. Qué cruel.

—Oh, Dios, lo siento, ha sonado muy mal.

Henry carraspea.

—¿A qué te refieres con eso de que «casi te matan»?

Le apoyo la mano en el brazo y le acaricio la muñeca.

—Lo siento, no he pensado... Bueno, estaba cruzando la calle y un coche se ha saltado un semáforo en rojo y casi me atropella. Un periodista del *Post* me ha salvado la vida.

Aprovecho la situación para hablarle de Cash. A pesar de la actitud de Lydia, Henry no es tan controlador. Siempre se interesa demasiado por lo que hago y es protector. Tiene buena intención.

—¿Un periodista?

—Lo siento, no debería haber sido tan directa. Me olvidé de... Bueno, de Tara. He sido muy desconsiderada.

Henry se limpia los labios, primero una esquina, luego la otra. Un momento después, deja la servilleta y me da una palmadita en la mano.

—No pasa nada. Tara formaba parte de mi vida, no de la tuya. Explícamelo otra vez. ¿Un periodista? ¿Te salvó la vida?

Le explico la historia y consigo volver a hablar de Cash. Henry se inclina y me da un beso, los labios le saben a limón y a pimienta.

—Me alegro de que estés a salvo. La gente va como loca al volante.

Me apoya la mano izquierda en el muslo.

—¿Cómo te ha ido el día?

Pincho un trozo de atún y me lo meto en la boca. Henry me está mirando y yo me chupo el aceite de oliva del labio superior.

—Ah, pues creo que igual que todos.

Penny está de espaldas a nosotros guardando el último plato. Se vuelve y se dirige a Henry, como es habitual, no a mí.

—¿Necesitan algo más antes de que me marche?

Baja la mirada. Me pregunto qué pasaría si yo gritara, aullara, le hablara directamente. Lo que sea. Me pregunto adónde va, a quién se encuentra cuando llega a casa. ¿Su marido vive con ella? Me la imagino en una casa de Queens, con un marido inválido encerrado en un dormitorio pequeño y sucio, rodeada de quince gatos, todos con nombres de personajes de Disney. «El Capitán Garfio se come todo el atún.» Les habla con ese susurro suyo tan cantarín que todavía suena joven mientras los animales maúllan y se le suben al regazo.

Henry ni se inmuta.

—Gracias, Penny. La cena está estupenda. Disfruta de la velada.

Penny se despide de mí asintiendo con la cabeza y me dice adiós sin decir mi nombre, cosa que no hace nunca —no creo que lo haya dicho ni una sola vez—, y oigo sus pasitos alejándose hacia la puerta. Me vuelvo hacia Henry y se le oscurece la mirada, y por un momento que parece ser eterno nos quedamos mirándonos fijamente.

—¿Quién es ese Cash? —pregunta Henry acercándose a mí y retirando su plato.

Tira de mi mano, me estrecha contra su pecho y me sienta sobre su regazo. Yo me acomodo a horcajadas sobre él, pero me retiro un poco. Solo parece desearme y estar así de desesperado cuando se siente invadido.

—Hoy he visto a Lydia.

Jugueteo con los botones de su camisa dándoles golpecitos con las uñas. Quiero explicarle lo de la floristería, mi idea de volver, que eso podría acallar esta sofocante sensación de que no estoy haciendo nada con mi vida. Estoy a punto de cumplir los treinta y ya no tengo profesión. Ni amigos. Ni nada de lo que tienen el resto de personas de treinta años.

Tira de mi mano y me la besa.

—Estaba pensando que podría volver a la floristería. Uno o dos días a la semana. El trabajo con CARE apenas me mantiene ocupada. Necesito hacer algo.

—Ya lo creo —concede, y me besa en el cuello, y entonces me doy cuenta de que está de broma. Se refiere a que me ocupe de él.

—No. Henry, hablo en serio.

Me inclino hacia atrás y me alejo de él, pero sonríe. Es una sonrisa cálida, abierta e invitante. Adoro a este Henry, cuando está tan desarmado, con esa cara que me recuerda a la de un niño, llena de esperanza y deseo. Me agarra de la cintura y me sienta sobre la encimera de mármol. Me dibuja círculos en los muslos y noto cómo mi irritación desaparece y en su lugar aparece una necesidad creciente. Esto es lo que hace siempre que intento hablar con él.

Me desabrocha la blusa y pasea sus manos sobre mis costillas. Su caricia es eléctrica. Cada vez que me roza noto un chispazo en la piel. Él lo sabe y esboza una sonrisa satisfecha. Pero me gusta más cuando soy yo quien lo atormenta. Me sujeta de los hombros y descansa la cabeza en mi regazo. Cuando vuelve a levantarla, me mira a los ojos y me aprieta de las mejillas con tanta fuerza que resulta casi doloroso.

—No puedo perderte a ti también —su voz retumba con gravedad y energía.

Me pasa el pulgar por el labio inferior. Se lo muerdo con suavidad.

—Henry, no vas a perderme.

Carraspeo.

—Ya sé que quieres ser libre, volar y hacer lo que te apetezca. Sé que te retengo. Lo siento. Solo... ten paciencia. Espérame.

—Henry. —Le pongo el dedo índice bajo la barbilla—. Estabas con Tara cuando murió, ¿verdad? Retenerme no te ayudará a evitar que pueda pasarme algo. ¿Lo entiendes? Todos tenemos que vivir nuestras vidas.

—Nunca pensé que volvería a amar a nadie. No soy un hombre enamoradizo. Pensé que había tenido mi oportunidad y que se había acabado.

Me bajo de la encimera, me siento sobre su regazo y lo miro. Le beso las mejillas, los ojos cerrados.

—No me va a pasar nada.

Puedo sentirlo a través de la fina tela de los pantalones del traje, duro e insistente; pongo la mano encima y le rasco un poco con las uñas. Se le cierran los ojos.

Me separo de él y lo cojo de la mano.

—Vamos arriba.

Dejamos los platos de la cena sobre la encimera y el vino intacto. Casi como si no hubiéramos estado allí.

Más tarde, mientras todavía estamos con las piernas entrelazadas, Henry me acaricia la tripa. Ha enterrado la cara en mi cuello. Tiene la respiración entrecortada, a veces es re-

71

gular y constante como si estuviera durmiendo, pero luego se sobresalta y me estrecha con más fuerza, como si no consiguiera acercarme lo suficiente a él. Me ruge el estómago y pienso en nuestras ensaladas, languideciendo en la isla central de la cocina.

—Quiero pizza —espeto.

Levanta la cabeza soñoliento.

—¿Pizza?

—Sí. De una pizzería.

Nunca pedimos pizza.

—Hmmm, está bien. Pide pizza.

Me rodea con la pierna para inmovilizarme contra la cama y finge quedarse dormido. Yo intento quitármelo de encima y me río.

Me libero y me pongo una de las camisetas que Henry utiliza para hacer ejercicio. Él se incorpora apoyándose sobre los codos y me mira ladeando la cabeza para contemplar la curva del trasero que asoma por debajo del dobladillo de la camiseta. Silba y me da una palmadita en la piel desnuda. Lo ignoro haciendo un gesto con la mano.

Pido la pizza desde el baño. Tengo una sensación de vértigo en el pecho. Soy consciente de que no he acabado de explicarle mi encuentro con Lydia. La tarde me resulta tan lejana como si le hubiera pasado a otra persona. Siento una punzada repentina de lástima por ella, con su cínica superioridad y sus ideas preconcebidas sobre lo que es una relación amorosa, sin tener ni idea del intercambio que supone. Es muy probable que nunca llegara a sentirse completa con un amor como este. Ella nunca se permitiría ver los defectos de un hombre, aceptarlos y adaptarse de alguna forma para encajarlos. Ella nunca se dará cuenta de que es una calle de doble dirección, el modo en que el hombre adecuado se rendiría ante ella para amoldarse a su persona, moldeándose a ella hasta encajar correctamente.

Cuando llega la pizza, me pongo unos pantalones cortos para abrir la puerta y luego vuelvo al dormitorio con servilletas de papel. Henry se incorpora en la cama, se rodea la cintura con las sábanas y me mira con asombro.

—Creo que hace veinte años que no comía pizza en la cama. Coge una porción y le da un buen mordisco, el queso le gotea por la barbilla. Coloco la caja entre los dos. De repente estoy hambrienta. Masticamos en silencio. Me doy cuenta de que no tengo ni idea de la hora que es.

—Bueno. Volvamos a Lydia.

Miro la caja que tengo delante y me pregunto qué dirá. Ya ha saciado su apetito de pizza y sexo, tiene las piernas colocadas en forma de V relajada y hemos entrelazado los tobillos.

—La chica punki, ¿verdad? Ya me acuerdo de Lydia.

¿Es que no me estaba escuchando en la cocina? Intento no desesperarme.

—Añoro tener una amiga. Ya no hablo mucho con ella.

—Bueno, ahora tenéis ideas diferentes. Tú eres una mujer rica y perteneces a un mundo distinto. Ella no. Eso distancia a muchas personas.

—Es más que eso.

Retiro el tobillo y me siento encima de él mientras tiro de los bajos de su camiseta. Recojo miguitas imaginarias del edredón.

—¿Ah, sí?

Alza una ceja.

—Henry, ¿te cae bien?

Elijo las palabras con cuidado mientras vadeo por el campo de minas que supone cualquier «tema delicado» con Henry. Y, como de costumbre, vuelvo a sentir que la puerta se cierra antes de que diga nada.

—No tengo ninguna opinión sobre ella, Zoe. —Se yergue un poco y contrae el rostro, ya vuelve a ser Henry—. Puedes hacer lo que te plazca, con quien quieras.

La persona que dice cosas como «lo que te plazca» y el hombre que me ha dado una palmada en el culo desnudo hace solo unos minutos no son el mismo. Cambia muy rápido de personalidad, como los actores de una obra de teatro.

—Nunca me ha parecido que aprobaras mi relación con ella.

Dejo la pizza y le toco la mano. Él la mira inexpresivo.

—Claro que la apruebo, Zoe. No pasa nada.

73

Se levanta, coge la caja y las servilletas arrugadas y limpia las migajas del edredón blanco. Murmura algo que suena a «migas en la cama».

Me entra el pánico; lo estoy perdiendo. Tomo una decisión estratégica.

—Me ha recordado algo que había olvidado. —Pongo bien los cojines e intento parecer despreocupada—. Cuando tú y yo nos conocimos, yo había empezado a investigar, intentaba encontrar a Carolyn. Estaba indagando. —Me está mirando fijamente, con los ojos abiertos como platos y una expresión dura en el rostro. Prosigo—. Me gustaría saber si me puedes ayudar ahora. Eres rico, poderoso, tienes conexiones.

A Henry le encanta ser un héroe y alguien con éxito. No hay nada que le guste más escuchar que: «¿Puedes ayudarme?».

Espero que esto funcione, que se convierta en el puente que nos conecte, que lo devuelva a la cama, ponga el tobillo encima del mío y me entierre la cara en el cuello mientras piensa en cuál de las personas que conoce puede ayudarlo a encontrarla, y cómo podemos hacerlo. A quién podría pagarle, «contrataremos al mejor detective privado de la ciudad». Estoy convencida.

Pero tiene la boca cerrada y aprieta los dientes.

—¿Por qué no soy suficiente para ti, Zoe?

Le cuelgan las manos a ambos lados del cuerpo, pero está apretando los puños.

—Oh, cariño, solo quería decir que…

—Ya sé lo que querías decir. —Da una palmada en la cama, con fuerza, y me sobresalto—. En una sola noche me dices que han estado a punto de matarte, que has contactado con una vieja amiga, una persona desastrosa que parece una delincuente, y ahora quieres escarbar en tu pasado para encontrar a tu madre biológica a pesar de que, según tú misma me explicaste, tu pasado está rodeado de secretismo y es confuso, y no tienes parientes vivos. Maldita sea, Zoe, hemos construido una vida juntos.

Me sorprenden sus palabras, su valoración de la noche y lo drásticamente diferente que es de la mía.

—¡Henry, te lo estoy explicando porque me siento unida a ti! Por favor, escúchame…

—He dicho que puedes hacer lo que quieras. Y lo digo en serio. Pero estás inquieta. No estás contenta con nuestra vida. A pesar de todo lo que tenemos, tú quieres más. Sacas a relucir a esa Carolyn cada vez que me doy la vuelta. Es la mujer que te abandonó. Yo soy el hombre que está aquí. Y nunca será suficiente.

La ira le ilumina los ojos y escupe las palabras con furia.

—¡Henry! ¡No! —grito. No puedo evitarlo.

Ni siquiera me está escuchando. Todo esto parece ridículo. Es evidente que no entiende de qué estoy hablando ni lo que le estoy pidiendo.

—No te atrevas a levantarme la voz de esa forma.

Lo dice despacio, con un tono bajo y aterrador, y me encojo. Nunca había tenido miedo de Henry.

—Henry. Soy feliz aquí. Pero no pienso quedarme paralizada toda mi vida. No puedes retenerme en esta jaula de mármol.

Hablo despacio y claro. Me ha dolido que haya dicho que esa mujer me abandonó, pero no se lo voy a decir.

Nos quedamos de pie mirándonos durante algunos minu- 75 tos, los dos con poses idénticas, él ha apoyado las manos en las caderas. Tiene dilatadas las aletas de la nariz. La pizza se me indigesta, grasienta, y me revuelve el estómago.

—Solo quiero ser suficiente para ti, Zoe. Es lo que más temo, no serlo.

Deja caer los brazos y me da la espalda. Cruzo la habitación y le toco la espalda desnuda. Tiene la piel fría.

—Ya eres suficiente para mí.

Le pego la nariz a la espalda e inspiro.

—No es verdad. Y nunca lo seré. Te marcharás. Me quedaré solo.

—Eso es absurdo. —Le rodeo la cintura con los brazos—. No me marcharé solo porque la encuentre. Es absurdo. Ni siquiera sé si querrá conocerme.

—Entonces esto es cosa de Lydia, ha sido idea suya. Has empezado a mencionar a Lydia y a Carolyn al mismo tiempo. Hemos pasado el último año en este mundo. Son círculos sociales distintos, Zo. Esa chica te volverá a arrastrar a su mundo.

—¿Qué? ¿Es que crees que no tengo opinión propia? —Lo acerco a mí—. Te quiero.

Me da una palmadita en la mano, luego se deshace de mi abrazo. No se vuelve para mirarme y suspira.

—Ahora. Me quieres ahora.

—Henry, el amor no tiene nada que ver con el crecimiento personal. El hecho de que yo haga una amiga nueva o encuentre a mi madre biológica no significa que vaya a olvidarte o a dejarte atrás.

—Eres un ave exótica, Zoe. No te das cuenta.

—Esto es absurdo, Henry. Te querré pase lo que pase.

—No estoy preparado, Zoe. No estoy preparado para que nos adentremos en nuestros respectivos pasados. Hemos estado viviendo en esta burbuja, viviendo en el presente. Lo he disfrutado mucho. Pasé el año anterior a conocerte viviendo en el pasado. No puedo mirar atrás. Todavía no. ¿Es que no lo entiendes? ¿Puedes darme tiempo?

—Tiempo —repito. La palabra parece incoherente.

—Sí. Tiempo. Déjame comprenderlo. Entonces quizá incluso te ayude. Podemos hacerlo juntos. Pero necesito estar preparado. Hay muchas cosas que no sabes sobre mí. Ya lo sé y es culpa mía. Te he mantenido alejada de mí, de ciertos episodios que no estaba preparado para visitar. No ha sido justo, pero… —Se encoge de hombros—. Ha sido así.

—Está bien. —Asiento lentamente. No acabo de entenderlo, pero el amor verdadero implica sacrificio, comprensión y saber dar cuando lo que quieres es recibir—. Supongo que puedo darte tiempo.

Incluso aunque no tenga ni idea de lo que significa.

Me abraza con fuerza, sus brazos me rodean como un tornillo. No estoy segura, pero creo que noto lágrimas en el pelo.

—No pienso dejarte marchar. Otra vez no.

7

Nueva York, febrero de 2013

—¿*T*ienes una cita?

Tengo un puñado de anturios lánguidos en la mano, con unos pétalos curtidos que parecen hojas llenas de nervios, es una flor masculina. Es fálica, el estambre sobresale como un pene.

—Es un banquete corporativo. —Lydia me mira con ojos suplicantes—. Es una cita importante. Todo irá bien.

—Elisa me odia. Esto no le va a gustar.

Refunfuño haciendo pucheros mientras doy forma al último ramo.

Elisa critica mi forma de cambiar los cubos de agua. Imagino el balanceo de su cola de caballo lisa de color rubio grisáceo cuando niega con la cabeza, su forma de apretar los labios con una mueca mientras va enumerando —con su eficiente acento entrecortado y sus dedos delgados— todas las cosas que debería haber hecho de otra manera. Elisa mide un metro y medio y tiene sesenta años, pero me tiemblan las manos solo de pensarlo.

Javi espera en el camión y pita dos veces impaciente.

—Por eso no se lo vas a explicar. —Lydia me da un beso en la mejilla y una palmadita en la cabeza. Como si fuera un perro—. Ibas a ir conmigo de todas formas. Ahora solo estás al mando.

—Elisa se va a enfadar muchísimo y lo sabes. Espero que el chico valga la pena.

—En absoluto. Si no he vuelto a casa a medianoche, quiere decir que me he quedado en su piso, ¿vale?

Se despide de mí con la mano y sale por la puerta, el tintineo de la campana señala su marcha.

Mientras conduce la furgoneta, Javi habla sin parar, chismorrea sobre Elisa, Paula (su pareja guion novia), incluso sobre Lydia. Yo contesto un «hmmm» en los momentos indicados, pero al final se cansa y avanzamos en silencio entre el sofocante y ruidoso tráfico. Lydia tiene razón, solo es un evento corporativo, pero estoy nerviosa y me seco el sudor de las palmas en los vaqueros. Pienso en todas las cosas que voy a hacer mal. Ya llevo tres años trabajando en La Fleur d'Élise y todavía no me siento segura. Sigo teniendo la sensación de que mi trabajo es mediocre, en el mejor de los casos. Y caritativo, en el peor. Sigo siendo la nueva, la aprendiz.

La cena es pequeña: veinticinco personas en un restaurante de Tribeca llamado Brûlée. Lo único que tengo que hacer es colocar los centros de flores y una planta en un jarrón y marcharme. Los arreglos florales son muy feos, corporativos y masculinos: los globos redondos de las hortensias, los largos y afilados gladiolos. Literalmente un montón de pollas y testículos sobre una vajilla de un intensísimo color rojo sangre. Casi puedo oler el sudor de la autocomplacencia.

Coloco el arreglo floral en la última mesa, cuatro en total, y un ramo de mano, supongo que será un regalo. Blanco, alegre y femenino, imagino que será para la secretaria de alguien.

Me vuelvo para marcharme y choco directamente contra alguien que entra por la puerta. Un montón de bolsas de regalo se esparcen por el suelo y su contenido se extiende a una distancia considerable desapareciendo por debajo de las mesas y las sillas.

—Oh, Dios mío, lo siento mucho.

Me da un ataque de pánico. Esto será lo que llegue a oídos de Elisa, este será el motivo por el que me despida.

El hombre se agacha, recoge los pañuelos de seda y las cajas de bolígrafos. Le brilla mucho el cabello rubio y cuando levanta la cabeza para mirarme sonríe enseñando los dientes y le aparecen unos hoyuelos en las mejillas. Se me para el corazón.

—No pasa nada. No se rompe. ¿Me ayudas a envolverlos otra vez?

Hace un gesto en dirección a la mesa larga donde amontona diez bolsas de regalo, cada una más arrugada que la anterior. Dudo un momento. Desde que trabajo para Elisa me he relacionado con personas muy ricas. Contratan floristas como personal de servicio, personas que se vuelven tan invisibles como los conserjes, las doncellas y las interinas. Puede que los clientes respeten al diseñador y lo traten momentáneamente como a un igual, pero no son tan condescendientes con el mensajero. Yo solo soy la persona que ha traído las obras de la diseñadora. En este caso, Lydia.

El hombre observa los centros de mesa.

—¿Los has diseñado tú?

Niego con la cabeza. Casi puedo sentir el codazo de Lydia en las costillas. Si estoy al mando, tengo que ser la diseñadora. Aguanto las críticas y acepto los elogios.

Sonríe.

—Me alegro. Son horribles. ¿Qué es esto de aquí? ¿Flores negras?

—Em, orquídeas murciélago. Sí, son flores negras.

Tengo la lengua apelmazada, rígida.

Alarga el brazo y me da una palmadita en el brazo.

—Siéntate a ayudarme. Los ha envuelto mi secretaria. Yo soy incapaz de envolver nada. Seguro que a ti se te da bien.

—¿Porque soy mujer?

Arrugo la nariz.

—¿Porque trabajas en el mundo del diseño? —me corrige con cautela.

El rubor me trepa por el cuello.

Se inclina hacia mí con los ojos entornados, sus largas pestañas le acarician las mejillas. Desprende un olor acre: roble, fuerte y algo almizclado, como el interior del tronco de un árbol. Me va pasando las bolsas de regalo y yo voy envolviendo los bolígrafos y los pañuelos con un delicado papel de seda. Nuestros dedos se tocan cada vez que me da el estuche de un bolígrafo, con los diez, y luego acabamos. Tengo la sensación de que el tiempo ha pasado demasiado deprisa.

Me froto las palmas en los vaqueros y, por algún motivo extraño, junto las manos con demasiada fuerza, como si él fuera un alumno de guardería. Me mira extrañado.

—Pues parece que ya me voy —digo.

79

Él cruza el espacio que nos separa.

—Quédate. Sé mi cita para esta horrible cena aburrida y vulgar. Donde todo el mundo hablará de las personas con las que han jodido y a las que han jodido. Tú puedes hablarme de orquídeas negras.

—No puedo. ¿Esta noche? No. No tengo nada que ponerme. Tengo planes. Tengo que leer un libro. Es que... no. —Reculo y noto la pared a mi espalda—. ¿Ni siquiera sabes cómo me llamo?

Me sale en forma de pregunta, o quizá sea un tono invitante.

Se ríe, es un sonido grave pero ligero.

—Me llamo Henry Whittaker. ¿Cómo te llamas tú?

—¿Henry Whittaker? Sé quién eres.

Trago saliva dos veces con el pomo de la puerta en la mano. Trabajar con la florista a quien encargan todos los eventos de lujo que se celebran en la ciudad significa que conocemos a todo Manhattan. Chismorreamos sobre los hombres de negocios más importantes y los magnates del mundillo inmobiliario igual que otros *millennials* siguen a las Kardashian.

—Entonces ¿soy famoso? ¿Y eso te impresiona?

Da un paso adelante y se acerca un poco más a mí con una sonrisa en los labios. Está bromeando, me toma el pelo.

—No. Eres un mujeriego. Eso no me impresiona. —Giro el pomo y reculo por la puerta—. Pero pásatelo bien. No necesito sumarme a la lista de mujeres con las que has jodido o a las que has jodido o lo que sea que hayas dicho.

Salgo por la puerta del salón del banquete y aparezco en el restaurante, donde los camareros están preparando las mesas para la comida. Algunos levantan la cabeza sorprendidos. Cruzo el comedor a toda prisa mientras Henry grita a mi espalda.

—¡Espera! ¡Estaba bromeando!

Abro las puertas y salgo a la calle, donde Javi me está esperando en la furgoneta con la música a todo volumen. Abro la puerta y me subo al asiento de delante.

—Arranca.

Miro atrás y veo a Henry delante del Brûlée observando cómo se aleja la furgoneta y despidiéndose con la mano con aire divertido.

Y

De vuelta en La Fleur d'Élise, me pongo a limpiar. Me entretengo limpiando macetas, enjuagando cubos, hago inventario de bloques de espuma, de cuerda, de abalorios, de aerosoles. No tengo adónde ir. Podría irme a casa, merodear por el piso, esperar a Lydia y a su espantoso acompañante. Lo peor que podría pasar es que volviera a casa, corriera la cortina que separa nuestras camas y se embarcara en una sesión de sexo estridente. No, gracias.

Suena el timbre y dejo el último cubo, me limpio las manos en el delantal y salgo de la trastienda. Henry Whittaker está allí plantado contemplando la nevera de adornos florales. Me paro y lo miro fijamente incapaz de encontrar las palabras adecuadas. El tono correcto. ¿Altiva? ¿Maliciosa? ¿Simpática?

Cuando me ve, sonríe.

—¿Estos son tus planes?

Alarga la mano con cautela, me ofrece una caja blanca grande envuelta con un lazo rojo.

—¿Qué es esto?

Lo miro ladeando la cabeza, pero no acepto la caja.

—Un libro y un vestido. —Se inclina un poco—. Zoe Swanson.

Me aparto el pelo de los ojos.

—¿Cómo me has…?

—Tengo contactos.

No sé si habla en serio. Suspira, deja la caja encima del mostrador y la empuja en mi dirección con un dedo.

—Adelante. Ábrela.

La abro. Encima de un montón de papel de seda hay un libro. Lo cojo, le doy la vuelta.

—¿*Anna Karénina*?

Alzo las cejas.

—¿Cómo no iba a gustarte? Inquietud provinciana en la Rusia del siglo XIX.

Dejo el libro a un lado. Es viejo. Por un momento me pregunto qué edición será. Me pregunto si ya sabía que era mi libro preferido o si lo ha adivinado. Lo ha adivinado.

81

El vestido que hay debajo es pesado, con pedrería y de color berenjena. El libro ha sido un acierto, el vestido, un fallo.

—El color berenjena es el que menos me gusta —le digo. Grosera. Evelyn estaría horrorizada.

—No es color berenjena. Prefiero pensar que es color orquídea murciélago.

No puedo evitar reírme. La verdad es que, en general, a los hombres no se les da bien bromear. He pasado más de una noche bromeando con hombres guapos, pero todos mis chistes acababan olvidados sobre la mesa, sin respuesta, ante una sonrisa desconcertada. Henry me sorprende.

Se explica.

—Una vez oí decir que las flores negras no existen. Que si alguien consiguiera crear una negra de verdad, ganaría un millón de dólares. Que, en realidad, todas las flores son de intensos tonos púrpura. Podría decirse que son de color berenjena oscuro. ¿Es cierto?

Se acerca más a mí. Tengo su pecho a escasos centímetros de la cara. No parece que le importen ni el espacio personal, ni las normas de conducta, ni mis evidentes señales de rechazo. No sabe lo mucho que odio que me toquen los desconocidos.

—Es verdad —susurro—. Pero tú ya tienes un millón de dólares.

Me he convertido en esa clase de chica. La que se hace la difícil pero después cede demasiado deprisa. La tímida tentadora de risa tonta. Me pongo erguida, intento recuperar la compostura.

—Sí —me contesta también en un susurro—. Ven conmigo. Por favor.

—Yo… necesito ducharme, lavarme el pelo, maquillarme. Vivo en Hoboken —protesto débilmente.

—Ven a mi piso. Te daré toda la privacidad del mundo. Te lo prometo. Tengo coche.

—Yo… no. No puedo.

Me atuso el pelo, es un tic nervioso.

—¿Qué quieres? ¿Qué haría que vinieras conmigo?

Su tono es tan sincero y sus ojos tan suplicantes que casi cedo en ese momento. Y sí que cedo, internamente, se acabó. Anzuelo, sedal, plomo. Mi idea de una cita es irme a casa con el batería de algún grupo, pasar de puntillas junto a su compañero de piso, que está durmiendo borracho en el sofá, intentar tener orgasmos silenciosos y, luego, escapar de forma todavía más silenciosa. Es muy raro que le dé a nadie mi número de teléfono. Lo prefiero así, una vida independiente y sin complicaciones.

Lo miro con los ojos entornados y actitud coqueta, por diversión.

—Convénceme.

Se ríe echando la cabeza hacia atrás hasta que puedo verle la boca por dentro, por detrás de los dientes.

—¿Me estás pidiendo que te corteje?

Me llevo la mano a la frente y finjo marearme.

—Exacto. Cortéjame.

Me acompaña hasta su coche, que está aguardando mi inevitable afirmación (me pregunto si su conductor ha visto alguna mujer que le haya dicho que no). Vamos hasta su piso, que es apropiadamente espectacular, brillante y pulido, con techos altos y superficies relucientes, muebles modernos, ventanales altos y estancias tan grandes como todo mi apartamento. Lo sigo hasta una habitación para invitados con servicio. Una vez vestida, arreglada y a punto, me siento como Julia Roberts en *Pretty Woman*, sin todo el asunto de la prostitución. Hay una gran variedad de cosméticos, todos nuevos, esperando a que elija los que prefiero. Toda la situación me desconcierta. ¿Es que tiene todo esto preparado para cuando aparece una mujer? ¿Es su táctica? Entonces pienso: «¿Y qué más me da?». Recuerdo mi piso oscuro.

Cuando salgo al pasillo, él jadea. Si existe algún guion para esta película, para este momento de mi vida, debía de estar escrito tal como ocurrió. Se me acelera el corazón, me tiemblan las manos y en ese instante sé, como ocurre en las películas románticas sensibleras, que este hombre me cambiará la vida.

Durante la cena se muestra muy atento. Descubro que es su cena. Es el anfitrión. Apenas le presta atención a nadie más. «¿Quieres más agua? ¿Más sorbete? ¿Otra copa de vino?» Me río y rechazo sus ofrecimientos con la mano. «Querías que te

83

cortejara. Y eso hago.» Vacila, este hombre que lleva un traje carísimo y unos zapatos de piel hechos a mano. Imagino que sus colegas tendrán curiosidad por la chica rebelde del *piercing* en la ceja y el pelo de punta con ese vestido tan elegante. Henry no les explica cómo me gano la vida, que prácticamente soy personal de servicio. Su ayudante es agradable, servicial, parece que vea a Henry como a Daddy Warbucks y a mí como a Annie y quizá, solo quizá, esté dando en el clavo. Me cruzo con su mirada varias veces a lo largo de la noche y me guiña el ojo de una forma que imagino intenta ser tranquilizadora pero que no consigue tranquilizarme en absoluto.

Una mujer del grupo, rubia, bien peinada, piel suave y cremosa, sonríe junto a Henry. Pasea las largas uñas rojas por su nuca mientras mira en mi dirección. Él flirtea con ella un momento y luego se me acerca, su aliento me caracolea en la oreja: «No te preocupes por Dianna. No es ni la mitad de atractiva de lo que cree que es».

Después de la cena hay discursos y los invitados se relacionan, pero Henry no deja de hacerme preguntas y apenas se separa de mí. Jamás había conocido a ningún hombre que estuviera tan interesado en cualquier cosa que digo. Cogemos su coche de vuelta a casa y se sienta detrás conmigo, pero no toma la iniciativa. No sé si estoy impresionada o decepcionada.

No hace ni un solo comentario sobre mi pequeño barrio ruinoso de Hoboken, con las escaleras de incendio a la vista y las ventanas con barrotes. Me acompaña hasta la puerta y me da un beso casto y delicado en los labios, tan rápido y suave como una pluma.

Su persecución después de esa noche es incansable. Hambrienta, primitiva. Dice que no puede dejar de pensar en mí. Me lleva de viaje: Madrid, Londres, Los Ángeles. Lo acompaño en sus viajes de negocios y cada vez se presenta con un vestido nuevo. Sandalias de tiras. Collares de diamantes de cinco quilates. Pendientes con lágrimas de zafiro. Exhibe todo su repertorio. La Ruleta de la Fortuna con su presentador Henry Whittaker.

Tanta perseverancia me agota. Se lo hago saber:

—Henry, yo no puedo ser la mujer que quieres que sea.

Una mujer que encaje en tus círculos, que asista a tus fiestas, tu acompañante. Esta relación no puede funcionar.

Me contesta que nunca ha amado a nadie de esa forma, tan rápido, con tanta intensidad. Dice que le gusta todo de mí. A veces, viene a la floristería, solo para verme trabajar, a última hora de la noche, mientras yo experimento con alguna flor nueva intentando doblar los tallos sin que se rompan. Intento aprender diseño, aprendo sola, necesito conseguir el esquivo respeto de Elisa. Henry se lleva a casa todas mis creaciones, hayan salido bien o mal, y las expone en la mesa de cristal del comedor donde las exhibe cuando celebra alguna cena. Dice que soy brillante delante de sus amigos. A veces pienso que se ha vuelto loco. Seguro que ellos también piensan lo mismo.

Yo, con el pelo de punta como, bueno, como una orquídea murciélago, y teñido de un tono igual de negro. Con mis *piercings* faciales, mis medias de rejilla y las botas hasta las rodillas. Con esas faldas demasiado cortas y mi dudoso gusto musical. Mi extraño círculo de amistades, básicamente conocidos, amigos de Lydia. Pero la mayoría no va por muy buen camino, algunos consumen drogas. He oído decir cosas a sus colegas, he visto cómo me miran. Se ríen cuando piensan que no les estoy mirando, pero lo veo. Soy un pasatiempo peligroso, un velero caro. Soy una crisis de mediana edad. Está de visita por los bajos fondos y le encanta. Yo me doy cuenta, ellos también. Pero Henry no. Se lo digo y él solo niega con la cabeza.

—No me conoces. Yo no he sido nunca de los que siguen al rebaño.

Y se apodera de mí. De todo, sin dudar. Absorbe el sarcasmo y el mal comportamiento de Lydia, sus celos, con una carcajada sonora y un brillo en los ojos. Ese hoyuelo sutil que solo aparece cuando se divierte mucho. La forma que tiene de cogerme de la barbilla. Mi forma de ponerme en plan gatita seductora y conseguir que llegue tarde a una reunión, que además dirige él, con solo un susurro. Vuelve a casa corriendo y me hace el amor en el vestíbulo, incapaz de esperar. Dice que lleva todo el día pensando en ello.

No tengo ni idea de qué pensar de toda la situación. Caigo lentamente. Caigo hasta que estoy completamente enterrada, completamente enamorada de esos ojos brillantes y esos hoyuelos. Estoy ebria de mi poder y de su poder y de su dinero y del mundo que ha creado, todo para mí. Me lo ofrece con una mano, sin pretensiones, mientras sostiene su corazón con la otra. Quiero ambas cosas y las cojo las dos. Me dejo ir, dejo de decirle que sus amigos y sus colegas se ríen de mí. Dejo de decir que no. Dejo de protestar por su indulgencia cada vez que me compra ropa, zapatos y joyas. Dejo de buscarle el fallo. No parece que haya ninguno. ¿Qué podía hacer?

Alquila el Brûlée, el restaurante donde nos conocimos, y lo llena de flores de la floristería de Elisa. En aquel salón de atrás, hinca una rodilla en el suelo y me ofrece un discurso que acaba con todas mis dudas. Me quiere por lo que soy, afirma. No le creo, pero me lo repite una y otra vez: «Querías que te cortejara. Y aquí estoy». Cuesta mucho discutírselo. Le digo que sí llorando y gimoteando. Todo el mundo desea que lo quieran por lo que es, incluso aunque tengamos a nuestro verdadero yo encerrado y escondido. Es una bonita fantasía creer que la persona adecuada tiene la llave y que conoce como por arte de magia todas las cosas que callas.

Ya lo justifiqué entonces, lo de mantener a Hilary en secreto. Supongo que también lo justifico ahora. Ha pasado mucho tiempo. Ahora soy Zoe, ¿qué importancia tiene? Hay momentos de mi vida en los que me gustaría no volver a pensar, incluso cuando parece que lo único que hago es evitar pensar en ello. Evelyn, un entierro horroroso. Rosie, maltratada, explotada. Esas uñitas rosas, todas esas madres provincianas, buscándome, acariciándome las manos. Las mujeres que querían lo que podía ofrecerles pero no me querían a mí.

Entonces llegó nuestra boda, pequeña y privada. Sus amigos no vienen, básicamente porque —creo yo— no les parezco adecuada. Henry dice que no, insiste en que es una mala época del año. Todo el mundo veranea en los Hamptons. Nuestra luna de miel. Lujosa: una vuelta al mundo. Dos meses, quizá más. Todo es amor, sexo, compartir helados, risas, tomar champán. Mi barco por fin llegó a puerto; Evelyn siempre decía que, en algún momento, le ocurre a todo el mundo. Paseamos por la Gran Vía de Madrid, comemos *gelato*, lanzamos monedas por encima del hombro a la Fontana di Trevi en Roma, pasamos horas en el museo de arte moderno de Ginebra. Pasamos meses juntos y nunca nos cansamos el uno del otro. Está pendiente de todo lo que digo. Satisface todos mis caprichos.

Es muy fácil enamorarse de Henry Whittaker: su sonrisa, su forma de vida, sus interminables piropos y su interés incansable, sus fuertes y habilidosas manos y su forma de acariciarme el cuerpo. Él me ofrece lo que estaba tan desesperada por encontrar: raíces. Me ofrece dinero, cosa que no he tenido nunca; seguridad, que perdí hace tanto tiempo. Llena los huecos que dejó Evelyn cuando me dejaba sola por las noches en aquel piso minúsculo, en un mal barrio, para irse a trabajar o porque tenía una cita, pero, en cualquier caso, no estaba allí para aliviar mis miedos, apartarme el pelo húmedo de la frente sudada a las tres de la madrugada cuando oía disparos o había tenido otra pesadilla. Me ofrece amor infinito, como si todo lo que dijera le divirtiera o le entretuviera y como si comprendiera exactamente a qué me refiero. Vemos documentales del National Geographic y yo lo pongo a prueba preguntándole cosas ridículas como: «¿Crees que los elefantes son los comunistas del reino animal?». Estaba acostumbrada a sentirme rechazada en todas las personalidades que había probado: universitaria, drogata, *hipster punkie*. Pero él me comprende. Henry me lo ofrece todo en una brillante bandeja de plata.

Hay quien podría preguntarse, como tantas veces lo he hecho yo, qué podía ofrecerle yo a Henry Whittaker.

8

$\mathcal{U}$ltimamente, no importa lo que esté haciendo —asistir a las reuniones de CARE, ir a comidas—, me sorprendo escudriñando la multitud en busca de mujeres que se parezcan a mí: pelo oscuro con reflejos caobas naturales y ojos de un azul tan pálido como el del agua de una piscina. La dependienta de Blush's Boutique tiene unas pecas preciosas en las mejillas —infantiles para la edad que tiene— que me resultan familiares y la observo hasta que se incomoda, aparta la mirada y se atusa el pelo corto y rígido algo cohibida. Puede que siempre me haya llamado «cariño» por un motivo.

Repito la frase «esto es ridículo» como si fuera un mantra mientras paseo por casa. Pero no puedo evitarlo. Estoy inquieta y aburrida y no puedo dejar de pensar en todo lo que tengo en la cabeza.

En el enorme armario del vestíbulo hay montones de cajas que contienen retazos de nuestras vidas antes de conocernos. Una vez le pedí a Henry que me enseñara las suyas, sus recuerdos con Tara, su círculo de amistades. En una ocasión vi, muy rápido, algunas fotografías de personas elegantes muy bien vestidas en la popa de un yate, una imagen perfecta para anunciar champán o una compañía de inversiones. Siempre decía que me las enseñaría en otro momento y se encogía de hombros con despreocupación. Guardaba las fotos. Ya casi había desistido.

En el fondo de ese armario está mi caja. Es muy original. A rayas rosas y negras, una inmensa caja sombrerera vieja que contiene todos los recuerdos de mi antigua yo, incluso los de antes de ella. He sido tantas personas que ya casi ni me acuerdo, y esta caja extraña es lo único que me queda. La tapa está llena de polvo, la levanto y dejo que la caja caiga sobre la cama a modo de protesta. Dentro hay papeles, antiguos y recientes, están amarillentos y tienen las esquinas dobladas. No hay muchas cosas, y soy incapaz de recordar por qué guardé la mayoría de ellas. Hay una factura de teléfono del piso que compartía con Lydia. Fotografías de Lydia y de mí tomando martinis en bares, rodeadas de una neblina de humo, riendo en compañía de hombres que no reconozco ni recuerdo. Ahora me asombra la espontaneidad de aquella época. No saber adónde me llevarían mis noches, en qué cama me despertaría, cuándo volvería a casa y cómo. Me sorprende que mi vida fuera tan aventurera.

He guardado un sobre que pertenecía a Hilary. Se suponía que no debía quedármelo. Me aconsejaron que me deshiciera de cualquier cosa que pudiera conectarme con mi anterior identidad. Fue el detective Maslow, un hombre amable pero agobiado, con unas gafas poco favorecedoras y el cabello demasiado largo. Nunca me pareció un detective de crímenes violentos. No tenía canas; no era un tipo duro. Parecía un contable agotado.

Al principio, su mujer llamó una vez cuando yo estaba en su despacho. Me dio la sensación de que lo llamaba a menudo. En aquella época yo estaba aterrorizada, vivía en una casa de acogida para exconvictos, no tenía identidad, ningún nombre al que responder. Fue esa época de transición oscura antes de convertirme en Zoe. Hilary dejó de existir en cuanto firmé la declaración jurada, pero la decisión de convertirme en Zoe llevó algún tiempo. «Nosotros podemos protegerte», me dijo. Pegué la espalda al respaldo de la silla —recuerdo que era de piel, negra y agrietada, demasiado lujosa para un despacho de ciudad—, mientras Maslow me explicaba con seriedad y todo detalle todo lo que tendría que sacrificar, que era todo.

Cuando descolgó el teléfono bajó el tono hasta convertirlo en un murmullo y encadenó una serie de «sí, cariño». Me di cuenta de que Milton Maslow no estaba decidido a protegerme. Me pregunté cuántas personas habría como yo, a cuántos hombres, mujeres, niños había prometido proteger sentado tras su escritorio, enterrado entre los papeles de aquellas identidades olvidadas. Pues no, muchas gracias. Me las había arreglado muy bien sola. Testifiqué ante el Gran Jurado solo diez días después. Recogí mis cosas en plena noche y me escapé. Cogí el dinero que me dieron, el dinero que debía ayudarme a empezar en el programa de protección de testigos, solo eran mil dólares. Compré un billete de autobús a Nueva York con dinero en metálico, el único sitio donde creía que podría esconderme a la vista de todo el mundo. Además era lo más alejado de California. Me marché de mi lúgubre habitación de hotel en plena noche y dejé a Milton Maslow bamboleándose por su despacho. Pero como me sentía un poco mal le dejé una nota. «Gracias por todo. Mucha luz, ciudad grande.» Seguro que lo entendía.

Ahora cojo un gran sobre de manila y lo abro. Hace casi cinco años que no miro lo que contiene. Dentro hay una fotografía de Hilary, tiene mechas rubias, una enorme sonrisa sincera; una universitaria feliz. Una chica de California. Me pregunto en quién se habría convertido si no se hubiera convertido en mí. No niego que es complicado.

Miro las fotos de Evelyn. Bella, maternal, amable. Mis recuerdos de ella son dulces y tiernos. Incluso los de los años malos. Después de que se pusiera enferma y ya no pudiera trabajar, esa época en la que estuve llevando los mismos vaqueros hasta que se me vieron los tobillos. Se deterioró muchísimo, se quedó más delgada que yo, era una niña en una cama de adulta, pero para entonces yo ya había cumplido los dieciocho. Observé sus fotografías. Había guardado tres. Una en que se la veía cogiéndome de niña; mi padre asomaba radiante por detrás de ella, el hombre que murió antes de que yo pudiera recordarlo: una carretera resbaladiza, un coche descontrolado, un árbol inoportuno. Creo. Me cuesta recordarlo, yo era muy pequeña cuando él murió. Lo único que me queda es la voz de Evelyn susurrándome cuentos bajo las sábanas con las luces apagadas.

Me dijo que fui una hija deseada. Nunca lo he dudado, cosa que, según parece, es inusual. He leído artículos sobre los aspectos psicológicos de la adopción y nunca me he sentido identificada con ninguno. Los ovarios de Evelyn se secaron y dejaron de funcionar, según me explicó ella misma, un predecesor del cáncer de ovarios que después le quitaría la vida. Pero ella hacía un gesto de desdén con la mano y con una risita cantarina decía: «Dicen que la infertilidad es una maldición. Pero fue lo mejor que pudo pasarnos, porque te encontramos a ti».

La segunda fotografía es de Evelyn y yo en la playa. Yo debía de tener unos catorce años, nos estamos abrazando y sonreímos. Nunca pasé por esa fase tan habitual en la que las adolescentes odian a sus madres. No podía imaginarme mi vida sin ella. Hasta que tuve que hacerlo, claro.

La tercera fotografía es de después de que cayera enferma. Es nuestra última imagen juntas, ella tiene la cabeza envuelta con uno de sus pañuelos estampados, debajo escondía el poco pelo que le quedaba. Está sonriendo a la cámara como una loca mientras me coge de la cara. Yo no sonrío, la estoy mirando, como si en cualquier momento pudiera desaparecer y solo tuviera ese momento para memorizar su rostro.

Evelyn vivió su vida intensamente. Rechazó la mediocridad, ella prefería triunfar a lo grande o fracasar. Siempre había dicho que no es que hiciera muy bien las cosas, pero tampoco las hacía de cualquier manera, así que cuando se equivocaba, lo hacía con entusiasmo. Siempre me aconsejó que cuando hiciera las cosas, tanto para bien como para mal, las hiciera con ganas.

Noto cómo se me llenan los ojos de lágrimas y por primera vez en mucho tiempo la añoranza que siento me supera y me echo a llorar. Vuelvo a meter las fotografías en el sobre y me limpio la nariz en la manga con muy poca elegancia, cosa que hasta la esposa de Henry puede hacer cuando está sola.

Ojeo el resto del contenido rápidamente hasta que encuentro lo que estoy buscando. Es una copia de un certificado de nacimiento amarillenta con el nombre del hospital en el encabezado: Hospital Griffin, Derby, Connecticut. La línea del padre no está firmada, un recordatorio vacío de que no pertenezco a nadie. En la línea de la madre un garabato descuidado: Carolyn Seever. Hay una fecha, 3 de mayo de 1985. Y también está mi nombre. La primera persona que fui antes de convertirme en otra. Deslizo el dedo por el relieve de las letras. Zoe Griffin. Evelyn me explicó que las enfermeras me pusieron Zoe por

91

una de sus pacientes preferidas. El apellido lo sacaron del nombre del hospital.

Después de dar a luz, mi madre biológica me dejó en la unidad neonatal. A veces tengo la sensación de que estoy hecha de secretos casi por completo, pero lo que no sabe nadie más es que recuperé mi nombre. Antes de que apareciera Hilary, existió un bebé llamado Zoe, al que abandonaron en un hospital de Connecticut. Después de Hilary, apareció una Zoe adulta que vive en una torre de marfil. A veces me pregunto cómo podemos coexistir las tres en el mismo cuerpo.

Vuelvo a meter el resto de papeles en la caja de cualquier manera y le vuelvo a poner la tapa. Me quedo el certificado de nacimiento y un informe de una agencia de adopción desaparecida que es prácticamente inútil. El nombre que aparece en el certificado de nacimiento es una calle sin salida, una identidad falsa que ella facilitó por miedo, lo averigüé la última vez que me molesté en buscarla.

Pongo la caja de lado y la vuelvo a dejar en la esquina, detrás de las cosas de Henry. Veo el nombre de Tara escrito en bolígrafo en el lateral de una de las cajas y no puedo evitarlo, levanto la tapa. No es la primera vez que veo esa caja, claro. Y, sin embargo, nunca había husmeado. No sé por qué fisgoneo ahora. Dentro hay un montón de carpetas, seguros, fondos de inversión, declaraciones de impuestos etiquetadas con los años correspondientes. Las hojeo por encima; todo es muy frío. Debajo de las carpetas hay un marco y se me para el corazón. Nunca he visto una foto de ella, ¿no es extraño? Ni una sola imagen de la esposa de Henry, su preciosa Tara. No tengo ni idea de su aspecto, aparte de una noche cuando, estando ebria, tuve el valor de preguntárselo a Henry. Él me miró distante y murmuró que era guapa. Siempre he sentido curiosidad, y lo cojo.

La fotografía está hecha desde detrás, ella tiene la cabeza vuelta. Apenas puedo verle el perfil. Tiene el cabello suelto y las ondas se le descuelgan por la espalda, pero lo lleva cubierto con un finísimo velo blanco. Es una fotografía del día de su boda y me pongo celosa, es una desagradable sensación que me atenaza la garganta. Lleva un vestido ajustado, es muy delgada, y va muy elegante con ese corte sirena de color marfil. Vuelvo a meter el marco debajo de las carpetas. Me alejo del armario con el sabor a bilis en la garganta. Me resisto a la idea de sentirme amenazada por una raspa con una melena espesa.

Con el certificado de nacimiento y el informe de la agencia de adopción en la mano, llamo a Cash. Contesta incluso antes de que suene el teléfono.

—Hola, soy Zoe. Me estaba preguntando cómo ibas con el artículo. ¿Lo has terminado?

Se hace un silencio.

—Sí, casi. Me ha faltado preguntarte alguna cosa más. ¿Te apetece quedar para comer?

Acepto, pero sugiero una cafetería que está más cerca de mi piso que de su despacho. Ninguno de los dos comenta la posibilidad de volver a quedar en el mismo sitio de siempre y nos quedamos en silencio. Me pregunta si estoy bien.

Finjo sorpresa.

—¡Estoy bien!

Acordamos vernos a mediodía. Miro el reloj, son las diez y diez.

Meto los papeles en el bolso, doblados en un cuadradito lo bastante pequeño como para caber en un bolsillo. Me siento culpable mintiéndole a Henry. Sinceramente, ni siquiera estoy segura de lo que estoy haciendo. La mentira me sienta bien, como un abrigo de invierno hecho a medida.

Salgo a la calle soleada y el aire es fresco. Fuera percibo un olor a vegetación, esa distante promesa de verano. Camino hasta la esquina para parar un taxi y cambio de opinión. Cruzo a pie las seis manzanas y, antes de darme cuenta, giro hacia el oeste.

Henry entrena cada día a las 11:30. Ocho kilómetros en la cinta, cien flexiones, cien sentadillas, exactamente una hora, sin contar la ducha. El gimnasio está junto frente a su despacho y lo espero en la puerta cambiando el peso de un pie a otro. Nunca lo he sorprendido de esta forma; Henry no es muy amante de las sorpresas (son sus propias palabras: «No soy muy amante de las sorpresas»).

A veces pienso en el Henry que me cortejó, alegre y juvenil, y recuerdo que sí le gustaban las sorpresas. No sé si me ha engañado o si todas las parejas se rinden a la rutina, si los matrimonios se acomodan y se vuelven rutinarios en algún momento. Todo el mundo finge, hasta cierto punto, muestran su mejor cara, disfrutan de pasatiempos que odian, simulan adorar a equipos de fútbol americano que les importan un pimiento, o comen sushi y lo escupen en una servilleta a escondidas.

Espero delante de la puerta. Ni siquiera estoy segura de poder entrar en el edificio sin un carné de miembro, que no tengo. Henry nunca me ha pedido que me apunte con él. Todavía estoy intentando comprender qué hago aquí cuando un grupo compuesto por dos hombres y dos mujeres entran por la puerta hablando y riendo. Me cuelo detrás de ellos y dejo que las puertas de espejo se cierren a mi espalda.

El vestíbulo es austero, las paredes, el suelo y el techo son de espejo, hay mostradores blancos y negros, y un árbol de seis metros que llega hasta el techo. Sigo al grupo por el vestíbulo y me desvío antes de llegar a los vestuarios. Al final del vestíbulo hay otra entrada hacia uno de los gimnasios principales, y los últimos seis metros del vestíbulo están compuestos por un cristal de espejo, presuntamente para que los clientes potenciales puedan ver las instalaciones sin que los socios se sientan observados.

Se me seca la boca y apoyo la mano en la pared sin darme cuenta, el calor de mis dedos deja una huella de condensación en el cristal. Henry está ahí, sus movimientos son rápidos y ágiles, los músculos de su espalda se contraen con cada flexión. Las flexiones son lo último que hace, está a punto de acabar. Si se encamina hacia el vestíbulo o hacia los vestuarios, le daré una agradable sorpresa. Quizá plante a Cash y disfrute de una comida entre semana con Henry.

Se levanta y bebe agua, entonces veo cómo se inclina y le susurra a una rubia juguetona que ocupa la esterilla contigua. La chica echa la cabeza hacia atrás, como si le hubiera dicho algo desternillante, cosa que sé que es imposible porque Henry no es divertido. Por lo menos últimamente. Pero hay algo en él que me resulta distinto: está relajado, tiene una actitud un tanto fanfarrona y la mano apoyada en la cadera. Me inclino hacia delante hasta que tengo la nariz prácticamente pegada al cristal. Henry hace otro chiste y la rubia le golpea el brazo. Él alarga la mano y le da una palmada en el culo, ese perfecto trasero redondo cubierto de licra, y deja la mano apoyada allí flexionando ligeramente los dedos sobre su redondez.

El calor me ruboriza el rostro y me separo de la ventana. Los hombres flirtean, es lo que hay. Sigo mareada y me llevo la mano a la frente.

Recorro el vestíbulo con la cabeza agachada.

—¡Señora!

La recepcionista me llama, pero yo le hago un gesto con la mano y empujo la puerta principal. En el tiempo que he pasado dentro del gimnasio, el cielo se ha nublado, está todo cubierto de una espesa capa de algodón. La brisa fresca me pone la piel de gallina.

Henry no me sería infiel, de eso estoy segura. Solo es un flirteo, eso es todo. Los hombres necesitan que les alimenten el ego, es una cuestión casi biológica. Acallo el pánico recordando las palabras de Henry. Me adora. «Respira, exhala.» Me pregunto qué le habrá dicho a esa chica. Hace mucho tiempo que no bromea así conmigo, ni me hace reír así. Como si de un reflejo protector se tratara, mi cerebro me tranquiliza, me proyecta unas imágenes. Recuerdos recientes: Henry acariciándome la mejilla en la gala benéfica mientras bailamos. Sus manos sobre mi cintura desnuda en la cama, sus suaves murmullos: «Dios, eres preciosa». Los hombres no dicen ni hacen estas cosas con mujeres a las que no aman. Apasionadamente. «Apasionadamente.» La palabra se me queda enredada en la lengua.

Me pongo bien la blusa y me atuso el pelo. Camino con energía tratando de deshacerme de las náuseas y el asco que siento de mí misma. He espiado a mi marido y he recibido mi castigo. El engaño no suele traer nada bueno.

La cafetería está a dos manzanas y cuando entro, dejando pasar el aire frío de la calle, Cash levanta la cabeza. Me dedica una sonrisa vacilante cuando me siento en la silla que tiene delante. Pedimos dos cafés.

—Hola, Zoe. Quería llamarte. Yo, emm, quería saber si estabas bien después de lo que pasó con aquel coche.

95

Niego con la cabeza y pongo los ojos en blanco. Meto la mano en el bolso y saco el papel doblado.

—Estoy bien. Escucha, en realidad no te he llamado por el artículo. Quiero que me ayudes. —Aliso las arrugas de mi certificado de nacimiento—. ¿Qué hago ahora?

Lo coge con sus dedos gruesos y le da la vuelta para estudiar la marca de agua que hay en el reverso.

—Es un documento original.

Me encojo de hombros. Para mí no tiene importancia.

—Bueno, no suelen hacerlo. Entregan copias. ¿De dónde lo sacaste?

Estoy impaciente. ¿A quién le importa?

—No lo sé —contesto—. Solo quiero saber qué debo hacer a continuación. ¿Adónde voy ahora?

Observa el informe.

—Tienes un nombre, Zoe. Carolyn Seever.

Señala el papel con el dedo.

—Es un nombre falso. No sirve para nada. Ya seguí esa pista hace años. Solo necesito saber qué hacer.

—¿Cómo sabes que es falso?

—Porque no existe. Llegué incluso a hablar con la recepcionista de la agencia y me confirmó que ella también creía que no dio su verdadero nombre.

Cash mira por la ventana y se pasa la mano por la cara.

—Sí, pero piensa en esto, cuando das un nombre falso, especialmente cuando estás bajo presión, no te lo inventas de la nada. Este nombre —dice dando unos golpecitos sobre el papel— significa algo. Podría ser la clave.

—Vale, pero si no tuviera el nombre, ¿qué podría hacer?

—En ese caso deberías empezar por buscar a todos los bebés que nacieron ese día en ese hospital. Lo más probable es que si dio a luz en ese hospital fuera de por allí. Yo empezaría por ahí. La mayoría de condados tienen un registro de nacimientos. Tal vez encuentres el mismo nombre, tal vez no. Dependerá de la fuente de información.

—No sé qué significa eso.

—Significa «déjame ayudarte».

—No.

—¿Por qué? Puedo hacerlo con los ojos cerrados. Tienes más información de la que he tenido yo para empezar en algunas ocasiones. Podría encontrarla, como mucho, en una semana.

—Porque es algo que necesito hacer yo.

—¿Por qué? No tiene sentido, Zoe.

«Porque no soy quien crees que soy. Nadie sabe quién soy.»

—Solo dime lo que harías tú —insisto.

Doy unos golpecitos en la taza con las uñas.

—Es muy complicado. Yo haría varias cosas al mismo tiempo. Comprobaría todos los nacimientos, como ya he dicho, y luego, en función de lo que encontrara, estudiaría todos los nombres e intentaría establecer una conexión entre el nombre que tiene la agencia y los nombres que aparecen en las listas del hospital. Supongo que en el hospital también daría un nombre falso, a menos que tuviera seguro médico, cosa que dudo. Intentaría averiguar la conexión entre el hospital de Connecticut y la agencia de California. Intentaría averiguar por qué tu madre adoptiva acabó adoptando una niña de Connecticut.

Me siento abrumada. Me dan ganas de lanzar los papeles en la mesa y pedirle que me llame cuando la encuentre. Sin embargo, lo recojo todo, le arranco el informe de adopción de las manos, y me lo meto en el bolso. Me pongo a llorar y no sé muy bien por qué.

—Oh, Zoe, venga. Lo siento. ¡Me has preguntado tú! —Cash me pone la mano en el brazo y yo lo aparto—. Quédate a tomar un café, podemos hablar del artículo. No te vayas.

Dudo un momento, pero me levanto.

—Lo siento. Te llamaré, ¿vale?

Cuando me doy la vuelta para marcharme, tropiezo con la silla y se cae al suelo. No la recojo y me apresuro hacia la puerta principal.

De camino a casa me siento como una tonta. Todo el día ha salido mal, ha cambiado hasta el tiempo. El cielo se ha oscurecido, está negro, y antes de llegar a mi piso empiezan a caer goterones de lluvia, fuertes ruidos de salpicaduras que auguran el chaparrón que se aproxima. Paso corriendo junto al portero saludando secamente con la mano.

Me peleo con la llave de cartón, la inserto de un lado, luego del otro, antes de conseguir abrir la puerta. Cuando consigo abrirla estoy maldiciendo la puerta. Abro y enciendo la luz del vestíbulo.

—Oh, Dios mío —digo en voz alta al vacío.

El piso está hecho un desastre. Las mesitas están volcadas, cajones vaciados en la alfombra, cristales rotos por todas partes. Han rajado violentamente el sofá de terciopelo marrón, con sus intrincadas patas talladas, los cojines están cortados y les han sacado el relleno, que asoma grotescamente de las fundas. Trago saliva para acallar las náuseas.

Alguien ha vuelto a por mí.

9

*E*n el fondo de mi armario hay una caja de zapatos con las esquinas redondeadas y me alegro al comprobar que está intacta. Debajo de un par de merceditas de terciopelo color chocolate hay una tarjeta de visita deteriorada con la información para contactar con el detective Maslow. Marco el número y me siento en la cama con las piernas cruzadas.

Cuando me contestan me abalanzo y hablo por encima de la dulce voz entrecortada que me habla por teléfono.

—Hola, soy Zoe Whittaker. O sea, Swanson. Hilary Lawlor.

Y luego me río porque suena ridículo.

—¿En qué puedo ayudarla?

Parece que la mujer me esté hablando a través de una lata de hojalata.

—Necesito hablar con el detective Maslow. Es una emergencia.

—¿Está usted en peligro?

—Ahora mismo no, no creo. Alguien ha entrado en mi piso. Pero ahora no hay nadie.

No dejo de darme golpecitos en la rodilla con los dedos; no consigo estarme quieta.

—Espere, por favor. —Se oye un ruidito y empiezo a oír música clásica, cosa que me resulta irónica. Las personas que llamen a este número se estarán enfrentando a una posible situación de vida o muerte. «Tenga, escuche un poco de Chopin»—. ¿Ha dicho detective Maslow?

—Sí.

—El detective Maslow se jubiló hará casi tres años. ¿Tiene el número del caso?

—Sí.

Le facilito los diecisiete dígitos del número que hay en el reverso de la tarjeta escritos con la pulcra letra del detective. Maslow. Con su figura dolorosamente delgada y sus pómulos prominentes, pero esa sonrisa sincera y los ojos curiosos.

Me repite los números con un murmullo y me vuelve a dejar en espera. Esta vez es Pachelbel. Paseo a lo largo de la cama, me siento, vuelvo a levantarme, recorro el pasillo, siempre intentando no pisar las cajas que se han caído del armario.

—¿Señorita Lawlor? —Vuelve a hablarme desde el otro lado de la línea—. ¿Qué es lo que está buscando exactamente?

—Necesito saber si Michael Flannery o Jared Pritchett han conseguido la libertad condicional.

Se hace un silencio y se oye un repiqueteo mientras ella teclea.

—¿Señorita Lawlor? Aquí no figuran esos nombres. ¿Para qué quiere esa información?

—Hace cinco años testifiqué contra ellos ante un jurado. Luego me secuestraron y me torturaron para sonsacarme una información que no tenía. Después hui y renuncié a la protección de testigos. Ahora alguien ha entrado en mi piso. ¿Comprende que me preocupe que alguno de esos hombres haya conseguido la condicional?

—Ya veo. Lo investigaré. Me pondré en contacto con Maslow. Entretanto, le aconsejo que llame a la comisaria más cercana y les informe del allanamiento.

—¿Eso es todo?

El abandono me sienta tan mal que tengo la sensación de tener una roca en el pecho y no puedo respirar.

—Vuelva a llamarnos cuando haya hablado con la policía. Asegúrese de que le dan un número de denuncia.

—El número de denuncia —repito como una tonta—. De acuerdo.

Colgamos y me dejo resbalar hasta el suelo. Miro fijamente

el papel que tengo en la mano y sé que no volveré a llamar. Ya me he arriesgado haciéndolo una vez. Entonces me entra el pánico y me pregunto si rastrearán la llamada. Si Maslow renunciará a su retiro para ir en busca de su testigo perdida. Les robé el dinero. Es una tontería, a nadie le importa ya eso. Se me ocurre que probablemente podría averiguar lo que les ocurrió a Jared o a Mick yo sola.

Llamo a Henry. No suelo llamarlo mucho al trabajo porque normalmente él me llama varias veces al día. Me sorprende que no conteste. Salta el contestador, tanto en su despacho como en el móvil. Cojo el teléfono y me quedo mirando los números tratando de pensar en quién más puedo llamar. Pienso en Lydia y en su 'Enry 'Iggins.

No tengo a nadie.

En nuestro edificio trabajan seis porteros con turnos rotativos, y todos me caen bien. Aunque también es cierto que granjearse la simpatía de los vecinos forma parte de su trabajo. Hoy Trey está de servicio y suspiro aliviada. Trey es jovencito, tiene la piel de color café y una sonrisa que deja sin sentido, pero tiene porte de gorila de discoteca. Me habría sentido mucho menos segura con Peter, quien imagino que tendrá unos ochenta años y da la sensación de que se lo podría llevar el aire.

—Alguien ha entrado en nuestro piso —anuncio con pánico a Trey, y él me mira incrédulo.

Marco el 911. Facilito toda mi información y la mujer que me atiende me promete que un coche de policía llegará dentro de cinco minutos. Oigo las sirenas en menos de dos.

Dos agentes uniformados se acercan a la puerta giratoria. Contemplan el edificio alzando las cejas y entre susurros. Supongo que es la primera vez que vienen aquí por un allanamiento. Observo cómo estudian los ascensores dorados y los mosaicos de la pared. Sus zapatos chirrían en el suelo del silencioso vestíbulo. Trey arruga la nariz preocupado. Un allanamiento en su turno podría costarle el puesto. Yo le doy una palmadita suave en el brazo y niego con la cabeza.

—Hola, soy Zoe Whittaker.

Le tiendo la mano a la agente que tengo delante, una mujer atlética de unos cuarenta años.

Lleva el pelo oscuro recogido en un moño muy bien hecho y los ojos muy perfilados con lápiz azul.

—Hola, señora Whittaker. Yo soy la agente Yates y este es el agente Bernard.

El hombre que aguarda tras ella da un paso adelante y nos damos la mano. Les facilito un informe rápido de lo que he encontrado.

La agente Yates baja el volumen de la radio que lleva prendida al cinturón.

—Tenemos que asegurarnos de que arriba no hay nadie, ¿de acuerdo? Por favor, quédese aquí.

Le hace un gesto a Bernard para indicarle que la siga y los dos caminan con eficiencia hacia los ascensores y pulsan el botón para subir.

Me vuelvo hacia Trey, que está paseando por delante de los buzones.

—No te preocupes. No es culpa tuya.

—Llevo aquí desde las siete de la mañana, señora Whittaker. No he visto a nadie sospechoso ni a nadie que no conociera entrar o salir.

Asiento.

—No te preocupes. Todo irá bien. Estoy segura de que querrán hablar contigo. Quizá quieras llamar al señor Price.

El señor Price es el director del edificio.

Cinco minutos después, Yates vuelve sola.

—El piso está vacío. Quienquiera que lo haya hecho parece haberse ido hace ya mucho tiempo. ¿Les importaría venir a la comisaría a contestar algunas preguntas?

Yo asiento, pero Trey vacila.

—Tendré que llamar a mi supervisor y conseguir que alguien me sustituya antes de marcharme.

Yates asiente y me hace un gesto para que salga y me suba al coche de policía. Me abre la puerta de delante, eso me sorprende. Me dedica una gran sonrisa y se le forman unas profundas arrugas en las comisuras de los labios. Tiene los rasgos exagerados y todos compiten por el espacio: los labios carnosos, la nariz grande, las pestañas largas.

—El asiento de atrás es para los delincuentes —explica esbozando una sonrisa rápida.

Me relajo y me estiro las mangas de la camisa para despegarla de la humedad que tengo debajo de los brazos y la espalda, justo por encima de la tira del sujetador. Tengo la boca seca.

—¿Y qué pasa con el agente Bernard?

Se me quiebra la voz y carraspeo mientras me subo al asiento de delante. Cojo unas pelusas imaginarias de mis pantalones de lino y aliso la arruga con el pulgar.

—Está esperando a los forenses. Recogeremos algunas huellas y necesitaremos que o bien usted o su marido confirmen lo que se han llevado.

—Oh, tengo que intentar localizar a Henry de nuevo —digo ensimismada, pero cuando llamo me vuelve a saltar el buzón de voz. Le dejo otro mensaje.

Yates habla a lo largo de las cuatro manzanas que nos separan de la comisaria y, a pesar de estar en un coche patrulla, me siento extrañamente relajada. Una vez en la comisaria, entra en un pequeño aparcamiento subterráneo donde solo parece haber coches policía de incógnito y me acompaña hasta un pasadizo de hormigón poco iluminado por enfermizos fluorescentes y con las paredes pintadas de un amarillo verdoso. Oigo un suave zumbido, el ruido intermitente de un matainsectos eléctrico. Dentro, la comisaría es un auténtico hervidero de actividad, agentes de policía corriendo de un lado a otro; sigo a Yates hasta una sala de reuniones. Por el camino coge, con destreza, dos vasos de porexpán llenos de café y un puñado de paquetes de leche y de azúcar. Cierra la puerta de una patada y me indica que me siente haciéndome un gesto con la barbilla. Sus movimientos son rápidos y eficientes. Me pone delante un café que huele a quemado y yo le doy las gracias sabiendo que no me lo tomaré.

Abre una carpeta y coge un bolígrafo al mismo tiempo que presiona el botón de una grabadora digital. Me observa con mucho interés; tiene los ojos de colores diferentes, uno es marrón y el otro dorado.

103

—Supongo que esto será rápido —me tranquiliza—. ¿A qué hora llegó a casa?

—Creo que sobre la una.

—¿Cuánto tiempo estuvo fuera?

—Salí de casa sobre las diez y media.

Soplo en el vaso de café negro, solo por hacer algo.

—Vale, eso es bueno, una franja horaria corta. —Anota algo en una libreta y se muerde la uña—. Entonces ¿qué pasó?

Le explico que hice un inventario rápido y volví al vestíbulo para llamar al 911.

—¿Su marido es Henry Whittaker?

Silba por lo bajo. Asiento. Nunca sé qué decir cuando la gente se siente impresionada por Henry, tanto por quién es como por lo que tiene. «¿Gracias?» Eso suena posesivo, como si hubiera ganado algo. Sería más fácil si yo fuera un hombre, podría asentir con complicidad, quizá levantar las cejas como Groucho o darle una palmadita en el brazo a mi interlocutor. Las mujeres no tienen una versión femenina del «vocabulario masculino». Aunque tal vez me equivoque al imaginar a todos los hombres como adolescentes entrados en años.

—¿Ha conseguido contactar con su marido?

Niego con la cabeza.

—Em, no. Lo he intentado. Dos veces.

—Muy bien, más o menos esto es todo. Puede esperar aquí hasta que acabemos en su casa. Tardaremos una hora o así.

Se pone la carpeta delante y hace ademán de levantarse mientras para la grabadora.

—Em, tengo que comentarle una cosa que me parece importante.

Inspiro hondo y me limpio la palma de la mano en la mesa. Le doy un golpe al vaso de porexpán y el café se extiende por la mesa. Yates no dice nada, se vuelve a sentar y abre la carpeta. Vuelve a poner la grabadora en marcha y me hace un gesto con los dedos para indicarme que hable.

—Yo… Dios, nunca se lo he contado a otra persona. En el año 2009, testifiqué contra dos hombres, Michael Flannery y Jared Pritchett, en un caso sobre trata de personas en San

Francisco. Me amenazaron y me secuestraron. Me marché de San Francisco, me cambié el nombre y empecé de nuevo aquí. ¿Es posible que me hayan encontrado? ¿Que hayan vuelto a por mí?

Yates se me queda mirando fijamente, impertérrita. Ya sé que es una policía de la ciudad de Nueva York y lo ha oído y visto todo. Sin embargo, supongo que no se esperaba esto después de un allanamiento clásico.

—Es posible. Pero no nos precipitemos.

Me toca la mano con amabilidad. Tiene una cicatriz muy larga que le recorre la mandíbula y me pregunto cómo se la haría. Me mira a los ojos y alarga el brazo para volver a apagar la grabadora.

—Esto. —Se pasa la mano por la cicatriz volviendo la cabeza ligeramente hacia la izquierda para que pueda ver la marca, brillante y plateada bajo el resplandor de la luz—. No me lo hice trabajando. Me lo hizo un hombre. Un hombre que me dominaba y me maltrataba, estuve casi al borde de la muerte hasta que escapé. También tuve que esconderme durante un tiempo. Entonces pensé, a la mierda, y me hice policía. Era la mayor de la academia.

—¿Dónde está él ahora?

Juguteo con un pequeño mechón del pelo, lo hago girar entre los dedos índice y corazón y, mientras espero a que me conteste, estiro. Con fuerza. Se me saltan las lágrimas.

—Ahora está en la cárcel. No pude acusarle de lo que me hizo a mí, pero lo acusé de lo que le hizo a la siguiente chica. Casi la mata. Eso me hizo sentir culpable.

Vuelvo a asentir. No sé qué decirle a esta mujer curtida que lleva todas sus cicatrices por fuera. Envidio los numerosos recordatorios físicos que tiene, las cicatrices que le dicen al mundo que es una luchadora. A veces me olvido de quién soy. Tengo una fina cicatriz rosada en la muñeca derecha que me lo recuerda.

Aparta la carpeta y entrelaza las manos. Lleva las uñas pintadas de rojo. Ve que le estoy mirando la mano y alarga los dedos para que los vea bien.

—En realidad no soy camarera.

105

Niego con la cabeza confundida.

—Es el nombre de la laca de uñas. Es un... recordatorio.

—Me guiña el ojo. Me toca el brazo con una de sus manos pintadas de rojo—. Hable conmigo.

Sé que no está hablando de lacas de uñas. Se lo explico. Le hablo de San Francisco y de Mick, y noto cómo me voy relajando, dejo salir detalles que llevaban mucho tiempo encerrados. Jared retorciéndome el brazo a la espalda, el brillo de la pistola en su abrigo. Cosas que creía haber olvidado. El olor de la loción para después del afeitado de Mick, mezclado con el sudor. Lo traicionada que me sentí por Mick, cómo había pensado que trapicheaba, que era un abusón, pero nunca había imaginado que fuera malo de verdad, hasta después, cuando me di cuenta. Me pregunté cuánto se habría acercado Evelyn a sus círculos, lo involucrado que habría estado Mick cuando la conoció. Le explico todo eso, y más, todo inconexo y desordenado. Ella asiente como si me estuviera siguiendo.

Le explico cómo después, dos hombres —supongo que trabajaban para Jared— entraron en el apartamento de Evelyn, me clavaron una pistola en la espalda y me metieron en una furgoneta blanca, la parte de atrás estaba separada de la de delante por una malla de acero inoxidable. Me arrancaron la ropa, me ataron las muñecas y los tobillos con cable eléctrico. Le explico cómo me rodearon la cintura de cinta para atarme las muñecas a la espalda. Intenté darle un rodillazo entre las piernas al más corpulento de los dos y él me dio una patada en la frente, con rapidez y energía.

Le explico que unos tres días después, o eso imagino, el tipo más bajo volvió solo en plena noche. Me preguntó dónde estaban las chicas. Y por mucho que le supliqué no se creyó que no lo sabía. No sé por qué pensaba que yo tenía los recursos necesarios para esconder a nadie. Apenas podía cuidar de mí misma. Era un lameculos, estaba asustado y lo habían dejado solo. Me encogí de hombros. Estaba amordazada. Mi aparente indiferencia lo enfureció más y me pegó la pistola a la sien, me gritó en la cara: «¡Dime dónde coño se han escondido! Sé que esa chica habló contigo. La ayudaste». Pero no podía. Antes de marcharse, me pateó el pie con tanta fuerza que me rompió el tobillo izquierdo, justo por la mitad. Podía ver el hueso blanco clavado en la piel.

Examiné el interior de la furgoneta apoyándome en el lado derecho para evitar utilizar el tobillo izquierdo. En la esquina había un calcetín blanco de niña, de esos con puntilla también blanca. Un calcetín para ir a la iglesia o a la ceremonia de fin de curso del parvulario. Quizá para el domingo de Pascua o para el día de Navidad. Conseguí darle la vuelta con la punta del zapato y vi una mancha de sangre del tamaño de una moneda. Me torturé imaginando a una niña pequeña, rubia y con pecas. Con coletas atadas con lazos rosas. Llena de sangre.

Cuando empecé a perder el control, cuando la cordura se me escurría entre los dedos, empecé a soñar que volvía a ser pequeña, que iba a la iglesia con Evelyn y sus amigas, todas con pintalabios brillantes y sombreros grandes. Ropa de domingo. Calcetines con puntillas. Los pies llenos de sangre. Me despertaba gritando.

Le explico que me dejaron allí durante cinco días, un tiempo que fui incapaz de calcular y del que sería consciente más adelante. Me habrían dejado allí para siempre, pudriéndome en la parte de atrás de un vehículo no identificado aparcado fuera de un solar abandonado. Pero yo había descubierto que podía patear el suelo de metal para hacer ruido. Al principio estuve pateando durante horas. Luego dormitaba a ratos, esperando el momento perfecto, escuchando en busca de cualquier ruido, pegando los ojos a la grieta de la puerta de la furgoneta, buscando cualquier lucecita. Oí el débil aullido de la sirena antes de ver el rápido resplandor de las luces, y clavé el tacón derecho contra el depósito de gasolina produciendo un ruido hueco, una y otra vez. Mi tobillo izquierdo se sacudía inerte. No recuerdo que me doliera. El brillo de las luces después de que abrieran las puertas de la furgoneta con una palanca, aquello sí que me dolió. El ruido, las sirenas que llegaron después, la ambulancia, e, inexplicablemente, un coche de bomberos. Eso me dolió. El cuerpo no. Por suerte tenía el cuerpo entumecido.

Mientras hablaba no dejaba de frotarme la fina cicatriz rosada de la muñeca, donde los cables se me clavaron en la piel.

Tuvieron que darme siete puntos para coserme la carne. Casi no se ve. Últimamente me sorprendo deslizando el dedo por encima, un recordatorio de dónde había acabado y tal vez de lo que no merezco.

Le cuento toda la historia, algo que no había hecho nunca. Ni al detective Maslow, ni a los abogados, ni a la policía, ni tampoco después a un psicólogo al que fui un total de tres veces. Todo el mundo conoce fragmentos de la historia, pero nadie me ha oído contarla toda de un tirón. Lo cuento todo, rápido pero de forma inexpresiva, impasible, casi como si le hubiera ocurrido a otra persona.

Lo que al pensarlo bien es cierto. Le ocurrió a Hilary.

10

Yates me promete que se pondrá en contacto conmigo y me deja delante de mi edificio. Me toca una vez la mano, un agradecimiento táctil y una forma de decirme que no me preocupe, todo al mismo tiempo, haciendo oscilar sus uñas carmesíes.

Me quedo en la acera y observo el edificio donde vivo con los ojos de Hilary. La opulencia, el oro y el latón. El miedo me hormiguea en la nuca y miro por la calle esperando ver a Mick o a Jared Pritchett apoyados tranquilamente contra las paredes negras del edificio. Escarbándose los dientes con un palillo. Sonriendo como el gato de Cheshire. «Estás muerta, chivata.» Su cara llena de cicatrices iluminada por el sol de la tarde. Mi cerebro me está lanzando recuerdos que enterré hace mucho tiempo. La serpiente enroscada alrededor del bíceps de Mick. Sus uñas, cortadas bien rectas y rodeadas de un cerco negro, los dedos tamborileando en la rodilla, el pie meciéndose.

Hacía años que no revivía el secuestro, quizá no lo había hecho nunca. Lo había enterrado, en un lugar profundo e inaccesible. Ahora, en las calles, las luces parecen demasiado intensas, los ruidos de los coches parecen demasiado estridentes. No puedo respirar y me siento temblorosa y débil. Pienso en la cara que pondría Henry si se lo contara, cómo fruncíría las cejas y abriría un poco la boca incrédulo.

Peter aguarda en la puerta, encorvado y con el pelo blanco. Me da una empática palmada en la espalda. Parece que hoy todo el mundo siente la necesidad de tocarme, pero de esa forma tan propia de un tanatorio, golpecitos con la mano y palmaditas.

—Hay un hombre esperándola en el vestíbulo. —Estornudo. Se me atenaza la garganta. Peter ladea la cabeza—. Dice que es del *New York Post*. ¿Cree que quizá quiera escribir un artículo sobre el allanamiento? Parece raro.

Cash. Suelto el aire y relajo los puños cerrados. Necesito recuperar el control. Entro vacilante en el vestíbulo y miro el teléfono. Ni rastro de Henry.

Cash está sentado en el sofá tapizado del vestíbulo, juguetea con el teléfono encorvado hacia delante y con los codos apoyados en las rodillas. Cuando oye el ruido de mis tacones contra el suelo de mármol levanta la vista y me saluda con la mano.

—¿Cómo sabes dónde vivo?

Me paro a unos tres metros de él y lo miro con suspicacia.

Él hace ademán de levantarse mientras trata de coger con torpeza algo que tiene a su lado en el sofá y se cae al suelo entre los dos. Es mi monedero. Lo coge casi con culpabilidad.

—Te, emm, te dejaste esto. Esta mañana te marchaste corriendo. —Alarga la mano y prosigue acelerado—. He intentado llamarte unas cuantas veces.

—He ignorado las llamadas. No conocía el número. Ha sido un día frenético.

Cojo el monedero y siento una punzada de simpatía. Parece nervioso e incómodo, y se mete uno de sus fornidos puños en el bolsillo.

—También he tenido una idea. Sobre nuestra conversación de esta mañana.

Pasea los ojos hasta Peter.

Vacilo. No quiero hablar sobre mi adopción en el vestíbulo. El piso sigue estando hecho un desastre, probablemente lleno de polvos para sacar huellas dactilares. Estoy agobiada. Por lo menos Cash es un amigo. Algo así. Suspiro y le hago un gesto para que me siga. Hacemos el trayecto en ascensor en silencio y me siento cohibida por el piso. El ostentoso lujo del inmueble nunca me había preocupado, pero ahora, mientras deslizo la tarjeta por la ranura, veo el piso a través de los ojos de Cash. Los suelos de diseño y los sofisticados tonos de pintura, los enormes muebles europeos antiguos, los techos de cuatro metros. Nuestras cosas saqueadas.

Carraspeo, cuelgo el abrigo en el armario del recibidor.

—¡Madre mía! ¡Te han robado! —Saca el teléfono móvil—. Espera, llamaré al 911...

—¡No! —Le hago un gesto con la mano—. El allanamiento ha sido esta mañana. Ahí es donde he estado todo el día, en la comisaría. Lo siento. Me siento tan... perdida o algo así. Tendría que habértelo dicho en el ascensor.

Y sí que me siento perdida. Mis reacciones son desmesuradas.

Contemplo el comedor. Han vaciado el aparador, el contenido está repartido por la alfombra como si fuera un mercadillo. Me agacho, recojo un par de candelabros de peltre y los vuelvo a dejar en el armario donde creo que estaban. Es un gesto insignificante, como sacar una astilla de un bloque de hielo. Me encojo de hombros.

—¿Estás bien? —me pregunta levantando un brazo para darme una palmadita, y yo me alejo sin querer.

—Estoy bien, vamos a la cocina a sentarnos. Allí no han hecho nada.

Me sigue y toma asiento junto a la isla central. Hace tanto tiempo que no tengo un amigo que siento que he perdido la práctica. Si se tratara de Lydia, ¿podría llorar? ¿Le confesaría que me siento insegura, violada y asustada? ¿Le hablaría de Mick? No recuerdo qué es necesitar a alguien. Un año es mucho tiempo para ser emocionalmente autosuficiente. Estoy cansada.

Abro la nevera y saco dos botellas de agua. Lo pienso mejor y saco una botella de Pinot Grigio y la descorcho. Le ofrezco una copa a Cash y él niega con la cabeza.

—Pero te agradezco el agua.

Se toma su tiempo para abrirla y dar un sorbo. Yo me bebo toda la copa de vino y siento calor en el pecho. Se me relaja la espalda casi inmediatamente, esa tensión entre los omóplatos, y el hormigueo se desliza por los brazos hasta llegar a los dedos. Flexiono las manos. Me sirvo una segunda copa y le doy un buen trago. El vino está fresco y ácido. Cash no llena el silencio, cosa que agradezco. Henry tampoco lo hace. ¿Dónde narices está Henry? Y de repente, me indigno. La ira borbotea en mi interior, intenta treparme por el esófago peleando contra el río de vino, y antes de darme cuenta, me pongo a llorar. Es la clase de llanto que no te deja ver nada y que no puedes detener. Es vergonzoso, y lo sé, pero no puedo hacer nada. Estoy cansada de pasarme la vida intentando hacer algo al respecto. La descarga me viene bien, aunque también me siento un poco vulnerable.

Cash se levanta y yo le hago un gesto para que se siente, lloriqueando y jadeando como un pez fuera del agua. Arranco una servilleta de papel del rollo y me sueno la nariz con poca elegancia. Toda la explosión no puede durar más de un minuto. Cuando acabo, me siento mejor. Cash parece preocupado.

—Sinceramente, Zoe, no parece que estés bien.

—Dios, Cash, no puedo explicarlo. No tengo a nadie. No puedo llamar a nadie. Nadie con quien hablar. Mi antigua mejor amiga cree que soy patética. No tengo familia. Mi marido ha elegido justamente hoy para desaparecer. ¿Tú tienes a alguien? ¿Alguien a quien recurrir?

Él asiente despacio.

—Tengo amigos, sí. Mi madre vive en Jersey. Tengo siete hermanos y hermanas.

—¡Siete! ¡Joder, yo no puedo ni imaginar lo que es eso!

Doy una palmada sobre el mostrador. Cash sonríe. Soltar una palabrota llevando unos pantalones de lino Chanel sienta bien.

—Mi infancia fue una locura. Vivíamos amontonados en un dúplex de tres habitaciones en Jersey. La mitad del tiempo no conseguía oír ni mis propios pensamientos.

—Yo estoy muy cansada de oírme pensar.

—¿Por eso quieres encontrar a tu madre biológica?

Cash le quita la etiqueta a su botella de agua. Está inquieto, me tranquiliza advertir su incomodidad.

—Supongo que sí. No puedo soportarlo. No tengo raíces. En ninguna parte. Es desconcertante.

—Tienes a Henry.

Se enrosca la etiqueta en su grueso dedo índice y evita mi mirada.

—¿Ves a Henry por alguna parte?

Lo suelto sin más a pesar de saber que es irracional. Pero, sinceramente, ¿dónde se ha metido? Sería agradable tener a alguien más a quien llamar.

—Zoe. Tengo que decírtelo. ¿Recuerdas aquel informe que escribí? Los padres biológicos no solían mantener el contacto. En la mayoría de los casos habían seguido con sus vidas. Tenían vidas nuevas, familias nuevas.

—Ya lo sé. —Lo ignoro, aunque no estoy completamente segura de que lo sepa de verdad—. No puedo explicarlo. No tengo raíces. Solo quiero una raíz. Me siento... desarraigada. Si desapareciera sin más, ¿quién iba a darse cuenta?

No menciono que ya lo había hecho una vez, que crucé todo el país y a nadie le importó. Excepto quizá ahora, tal vez ahora a alguien le importe y le preocupe tanto como para intentar matarme. O asustarme. Sigo sin estar segura, y el vino me revuelve el estómago.

—Está bien, bueno, he estado pensando. Probablemente el sesenta por ciento de las adopciones se hagan en el mismo estado. Pero tú dijiste que creciste en California. Tu certificado de nacimiento es de Connecticut. De ese cuarenta por ciento que ocurren en otros estados, yo diría que en más de la mitad de los casos se debieron a que la madre adoptiva conocía a la madre biológica. Una prima, o una hermana o algo así. Es una opción. Yo empezaría por ahí. Intenta encontrar una conexión entre tu madre adoptiva y el nombre que aparece en ese informe.

Tengo el certificado de nacimiento y el informe dentro del bolso. La habitación se está llenando de una suave bruma, el vino está cumpliendo su cometido, y me siento acalorada, pesada y cansada. Increíblemente cansada. Me relajo en uno de los taburetes de la isla central y apoyo la sien en la mano. Quiero dormir. Pienso en el comedor con el sofá destrozado y las mesitas volcadas y quiero dormir durante días. Y no pasaría nada. Penny puede recoger todo este desastre. Lo único bueno de no tener a nadie es que nadie espera nada de ti.

—¿Me ayudarás? —le pregunto patéticamente deslizando el dedo por el borde de la copa. El cristal emite un zumbido.

—Ya te dije que te ayudaría. Dame toda la información que tienes. Te ayudaré.

Alargo el brazo, cojo el bolso con torpeza y le doy el papel arrugado.

—Evelyn Lawlor. Mi madre adoptiva se llamaba Evelyn Lawlor. —Después añado más flojo—: La echo de menos.

Me he relajado y empiezo a verlo todo más claro, como si después de esto ya nada pudiera volver a ser lo mismo. Como si ya no pudiera volver atrás y ser la Zoe que era antes. Y eso me hace reír, un borboteo húmedo que me trepa por la garganta. ¿Quién es la Zoe que era antes?

—Zoe, ¿qué narices ha pasado?

La voz de Henry retumba en mis pensamientos y resuena en la austeridad de la cocina. Cash y yo nos sobresaltamos.

La realidad vuelve a su sitio. Henry está en la puerta de la cocina con las manos en las caderas y la barbilla erguida. Por el rabillo del ojo veo cómo Cash se mete los papeles en el bolsillo de atrás. Los ojos de Cash se pasean de Henry a la botella de vino y luego vuelven a mí.

—¿Quién narices eres tú? —pregunta Henry—. ¿Has sido tú el que ha hecho todo esto?

—¡Henry! ¡No! Este es Cash Murray del *New York Post*. Escribió el artículo sobre CARE. He quedado con él esta mañana para repasar el artículo y me dejé el monedero en la cafetería. Él me lo ha devuelto.

—¿Tomando vino con mi mujer?

Henry cruza la cocina, coge la botella medio vacía y la aleja de mí como si fuera una serpiente peligrosa.

—Henry. Para. Me estás avergonzando. Solo estaba bebiendo yo. ¿Lo ves? —Señalo la única copa de vino—. El allanamiento me ha puesto nerviosa.

—Lo siento. Zoe, señor Whittaker, creo que debería irme.

Cash se levanta y se limpia las manos en los vaqueros. Henry le da un buen repaso alzando una ceja y con una sonrisita en los labios. Me encanta que Cash lo llame señor Whittaker.

Entonces algo cambia. Henry sonríe. Cash vacila, le tiemblan los labios mientras trata de devolverle la sonrisa, pero con desconfianza. Henry cruza la cocina en dos zancadas y le tiende la mano. Cash se la estrecha.

—Lo siento. Cash, ¿verdad? Acepta mis disculpas, por favor. Me he puesto nervioso, mi casa está destrozada, mi mujer está tomando vino con un hombre que no conozco, he tenido un día terrible…

Se le acentúa la sonrisa y me pregunto si se le partirá la cara, justo por la mitad. Tiene una mirada dura en los ojos que quizá solo advierta yo.

Pienso fugazmente que yo he tenido un día mucho más horrible que el de Henry, y recuerdo la palmada que dio en esa malla de licra rosa. La misma mano que ahora se pasea con aire posesivo por mi cuello y mis hombros, los dedos con los que me masajea la clavícula. También reparo en que todavía no me ha preguntado si estoy bien.

—Lo entiendo. Debería marcharme de todas formas. Lamento que hayamos tenido que conocernos en unas circunstancias tan desafortunadas. Es un placer conocerle, señor Whittaker.

—Por favor, llámame Henry. Deja que te acompañe a la puerta. —Le da una palmada en el hombro a Cash y lo acompaña hacia la puerta—. Entonces ¿estabas en la gala benéfica de CARE? Disculpa, aquella noche había mucha gente.

Sus voces desaparecen por el comedor, luego por el pasillo, hasta que ya no puedo oírlas. Me maravilla el encanto de Henry, su voz es como la mantequilla cálida, pero me estremezco. Oigo cómo se abre y se cierra el cerrojo de la puerta y segundos después Henry aparece en la puerta de la cocina. Sigue llevando la corbata bien apretada y pienso que otros hombres se la aflojarían, se desabrocharían el botón de arriba, se sentarían y se arrugarían la ropa. A Henry nunca se le arruga la ropa. Lleva tiesos hasta los calzoncillos.

—¿Te estás acostando con él?

Se le oscurece la cara, sus ojos parecen negros bajo la tenue luz de la cocina.

—¿Qué? —La pregunta me coge desprevenida—. No. ¿Te estás acostando tú con esa chica del gimnasio?

Se acerca a mí apretando los puños. Levanta los brazos y me agarra con fuerza de los hombros.

—Nada de juegos, Zoe. ¿Qué está pasando?

Estoy cansada.

—Nada, Henry. No está pasando nada.

Me libero de sus manos y lo miro fijamente a los ojos retrocediendo hasta el fregadero. Intento parecer despreocupada.

—¿Cash solo es un periodista?

—Sí.

—¿Es el periodista que te salvó la vida? ¿Con aquel coche?

—Sí.

—¿Qué estaba haciendo aquí?

—Intentando conseguir más información sobre CARE. Lo está convirtiendo en un reportaje.

La mentira me sale sin esfuerzo. Por lo menos esconderme me ha convertido en una persona ágil, buena mentirosa y rápida. A veces eso me inquieta, pero hoy lo agradezco. En cuanto las palabras me salen de la boca me doy cuenta de que acabo de tomar la decisión de no contarle a Henry que quiero encontrar a mi madre. No lo había planeado.

116 Henry me observa entornando los ojos.

—¿No has pensado que Cash estaba contigo cuando casi te atropellan y que estaba aquí hoy cuando alguien ha entrado en casa? ¿No te parece raro?

—No —espeto.

No me contesta.

Nos enzarzamos en un enfrentamiento de miradas. No me ha preguntado por mi comentario sobre la chica del gimnasio, y no entiendo por qué.

Agacha los hombros y ladea la cabeza.

—Zo, por favor. Dejemos de atacarnos el uno al otro. Siento haber estado ilocalizable todo el día. ¿Estás bien? ¿Cómo ha pasado todo esto? No has visto a nadie, ¿verdad?

Alarga el brazo y me acaricia la mejilla con el pulgar. Tiene la mano caliente, es agradable. Cierro los ojos, intento olvidarme de la chica de la licra, de la rabia que él ha sentido al ver a Cash, de cómo ha reaccionado conmigo, ese odio casi palpable. Quiero olvidarlo, pero no puedo.

—Henry, ni siquiera me has preguntado si estoy bien hasta ahora. ¿Dónde narices has estado?

—Lo siento, Zoe. —Me abraza y percibo ese fresco olor a limón tan suyo y recuerdo que le quiero—. He estado en una reunión muy importante, nadie podía entrar ni salir. Son brutales. Hemos estado encerrados casi cuatro horas.

Miro el reloj. Son casi las cuatro. Es posible. Las horas encajan. No sé qué pensar.

—¿Puedes llamar a Penny? ¿Pedirle que consiga más gente para limpiar todo esto? Yo no puedo hacerlo, Henry.

Claro que puedo hacerlo. Cuando vivía en Hoboken limpiaba la casa de una pareja rica cada semana. No me desagradan las tareas domésticas, en ciertos casos incluso me gustan. Es solo que no quiero hacerlo. Voy a dejar que Henry se gaste el dinero, le resulta muy sencillo. Me pregunto si Henry sabe que antes trabajaba como asistenta. Me pregunto si recuerda que Evelyn era como Penny. Ya no me acuerdo de lo que le he contado.

—Claro. Claro, Dios, ¿y si hubieras llegado antes? —Me estrecha contra su torso—. Esta es la segunda vez en una semana que podría haberte perdido.

—No exageres.

Ladeo la cabeza y le devuelvo el abrazo con un solo brazo. Con poco entusiasmo.

—Vayámonos. Podemos irnos a Pensilvania mañana. Salir de la ciudad, cancelaré las reuniones que tengo previstas para mañana. Abriremos la casa de campo.

La casa de campo. La «cabaña» de cuatro habitaciones que Henry tiene en el pueblecito de Fishing Lake, Pensilvania. Es una casa familiar, la compraron sus padres y él la heredó. Me parece que creció allí. Solo he estado una vez, un fin de semana, un julio lleno de mosquitos. Lo único que recuerdo es un calor agobiante.

—No sé, Henry. La agente Yates podría averiguar algo o quizá necesite datos…

—Pues volveremos. Solo está a una hora y media de camino. Zoe, estoy preocupado por ti. Primero el coche y ahora esto. Quiero tenerte a mi lado.

Lo único que escucho es «tenerte».

Podría oponerme. Podría hacerlo. Podría salirme con la mía.

Henry nunca me prohíbe nada. Pero recuerdo lo que le he dicho a Cash. Me siento desarraigada. Porque la verdad es que Henry es la única persona que tengo en el mundo. Él es mi raíz.

Asiento despacio.

—Prepararé las maletas.

11

*L*a ciudad desaparece tras una cortina de niebla mientras Henry da golpecitos en el volante al ritmo de los Rolling Stones. Lleva un polo azul marino de manga corta remetido en unos pantalones cortos de color caqui. Silba la canción que suena por la radio y de vez en cuando me mira y me sonríe.

Este es el Henry del que me enamoro, una y otra vez. Está relajado, a su manera. Lleva el pelo rubio despeinado. El día es cálido para ser abril y huele a verano, a suelo mojado y a palomitas, como una feria. Tenemos las ventanas bajadas y estoy feliz. Bueno, bastante feliz. Todavía tengo la pelea de la noche anterior metida en la cabeza y no consigo pasar página. No dejo de pensar en las manos de Henry apretándome los hombros, en la mirada fría que le lanzó a Cash. La cara que puso.

Intenté decirle algo después, en la cama, comentándole que me tenía preocupada. Se acurrucó a mi espalda murmurando disculpas. Me deslizó las manos por la cintura y me cogió los pechos, pero yo lo aparté acusando el cansancio acumulado durante todo aquel día. Me estrechó hasta que tuve la sensación de que podía asfixiarme, noté su aliento húmedo pegado al cuello, en mi oreja, y susurró «pobrecita» una y otra vez. Me quedé dormida, caí presa de un coma profundo, mientras él seguía despierto.

Ahora, en el coche, mientras tamborilea los dedos al ritmo de la música y mueve los labios recitando la letra de las canciones, disfruto del brillo de su relajación, cierro los ojos y respiro. El día está nublado y gris, y frente a nosotros se extiende la campiña de Nueva Jersey, campos de hierba verde y trigo amarillo.

—Penny se ocupará del piso —dice Henry con serenidad, como si lo único que tuviera que hacer Penny fuera regar las plantas.

A la luz del día, mi temor a que Jared sea el ladrón parece melodramático, incluso absurdo. Miro por la ventana y lo analizo. Me han ocurrido dos cosas extrañas en menos de una semana. El coche, que quizá tuviera la intención de atropellarme y quizá no. Un coche pasando a toda prisa por un cruce no implica ninguna intención, bien pensado. A mi alrededor había unas siete personas, incluyendo a Cash. ¿Quién dice que el objetivo no era alguno de ellos si es que, en realidad, fue un acto deliberado? Me aferro a la teoría de que el conductor llegaba tarde a alguna cita. El allanamiento parecía una señal clara hasta que Henry hizo una lista de objetos desaparecidos, entre ellos varios diamantes carísimos y varios miles de dólares en efectivo. No abrieron la caja fuerte, pero teniendo en cuenta los arañazos que había alrededor de la rueda y el cierre, no fue porque no lo intentaran.

La policía no encontró ninguna prueba de que hubieran forzado la cerradura. La investigación sigue adelante, según me han dicho, pero dan pocos detalles. Preguntaron si alguien tenía llave del piso y Henry dijo que no hasta que le di un codazo y siseé el nombre de Penny entre dientes. Se corrigió: «Ah, sí, Penny tiene llave. Pero es inofensiva». Trey juró que había estado vigilando la puerta, no había hecho ningún descanso durante esa franja horaria y, que él supiera, nadie había recibido visitas. Henry gruñó al oírlo y puso los ojos en blanco. «Está claro que alguien consiguió entrar de alguna forma. Pero él dice lo que tiene que decir para conservar el trabajo.»

Pero ahora, sentado en el asiento del conductor, moviendo la rodilla al ritmo de la suave música de la radio, parece diez años más joven. No entiendo por qué no hacemos esto más a menudo. La casa está vacía durante meses. Henry ha ido unas cuantas veces durante el pasado año, para cazar, dice. ¿Solo? Una vez se lo pregunté. Siempre pensé que los hombres iban a cazar en grupo. Hombres distintos a Henry, con barbas espesas y barrigas enormes. Hombres que beben Miller Lite y visten prendas de camuflaje, que tienen los dedos naranjas debido a las migas que sueltan las bolitas de queso. Henry se rio de mí.

—Hay muchos tipos de caza, eso es para los ciervos.

—¿Y qué cazas tú? —le presioné. Es decir, era increíble que no lo supiera ya.

—Conejos. Faisanes. A veces zorros.

—¿Zorros? Pensaba que para eso se necesitaban perros y caballos y que solo se hacía en la Inglaterra del siglo XIX.

Imaginé cornetas y chalecos a cuadros.

—No, se pueden cazar zorros sin perros y caballos, Zoe. Ahí está la diversión. Para la caza básica se utiliza un silbato para zorros.

—¿Y tienes armas? ¿En la cabaña?

Me sentía increíblemente boba.

—Sí, Zoe, tengo armas. —Puso los ojos en blanco y se masajeó la frente. Odiaba cuando me ponía en plan entrevistadora y le lanzaba preguntas como si fuera periodista—. Además, todo el mundo caza en Fishing Lake.

—¿Qué haces con el zorro? ¿Se pueden comer?

Me pregunté si Penny nos habría cocinado zorro alguna noche, potentes lonchas rosadas sobre un lecho de achicoria. Me estremecí.

—La carne de zorro no se come. A veces vendo la piel.

—¿Que haces qué? —Le hice un gesto con la mano para que lo olvidara—. Da igual.

Dejamos atrás Nueva Jersey y entramos en Pensilvania, cruzamos un pueblecito por una carretera solitaria donde incluso las casas se ven solo cada dos kilómetros. La casa de campo de Henry está en lo alto de una colina remota con vistas a los campos que se extienden a sus pies. No es una cabaña exactamente. Es una casa de campo de piedra situada a medio kilómetro de la carretera rodeada por unos pinos enormes. Henry tiene su propio bosque.

Vacía el maletero y arrastra las dos maletas Rimowa por el camino de grava. Yo entro con él en la casa, que huele a madera y a mosto. Henry va abriendo ventanas y la brisa levanta las cortinas trayendo consigo el olor a lilas. El comedor es bastante austero, suelos de tablones anchos y alfombras de colores vivos, sofás de lona y originales piezas de artesanía local. Sencillo pero caro. Las superficies relucen y las ventanas brillan. Quiero preguntarle si ha venido Penny, pero no lo hago.

Lo sigo por la escalera de madera que conduce a nuestro dormitorio. Al otro lado de las ventanas con mosquitera oigo los pájaros y el suave murmullo distante de un cortacésped, pero ni un solo coche. Me levanto y cruzo el dormitorio, retiro las cortinas de gasa blanca. Lo único que se ve desde aquí son colinas verdes y marrones. Mi corazón de ciudad palpita en busca de acción, de movimiento. A lo lejos solo se ve el suave balanceo de la soja y el trigo. Suelto aire e intento relajarme, pero solo siento inquietud y nerviosismo.

—¿Estás bien? —Henry me rodea la cintura por detrás, su voz es un suave murmullo en el oído. Asiento a medias—. Para cenar elegiremos algo de la tienda de la carretera. ¿Ternera o pato?

Me encojo de hombros, no tengo ninguna preferencia. La dulce brisa cantarina ha llenado de energía a Henry. Brinca de puntillas. Me acaricia la espalda, entre los omóplatos, y va bajando.

Yo me alejo de él y le dedico una sonrisa demasiado alegre. Se lo debo. Me siento culpable por no aceptar su casa, esta escapada al campo, que es lo que él pretende que sea. De todo lo que puede ofrecerme, debería estar agradecida, pero no lo estoy. Estoy nerviosa e inquieta, veo cómo se contrae el músculo del brazo de Henry por debajo de la camisa e intento inspirar hondo muy despacio. Me agobia la necesidad que tiene Henry de pintar de rosa lo que ocurrió la noche anterior y hacer que todo sea perfecto.

—Creo que saldré a pasear.

—¿Pasear?

Abre y cierra la boca, como un pez atrapado en un anzuelo.

—¿No es lo que hace la gente de pueblo? Pasean. Y hacen punto. O algo así —murmuro haciendo un gesto de desdén con la mano.

Estoy siendo deliberadamente desagradable y la confusión le nubla los ojos. Antes de que pueda detenerme, me despido de él con alegría y bajo las escaleras, mis pies repican contra la madera.

Una vez fuera, debería ser capaz de volver a respirar, pero no puedo. Tengo la sensación de que me van a estallar los pulmones. Seré la única persona que se haya ahogado al aire libre, asfixiada hasta morir por las boñigas de vaca.

Recuerdo nuestra primera pelea, después de la boda, cuando Henry dejó de ser pretendiente para convertirse en marido, ese periodo elástico durante el que a mí me seguía dando vueltas la cabeza. Habíamos ido a una fiesta, una de tantas, pero esta se celebraba con motivo de la jubilación de un colega de trabajo. Había cócteles dulzones con muy poco alcohol y bebí hasta que la habitación empezó a dar vueltas. La noche se volvió borrosa, tanto que al recordarla ya no estaba segura del orden en el que sucedieron las cosas. Entablé conversación con un hombre y una mujer, la mujer era rubia y atractiva, llevaba un vestido corto de seda negra y el pelo recogido en un moño informal muy sexi y casi no se notaba que iba maquillada. Yo tuve la sensación de ir demasiado elegante y arreglada con mi vestido de lentejuelas verdes y los tacones de cristal. Ella se rio y me tocó el hombro, dijo que yo era miembro del harén de Henry, no sabía que estábamos casados a pesar de los enormes anillos —en plural— que lucía en el dedo. Yo insistía en aclarar mi estatus con la voz apelmazada: «Mi marido, ¿le has visto?». Henry desapareció durante horas, se perdió entre la gente.

Enlazó el brazo con el mío, se llamaba Cynthia, me dijo, y me acompañó al baño. Mientras escuchaba cómo enumeraba, con mezquindad e incisivamente, a través del panel divisorio de los cubículos, todos los motivos por los que nunca sería como ellos, pegué la mejilla al mármol frío de la puerta del baño. Me dejó en el lavabo, donde vomité el resto de los cócteles.

Después me encontré con el hombre con el que habíamos hablado, se llamaba Reid, era el asistente junior de Henry. Tenía cara de niño y era amable, le encantaban las caras llenas de chorretones de rímel. Me trajo agua y me ayudó a buscar a Henry.

Encontramos a Henry fumándose un puro en el bar, era el centro de un grupo de hombres que yo no conocía. Henry me dedicó una sonrisa gélida y no me invitó a unirme a él, no me hizo un hueco en el grupo, no me presentó. Me dejó fuera y, con serena precisión, me dio la espalda. Fue la primera vez

123

que sentí lo que podía ser estar fuera de los círculos de Henry. El propio Henry selló con su actitud hasta la última de las palabras crueles que Cynthia me había dicho a través de la puerta del baño.

Me marché sola. Cogí un taxi que me llevó a nuestro piso y me quedé dormida en el sofá. Henry volvió a casa, encendió todas las luces. Intenté hablarle de Cynthia. Le expliqué que había estado tanto tiempo buscándolo que me parecieron horas y él aguardó, muy tranquilo, a que yo acabara. Entonces sonrió.

—La próxima vez que quieras pasar la noche flirteando con un hombre al que le doblo la edad, no podrás volver a esta casa.

Al día siguiente volamos a Cayo Musha. Una maleta llena de ropa que no había visto en mi vida, incluyendo bikinis de tiras y faldas de lino. Bebidas tropicales y carísimas playas privadas. Tomamos el sol desnudos. Largos días en relucientes yates blancos llenos de personas a las que no conocía. Tardé cuatro días en olvidar la oscuridad de sus ojos. Cuatro días de ramos de flores tropicales y fruta fresca en la cama. Cuatro días para que el calor de su boca en mi cuerpo se llevara el frío de su sonrisa, mientras me enseñaba la vida que me proporcionaría. Todo a cambio del pequeño precio del perdón.

La tienda de la «esquina» está a más de medio kilómetro y el paseo me sienta bien, me tranquiliza el corazón.

Cuando abro la puerta de la tienda, suena una campanita sobre mi cabeza. La dependienta es gordita y tiene casi cuarenta años, está sentada en un taburete leyendo un número antiguo de la revista *People*. Cuando oye la campana suelta la revista y me dedica una sonrisa maternal.

—Vaya, ¡hola!

—Hola. —No estoy acostumbrada a la amabilidad; me resulta invasiva—. Busco filetes de ternera.

—¡Claro! ¿Es nueva en el pueblo?

—Mi marido tiene una casa en la colina. Somos de Manhattan.

—Oh. De la ciudad. —Lo dice como si fuera una blasfemia, una palabrota—. Me llamo Trisha. Tengo esta tienda desde que murió mi hermano Butch, hace ya diez años. Tenía el corazón débil, lo heredó de su padre. —Levanta la encimera de formica y me sigue hasta la charcutería—. Es gracioso que se llamara Butch, ¿verdad? Se llamó así mucho antes de convertirse en carnicero[1]. Ahora solo estoy yo, a veces viene Sheena, es mi prima, pero básicamente estoy yo. Yo soy dependienta, carnicera, cocinera y ama de casa. Y no lo hago mal, ¿no cree?

Niego con la cabeza sorprendida por el número de palabras que ha sido capaz de decir en tan corto espacio de tiempo. Tiene una voz dulce, rebosaba entusiasmo cuando ha dicho que era ama de casa. Se pone un delantal y un par de guantes y se apresura hacia la trastienda. La pesada puerta de madera se cierra detrás de ella. Cuando vuelve, lleva dos gruesos filetes de un color rojo amoratado tendidos sobre una hoja de papel de carnicero marrón, y le brillan los ojos.

—¿A que son preciosos?

Lo dice en serio, y eso me desconcierta. A mí nunca se me ocurriría decir que la carne cruda es preciosa. Asiento e intento parecer impresionada. Los envuelve, ata el paquete con un cordel y lo pesa.

Trisha me cae bien. Es decir, la verdad es que es imposible no sentir simpatía por ella.

Deja los filetes sobre el mostrador.

—¿Necesita alguna cosa más? ¿Un poco de ensalada? ¿Verdura?

—¿Tiene vino? —pregunto esperanzada. No tengo ni idea de qué tiene Henry en su casa.

—No podemos venderlo, querida, pero a mí nunca me falta.

Levanta un dedo y desaparece en la trastienda, de nuevo por esa puerta batiente de madera. Cuando vuelve lleva en las manos una botella de vino rosado con una sencilla etiqueta blanca que reza: «Vino de mesa». Henry se va a morir, se va a morir de verdad. La mujer debe de ver la cara que pongo porque se ruboriza y titubea.

—Oh, ya sé que no es a lo que está acostumbrada pero…

—No, está muy bien. Me va a encantar. ¿A quién no le gusta el rosado? —Le dedico una amplia sonrisa amistosa—.

1. Butcher significa carnicero en inglés. (*Esta nota, como las siguientes, es de la traductora.*)

¿Sabe? Sí que voy a necesitar algo más aparte de los filetes. ¿Qué más podría hacer para cenar?

Se afana en la charcutería y sirve un par de raciones de ensalada de cuscús y algunas verduras asadas: champiñones, pimientos y cebollas. Se me hace la boca agua.

—Creo que aquí tiene lo necesario para una cena romántica para dos. —Vuelve a aparecer la sonrisa en su cara redonda, «Trisha la resiliente». Incluso da saltitos: ¿Dónde está su casa, querida?

Se lo digo. Se le iluminan los ojos.

—¡Conozco la casa! Paseo cada día hasta allí, normalmente sobre las seis o así. Tengo que perder diez kilos. Dios, mi hijo ya tiene trece años, a estas alturas ya debería haberlo conseguido.

Asiento apartando la vista de sus pechos caídos y esa barriga enorme. Se frota la cintura con una de sus manos regordetas y se pone derecha. Me prepara la cuenta.

—Veintitrés con noventa y dos.

—En la ciudad costaría el doble —le digo guiñándole un ojo con astucia.

Me da una palmadita en la mano.

—Es usted divertida.

Escribe algo en una libreta que tiene junto a la caja registradora, sus brillantes uñas rosas chocan contra el espiral metálico. Siento el impulso de invitarla a comer con nosotros. Henry me mataría; no le gustan ni las sorpresas ni los invitados.

Abro el monedero para pagar la cuenta y el calor me trepa por la nuca y me ruborizo. Mi tarjeta de crédito ha desaparecido.

—Ese periodista, él te devolvió el monedero, ¿no?

Hemos acabado de comer, solo queda un trozo pequeño de ternera sobre una bandeja de cerámica entre los dos. La mesa de pino de la casa de campo está llena de restos de la cena: vasos medio llenos de vino y whisky, servilletas de lino arrugadas. Las velas titilantes proyectan una luz tenue en el comedor y yo estoy adormilada por culpa del vino. Me había olvidado por completo de la tarjeta de crédito extraviada y parpadeo un par de veces en lugar de contestarle.

Cuando llegué a casa, Henry llamó al banco inmediatamente y obvió el asunto murmurando una fugaz reprimenda. Cuando colgó, me frotó la espalda, justo por entre los omóplatos. «Probablemente te la dejaste en la cafetería. Te daré algo de efectivo.»

Me dio una palmadita en la cabeza. En lugar de mostrarme agradecida, aparté la mano de Henry. Era tan condescendiente.

Tener a alguien como Henry es una bendición y una maldición. Por una parte, podría sentarme a tomar una copa de vino, dejar que él llegara con su caballo blanco, moviera sus manos gigantes y lo arreglara todo con su voz grave. Otra cosa es aceptar su dinero, meterlo entre los pliegues satinados de mi monedero con una sonrisa recatada, como si fuera una mujer cautiva. Por otra parte, últimamente, estoy cansada de dejar que las cosas ocurran sin más.

—¿Cash? Sí, él me lo devolvió.

Cruzo y descruzo las piernas.

—Interesante.

Henry da unos golpecitos con el tenedor en el plato, un suave tintineo en el silencio de la estancia. El silencio que hay aquí, que se cierne en lo alto de esta montaña, me mata.

—¿Crees que la cogió?

No me lo puedo creer. A mí no se me había pasado por la cabeza.

Henry se encoge de hombros.

—No tengo ni idea, Zoe. No lo conocemos de nada.

—Bueno, yo lo conozco un poco. No parece un ladrón. Es periodista.

—Ah, sí, un gremio honorable. —Tuerce el gesto frunciendo la boca con ironía de forma que parece casi una sonrisa—. Solo digo que da que pensar, eso es todo. Ese hombre suele aparecer cuando ocurren todas esas cosas.

La botella de vino rosado me ha afectado. Me he bebido toda la botella yo sola mientras Henry se tomaba una copa de Pomerol que ha traído de la bodega. Se recuesta en la silla esbozando una sonrisa ladeada. Tiene el pelo inusualmente despeinado y le cae por encima del ojo. Parece joven. Henry nunca parece joven.

127

Levanta un dedo, como si hubiera olvidado algo. Se levanta y se acerca a mi lado de la mesa. Levanta una pierna y desliza mi plato a un lado. Se saca una cajita de terciopelo del bolsillo del pantalón y me la deja delante con delicadeza mientras sonríe con astucia. Encima de la caja hay una tarjetita, sin sobre. La abro.

> Como mujer que eres, sé encantadora:
> como mujer que eres, sé compleja,
> tan compasiva como constante, tan constante como compleja.
> Entrégate a mí, y yo seré tuyo para siempre.

—Henry. —No consigo reprimir la sonrisa, es muy impropio de él—. ¿Poesía? ¿La has escrito tú?

—Claro que no. Es un fragmento de un poema de Robert Graves. Siempre me ha encantado.

Se lleva el dedo a los labios, coloca el pulgar debajo de la barbilla y me mira con aire reflexivo. Levanto la tapa y dentro de los pliegues de terciopelo rosa encuentro una pulsera. La cadena es una intrincada trenza de oro amarillo y blanco y brilla a la luz de las velas. A primera vista, me llevo la impresión de que es una pulsera de dijes, cosa que parece muy impropia de Henry, y lo miro confundida. La cadena atraviesa tres cuentas. Desabrocho los cierres y sostengo la joya en la mano con delicadeza.

—Es bonita —le digo con la sensación de que es probable que no entienda el significado.

No estoy mintiendo, es bonita. Solo que no es el estilo de Henry: demasiado sencilla, demasiado moderna. Es más bien mi estilo. Aunque también es verdad que Henry suele ser más atento que yo.

Examino las cuentas. En la primera hay grabado un arbolito achaparrado cuyas ramas se alzan y se enroscan en el oro. El grabado es fino y delicado, y es tan detallado que se me corta la respiración. En la segunda cuenta hay grabada una flor sencilla, parece un gladiolo. En la tercera cuenta hay un par de alas, las plumas están perfectamente delineadas.

—Preciosa.

Asiento como si lo comprendiera.

Henry me observa divertido y se le arrugan las comisuras de los ojos.

—Oh, déjalo ya. No me engañas. Te conozco, ¿sabes?

—Pues explícamelo —le pido riendo.

Me abrocha la pulsera en la muñeca, su pelo me hace cosquillas en la mejilla.

—Está hecha por encargo. El árbol es porque me das raíces. Quiero hacer lo mismo por ti. En realidad es un bonsái. Los japoneses creen que, si se dejan en la naturaleza, los bonsáis crecen salvajes, rebeldes y feos. Que solo son bonitos cuando los cultiva el hombre.

—¿Yo soy el bonsái?

Siempre me he sentido como el proyecto de Henry, hasta cierto punto Lydia no estaba tan equivocada. Me ha preparado para que encajara en su vida, entre sus amigos y colegas.

Se ríe y me da un beso en la nariz.

—Yo soy el bonsái, Zoe. Sin ti soy un hombre rabioso e individualista. Un hombre con un solo propósito. Me convierto en uno de esos hombres ricos sin amor. Me convierto en Krable.

Me recuesto en la silla y observo a Henry mientras habla. Es sorprendente lo bien que le sienta la vulnerabilidad. Es lo más sexi que se ha puesto en la vida.

—Continúa.

Ladeo la cabeza.

—Las alas son más fáciles de explicar. —Toca la última cuenta, me masajea la palma con el pulgar—. Lo siento. No pretendo retenerte. Me enamoré de tu coraje. Estos últimos meses he tenido miedo de perderte, te he presionado demasiado y lo lamento.

—Los dos hemos sufrido.

Le deslizo el dedo índice por las venas de la mano, sus enormes y suaves manos. Me encantan sus manos.

Carraspea y sostiene la cuenta central entre el pulgar y el índice, noto el contacto frío de sus manos en la muñeca.

—La cuenta central es un gladiolo.

—La flor de la pasión.

Se me entrecorta la voz.

—Sí, técnicamente, «amor a primera vista». Que somos nosotros, ¿no crees? —Se levanta y tira de mis manos hasta que me levanto con él—. También es un símbolo de carácter y fortaleza. Me recordó a ti.

Da un paso atrás, se masajea la frente y esboza una sonrisa de medio lado.

—Es precioso, Henry.

Es un tópico y una estupidez, pero me he quedado sin habla.

—Quiero que vuelvas a la floristería. Te estoy diciendo que me parece bien.

Tira de mi mano, me separa de la mesa en dirección al comedor y hacia las escaleras. Le sigo, tambaleándome un poco, inclinando la muñeca a la luz de la luna del comedor para poder ver la pulsera más de cerca. No puedo creer que haya pensado en todo eso, y no tengo ni idea de cuándo la encargó. Significa más para mí que todos los diamantes y los rubíes que tenemos en la caja fuerte.

El deseo me asalta sin previo aviso. Le empujo por la espalda con delicadeza, por el pasillo hasta llegar al dormitorio, donde lo lanzo, lasciva y borracha, en la cama. Nos desnudamos el uno al otro y me río. La habitación da vueltas, y la mañana siguiente, cuando intento recordar el momento, lo único que veo es la sonrisa de Henry, el amor reflejado en sus ojos azules, y la abrumadora sensación de que, aquí, en esta recóndita casa de campo, a pesar de todos sus fallos y nuestras imperfecciones, donde no conozco a nadie más, estoy en casa.

130

12

*E*l sábado me levanto a las seis, preparo un poco de café en una cafetera de acero inoxidable, de pie delante de la estufa de gas; y contemplo cómo el café borbotea y escupe en la tapa de cristal. No puedo dormir. En nuestro piso del ático oímos muy poco ruido de la calle, así que no entiendo cuál puede ser la diferencia. Pero me he quedado un rato en la cama, moviendo las piernas nerviosa, tumbada de un lado, luego del otro, hasta que al final he bajado.

Alguien me rodea por la cintura y me sobresalto.

—Me has asustado.

Sonrío con la cabeza gacha y Henry me da un beso suave en la nuca.

—Vaya, lo siento —susurra en la oscuridad de la cocina—. No te enfades, pero hoy tengo que regresar algunas horas.

—¿Hoy?

Doy un paso atrás para poner distancia entre nosotros.

—Lo siento. El día será nublado, pero no va a llover. Podrías volver a pasear, hay caminos. No son todos nuestros, pero a nadie le importa. Aunque vigila que no te dispare ningún cazador.

—¿En qué temporada estamos? —pregunto.

Se frota la barbilla.

—¿Pavo? No estoy seguro. Yo suelo cazar en otoño. En primavera tengo demasiado trabajo.

No entiendo ni el trabajo de Henry ni su afición por la caza. Es completamente posible, adecuado incluso, que no comprenda a Henry. Sirvo dos cafés en tazas de cerámica, pero cuando me vuelvo para coger la leche y el azúcar (solo para mí, Henry lo toma solo), Henry frunce las cejas y tuerce el gesto como disculpándose.

—Tienes que irte ya —digo muy seca, y suspiro.

Recojo su taza y vierto el café en la cafetera. Me da un beso en los labios y se queda pegado a mi boca con la mano apoyada entre mis omóplatos.

—No te enfades. Volveré después de comer. Solo tengo que resolver un imprevisto.

—¿Qué imprevisto?

Ahora tengo curiosidad. ¿Qué imprevistos pueden tenerse un sábado cuando trabajas en Wall Street?

—Zoe, ¿sabes lo aburrido que es mi trabajo?

—No, cuéntamelo. Consigue que vuelva a dormirme y dormiré hasta que vuelvas.

Se ríe y el sonido me atrapa. Lo adoro y lo añoro al mismo tiempo.

—Vale, está bien. El mercado japonés no cierra los sábados y tenemos que resolver un problema de seguridad con los bonos gubernamentales.

—De acuerdo, de acuerdo. Tengo la sensación de que acabas de inventártelo. Vete.

Le empujo con suavidad por el brazo y él vuelve a reírse. Pienso que existe la posibilidad de que esta casa, este pueblo, haya liberado a un nuevo Henry, como si lo hubieran soltado. Me lo imagino saliendo de su propia piel, dando una palmada, mirando a su alrededor. «Muy bien, ¿qué hacemos primero? ¿Pescar? ¿Cazar? ¿Pasear?»

Se besa las yemas de los dedos y los apoya en mi cabeza; oigo cómo sus zapatos resuenan en el suelo de madera y cómo se cierra la puerta, y así, sin más, me quedo sola. No tengo miedo exactamente, pero siento un agujero justo en el centro del pecho. No tengo nada que hacer. Es duro tener todo el día por delante y no saber a qué dedicar el tiempo, nada que escribir, ninguna llamada que hacer. Suelo tener esta sensación a menudo, pero por lo general puedo ocupar mi tiempo saliendo, paseando por Manhattan. En Nueva York nunca te aburres. Miro el reloj que hay sobre el fregadero. Las seis y media.

Abro las cortinas. Fuera hay un bosque en la parte de atrás y una arboleda delante, luego, a medio kilómetro de distancia, una carretera. Me llevo la taza y, del respaldo de una tumbona del comedor, cojo un suéter que imagino será de Henry pero que no había visto nunca. Es pesado y trenzado, tiene las mangas largas y unos enormes botones de madera. Me lo pongo y abro la puerta trasera.

El porche es amplio y se extiende por toda la parte de atrás, tiene vistas a un mar negro y verde. En la esquina hay una mecedora, está hecha de troncos sin pulir, con toda la intención de darle un aire salvaje. Me acurruco en ella, me llevo las rodillas al pecho y cojo la taza de café con las dos manos. Hace frío para ser abril, dudo mucho que hoy sea un buen día para explorar los alrededores. Huele a pino húmedo.

Me recuerda al lago Tahoe. Evelyn alquiló una cabaña una vez, un regalo de una amiga. Recibía millones de regalos de amigos. No tenía dinero, pero siempre dijo que tenía muchos amigos, y algunos de esos amigos eran ricos. Volvía a casa con filetes que le habían regalado, o vino que había «encontrado». Todo caprichos que le daba la gente, decía. Lo explicaba haciendo un gesto con la mano y con una suave risa cantarina. «Puedes conseguir cualquier cosa si eres amable con la gente. A la gente le gusta hacer cosas por los demás, cuesta muy poco ser amable.» Me llevó al lago Tahoe, donde veraneaban los ricos, me había dicho. «¡Seremos reinas por una semana!» Mi corazón de diecisiete años estuvo a punto de romperse ante la perspectiva de pasar una semana sin televisión y escasa comunicación telefónica. Iba arrastrando los pies, me enfadé y me hice la ofendida, la ignoré durante la mitad del trayecto. Llamaba a mis amigas a escondidas cuando Evelyn no se daba cuenta.

Evelyn no decayó ni un momento, se reía encantada, se le veían las manchas de pintalabios color coral en los dientes de delante cada vez que sonreía, y lo hacía todo el tiempo. Es fácil ensalzar a los muertos y decir cosas como: «¡Oh, siempre estaba radiante y feliz!». Pero en el caso de Evelyn era cierto. Por muy mala cara que le pusiera aquella semana, ella le daba la vuelta y no vacilaba nunca.

133

Soltó la barca, un bote de remos destartalado que yo no dejaba de decir que podía hundirse. «¿Y qué? —dijo burlona—. Sabemos nadar, ¿no?» Y fue remando hasta el centro del lago con un solo remo, primero de un lado, luego del otro. Se le habían puesto las mejillas muy rojas y yo pensé que se desmayaría. Puse los ojos en blanco y le quité el remo. «No te mueras, Ev.» Sus brazos parecían muy flacos. Fue la primera vez que me di cuenta de lo mucho que había adelgazado.

—Dios, Evelyn, estás como un palillo. Cómete un bocadillo o algo.

Sabía que estaba siendo desagradable, pero sería muy vergonzoso tener una madre anoréxica, como una de esas animadoras que se desmayaban en el instituto. Ella se asomó por un lateral de la barca y me salpicó con el agua. Yo cogí el remo y la empapé de un solo movimiento. Se rio, pero sonó como si saliera de dentro de un barril.

Apartó la mirada y cuando me volvió a mirar me enseñó los dientes. «¿Tengo pintalabios?» Por primera vez no tenía. Habíamos vuelto a la cabaña donde escuchamos a Billie Holiday, preparamos salsa de vodka y me dejó beber vino hasta que empecé a verlo todo borroso. Consiguió que hablara de chicos, o de lo que yo consideraba hombres en aquella época. «No tengas miedo del sexo. Ten miedo del amor, pero no del sexo. El amor se te puede tragar entera, puede devorarte, cambiarte, pero ¿el sexo? El sexo es solo para una noche.» Y no tenía ni idea de a qué se refería.

Después, la escuché hablando por teléfono en su dormitorio. Me quedé en el pasillo de la cabaña y me di cuenta de que estaba llorando. Me pegué a la puerta de su habitación, pero no conseguí oír nada.

Por aquel entonces ya estaba enferma, y solo después de morir supe que ella ya lo sabía.

Me asalta un pensamiento, algo que le había preguntado a Mick, una idea llena de odio y rabia. Si tenía tantos amigos, ¿dónde estaban? Cuando murió, ¿adónde se marcharon? No llamó nadie. Nadie se ofreció a pagar por una sencilla incineración. Yo me había quedado en su piso varias semanas después de su muerte, esa época borrosa antes de que huyera, pero el teléfono no sonó ni una sola vez a menos que se tratara de alguien que reclamara el pago de una factura. Intenté recordar quién había dicho Evelyn que era el propietario de aquella cabaña, pero no se me ocurrió nada.

El cielo está más luminoso, ahora es gris claro, y hay un rocío de lluvia por todas partes, no caen gotas del cielo, es más bien como si lloviera desde abajo. Mi taza de café está vacía y tengo frío. Vuelvo a entrar en la cabaña y miro el reloj. No son ni las nueve. Subo al piso de arriba con poco entusiasmo para buscar mi libro enterrado bajo los jerséis y los vaqueros en mi maleta. Todas las puertas del pasillo están cerradas y empujo la que está junto a nuestro dormitorio. La cama del centro está hecha con sencillez y está adornada con una colcha de *patchwork* de colores vivos hecha a mano. Los cojines están hechos con los bolsillos de vaqueros viejos y las paredes están adornadas con estrellas de madera roja, una decoración muy americana. Estoy convencida de dos cosas: no fue Henry quien decoró está habitación, sino Penny. Y no ha cambiado nada desde que murió Tara. Al examinarlo más de cerca, me doy cuenta de que en el secreter hay frascos de perfume de mujer, el sol los ha puesto amarillos. En la mesita de noche hay un libro de suspense con la esquina de la página 137 doblada. Hay unas zapatillas azules de punta abierta (¿Chanel hace zapatillas?) asomando por debajo de la cama. Podría haber estado aquí ayer. Entonces me doy cuenta de que no hay ni una mota de polvo en ninguna parte. Esta habitación no ha estado cerrada. Alguien la limpia. Reorganiza los frascos de perfume. Mueve las zapatillas para pasar la aspiradora y las vuelve a dejar justo donde estaban de forma que las puntas asomen justo por debajo de los volantes.

135

Se me pone la piel de gallina. Salgo de la habitación y cierro la puerta sin despegar la mano del pomo. Estoy ansiosa por marcharme y clavada al suelo al mismo tiempo. Mis ganas de saber más cosas sobre la mujer con la que estuvo casado Henry chocan contra una resistencia que desconocía. Intento ubicarla, pero no puedo, e imagino que me da miedo descubrirlo. Ya es lo bastante duro tener que lidiar con una exmujer cuando la relación pudo deteriorarse por sí sola. Pero me parece que a

Tara se la arrancaron de los brazos a Henry en el punto más alto de su adoración, y yo me debato en algún punto interme- dio. Cuesta aceptar que eres una segundona.

Me alejo de la habitación y me vuelvo para inspeccionar las otras dos. La puerta que hay al final del pasillo es el des- pacho de Henry. La puerta que está entre lo que enseguida he empezado a ver como la habitación de Tara y su despacho está cerrada con candado. ¿Cerrada con candado? Agito el pomo de la puerta con poco entusiasmo pero, como era de esperar, no se mueve. Hago lo mismo con el despacho de Henry y me sorprende descubrir que la puerta tampoco se abre. Está cerrada por dentro.

Me vibra el teléfono dentro del bolsillo y en la pantalla parpadea un mensaje de Cash. «Llámame cuanto antes. Te he mandado un correo electrónico.» Compruebo la conexión y descubro que no tengo, solo una barrita inestable de red. Cuando abro el navegador, el círculo de carga no deja de girar. Vuelvo a meterme el teléfono en el bolsillo. «Maldita casa en medio de la nada.» La casa no tiene wifi, pero me parece recor- dar que el ordenador que hay en su despacho tenía conexión a Internet. Vuelvo a agitar el pomo de la puerta por si acaso. Saco el teléfono de nuevo y marco el número de Henry. Suena cuatro veces y salta el buzón de voz. «Henry, soy yo. ¿Dónde está la llave de tu despacho y por qué está la puerta cerrada? Quiero conectarme a Internet. Llámame.»

Solo hay un motivo por el que me pueda haber llamado Cash, y tiene que estar relacionado con mi madre biológica. Estoy segura de que ha averiguado algo y se me acelera el cora- zón. Bajo la escalera y rebusco en los cajones de la cocina hasta que encuentro un destornillador.

Una vez arriba, meto el destornillador en la cerradura an- tigua y lo hago girar hasta que noto cómo encaja. Tardo unos cuantos minutos, pero después del tercer intento, el mecanis- mo cede y el pomo gira. Me quedo inmóvil con la mano en la puerta. Nunca he estado en el despacho de Henry y ahora lo estoy haciendo sin permiso.

El despacho huele a la piel de la única silla que hay, tam- bién percibo un ligero toque a serrín. El escritorio de Henry es una sencilla mesa estilo Shaker con un único cajón en el medio, es muy distinto a los despachos que tiene en casa y en la oficina, que presumen de madera de caoba y donde hay más cajones y armarios de los que podría llenar. La casa pertenecía a su familia, y me pregunto si este sería el despacho de su padre. Se lo preguntaré más tarde, cuando se haya tomado un buen vaso de whisky. Me ha contado muy pocas cosas sobre sus padres y echo un vistazo por la estancia en busca de alguna señal de ellos. Nada.

Tiro de la silla y me siento mientras aprieto el botón para encender el ordenador. La computadora es un Mac sorprendentemente viejo, nada que ver con los delgados portátiles plateados que Henry lleva a todas partes, siempre es el modelo más nuevo y pequeño. Por un momento me pregunto si el despacho será suyo siquiera. Me pregunto a qué se dedicaría Tara.

Me sorprende pero agradezco que el ordenador no me pida ninguna contraseña para seguir adelante. Pincho el icono que da acceso a Internet y tarda un minuto, pero conecta con la página de mi correo. Le devuelvo la llamada a Cash. 137

—Hola, soy yo. Estoy delante de un ordenador, ¿qué pasa?

Estoy jadeando y me doy cuenta de que me tiemblan los dedos.

—Hola, espera un momento. —Tapa el auricular del teléfono y oigo voces y luego unos arañazos, como si tuviera el teléfono en el bolsillo. Después de un minuto o así, vuelve a ponerse—. Vale. ¿Has abierto el correo?

—Sí, está abierto.

—Te he enviado un enlace. Pincha encima.

Lo hago y me conduce a una página web de genealogía, en lo alto aparece el nombre de Evelyn. Su fotografía me deja sin aliento. Tiene una sonrisa radiante. Parece muy joven. No me doy cuenta de que estoy llorando hasta que una lágrima me cae en el antebrazo. Sorbo por la nariz.

—¿Estás bien? —pregunta Cash.

Me doy cuenta de que llevo mucho tiempo callada.

—Estoy bien. Pero ¿qué es esto? ¿Por qué tienen su fotografía?

—Debió de hacerse un perfil. ¿De cuándo es esta foto?

La observo y concluyo que, basándome en su peso, probablemente ya debía de estar enferma, quizá en su primera remisión.

—¿Podría ser de hace unos seis o siete años? Ya estaba enferma.

—Vale. Ve bajando hasta que leas el nombre de Janice Reeves. —Oigo cómo Cash teclea de fondo. Hago lo que me dice—. ¿Ves los nombres que hay debajo?

—Gail, Brenda, Caroline —digo en voz alta. Luego repito—: Caroline.

—Es una corazonada, todavía no estoy seguro. Quería saber tu opinión.

Habla rápido, las palabras se amontonan a toda prisa.

—Pero el nombre de la partida de nacimiento es Carolyn. Con Y. Y el apellido es Seever.

—¿Te acuerdas que te expliqué que nadie se inventa un nombre realmente falso?

No puedo respirar.

—Cash… ¿de verdad es ella? ¿Eran primas?

—No lo sé. No hay ninguna fotografía. Tienes que crear un perfil para tener foto. Pero, Zoe, te he enviado otro enlace.

Vuelvo a mi bandeja de entrada y pincho en el segundo enlace. No me preparo, no pienso en ello, solo lo pincho. Y cuando se abre la página, la habitación empieza a dar vueltas.

—Oh, Dios mío, Cash.

Es una página de Facebook, una mujer mirando fijamente a la cámara, con una mueca en la boca, una sonrisa esquiva, desafiando al mundo. Le brillan los ojos, son de ese azul pálido y traslúcido que tan bien conozco. Tiene el pelo oscuro, rebelde en ciertas zonas, brillante en otras, e imagino que le cuesta muchísimo encontrar un buen producto para cuidárselo. Tiene la nariz recta con un puente reconocible y la ceja izquierda notablemente más alta que la derecha.

Como la mía. Es igual que yo. Es mi cara. Veinte años más vieja.

—Es ella. La he encontrado.

Υ

Durante el resto del día, no dejo de entrar en el despacho y me quedo mirando el ordenador, esa fotografía. Esa cara pícara y espabilada, una expresión que conozco muy bien pero que quizá haga demasiado que no veo. Tengo el vago recuerdo de haber puesto exactamente la misma cara para una foto que nos hicimos con Lydia una noche que salimos. Intento imitarla en el espejo del baño, ladeo la boca, arqueo mi ceja asimétrica. Vuelvo al despacho, descargo la foto y me la envío.

Me desperezo y curioseo por la habitación. En la pared del fondo hay estanterías empotradas llenas de libros del suelo al techo: viejos, nuevos, de tapas duras, en rústica, de suspense y de misterio; Ruth Rendell, Dennis Leanne, Ross McDonald, Arthur Conan Doyle. Deslizo el dedo por el estante y me pregunto si también son de Tara. En el estante que está a la altura de la cabeza hay tonterías y marcos de foto, y me doy cuenta de que hay un sencillo marco negro con una foto mía.

Estoy sentada en una roca, mirando un arroyo, con una camisa púrpura y un par de shorts caquis. Recuerdo ese día, la excursión a Breakneck Ridge. Era una ruta exigente y llegué jadeando, acalorada y sin respiración, estaba en baja forma. La brisa me azotaba el pelo mientras Henry sacaba fotografías con su Canon en la cima. Recuerdo que encontró el lugar para sacarme la fotografía, apartado del camino principal, en un senderito solitario, estaba lleno de vegetación y era poco seguro. Me dijo que quería fotos mías para sus despachos, el de la oficina y el de nuestro piso, para poder mirarlas. Yo protesté mientras me apartaba el pelo de la frente y me llevaba las manos a las mejillas acaloradas. Era septiembre, las hojas todavía estaban verdes, el aire aún era húmedo.

Recuerdo que me ayudó a bajar de aquella roca empinada, cómo me empujó contra el árbol más cercano sin decir ni una palabra, me arrancó la ropa, me deseaba, tenía sus manos por todas partes, su boca caliente y jadeante. Recuerdo cómo la corteza me arañaba la espalda desnuda cuando me embistió, solo dos veces, antes de dejarse caer contra mí, su cuerpo flácido y jadeante. Recuerdo que me sorprendió la necesidad, la intensa y tangible desesperación, cuando me susurró «lo siento» en el pelo.

139

Le hice bromas al respecto más tarde y me rugió: «Solo es porque eres preciosa». Me había pegado a su cuerpo para que pudiera sentir que seguía preparado, y me mordió el cuello con suavidad.

Me llevo la fotografía al escritorio y la pongo junto a la imagen del ordenador. Si no fuera por la diferencia de edad, podríamos ser gemelas.

13

Sigo mirando fijamente la pantalla cuando el teléfono me suena en la mano. Me sobresalto y contesto sin mirar, suponiendo que es Cash. Pero es Henry.

—¿Quién pensabas que era? —pregunta alterado después de escuchar mi distraído «oh».

—¡Nadie! Pensaba que eras tú. Lo siento, estoy navegando por Internet. Oye, ¿por qué estaba cerrada la puerta de tu despacho?

Mi tono es acusador y me reprimo en silencio. «Hay que tener más mano izquierda», como solía decir Evelyn.

—¿Estaba cerrada? Supongo que es la costumbre. A veces alquilo la casa y cierro algunas puertas. No quiero que la gente husmee entre mis cosas. La llave está en la cocina, en el llavero de la pared. Es una llave antigua.

Carraspea.

—De acuerdo. La he forzado. Si no quieres que entre nadie, deberías cerrarla con candado. Como la otra habitación.

Se hace un silencio.

—En ese cuarto hay archivos de antiguos clientes.

—Está bien.

—En fin, ya voy de camino. Llegaré en una media hora o así. ¿Cenamos?

—Claro. —Miro el reloj de la pared. No sé cómo, pero ya son las cuatro en punto. He matado todo un día literalmente mirando una fotografía. Me palpita la cabeza y me doy cuenta de que no he comido nada—. ¿Hay algún restaurante en este pueblo?

Henry se ríe.

—Este pueblo es un noventa por ciento italiano. Aquí hacen la mejor comida casera italiana que hayas comido, tanto en la ciudad como fuera de ella.

El Henry de las vacaciones ha vuelto.

Me río con él.

—Pues date prisa —le digo con coquetería.

No puedo dejar de mirarla. Amplío la imagen y utilizo las barras de desplazamiento para moverme por ella. Tiene el ojo derecho un poco más grande que el otro. Una fina cicatriz le cruza la frente, cerca de la raíz del pelo. Tiene dos pares de agujeros en cada oreja, pero solo lleva pendientes en un par de ellos. Con cada nuevo descubrimiento, corro al lavabo y me miro la cara. Tengo un vínculo.

Me duele la cabeza y estoy cansada de pensar en Caroline, de analizarla. Por impulso, entro en Google y tecleo el primer verso del poema que había en la tarjeta de Henry. «Como mujer que eres, sé encantadora.»

«Pigmalión a Galatea», de Robert Graves. Pigmalión. El escultor griego que se enamoró de su estatua. Henry no es excesivamente culto ni piensa mucho en sí mismo. Para él la poesía y la ficción son una pérdida de tiempo, y pensar en uno mismo es síntoma de inseguridad.

Sigo sentada delante del ordenador cuando oigo su coche entrando por el camino. Lo apago rápido y me levanto. La sangre me sube de golpe a la cabeza y se me nubla la vista.

Nos encontramos en el vestíbulo y nos reímos los dos.

—Hola.

—Hola.

Me inclina un poco hacia atrás y me besa con apetito. Yo le devuelvo el beso, pero distraídamente. No he tenido tiempo de pensar en qué decirle a Henry, si es que quiero comentárselo. Me ha dado a entender que quería que me mantuviera alejada de Cash. No sé si decirle que me ha ayudado a encontrar a Caroline, en especial teniendo en cuenta cómo reaccionó cuando supo que quería buscarla. Tengo que manejar la situación con cuidado, así que me olvido de todo, lo entierro en mi cabeza.

Es fácil dejarse atrapar por el optimismo de Henry. Tiene el pelo revuelto del viaje, como si hubiera conducido con la ventanilla del coche abierta. Le brilla la cara del aire húmedo, tiene las mejillas sofocadas y rosadas.

—Ve a cambiarte.

Me da una palmada en el trasero y me guiña el ojo. Entro en el dormitorio dando un saltito y abro la maleta.

—Ah, te he traído una cosa.

Sostiene una percha con una bolsa. La abro y dentro hay un vestido ajustado muy sencillo, es negro y tiene unos minúsculos botones plateados en la espalda.

—¿De dónde lo has sacado? —le pregunto alzando las cejas.

Se encoge de hombros y esboza una sonrisa de medio lado.

—Ya hace un tiempo que lo compré, pero he estado esperando el momento indicado para dártelo. Vamos a ir demasiado arreglados.

—Más vale que sobre que no que falte —contesto, otra de las frases de Evelyn.

Evelyn, que se ponía sus mejores galas para hacer la compra, solo por divertirse, además de un sombrero. «Solo se vive una vez, ¿sabes? Y quién sabe, puede que alguien piense que somos personas importantes.»

Me pongo el vestido, me sienta como un guante. Henry siempre acierta mi talla exacta, incluso aunque cambie debido a la marca. Cuando me doy la vuelta para mirarlo, me da un par de sencillas sandalias de tacón negras, un complemento impecable para el vestido. Ladeo la cabeza.

—¿Qué? ¿Estás sorprendida?

Niego con la cabeza con una sonrisa en los labios.

—Siempre me sorprendes.

Cojo los zapatos y me los pongo, muevo los dedos de los pies. Me balanceo: el día me ha llenado de energía, la expectativa me ha puesto nerviosa. Me he jurado no pensar en ella, pero me descubro preguntándome qué pensaría de mí. De toda esta escena, de este marido rico y poderoso que me compra ropa de la talla perfecta, del estilo que le gusta, incluso aunque no me haya parado a preguntarme si me gusta.

Giro delante del espejo y decido que sí que me gusta. Yo no lo habría elegido, pero la verdad es que algunas de mis prendas preferidas han sido idea de Henry. Este hombre sabe cómo vestir a una mujer.

Me siento atrevida y hago algo muy impropio de mí: le silbo. Se da media vuelta y, de un rápido movimiento, me quito las medias y las tiro en la cama. Él alza una ceja y frunce la boca sorprendido.

—Vaya, vaya. La cena va a ser interesante.

El restaurante es pequeño: una camarera y diez mesas, solo cuatro de ellas están ocupadas. La estancia está oscura, iluminada por velas titilantes y luces blancas brillantes que absorben los manteles granates de dos mesas redondas. Todo el mundo se conoce, a nivel familiar, los Sartinis, los Petruccis, los Tomasis, se ciernen sobre nosotros, los recién llegados, como si fueran una bandada de gaviotas. Henry me explica que antes Fishing Lake era un pueblo dedicado a la industria textil. Dos molinos que flanqueaban la pequeña comunidad atrajeron cientos de inmigrantes italianos a principios del siglo XX. Cuando los dos cerraron a principios de los setenta, la población se dividió: una mitad se convirtió en ciudad dormitorio, los que iban y venían de la ciudad, y la otra mitad eran descendientes que se quedaron el resto de la industria turística. Un restaurante pequeño, una panadería, una tienda, una compañía, una inmobiliaria.

—Mi padre pertenecía al primer grupo —me explica—. Era un abogado que iba y venía de Nueva York.

Contengo la respiración. Henry casi nunca menciona a sus padres. Sé que están muertos. Henry me contó que tuvieron un accidente de coche. Intenté relacionarlo con mi propia experiencia, le expliqué que mi padre también había muerto en un accidente de coche, pero me ignoró.

—El señor Whittaker era un hombre maravilloso —susurra un hombre desde la mesa que tenemos al lado. Es menudo, y con los hombros encorvados. Tiene las manos largas y los nudillos deformes. Sostiene un tenedor que tiembla sobre su plato de *ziti*—. Mi hijo se metió en líos, ese chico siempre tenía problemas. El señor Whittaker le salvó el pellejo muchas veces. —Le brillan los ojos y asiente a Henry—. Pero él también sabía lo que era tener un hijo problemático.

Le sacude el dedo índice a Henry. Henry le sonríe.

—¿Eras problemático? —le provoco con coquetería.

Henry sonríe y señala al hombre con la cabeza poniendo los ojos en blanco.

—Este es el señor Zappetti. El jefe —dice Henry, y se lleva el dedo índice a la sien.

El hombre niega con la cabeza mirando a Henry y se ríe.

—Estos chicos. —Se vuelve hacia mí—. Mi hijo ahora es un buen ciudadano, igual que su Henry. Estos chicos. Son unos salvajes.

Henry queda atrapado en otra conversación. Los hombres quieren que les aconseje sobre sus inversiones, las mujeres piropean mi vestido y se deshacen en oohs y aahs cuando les digo que me lo ha regalado Henry. Chasquean la lengua y alzan las cejas cuando pido vino blanco («¿Qué tiene de malo el tinto?») y cuando les recuerdo cuál es la casa de Henry, la señora Zullo, con una espléndida mata de pelo gris, asiente con complicidad y hace chasquear la lengua.

—Es la antigua casa de los Vizzini. —Da un golpe con los nudillos en la mesa y todas las mesas que nos rodean dicen ohhhh al unísono—. Esa vieja bruja. Murió en esa casa, ¿sabe?

Su marido le da un codazo.

—Mi vida, déjalo, eso fue hace cuarenta años.

Miro a Henry, que tiene cuarenta años, y me pregunto cuándo se trasladarían a la casa. ¿Dónde vivía antes? Me queda mucho por descubrir de mi marido, hay tantas cosas que no sé. Me doy cuenta de que es extraño tener tantas incógnitas en un matrimonio, ese lienzo tan amplio por rellenar. Tal vez. No lo sé, es mi primer matrimonio. Me toca el pie por debajo de la mesa.

La señora Sartini, una mujer rolliza y fofa a diferencia de la señora Zullo, que es menuda, nos mira sacudiendo el dedo.

—La señora Vizzini murió porque se le rompió el corazón. Su hombre la dejó cuando tenía cincuenta años. *Zitella!*

Los comensales se deshacen en carcajadas. No sé qué significa *zitella*, pero hasta Henry echa la cabeza hacia atrás y se ríe a gusto.

No puedo dejar de mirar el móvil. Aunque no estoy segura del motivo. ¿Espero otro correo electrónico de Cash? ¿Otra fotografía de ella? El reloj se va acercando a las nueve y, una a una, las mesas se vacían, los vecinos dan las buenas noches, me dicen que están encantados de haberme conocido y me dan dos amistosos besos en las mejillas, hasta que por fin Henry y yo nos quedamos solos. Me hace cosquillas en el muslo con los dedos y yo me aparto.

—¿Qué has hecho hoy?

Tiene los ojos entornados debido al alcohol y al cansancio, y tiene una sonrisa boba en la cara.

—No tan deprisa. ¿Eras problemático? —le presiono dándole un golpecito en el dedo del pie.

Hace un gesto de irritación con la mano.

—El señor Zappetti es un cuentista. No, no era problemático. Era un niño. Creo que una vez, por Halloween, le enjabonamos las ventanas. —Me tapo la boca con la mano—. Oye, es difícil entretenerse en este pueblo —protesta con los ojos brillantes.

—Explícame lo que has hecho hoy —repite sonriendo.

Me quedo en blanco. Vacilo con la mano suspendida sobre la copa de vino.

De repente recuerdo a Caroline, su ceja arqueada, su salvaje pelo negro, su mirada traviesa. Y entonces me viene a la cabeza la pregunta de Henry: «¿Es que no te basta conmigo?». No puedo hacerlo. No puedo cargarme la noche, romper el hechizo. Imagino cómo desaparece su sonrisa, cómo se yergue, cómo se recolocaría el cuello de la camisa o carraspearía. Diría algo propio de Henry como: «Pensaba que ya lo habíamos hablado, Zoe», o «¿Has encontrado a tu madre biológica en Facebook?». Como si fuera ridículo y se le pudiera quitar importancia. Lo reduciría de esa forma de la que solo Henry es capaz, haciendo un gesto de desdén con la mano o una mueca con los labios. Entonces nos quedaríamos sentados en silencio. Yo carraspearía y él se tomaría el resto de su vino y nos marcharíamos. No, no, no. Henry parece tan contento y despreocupado, tiene los hombros relajados y se le ha alisado la arruga que le sale entre las cejas.

—No mucho —digo—. He estado leyendo un libro de Ruth Rendell. Una novela de suspense. ¿Has leído algo de ella?

Hago girar un tenedor entre los dedos. Estoy de pesca.

Henry se rasca la barbilla y mira hacia el techo.

—Creo que no.

—¿En serio? Tienes un libro suyo en la mesita de noche de la otra habitación —digo, y alzo una ceja, una expresión que me sale muy bien.

—Ah, bueno —dice con desenfado—, esa era la habitación de Tara. Leía mucho.

—¿Ah, sí? ¿La habitación de invitados era la habitación de Tara?

No estoy fingiendo sorpresa exactamente, no me esperaba que fuera tan directo.

—A veces dormía allí. Yo trabajaba hasta tarde y a ella le gustaba irse pronto a la cama. Supongo que ahora suena raro. En aquel momento parecía tan normal.

Imagino una relación a lo familia Brady: besos castos en la mejilla mientras él le traía manzanilla y galletitas. Haciendo el amor a oscuras en la postura del misionero.

—No, a mí me parece bien. Es que no lo sabía. —Inspiro hondo, las palabras se me enredan en la lengua—. Henry, no sé nada de ella.

Él se reclina en la silla.

—Era muy distinta a ti. Muy tímida, el mundo la asustaba un poco. Y todavía te preguntas por qué no sé manejarte.

Se ríe y yo me relajo.

—¿Conservas su habitación?

Ladeo la cabeza y contemplo su cara. Aparta la mirada y entorna los ojos mirando una parra que hay pintada en la pared del fondo.

—No está hecho a propósito, Zoe. Ya no vengo mucho por aquí. ¿Sabes que solíamos pasar aquí todos los fines de semana? —Niega con la cabeza y elige las palabras con cuidado—. A veces me cuesta volver.

—La sigues queriendo.

Me siento idiota incluso al decirlo. Es muy evidente, pero ni siquiera estoy segura de que tenga algo de malo. ¿Por qué

147

no iba a amarla? Ella nunca le dio ningún motivo para dejar de hacerlo, excepto por el sencillo hecho de que ya no está. Entonces el amor que siente por mí es por eliminación.

He roto el hechizo, y por el motivo equivocado.

—Es complicado —dice suspirando—. No es como un divorcio. No tuve ningún control sobre el fin de mi matrimonio. —Apoya la cabeza en la L que forman su pulgar y su dedo índice y me observa—. ¿Es duro para ti?

—Normalmente no. Pero llevamos un año casados y nunca hemos mantenido esta conversación. Eso es duro para mí.

Esta es la clase de conversación que deberíamos haber tenido un millón de veces, tomando vino, envueltos en mantas una noche fría de invierno. La clase de confidencias íntimas y furtivas entre amantes, besos susurrados y aliento compartido.

—La habitación no es un altar para Tara. Supongo que es una cuestión de pereza. Alquilo la casa, solo unas cuantas veces al año en verano y en otoño a los cazadores.

Analiza mi expresión.

—Tú no has sido perezoso en la vida —bromeo. A medias.

Empiezo a verlo todo borroso y me siento coqueta, presumida, miro a Henry por entre las pestañas.

—Eres un desafío, Zoe. Nunca imaginé lo mucho que me gustaría eso. Y te aseguro que nunca había sentido algo así.

Me sirvo otra copa de vino por hacer algo. Me doy cuenta de que me he tomado casi toda la botella yo sola, y derramo un poco por el lateral de la copa encima del mantel, que luego froto con la yema del pulgar.

—No es un altar —repite—. Es más sencillo que todo eso. Tengo una vida nueva. He vuelto a casarme. A veces, tengo la sensación de haber vivido dos veces. Me pregunto si realmente ella llegó a existir. Esa habitación es la prueba física, eso es todo. No pienso en ello, no entro allí. ¿Quieres que la cambie? Lo haré. —Suelta el aire y su aliento flota por la mesa, cálido y dulce—. No la estoy conservando. Es solo que no la he cambiado, eso es todo. ¿Comprendes la diferencia?

Parece que esté desesperado por que yo lo entienda, tiene las manos extendidas sobre el mantel, y siento una punzada de culpabilidad.

—¿Por qué está tan limpio? —pregunto entre risas arrastrando las palabras. Henry finge no darse cuenta.

—Pedí que la limpiaran el fin de semana pasado. Hice que limpiaran toda la casa. Penny hace todas las habitaciones antes de que yo salga de Nueva York.

—¿Penny?

Me incorporo. Por algún motivo, ese dato se me mete debajo de la piel y se queda allí como si fuera una garrapata gorda y bien alimentada. ¿Le pidió a Penny que limpiara la casa el fin de semana pasado? Él había conseguido que el viaje pareciera espontáneo, una reacción al allanamiento.

—Claro. ¿Quién iba a ser si no?

Me rellena la copa con el vino que queda en la botella.

—Pero hiciste que pareciera un viaje planificado en el último minuto —protesto débilmente. No consigo encontrar las palabras adecuadas.

—¿Y qué importancia tiene? Tenía ganas de sorprenderte. ¿Es un crimen? Entonces ocurrió lo del allanamiento y me pareció la oportunidad perfecta. Dios, Zoe, ¿siempre tienes que ser tan exigente?

—No sé qué significa eso.

Se me revuelve el estómago.

—Solo quiero decir que tienes que saber todo lo que pienso y, si no concuerda con el guion que tienes en la cabeza, soy el malo de la película.

—No eres el malo de la película. —Me separo de la mesa, con brusquedad, y la mesa se tambalea—. No eres el malo de la película.

Murmuro algo acerca del baño. Me concentro mucho, camino en línea recta, con la cabeza levantada, como si estuviera perfectamente bien. Encuentro la puerta del baño de mujeres en la oscuridad, la estancia gira y gira a mi alrededor. Palpo la pared y enciendo el interruptor. Se me revuelve el estómago sin previo aviso y vomito en el retrete. Noto el contacto de las baldosas frías en las piernas y recuerdo que no llevo nada debajo del vestido. Noto cómo me sonrojo. Dios, ¿pensaba que tenía veinte años? Solo soy la segunda esposa viviendo la segunda vida de otra persona, a los treinta años.

149

Me limpio el labio inferior con el reverso de la mano y me levanto. La estancia ha dejado de dar vueltas y me aliso la falda del vestido con las manos. Me encuentro mejor. Por lo menos tengo la sensación de que puedo caminar en línea recta. Me lavo y me enjuago la boca. Vuelvo a la mesa muy despacio.

—¿Estás bien?

Henry se inclina hacia delante y me coge de la mano.

—He bebido demasiado —digo sin rodeos.

Henry sonríe con actitud bromista.

—Volvamos a casa.

Me apoyo en Henry y me acompaña afuera. Recuerdo haberle dicho antes que nos iría bien pasear. Noto el frescor del aire de la primavera en los brazos y la noche es negra y tranquila, la clase de tranquilidad que parece absorber el sonido. Nuestros pasos son silenciosos. Me río de vez en cuando y las risas suenan sofocadas, como cuando alguien tose con la cara pegada a la almohada.

Me concentro en caminar en línea recta para que Henry no note lo borracha que estoy. Recuerdo las muchas noches que he vuelto tambaleándome a casa con el brazo entrelazado con el de Lydia, apoyándonos una en la otra. Nos susurrábamos, nos reíamos y nos golpeábamos la cadera al caminar, tenía en la cara su cabello, que olía a caramelos de cereza y a cigarrillos.

Me apoyo mejor en Henry y le rodeo el brazo con las manos. Su bíceps sobresale y se contrae debajo de su camisa de algodón. Le entierro la nariz en el cuello y huele como el océano, fresco y salado.

En casa, me quito el vestido y me tumbo en la cama, el ventilador me pasea el aire por la piel. Henry abre el grifo de la ducha, las tuberías crujen y rugen bajo el suelo. El agua sube por la pared, a mi alrededor, hasta que suena como si procediese del interior de mi cabeza. Me llama desde el baño.

—Te espero aquí —susurro, y luego me río porque sé que estoy mintiendo.

Le hago un gesto con la mano, el diamante que llevo en la mano izquierda refleja la luz y proyecta prismas en la pared. Extiendo los dedos y observo el anillo, una única piedra brillante del tamaño de una canica.

Si entorno los ojos parece que haya dos.

14

El parque de Washington Square, desolado y gris los meses de invierno, cobra vida cuando llega abril. Hay *beatniks* entrados en años tumbados en la hierba, los jubilados desafían a los niños a una competitiva partida de ajedrez, en los bancos del parque hay madres sentadas con sus lectores electrónicos mientras mecen cochecitos con un pie. Los estudiantes de la universidad de Nueva York salen al parque en manada a estudiar la condición humana para sus clases de psicología, sociología y cine. El parque es una explosión de cerezos en flor y esperanza incontenida.

Es lunes. El «Henry de las vacaciones» se ha vuelto a convertir en el «Henry del trabajo», con todos sus botones bien abrochados y la ropa bien planchada y bien almidonada. Yo he vuelto a la realidad. Mi tarjeta de crédito sigue sin estar operativa y Henry me ha prometido que llamará al banco. Me ha dejado cien dólares en efectivo en la repisa para los gastos del día a día, cosa que me resulta extraña y opresiva. Podría pedirle más, pienso. Pero ¿para qué?

He llamado dos veces a la agente Yates, pero no me ha dicho nada. Suspira al otro lado de la línea, se oye el tamborileo de sus uñas acrílicas sobre el teclado. Habla pero no dice nada. Me explica todas las cosas que han hecho, pero dice que no han llegado a ninguna conclusión. Penny tiene coartada y, además, ¿qué motivo podría tener para hacer una cosa como esa? ¿Que le pagáramos peligrosidad? A Henry no le hizo mucha gracia el chiste. Henry ha cambiado las cerraduras del piso; volvemos a estar secuestrados con seguridad en nuestra torre. Debería sentirme más aliviada.

Lejos de Fishing Lake, al no poder pensar nada acerca del robo por ser tan «inconcluyente y eso», la idea de encontrar a Caroline se ha impuesto a todo lo demás. Cash está sentado en un banco, en el centro, para evitar compañía, y está muy enfrascado en un libro. Tiene la frente arrugada por la concentración, el carnoso labio inferior hacia fuera, enroscado contra la barbilla, y se muerde un padrastro del pulgar con los dientes. Echo una ojeada a la cubierta antes de que me vea. *Mientras agonizo*. Cuando me ve, se mete el libro debajo del muslo izquierdo y se echa a un lado dando unos golpecitos en los tablones del banco. Me siento, me coloco el bolso sobre el regazo con recato y dejo unos treinta centímetros de separación entre los dos.

—¿Faulkner?

No puedo evitar pincharlo un poco. Se encoge de hombros.

—¿Estás sorprendida? ¿Y eso? ¿Por mi musculosa psique?

—Hace mover las cejas al estilo Groucho y yo me río. Está flirteando conmigo. Me yergo y él carraspea y me tiende un sobre—. Bueno, como me has arrastrado hasta el Village por algún extraño motivo, te he traído esto.

Me da el sobre y yo lo abro.

—Tú vives en el Village —le recuerdo con una sonrisa.

Una fotografía de Caroline Reeves brilla bajo mis dedos. Está haciendo otra mueca, fruncido el labio fingiendo enfado, le brillan los ojos, tiene los labios curvados hacia arriba con media sonrisa, una uve doble pronunciada en el puente de la nariz arrugada. Alguien le apoya la mano en el hombro. Al fondo brilla una noria.

Debajo de la fotografía hay dos páginas mecanografiadas con información. Tiene familia. Vive en Danbury, Connecticut. Hago cálculos: me tuvo a mí cuando tenía diecisiete años. Una nueva punzada de rechazo se me clava justo debajo del esternón. Por algún motivo había esperado que, de treintañera, mi madre biológica siguiera revolcándose en su decisión, que estuviera pálida y demacrada, tendría el pelo grasiento y una expresión de indiferencia. Pero no es así; ha seguido adelante y, a juzgar por el divertido perfil que tiene en la red, es bastante feliz.

Cash se frota las rodillas con las palmas y mira a su alrededor. Se inclina unos centímetros hacia delante, como si fuera a levantarse.

—Espera —le digo. Abro la boca para preguntarle cómo ha averiguado toda esta información, pero en lugar de eso me oigo decir—: ¿Vendrías conmigo?

—¿Adónde?

Parece sorprendido.

Me encojo de hombros, sé que es una mala idea. Pienso en conducir sola y se me encoge el estómago. A decir verdad, estoy cansada de estar sola.

—Sí, claro, Zoe. Iré contigo.

Suaviza la voz y le dedico una sonrisita. Si Cash viene conmigo, la pequeña posibilidad que tengo de hablarle a Henry de Caroline desaparece, y lo sé, pero Henry nunca lo haría. Al tomar la decisión de invitar a Cash, sin darme cuenta, estoy tomando la decisión de dejar a Henry al margen. Mi cerebro lo razona casi de forma inconsciente. La justificación aparece igual de rápido: Henry tendrá trabajo. Henry estará ocupado. Henry no querrá ir.

—¿Cuándo?

Mi cerebro va tres pasos por detrás de mi boca.

—Deberías llamarla primero.

A Cash parece sorprenderle que no haya pensado eso antes y noto cómo me sonrojo. Se mira el reloj, estoy convencida de que piensa que lo ha hecho con discreción, pero se echa hacia delante, inquieto, no deja de cruzar y descruzar las piernas.

—Está bien. —Vuelvo a mirar su fotografía con los ojos entornados, el sol se refleja en el brillo del papel—. La llamaré hoy.

—Zoe, no sé cómo decir esto, pero pareces una persona que sabe encajar las cosas. Es posible que ella no quiera verte. Pasa mucho. Solo te lo digo para que estés preparada. Pero si accede a verte, llámame. Iré contigo. Ya lo he hecho otras veces.

—¿Ah, sí?

—Sí, unas cuantas veces. A muchas personas no les gus-

153

ta hacer esto solas y a veces he sido la única persona en sus vidas que lo sabía. Por aquel trabajo que estuve haciendo, ¿te acuerdas?

—Como yo —digo con suavidad, y esa punzada de culpabilidad regresa como un atizador caliente y me recuerda que soy una mentirosa. Le estoy mintiendo a mi marido. Articulo las palabras para mí misma para comprobar cómo me sientan, pero no es tan terrible. Técnicamente siempre le he mentido.

Me levanto, de golpe, y se salen algunas hojas del sobre. Cash se agacha para recogerlas.

—Te llamaré, ¿de acuerdo?

—¡Ah! Zoe, espera. —Me tiende un periódico doblado—. Ha salido hoy. Es bastante largo. Échale un vistazo, llámame. Hablaremos.

Me quedo mirando el periódico y tardo un momento en entenderlo. CARE. La gala parece lejana y distante. Me lo meto debajo del brazo, con torpeza, junto a la carpeta y fuerzo una sonrisa.

—Te llamaré, ¿de acuerdo? —repito, y me interno a toda prisa entre la gente.

De repente el sol parece demasiado brillante. Un proyector cegador. Un hombre montado en un monociclo serpentea entre los bancos del parque e inclina el sombrero pidiendo dinero. Miro por encima del hombro y veo que Cash se dirige al este con las manos en los bolsillos, la cabeza echada hacia atrás, le brilla el pelo negro mientras contempla las copas de los árboles. Aunque no sé por qué lo hace.

Antes de que pueda perder el valor, saco el móvil, abro la carpeta con una mano, busco su número actual. Marco.

—Hola.

Responde una impaciente voz femenina y carraspeo.

—Hola, ¿hablo con Caroline?

Se oye un ruido, como si hubiera pasado la yema del dedo por el micrófono.

—Eso depende, ¿vendes algo?

—No.

—Entonces sí, soy Caroline.

Su voz suena cansada, apagada, como si estuviéramos hablando a través de dos latas unidas por un cordel. Abro y cierro la boca sin saber qué decir a continuación. Me siento como ese libro infantil del pájaro que le pregunta a una apisonadora: «¿Eres mi madre?».

—Hola. Me llamo Zoe Whittaker. Em, ¿conoces a Evelyn Lawlor?

—¿Quién ha dicho que era?

Ahora suena más cortante, como un cristal roto.

—Soy la hija de Evelyn. Bueno, su hija adoptiva.

Entonces guardo silencio, porque lo más lógico sería que a continuación dijera: «Soy tu hija», pero no puedo decirlo porque suena demasiado cursi. Como una película mala. Así que me siento en silencio y contemplo el parque. El hombre del monociclo está persiguiendo a un niño rubio que se agarra a la falda de su madre. Un gigantesco globo amarillo de helio flota haciendo eses en dirección a las nubes. Dos hombres discuten en un idioma que parece polaco por encima de un tablero de ajedrez.

155

—¿Cómo has dicho que te llamas?

Ahora está susurrando.

—Zoe Whittaker.

Uno de los hombres se levanta y da un puñetazo sobre el tablero. Se da media vuelta y se marcha, su contrincante se reclina en la silla con una sonrisa satisfecha en la cara. Nos miramos. «Wygram, ¿eh?» Se señala el pecho y se encoge de hombros.

Caigo en la cuenta de que Caroline no ha vuelto a hablar.

—¿Hola? —digo.

—Estoy aquí.

—¿Quedarías conmigo? Iría yo a verte.

Tengo la sensación de estar tendiéndole una emboscada, pero tengo miedo, siento como si mi única conexión con el mundo se me estuviera escurriendo entre los dedos como ese maldito globo amarillo. Levanto la vista y ahora es solo una mancha, apenas puedo verlo.

—¿Puedo pensarlo? Te volveré a llamar dentro de una hora.

Cuelga. Sin despedirse, solo se oye un clic y desaparece. Me quedo mirando fijamente el teléfono. El hombre del ajedrez me mira, encoge los hombros con actitud amistosa y se marcha tranquilamente.

Yo vuelvo paseando hasta los bancos. No quiero irme a casa. El parque parece tan buen lugar como cualquiera. No estoy ni cerca del edificio de oficinas de Henry ni de nuestro piso. Cuando Henry y yo estábamos saliendo me trajo aquí, a Washington Park, un día como este. Hacía más calor, puede que fuera mayo. Aquel año, los mosquitos se habían instalado en Nueva York como huéspedes oportunistas. Extendió una manta, una monstruosidad acolchada que se había agenciado en Fishing Lake. La extendimos en la hierba, debajo de los árboles inclinados hasta el suelo que nos ocultaban, y nos besamos. En público. Ahora me sorprende, la idea de que Henry bese en público es como imaginar un oso dócil. No existe.

156   Yo llevaba un vestido azul marino que él me había comprado, había presumido de él como si fuera de la mismísima reina madre. Se ceñía a la cintura con un cinturón ancho y tenía una falda de campana, y me recordaba a algo que había visto en un ejemplar antiguo de una revista, un anuncio en blanco y negro de crema desodorante: «¿Estás verdaderamente preparada para amar?». A Henry se le arrugaban las comisuras de los ojos cuando sonreía. Yo estaba ebria de su amor, sus manos, el músculo que le recorría el cuello hasta los omóplatos, la pequeña cicatriz que tiene encima de la ceja, la peca en el hueco de la oreja. Quería grabármelo en la memoria.

Llevábamos muy poco tiempo saliendo y, sin embargo, según decía todo el mundo, me estaba convirtiendo en una aspirante a Persona Fascinante (con P y F mayúsculas), una de las pocas mujeres que estaba consiguiendo domar a las bestias que eran los mejores partidos de Nueva York.

—Me voy a casar contigo, Zoe Swanson —me había susurrado mientras sus dedos trepaban por mi muslo.

—¿Ah, sí? ¿Me lo pedirás, por lo menos? —bromeé mordiéndole el labio inferior.

—Nunca te daría la oportunidad de decir que no.

—Oh, qué suerte la mía. —Jugueteé con su cabello, le hablaba con un tono meloso—. ¿A quién se le ocurriría decirle que no a Henry Whittaker?

—A mi primera mujer. Me dijo que no. En realidad, lo hizo dos veces.

Me incorporé y le aparté la mano de la pierna.

—¿Tu qué?

—Ya he estado casado. ¿No lo sabías?

Henry tenía una forma de decir las cosas como para culpabilizar a los demás con delicadeza. Como si yo hubiera tenido que ser capaz de deducir esa información de su oscuro y negro silencio. No se puede hacer sangrar a una piedra.

—No. Estoy bastante segura de que lo recordaría. —Me pegué las rodillas al pecho y las rodeé con los brazos—. ¿Qué ocurrió? ¿Hay una exseñora Whittaker que se está apropiando lentamente de todo tu dinero? —Entonces se me ocurrió otra cosa—. Oh, Dios, Henry, ¿hay un Henry junior? No puedo ser la madrastra de nadie. O sea, supongo que podría serlo, pero no sé cómo ser...

Me separó los brazos de las rodillas y me besó una palma y después la otra. Tenía los labios suaves, ligeramente grasientos, como si hiciera una hora que se hubiera puesto crema de cacao.

—No hay ningún Henry junior. Mi mujer murió. En un accidente de coche. Hace tres años.

Henry era muy brusco.

—¿Qué? ¿Cómo? ¿Cómo se llamaba? Oh, Dios, Henry, ¡eso es horrible!

Se me desbocó el corazón.

—Se llamaba Tara. Volvíamos a casa de una cena. Lo siguiente que recuerdo es que estábamos en el hospital y los médicos hablaban de soporte vital y alimentación por tubos y se acabó. Todo acabó veinticuatro horas después, me quedé viudo. De repente estaba casado y al momento siguiente ya no lo estaba. La vida puede ser muy extraña.

—¿Qué pasó?

—Ah, los detalles. Te los explicaré algún día.

Me dio un beso en la boca con la respiración entrecortada y

157

me agarró de la cintura como si se estuviera ahogando. «Ahora me necesita», pensé en ese momento. Y todavía lo pienso. A veces.

Pero luego nunca llegó a explicármelo. He sacado el tema muchas veces. «Ahora no es el momento.» «Luego.» «Estoy cansado.» Las excusas son infinitas. No he dejado de presionarlo. Él siempre recibe mis avances asomando su barbilla recia con actitud de estar decepcionado.

Me vibra el teléfono en la mano. No sé cómo, pero consigo contestar sin respirar.

—¿Puedes venir el viernes? Te daré una hora.

15

$\mathcal{M}$e marcho de Washington Square y subo al tren F en la estación de West Fourth Street. El metro va casi vacío porque son las dos del mediodía de un lunes. En abril la gente pasea. Llevan confinados en los metros y los taxis durante cuatro meses, por eso cuando llega la primavera las aceras se llenan de gente: no hay distancia demasiado larga. Hay un violinista instalado delante de la entrada del metro, su arco aúlla una melodía evocadora que no conozco, la gorra que tiene a sus pies puesta del revés está vacía. Cuando los frenos chirrían en la Calle 33, me agacho y dejo un par de dólares detrás de la visera. Me dedica una sonrisa llorosa y vuelve a su bamboleo.

Cuando salgo a la calle, me uno al alud de personas en movimiento y camino hacia el norte hasta que llego al distrito de las flores de Manhattan. La calle está llena de árboles altos y verdes, de hierba, incluso hay una enorme palmera encorvada plantada en un tiesto grueso de plástico negro, cuyas hojas arañan el techo de un Lincoln. Siempre la llamábamos la calle de la selva. Los aspersores han humedecido el pavimento, la acera está mojada y de la exuberante vegetación emana un perfume único. El ajetreo de primera hora se ha disipado y ya solo quedan los trabajadores, los mozos de almacén, los diseñadores, los propietarios de las tiendas y algunos peatones.

Vacilo en la puerta, lo justo para que Javi me vea y silbe. Lleva una camiseta de rejilla ajustada que marca su pecho musculoso, la ha combinado con unos shorts blancos y un par de tacones altos de charol beis. Se contonea como un gato y, cuando sonríe, casi puedo ver el canario atrapado y aleteando entre sus dientes puntiagudos. Pongo los ojos en blanco y me yergo. Seguro que me gasta alguna broma.

—Vaya, vaya. Casi no te reconozco, *guapa*[2]. —Chasquea la lengua y luego grita por encima del hombro—: ¡Elisa! ¡Eliiiiiisa!

Cuando aparece en la puerta se está limpiando las manos en un trapo negro que lleva anudado a la cintura. Tiene el pelo rubio salpicado de canas y recogido con un enorme lazo azul. Se queda en la puerta rodeada de orquídeas rosas y lisianthus de color púrpura. Se aparta un poco y me hace un gesto para que entre en la tienda.

—Zoe. Lydia me dijo que vendrías. No la creí.

Elisa solo tiene un tono: seco. Yo siempre pensé que tenía acento de Europa del Este, pero hace unos años vinieron a visitarla unos familiares de Texas y Lydia me juró que habían dicho que Elisa se crio allí.

—Elisa —digo sin aliento.

Ahora estoy en su mundo. Esta mujer, que en una ocasión me hizo llorar porque las hortensias no eran del tono de azul que ella «tenía en mente». Me viene a la cabeza una imagen del almacén a altas horas de la noche, yo estaba arrancando hojas y sangrando mientras ella se alzaba por encima de mí y se reía con suave desaprobación.

Endereza su metro y medio, se palmea el bolsillo con sus manos infantiles como si hubiera olvidado algo. Unas suaves arrugas delgadas le rodean los labios, que lleva pintados de un delicado tono rosa pétalo. Un par de gafas de mariposa se balancean sobre el puente de su nariz.

—¿Has vuelto a trabajar?

—Hoy no. —No me siento tan segura como finjo, pero ella asiente. Es la primera vez que recuerdo haber controlado una conversación con esta mujer—. Lo de hoy es una especie de visita. ¿Está Lydia?

—Sí. Estamos empezando a prepararnos para la boda de los Krable.

---

2. En castellano en el original.

Hace girar un tallo sin cabeza entre los dedos y me observa. Yo me cambio el bolso de un hombro a otro y finjo contemplar los estantes industriales de las paredes. Son nuevos.

¿Krable? Ladeo la cabeza.

—¿Norman?

—Su hija, Sophie.

No sabía que tuviera una hija. Ahora que lo pienso, es probable que tenga varias, y probablemente algunas que no conoce.

Ella sonríe como el gato de Cheshire.

—Me sorprende que no estés invitada —comenta con sorna, y así de fácil vuelvo a encoger.

Seré una intrusa de por vida, una observadora de ciertos círculos, nunca una participante. Elisa con sus diseños premiados y sus codiciados eventos. Henry con su carisma, una chequera abultada y un bolígrafo rápido.

El sábado posterior a que Henry me pidiera matrimonio, yo había corrido a la tienda a las seis de la mañana, sin aliento y emocionada, con la ropa que había llevado el día anterior, el pelo revuelto y enredado, oliendo a la colonia de Henry y al cálido y delicado almizcle del sexo.

—¡Estoy prometida!

Le planté la mano a Lydia en la cara y Javi me cogió del dedo, lo giró a un lado y luego al otro, y silbó al ver el tamaño del diamante. Todos chillamos y saltamos, por Henry Whittaker.

—Zoe Whittaker es el nombre más elegante que he oído en la vida. —Javi echó la cadera hacia un lado y empezó a pasearse por la tienda haciendo girar una cola imaginaria con la mano—. Ahora tienes que meterte en el papel, chica. Mírate la cara. Veo tres agujeros, sin contar esa bocaza. ¿En qué está pensando ese hombre tan elegante?

Señaló, con sus uñas largas y afiladas, el *piercing* que llevaba en la ceja, el del labio y el de la nariz, y levantó tres dedos.

Lydia le lanzó un cubo de recortes.

—Cállate, Javi. Solo estás celoso.

—¿Quién está celoso de quién?

Elisa apareció entre la tienda y el almacén con las mangas remangadas.

—Henry le ha pedido a Zoe que se casé con él —explicó Lydia, y se hizo un segundo de silencio.

—Henry… Whittaker. —Elisa se cambió el cubo de flores de una cadera a la otra—. ¿Prometido?

—El soltero más codiciado de Nueva York ya no lo es —canturreó Lydia.

Elisa me miró de arriba abajo y luego me llamó con el dedo.

—Ven conmigo. —Señaló a Lydia y a Javi—. Vosotros, quedaos.

La había seguido hasta el almacén, una nave completamente abierta que parecía interminable, de acero inoxidable y hormigón, y que se utilizaba para almacenar arreglos florales valorados en millones de dólares cada año. Elisa dejó el cubo encima de una de las mesas largas y se volvió hacia mí.

—¿Vuestro noviazgo ha durado cuánto? ¿Un mes?

—Casi cuatro.

Yo medía diez centímetros más que Elisa y los utilicé. Mi barbilla estaba suspendida más o menos sobre su frente.

—Eso no es nada. No sabéis nada el uno del otro. Henry es un hombre complicado, Zoe. Yo no le conozco bien, pero ya hace muchos años que lo conozco. Quiere una esposa, eso está claro.

—Me quiere.

Había intentado que sonara con fuerza, pero salió como si fuera un goteo, como un escupitajo débil.

—Tienes talento. Aquí tienes futuro. ¿Lo sabes?

Su voz era suave pero dura, los ojos le asomaban muy abiertos por encima de la montura de las gafas.

—No voy a marcharme, Elisa.

—Eso lo dices ahora. La esposa de Henry no hará el trabajo de alguien que él pueda contratar. Esa clase de personas no funcionan así.

—¿Y Nolan?

La pareja que Elisa había tenido durante los últimos treinta años era rico, se dedicaba a la construcción. Antes de Henry, de salir con él, de enamorarme de él, nunca había intentado atraer a hombres de esos círculos. Demasiada notoriedad, demasiado conocidos. Pero Henry, con sus largas y fuertes manos, llenas de venas y tan poderosas, me moldeó hasta convertirme en una mujer nueva. Como si estuviera hecha de arcilla.

—Nolan no juega en la misma liga que Henry Whittaker. Créeme. Has asistido a sus fiestas, a sus actos de beneficencia, a sus galas. Es un mundo irreal, Zoe. Lleno de diamantes y fachadas brillantes. —Se acercó a mí, noté su aliento cálido en la cara, me rodeó el bíceps con los dedos—. Está hecho de cristal y es igual de frágil.

—Me encanta trabajar aquí, ¿vale?

Había liberado el brazo de su mano y ella había reculado negando con la cabeza.

—No te pierdas.

Se me quedó mirando fijamente entornando los ojos por encima de la montura de las gafas.

¿De qué iba aquello exactamente? Se había vuelto a poner el cabello en su sitio y se marchó hacia el fondo de la nave.

Henry y yo nos casamos tres meses después. Poco después, dejé el trabajo para viajar por el mundo convencida de que las decisiones que estaba tomando no tendrían consecuencias, que mi marcha solo me afectaría a mí.

Ahora Elisa está plantada delante de mí, un recordatorio de que siempre tiene razón. Ahora tengo que volver a arrastrarme para suplicar por mi puesto. Javi se balancea sobre las almohadillas de los pies, apenas puede contener la alegría, y no deja de alternar la mirada entre ambas, como si estuviera a punto de presenciar una pelea. Ella le señala el fondo de la sala y dentro de la tienda le indica una silla.

—Siéntate.

Javi cruza las puertas dobles metálicas y apostaría mi alianza de boda a que está de pie con la oreja pegada a la grieta que se abre entre ellas.

La parte delantera de la tienda no es exactamente una tienda. No atienden a los clientes que entran de la calle, solo se puede acceder con cita previa. Hay un mostrador y un refrigerador enorme. Se pueden encargar ramos pequeños, arreglos exóticos, sobras en su mayoría. Si conoces a Elisa, te hará lo que quieras. Si no, girará la señal de la puerta.

Se afana en atar flores del mismo color, ya que llegan al almacén ordenadas por tipo y color.

—No te has marchado tanto tiempo. —Las rosas de cremoso color melocotón mezcladas con tulipanes de color albaricoque, y yo cierro los ojos e inspiro hondo—. No tengo ningún inconveniente en readmitirte, Zoe. Siempre has demostrado un talento prometedor como diseñadora. Tienes un ojo impecable para incorporar tendencias modernas a las líneas clásicas.

Asiento. Nunca había oído un cumplido como ese de los labios de Elisa. Nunca, jamás. Espera a que se lo diga a Lydia, si es que le importa. No puedo creer que tuviera que esperar a dejar de trabajar aquí para recibirlo.

Oigo cantar a Javi, su voz de Barry White resuena en las paredes de hormigón. Oigo otras voces, empleados que ya no conozco, contratados para procesar las flores, el diseño es cosa de Elisa y de Lydia. Sé por experiencia que habrán estado trabajando desde primera hora de la mañana. Semanas de largos eventos, bodas de famosos, galas de la ciudad y, en una ocasión, un baile de la alcaldía: los días empiezan a las tres de la madrugada.

—Lo que me gustaría saber —prosigue Elisa con su calmada voz rotunda— es ¿por qué ahora? ¿Por qué Henry te ha dejado volver ahora? ¿Volverás a marcharte en cuanto él te lo diga?

—Henry nunca me pidió que lo dejara. Fue idea mía —aduzco.

Es cierto. Habíamos estado viajando, a veces varias semanas seguidas, París, Roma, Madrid. Henry quería enseñarme el mundo, y era imposible conservar un trabajo. ¿Se suponía que tenía que decirle que no? Madrid puede esperar, ¡tenemos el baile de los banqueros!

Había hecho cosas. Escuché el avemaría interpretado por un coro de cien miembros que cantaron a capela en el Panteón. Había conocido al Papa, estreché su mano arrugada, vi sus ojos amables por detrás de esos párpados sin pestañas que parecían de papel. No, ya no me teñía el pelo de fucsia y púrpura. ¿Acaso no tenía derecho a madurar?

—Las personas cambian, Elisa. Soy joven. Tuve la oportunidad de hacer algo con mi vida. Fuera de esta ciudad. Cuando regresamos decidí utilizar el dinero que de repente tenía para hacer algo bueno y me involucré en CARE. Puedo hacer esas cosas. Ni tú ni Henry podéis cambiar eso.

Elisa saca un hatillo enorme de rosas amarillas y, murmurando para sí, las tira en un gran cubo de basura verde.

—¿Eres dueña de tu vida, Zoe? Lo único que te pido es que te asegures de eso. —Me hace un gesto para que me dirija hacia el almacén, donde oigo la canción «Respect» sonando a todo volumen. Levanto la mano, con la palma hacia fuera, cansada de sus crípticos mensajes moralistas.

El almacén rebosa color, un exceso de rosa claro. Veo a Lydia en la esquina explicándole a una mujer menuda y morena lo que tiene que buscar en una flor. La chica está asintiendo y se toquetea el cordel del delantal. Lydia me ve y me sonríe asintiendo en dirección a Javi. Niego con la cabeza. Ella hace un gesto en dirección a la chica, quien asiente y sigue arrancando hojas y cortando los tallos al bies con un cuchillo afilado. Se detiene cada pocos segundos a examinarse el pulgar. Me miro yo también el mío, todavía tengo la piel dura y llena de finas cicatrices delgadas. Me paso el dedo índice por la yema y noto las incisiones curadas. Cuando giro las manos, con las palmas hacia abajo, la piel que las recubre está suave y cremosa, la manicura bien hecha y se nota el cuidado de cremas caras.

—No creo que pueda cortarme más la piel. Ya debo de tenerla de cuero.

Lydia se para delante de mí, le brillan los ojos y tiene una sonrisa sincera en los labios. Han desaparecido los juegos de palabras y los gélidos pretextos de la semana pasada. Irradia calidez.

Recuerdo por qué he venido.

—¿Podemos hablar en algún sitio donde no esté él? —Hago un gesto con la cabeza en dirección a Javi. Me está mirando con desprecio desde el otro lado de la estancia mientras le susurra algo a uno de los mozos de almacén y se ríe mirándome—. ¿Qué le pasa?

Lydia se encoge de hombros y pone los ojos en blanco.

165

—Ya conoces a Javi. Es un pesado. Piensa que nos abando-
naste. Ha volcado en ti sus inseguridades, piensa que te crees
mejor que nosotros.

—Sí que volví. Pasé a saludar. Estuve de viaje. Durante meses. ¿De qué va esto, Lyd?

Me lleva hasta una esquina en la parte delantera del almacén y me da una silla metálica plegable. Nos sentamos, nuestras rodillas se tocan. Balancea el pie y sé que quiere un cigarrillo, pero cuando Elisa está por allí, no se puede fumar en
el descanso. Recuerdo muy bien la rutina, hay que esperar a
que aparezca un encargo al que te puedas presentar voluntario,
pero mientras estás allí los ojos de Elisa lo sobrevuelan todo
como un águila y no deja de pasar lista.

—Venga, ya lo conoces. Tiene un palo metido por el culo.
Piensa que ahora eres una ricachona, que vas a juzgar su
guardarropa. Que eres demasiado buena para su vida. No sé
por qué…

La interrumpo porque no aguanto más.

—La he encontrado, Lydia. He encontrado a mi madre.

Alargo los brazos y la cojo de los hombros sin darme cuenta. Ella parece sorprenderse.

—Espera. ¿Qué?

—He encontrado a mi madre biológica. Ha accedido a verse
conmigo el viernes. He conseguido que Cash me acompañe, es
un periodista del que me he hecho amiga de una forma un poco
extraña. ¿Puedes venir con nosotros?

La suelto sin más, con temeridad y sin haberlo planeado.
De repente quiero que mis amigos me sirvan de muro de con-
tención.

—No puedo. Es el cumpleaños de Cissy.

Cissy es la madre de Lydia. Es una versión de Lydia rubia
y con pecas, tiene la misma cara. Cuando la conocí, en la cocina
de la casa de Woodbridge, Nueva Jersey, donde se crio Lydia
rodeada de decoraciones con gallos y cartelitos rústicos con
frases como «Huevos frescos» y «Hogar de los hombres libres
gracias a los valientes», acababa de hacer una tarta. Se limpió
las manos en un delantal de manzanas y me dio una galleta
de chocolate casera que sacó de un tarro con forma de vaca.

Lydia siempre se quejaba de su infancia: había sido demasiado feliz como para conservar alguna mala reputación, a pesar de sus *piercings* y sus tatuajes. A Cissy nunca le molestó tener una hija punk, sus gruesos y carnosos brazos se bamboleaban cuando nos abrazaba a las dos a la vez como si, de alguna forma, yo también estuviera incluida. Olía a Jean Nate.

—Explícaselo. Pregúntale si le importa.

Insisto porque ahora que se lo he dicho, ahora que he vuelto a incluir a Lydia, quiero compartirlo todo con ella. He estado hambrienta de amistad, y ahora quiero darme un festín, quiero un bufet de veinticuatro horas.

—Dios, querrá venir. —Lydia frunce el labio—. No puedo. Vamos a salir a cenar. Probablemente al Golden Corral o algo así. —No soporta el provincianismo. Se acerca mi mano a la cara y observa mi manicura francesa—. Sabes que tendrás que cortártelas, ¿verdad?

Hace poco más de un año, llevaba las uñas cortadas hasta las yemas de los dedos, escamadas y con padrastros.

—Lo sé. Estoy preparada. Quiero volver. Quiero estar aquí.

—¿Y qué dice Henry?

—Le parece bien. Quiere que sea feliz.

—¿Te dejará venir cada día?

Me mira arqueando una de sus cejas bien delineadas mientras me toca la pantorrilla con la puntera de sus All Stars.

—Esa es una pregunta complicada. No quiero venir cada día.

Estoy bastante segura de que es cierto. Me levanto de golpe y me sacudo unas migas imaginarias de los pantalones de pinzas. Estoy convencida de que Lydia no ha llevado pantalones de pinzas en su vida. Y, sin embargo, me vuelven a la cabeza esos versos: «Como mujer que eres, sé encantadora».

—¿Te marchas?

Ha reaparecido el tono jocoso teñido de un tácito «te lo dije».

—Sí. Quiero estar en casa cuando llegue Henry.

Se lo digo con insolencia, desafiándola a hacer algún comentario presuntuoso.

Pero se levanta y me abraza.

—Buena suerte el viernes. Llámame en cuanto te marches de allí. Estaré esperando junto al teléfono.

167

Le apoyo la mejilla en el hombro puntiagudo mientras el tul de su falda me araña la piel e inspiro su olor. Pachuli y alguna especie de laca con olor a hierbas. Había olvidado lo que era que alguien me pidiera que «llamara en cuanto acabara». Henry podía programar una llamada con exactitud, pero yo nunca podía llamarlo en cuanto acababa nada. Eso era cosa de amigas, alguien a quien podías llamar en cuanto salías de la consulta del doctor para decirle que el lunar no era nada, o mandarle una foto de tu nuevo corte de pelo, o mandarle un mensaje en cuanto conseguías un trabajo con un montón de exclamaciones y caritas sonrientes. En el fondo de mi cabeza se forma la idea de que Caroline podría ser esa persona. Sé lo que dijo Cash y tiene razón. Pero ¿quién dice que no podamos ser amigas?

Prometo llamarla y me despido con la mano de Elisa, que levanta la barbilla y sorbe por la nariz, es lo máximo a lo que puedo aspirar. No me molesto en volver a cruzar el almacén, prefiero salir por detrás sin que me vea nadie.

—¡Nos vemos dentro de un año!

El grave eco de la voz de Javi me sigue cuando salgo, seguido de unas risas que resuenan en las paredes de acero del almacén.

16

El reportaje no solo está muy bien situado en el periódico, sino que ocupa dos páginas enteras de la sección de Sociedad. Cash consiguió dar caza y entrevistar al presidente de la junta de CARE, y ha mantenido su palabra, el artículo está totalmente dedicado a la caridad. La propia gala, que ocupa una pequeña porción del artículo, se aborda de forma brillante tanto al principio como al final del texto para que tenga cabida tanto en las páginas de Sociedad como en las de Entretenimiento. Ha destacado el propósito de la organización, nuestros triunfos, nuestras carencias, los asuntos específicos para los que recaudamos fondos —nuestro programa de becas, impulsado por Amanda Natese— y algunos éxitos más. Yo he estado trabajando para desarrollar un programa que mejore la distribución de libros en los colegios públicos de la ciudad, pero últimamente no le he prestado mucha atención. Debo admitir que todo el asunto de Caroline se ha adueñado de mis pensamientos y ha desplazado todo lo demás.

Aliso la arruga de la página con el dedo índice y me limpio la tinta en una servilleta de tela. Estoy sentada frente a la isla central de la cocina, esperando a Henry. El piso está como nuevo, han ocultado con habilidad las huellas del allanamiento y han limpiado el polvo que utiliza la policía para buscar huellas dactilares. Han reemplazado el sofá cortado, no es exactamente igual, es de un tono un poco más oscuro, un poco más redondo y mullido. Me pregunto si existieron conversaciones secretas con Penny acerca del sofá: «Me gustaría que fuera exactamente del mismo tamaño. ¿Puede ser un poco más grande? Solo un poco». ¿Ella le ruega? ¿Le suplica a Henry que acepte sus sugerencias? Soy incapaz de imaginármelo. ¿Henry me oculta estas conversaciones a propósito? Si se lo preguntara, me diría que no. Que solo las mantiene en el trabajo. Son minucias, me diría. Me daría unas palmaditas en la mano.

Penny ha dejado un plato de queso *brie* y aceitunas en el mostrador, y el apartamento huele a cordero asado. Pincho una aceituna y me la meto en la boca. Como es miércoles, Henry habrá tomado una comida ligera, la habrá pedido al servicio de catering del despacho. Los miércoles son días de ternera y cordero. Me ruge el estómago, me chupo el pulgar y paso la página.

Hay una fotografía en la que aparezco. La cámara está detrás de mí y yo estoy hablando con Sophia Restan, una famosa de segunda fila que fue conocida en los noventa por sus travesuras de heredera mimada pero que ahora es muy activa y apoya los actos caritativos de la ciudad. Asiste a casi todas las galas de CARE, siempre acompañada de alguien distinto, hombres con un talonario abultado y muchas ganas de impresionarla. Tenemos las cabezas unidas y las dos nos estamos riendo, pero mis rasgos apenas se distinguen de perfil. Asiento despacio y suelto el aire. Es un buen artículo, se centra en el objetivo de la causa y en cómo ha ayudado a miles de «niños del sistema» a que se graduaran en el instituto, en la formación profesional y, a veces, en la universidad. Los que se gradúan en la universidad siempre vuelven.

Oigo cómo se abren las puertas del ascensor en el vestíbulo. Henry entra sacudiéndose las mangas del traje y con media mueca en los labios.

—¡Hola!

Me pongo delante de él de puntillas para darle un beso, y él parpadea dos veces como si se hubiera olvidado de quién soy. Luego se inclina hacia delante y me besa, distraído. Superficial.

—Esta maldita ciudad me vuelve loco. Es imposible caminar dos manzanas sin pasar por debajo de un andamio y acabar lleno de polvo.

Examino su traje y no veo nada. Niego con la cabeza con una sonrisita solo para ver lo fácil que es acabar con su malhumor. Se para y me sonríe.

—Soy un gruñón. Lo siento. Me he pasado casi todo el día discutiendo.

Le tiro de la mano.

—Ven. Mira esto.

En la cocina, picamos un poco de queso y le extiendo el periódico delante. Lo lee asintiendo pensativo mientras golpea la encimera suavemente con los dedos. La parte inferior de la segunda página está dedicada a la gala y, mientras sus ojos resbalan por la página, deja de tamborilear con los dedos y frunce el ceño.

—¿Qué?

—No sé, Zoe, este tipo, ¿cómo se llama?

—Cash.

Me pongo tensa.

—Parece muy interesado en ti.

Le quito el periódico de la mano.

—¿De qué estás hablando? Era mi gala. Es normal que se hable de mí.

—Solo digo que hay muchas frases tuyas. Me parece que influiste mucho en la redacción del artículo. Quizá hablara con otras personas, pero todo esto sobre las becas y los libros para los colegios... Estas cosas te las he oído comentar a ti.

—Bueno, habló conmigo. Pero está bien. Lo importante es la historia.

Noto cómo se me eriza el vello de la nuca y aprieto los dientes.

—¿Y esta fotografía? Parece un anuncio de cigarrillos de los años setenta. Eres todo curvas y seducción.

—Pero si apenas se me ve la cara.

—Exacto. Solo tu espalda desnuda, un trozo de hombro, una seductora melena larga y un asomo de sonrisa de perfil.

Noto que empiezo a ponerme de mal humor.

—No es así, Henry. Esto es lo que yo quería. —Sacudo el periódico—. Esto es bueno. ¿Por qué las cosas siempre tienen que ser así contigo? Tienes tanto miedo de ser feliz que te abalanzas sobre lo negativo automáticamente. Sencillamente, alégrate por mí.

—Me alegro por ti. Es un artículo decente, teniendo en

cuenta cómo son los periódicos de hoy día. El periodismo ya no es lo que era.

Se encoge de hombros. El temporizador del horno pita y dejo el periódico en el mostrador y voy a la cocina. Oigo cómo vuelve a abrir las páginas.

En la cocina, saco el cordero del horno, dispongo los platos, la porcelana repica contra el mármol, se oye el quejido metálico de la cubertería, hago todo el ruido que puedo. Henry odia el ruido de los platos.

Nos sentaremos en el comedor con nuestro cordero, la ensalada, el orzo al pesto que ha preparado Penny pero que voy a servir yo. Me he quejado varias veces de que no soporto que me sirvan la cena, Penny planea como un pájaro sobre nuestras sillas, en apariencia para saber si necesitamos algo pero, para mí, no es más que la clásica forma de escuchar con disimulo. No soporto que toque suavemente los hombros de Henry y, sin embargo, a mí no me mira a los ojos cuando hablo con ella, es como si estuviera siguiendo la trayectoria de un fantasma. Aunque nunca se muestra grosera abiertamente, necesito sentirme cómoda cuando ceno en mi casa.

Llevo los platos al comedor, donde Henry se ha llevado el periódico. Hace tintinear el hielo de su vaso de whisky mientras estudia el texto por encima de sus gafas de leer. No puedo evitar pensar que está sexi, incluso a pesar de estar furiosa con él.

—¿Con quién has discutido hoy?

Le pongo el plato delante y le rasco la nuca con suavidad con la esperanza de que haga lo que suele hacer cuando se comporta de forma poco razonable o infantil, que es dedicarme una sonrisa traviesa y algún piropo exagerado, pero no hace ninguna de esas cosas.

—¿Cuántas veces te has visto con este hombre, Zoe?

Me siento con cautela en la silla que hay a la derecha de Henry y me concentro en desdoblar la servilleta que tengo en el regazo. Una parte de mí se indigna: ¿cómo se atreve a preguntarlo, cómo se atreve a preocuparse? Soy libre para hablar con quien quiera, no estamos en los años cincuenta.

—Tres.

Corto una porción de cordero, la carne tierna se desmorona,

el punto de cocción es perfecto. A veces me gustaría, solo una vez, que a Penny se le quemara la comida. Que se excediera en el tiempo de cocción. Todavía no ha ocurrido nunca.

—No me lo habías dicho. Te pregunto lo que haces cada día. Has sido imprecisa. ¿Por qué?

Inclino la copa de vino y me lo bebo de un trago, como un alumno de primer curso nervioso en una fiesta de la fraternidad.

—No lo he hecho a propósito. Todos los encuentros han sido breves. Estoy segura de que cualquier cosa que hiciera ese día fue más interesante.

—A mí me interesa todo tu día, Zoe. Ya lo sabes. ¿A qué viene la mentira? ¿Por qué me lo has ocultado?

—No lo estoy ocultando, Henry. Esta conversación es absurda. Nos hemos visto tres veces en lugares públicos, hemos hablado de la gala, sobre mi implicación, eso es todo. Ya basta.

Me levanto con la intención de servirme otra copa de vino.

—Siéntate —me ordena con la voz que emplea en la sala de juntas, esa voz a la que nadie se atreve a replicar.

Vuelvo a sentarme en la silla.

«Como mujer que eres, sé encantadora.» ¿Y obediente?

—No soporto las mentiras. Ni siquiera las omisiones. Si no tenía importancia, ¿por qué no me lo explicaste? —Examina el periódico y señala una frase con una de sus pulcras uñas—. «Zoe Whittaker está comprometida personalmente con la causa de ayudar a huérfanos y a todos aquellos que se ven obligados a subsistir por su cuenta, porque comprende lo que es sentirse solo.» Has mantenido conversaciones personales con este hombre. Esta es una conversación íntima. —Vuelve a clavar el dedo en el periódico, esta vez en la fotografía—. Esta fotografía es íntima.

Veo la fotografía a través de los ojos de Henry, la curva larga de mi espalda, una pícara sonrisa sexi, una ceja delicadamente arqueada, tengo la mano cerca de la oreja, me acabo de atusar un mechón de pelo. Suspiro. Es una estupidez.

—Henry, no pienso hablar de esto…

—Este hombre siente algo por ti. Si no lo supieras, no me habrías mentido.

—¡Yo no te he mentido! —protesto con energía—. No quería que me controlaras.

—Tonterías. —Ha levantado la voz, se pone en pie y apoya las palmas de las manos en la mesa—. ¿Tú también sientes algo por él? ¿Por ese reporterucho que no gana ni treinta mil dólares al año y vive en un apartamento de una habitación en el East Village? ¿Ese barrio de *hippies* y drogadictos?

Lo miro boquiabierta. Yo no le he dicho dónde vive Cash.

—Lo sé todo sobre él, Zoe. Ahora forma parte de mi vida. Necesito saber esas cosas, ¿crees que soy un hombre descuidado? ¿Crees que puedo permitirme dejar que cualquiera se meta en mi vida? No pienso dejar que nadie ponga en peligro mi vida ni a mi mujer.

Está prácticamente gritando, hasta su pelo está extrañamente despeinado.

—Henry, ¿te has vuelto loco? —espeto.

Se inclina hacia mí, le brillan los ojos, se le han formado pequeños parches de saliva blanca en las comisuras de los labios.

—Zoe, no me discutas esto. Sabré lo que estás haciendo. Sabré con quién pasas el tiempo. Sabré…

Se me acelera el corazón. Nunca había visto a Henry enfadado, de esta forma no. Frío, calculador, sí. Nunca había visto esta ira salvaje. Me tiemblan las manos y me debato entre las ganas de contestarle y la necesidad de tranquilizarlo.

—¡Henry, no puedo vivir así! Acatando tus normas, bajo tu techo, tu control, tu…

Es tan rápido que oigo cómo se rompe el cristal antes de darme cuenta de lo que ha hecho. El olor a whisky se me cuela por la nariz y me trepa por la garganta. El líquido ambarino resbala por la pared que tengo detrás.

Su voz es grave, dura y un tanto descontrolada.

—Entonces vete.

Se da media vuelta y se marcha.

No me marcho. ¿Adónde iría? ¿A casa de Lydia? Ya puedo oír el «te lo dije» saliendo de su boca contraída en una mueca divertida. O peor, podría reaccionar con lástima, como si yo estuviera buscando asilo en alguna especie de refugio para mujeres maltratadas. No. Al final me quedo en el piso. La puerta del despacho de Henry está cerrada y me pregunto si va a dormir ahí. En esa habitación hay un larguísimo sofá de piel negra y, una o dos veces, cuando se ha quedado trabajando hasta tarde, ha dormido allí. Nunca lo ha hecho porque estuviera enfadado, hoy sería la primera vez. ¿Lo de dormir en el sofá no es un cliché de telecomedia? Almohadones volando escaleras abajo y un desventurado hombre tripón de mediana edad tratando de cogerlos al vuelo: «Linda, por favor, sacaré la basura». Son cosas típicas de las parejas casadas. A decir verdad, no tengo ni idea de cómo son las parejas casadas normales, aparte de las que salen en las películas y por televisión. Nunca he presenciado la relación de una pareja de casados.

Pienso en Evelyn, antes del cáncer, con su espesa melena oscura, su bikini de tiras rojas y sus shorts cortados en el asiento del conductor de un descapotable negro prestado, con la música de Bruce Springsteen a todo volumen mientras cruzaba la autopista de la costa del Pacífico hasta Capitola Beach. Extendía toallas, enroscaba y clavaba una sombrilla enorme en el suelo, se sentaba y fumaba cigarrillos y tarareaba en voz baja mientras yo hacía agujeros en la arena.

—Necesitamos una radio, colega, ¿no crees? —Me encantaba que me llamara colega. Nunca me llamaba cariño o preciosa. Ella y yo éramos amigas, estábamos unidas contra el mundo. Yo tenía doce años, escoraba hacia la angustia adolescente mientras me aferraba a mi madre, a mi colega, con la otra mano—. Conseguiré una.

Me encogí de hombros porque estaba recogiendo cangrejos, sus suaves cuerpos grises se arrastraban por las paredes del cubo amarillo y resbalaban de nuevo hasta el barro del fondo. Se levantó viento, mi pelo se agitaba como un matojo de juncos rubios, se me metía en los ojos. Miré a la chica que, tendida en la toalla contigua a la nuestra, tenía el pelo pegado a la cabeza, recogido con una goma. Evelyn nunca había llevado una goma de esas encima en la vida, estaba convencida. No era la clase de madre que lleva una goma de pelo en cada bolsillo.

175

Evelyn gritó cuando la sombrilla se desclavó y se desplazó peligrosamente por encima de la arena en dirección al océano. Las demás personas de la playa gritaban, señalaban y se agachaban, pero nadie se levantó. Ella se quedó mirando con impotencia cómo nuestra única sombrilla se marchaba volando. Volvió a sentarse en la toalla y me dedicó una sonrisa radiante, enseñó sus dientes brillantes y se encogió de hombros, como si no tuviera importancia. Como si pudiéramos comprar otra, cosa que, por supuesto, ya sabía que no podíamos hacer. Entorné los ojos y miré a lo lejos, pero la sombrilla había desaparecido. Volví a excavar mi agujero, buscando la arena húmeda, pero ella no volvió a llamarme.

Cuando volví a la toalla, había un hombre sentado junto a Evelyn, tenía el pecho bronceado y brillante, el pelo oscuro impecable.

—¡Mira, colega! Este señor tan simpático nos ha devuelto la sombrilla.

Le acarició el bíceps.

—Hola, Hilary. Tu madre me estaba hablando de ti. Yo soy Michael, pero la gente me llama Mick.

—¿No te llaman Mike?

Había un Michael en la clase de sexto de la señora Hoppit, pero todo el mundo lo llamaba Mike.

—No. Mick. Es irlandés.

No parecía irlandés. Mick se quedó con nosotras todo el día, clavó la sombrilla profundamente y yo me alegré de que no tuviéramos que comprar otra. Odiaba comprar cosas con Evelyn. Llevaba las cosas hasta el mostrador, vacilaba hasta que la cajera resoplaba y luego las devolvía. Era bochornoso.

Cuando volvimos al piso, Evelyn preparó la cena y Mick se quedó a pasar la noche. Cuando me desperté al día siguiente, estaba sentado a la mesa del desayuno mientras Evelyn canturreaba por encima de una sartén de huevos fritos. Cuando volví a casa del colegio estaba tumbado en el sofá leyendo el periódico de Evelyn, el mismo que se suponía que yo no podía tocar porque era su único lujo. Había apoyado las deportivas sucias en el reposabrazos. «Hola, colega», dijo, y yo no le contesté porque nosotros no éramos colegas.

Se quedó durante un tiempo y cogía a Evelyn de los hombros con sus enormes manos mientras veíamos partidos de béisbol por la noche en lugar de las reposiciones de las *Chicas de Oro* que veíamos siempre. Intenté protestar, pero Evelyn sonrió y me dio una palmada en la rodilla y un beso en la mejilla a Mick. Se quedó hasta el cumpleaños de Evelyn, que era en octubre, y hasta Halloween. Yo había querido disfrazarme de *hippie*, pero Evelyn se olvidó de hacerme un disfraz, así que tuve que volver a disfrazarme de espantapájaros, reciclamos el disfraz del año anterior. Los vaqueros agujereados llenos de heno me iban pequeños y tuve que llevarlos desabrochados.

Cuando Evelyn y yo volvimos de pedir caramelos por el vecindario, Mick no estaba. A la mañana siguiente no estaba sentado a la mesa del desayuno o acaparando el baño, llenándolo de vaho y porquería, y Evelyn tenía la cara roja y los ojos medio cerrados. Me di cuenta de que había estado llorando.

Una semana más tarde, él todavía no había vuelto y yo estaba en la habitación de Evelyn después del colegio viendo cómo se preparaba para irse a trabajar. Estaba de pie mirando el armario solo con el sujetador puesto, con las manos posadas con delicadeza sobre las caderas y dando unos golpecitos impacientes con el pie. Estaba buscando su uniforme, una prenda almidonada granate y blanca. Uno de los trabajos que tenía en aquella época era de limpiadora en un hotel a primera hora de la mañana.

—¿Qué es eso?

Le señalé el brazo, tenía unos círculos amarillos, cuatro de ellos formaban una línea, como si fueran huellas de dedos sobre azúcar glaseado.

Ella los miró con despreocupación, se pasó el dedo índice sobre la suave piel color vainilla de su bíceps y se encogió de hombros.

—Nada, he debido de darme un golpe con algo.

Pero después de aquello me dio la espalda y se puso el uniforme muy deprisa.

Fue más tarde, cuando yo ya era una adolescente, que me explicó lo difícil que era encontrar un buen hombre. Recuerdo haberme acordado de Mick y pensar: «Él no era un buen hombre». Había vuelto de vez en cuando, luego desaparecía por largos periodos de tiempo y la dejaba llorando sola en su habitación hasta bien entrada la noche. En una ocasión le pregunté si mi padre era un buen hombre. Ella se había reído, como siempre, esa risita cantarina. «El mejor.»

Juré que nunca sería como ella, se arreglaba, se ponía impecable, se prometía que esa vez sería diferente. Odiaba verla débil, a duras penas conseguía soportarlo.

Cuando empecé a ir a la universidad, clasificaba a los chicos que conocía: «buen hombre» y «no es buen hombre». A veces era fácil diferenciarlos, los que no eran buenos hombres bebían y me metían mano, tiraban de mis shorts en rincones oscuros de las fiestas de las fraternidades. Si Evelyn hubiera conocido a Henry antes de morir, habría dado una palmada con sus manitas y hubiera exclamado: «¡Oh! ¡Has encontrado uno!». Evelyn se dejaba engatusar con facilidad, y el pasatiempo preferido de Henry era ser encantador.

Ahora pienso en Henry y en su delicada sonrisa, en cómo se le arrugan las comisuras de los ojos cuando me complace. Esa forma en la que solo yo puedo hacerlo reír. La forma que tiene de comprobar si estoy bien, de preocuparse por mí, su forma de inquietarse y alborotarse tan quisquillosa. Sus manos suaves y cuidadosas sobre mi cuerpo, sus labios pegados a los míos. Que siempre me ceda el último trozo de langosta. Cómo me trae regalos, pequeñas tonterías, flores, un llavero, porque «no puede dejar de pensar en mí».

Es casi perfecto. Pero ¿es bueno?

17

$\mathcal{M}$erodeo junto a una planta que crece en un macetero; llevo el pelo metido en una gorra de béisbol que encontré en el fondo del armario, polvorienta y desgastada. Nunca se la he visto puesta a Henry. El gimnasio está lleno de personas que entran por una puerta ataviados con trajes, maletas y maletines, y salen por la otra embutidos en licra, como si estuvieran en una cinta transportadora. Estoy junto a la pared de espejo. Puedo ver lo que ocurre dentro, pero ellos no me ven a mí. Observo el vestíbulo. Estoy medio escondida, pero disto mucho de ser invisible. Puede que disponga de cinco minutos. ¿Para ver el qué? Es difícil decirlo.

Henry está corriendo en la cinta, va a su ritmo relajado, y en la máquina contigua, la rubia de la licra rosa le sigue el ritmo mientras se ríen. Él está haciendo gestos con las manos, cuando llega al final de lo que sea que esté diciendo, separa mucho los brazos. La rubia echa la cabeza atrás, se ríe y luego da un traspié, se agarra a la barra de seguridad. Noto una intensa punzada en el centro del pecho y aprieto los dientes. Ambos aminoran el paso y se bajan, Henry se seca la nuca con la toalla y la observa mientras ella levanta una pierna y después la otra para apoyarla en un banco de estiramientos.

Sé que esto es una locura. Estoy espiando a mi marido. Me he convertido en un cliché de clase media pero sin los diez kilos postembarazo de más y el monovolumen. Él ha tenido un comportamiento muy extraño y esta mujer —la mano de Henry sobre su trasero, recortada contra un telón de fondo de licra rosa— se ha convertido en una imagen que mi mente me proyecta en los momentos más inoportunos.

Henry y yo siempre hemos hablado de nuestra relación, nos hemos esforzado para que las cosas funcionaran. Él siempre ha dicho que nunca se divorciaría. Que los divorciados son inevitablemente unos pobres hombres. Que cualquier matrimonio se puede arreglar, que el amor fluctúa. Su forma de pensar, a pesar de ser gélidamente práctica, fue uno de los motivos por los que accedí a casarme tan rápido. Un cortejo de cuatro meses, una boda sencilla pero elegante, una cena carísima, y *voilà*, un puesto seguro entre la alta sociedad. Henry y su preciosa y encantadora esposa. Yo y mi atractivo y rico marido. Las ilusiones son peligrosas, decía Evelyn. Pero yo no me hago ilusiones sobre el matrimonio. No creo en los príncipes guapísimos a lomos de caballos blancos ni en los finales felices. Evelyn nunca creyó en los finales felices, me advertía que no debía enamorarme de una idea en lugar de una persona. «Las ideas son infalibles, las personas no. No las confundas.» Era una mujer optimista, pero nunca fue una ingenua. «Es distinto», habría dicho.

Y aquí estoy, pegada a un ficus de plástico tan bien confeccionado que parece de verdad, preguntándome si he hecho precisamente eso. ¿Tienen una aventura o solo es una forma inocente de afrontar una sesión de ejercicios agotadora?

Pasa a su lado y le da un capirotazo en el pelo, como si fuera un niño de parvulario en el recreo. Es ese lado juguetón suyo tan inusual.

—¿Zoe?

Me doy media vuelta con el corazón en un puño. Delante de mí está Reid Pinkman con la cabeza ladeada. Me ha costado reconocerlo fuera del despacho de Henry. Reid es más joven que yo, aún no ha cumplido los treinta, es ambicioso, soltero y le gusta mucho flirtear. Henry es su mentor y él lo adula mucho. Me siento un poco avergonzada cuando estoy con Reid desde la noche anterior a Mucha Cay, cuando Henry fue tan cruel y Reid lo vio. Por suerte nunca ha sacado el tema.

—¡Hola, Reid! —exclamo con alegría dedicándole una sonrisa cegadora.

—¿Qué estás haciendo aquí?

Es irónico, dadas mis circunstancias, que no me guste mentir sobre la marcha. La cabeza me va a mil por hora y el corazón me late en los oídos.

—He venido a darle una sorpresa a Henry. Bueno, iba a hacerlo, pero acabo de recibir una llamada urgente de una amiga y me tengo que ir corriendo.

Me vuelvo para mirar hacia el espejo y Henry tiene la toalla sobre el hombro y él y la rubia de la licra caminan hacia la puerta lentamente. Ella le toca el brazo y él se inclina hacia ella para escuchar algo que le dice.

Reid sigue la dirección de mi mirada y asiente.

—Ah. Bueno, entonces ¿te veré esta noche?

Mi cabeza vuelve a centrarse en Reid.

—Espera. ¿Qué pasa esta noche?

Reid mira hacia Henry, que ha dejado de caminar. Ahora Henry y la mujer están enfrascados en una conversación seria y Henry se pasa la mano por el pelo. La rubia se cruza de brazos y aprieta los dientes, y me sorprende pensar que uno no suele enfadarse con alguien a quien apenas conoce. La ira es una emoción íntima.

—La fiesta de la empresa para Nippon. La cuenta de acero japonesa. ¿Henry no te lo ha dicho?

—Supongo que sí. Lo habré olvidado. —Me quito la gorra y me la meto en el bolso—. Hazme un favor, Reid. No le digas a Henry que he venido, ¿de acuerdo?

—Claro. —Me toca el brazo y pregunta esperanzado—: ¿Nos vemos esta noche?

—Sí, nos vemos esta noche.

Me meto a toda prisa en la puerta giratoria justo cuando Henry y la rubia salen por la puerta del vestíbulo. Reid los para y yo aprovecho la oportunidad para escabullirme metiéndome en uno de los giros y salgo despedida hacia la calle. Doblo la esquina y me apoyo en el edificio de piedra, debajo de la placa de hormigón con el número 58, e inspiro hondo. ¿Quién es esa rubia? ¿Reid la conoce? También es el gimnasio de Reid. Si Henry estuviera teniendo una aventura, probablemente Reid lo sabría. Tengo que encontrar una forma de asistir a la gala

181

de esta noche. Me pregunto si puedo llamar a la secretaria de Henry y preguntarle dónde se celebra.

Me arde la piel. Hace un día de mucho calor para ser abril, probablemente estemos a unos veintisiete grados y tengo la camisa pegada a la espalda. Saco el teléfono por impulso.

«¿Comemos?», escribo.

«Me muero de hambre», contesta Cash.

Acordamos vernos diez minutos más tarde en Black and Bean, una cafetería que hay una manzana más lejos. Sé que tenemos que hablar para planificar lo de mañana. ¡Es mañana! Se me revuelve el estómago. No he vuelto a hablar con él desde el lunes en el parque, cuando aceptó acompañarme a casa de Caroline. Todavía no le he explicado lo de Caroline a Henry. Después de lo de anoche y lo de esta mañana, no estoy segura de que vaya a hacerlo.

Mi mente vadea en un mar de indecisión y duda. Me resuena en los oídos el ruido de los cristales rotos, haciéndose añicos en la pared a mis espaldas, crujiendo bajo mis pies. El hedor a whisky, el aire impregnado de violencia.

Puede que esté exagerando. No me tiró el vaso a mí. Lo lanzó contra la pared. ¿Hay alguna diferencia?

Las mujeres tienen amigas por este motivo: para lanzarse sus irracionalidades las unas a las otras. Añoro mucho a Lydia, cómo éramos antes. Nunca nos juzgábamos y nos aceptábamos completamente. Una vez ella se acostó con dos hombres diferentes en una misma noche y cuando me lo confesó, al día siguiente, mientras estábamos tumbadas en nuestras camas contiguas, con el sol de la tarde filtrándose por la bruma de nuestro dormitorio, recuerdo haberme sentado en la cama con la boca abierta. Sus elecciones no eran las mías y lo único que le dije fue: «¿Cuál lo hacía mejor?». Y nos deshicimos en carcajadas. Por lo que sé, ella nunca se paró a pensar cuándo decidió juzgarme. No parecía justo.

Cuando nos conocimos, yo me hospedaba en un refugio para indigentes, llevaba trajes de tercera y cuarta mano a entrevistas laborales para las que o bien no estaba cualificada o no era la persona indicada, no tenía ni una identificación válida, estudios universitarios ni una dirección permanente. Entré exhausta en La Fleur d'Élise y me senté con impotencia en una silla aferrándome a la hoja que llevaba con los anuncios de trabajo.

—¿Qué narices te pasa? —La chica hizo explotar un globo de chicle en mi dirección—. Tu ropa está hecha un asco. ¿Cuándo fue la última vez que fuiste de compras? ¿En 1992?

—¿Recibes así a todo el mundo?

Me erguí en la silla y observé su pelo rosa y púrpura, el enorme tatuaje que serpenteaba en su brazo y su pintalabios rojo sangre.

—Casi siempre. ¿Siempre llevas traje a entrevistas para trabajos de mantenimiento?

—¿Mantenimiento? Pensaba que ponía ayudante de floristería.

—Básicamente pasarás la escoba, amiga. ¿Crees que puedes hacerlo?

Observó el periódico que tenía delante por encima de un par de gafas de color azul eléctrico. Me di cuenta, sorprendida, de que los cristales eran falsos, y reprimí una sonrisa. Asintió y me tendió una escoba.

—¿Ya está? ¿Estoy contratada?

Apartó la escoba.

—A menos que no quieras el trabajo…

—Lo quiero.

—Bien. Bueno, ¿qué haces esta noche?

—¿Esta noche?

Parpadeé y la miré abriendo mucho los ojos. En el refugio había toque de queda.

—Sí. Esta noche. Tienes que ir a un centro comercial, pero ya.

—¿Hay centros comerciales en Manhattan?

—Sí, pero iremos a Joisey[3]. —Se encogió de hombros—. Vivo en Hoboken. Allí hay centros comerciales. Puedes quedarte conmigo.

---

3. (Nueva) Jersey pronunciado con mucho acento.

—Acabas de conocerme.

La miré con los ojos entornados. Después de haber pasado algunos meses alejada de lo que ocurrió en San Francisco, no estaba acostumbrada a que las personas fueran amables conmigo, recelaba de la bondad.

—Llámame loca. O simpática. O solitaria. —Se encogió de hombros y le quitó el papel a una piruleta. Me tendió la mano, llevaba un anillo en cada dedo—. Me llamo Lydia.

—¿Eres nueva en la ciudad? —le pregunté pensando que, efectivamente, se sentiría sola.

Frunció el ceño.

—No. Pero todo el mundo está solo. ¿No?

Era increíblemente vulnerable, incluso cuando se estaba metiendo contigo. Cuando hablaba con otras personas, la gente parpadeaba, eran incapaces de decidir si los estaba engañando. Entrelazó el brazo con el mío.

—Tengo un buen presentimiento contigo.

La echo de menos. Añoro su risa, su simpática malicia. Echo de menos tener una amiga.

Espero a Cash en la cafetería, estoy intranquila e inquieta. Me sorprende darme cuenta de que no he recibido la llamada de Henry de las nueve en punto. No había ningún sobre con dinero en la mesa esta mañana, ninguna nota. Ni un «lo siento». Nada. Me pregunto si ha llamado al banco para solucionar lo de mi tarjeta. Esos pequeños sobres de dinero parecen una correa que pueda quitarme en cualquier momento, dejarme indefensa. Me ruborizo al pensarlo. ¿Qué habría pensado de tener asignación hace cinco años? Me habría parecido una barbaridad.

Le envío un mensaje a Henry. «¿Estás bien? Lo siento por nuestra pelea. Te quiero.» Evito decirle que lamento algo en concreto, porque no estoy segura de estarlo. Pero no me gusta que me ignore. Todo el mundo se pelea, eso sí que lo sé. Pero tengo la sensación de que nuestra relación está partida por la mitad.

Cuando llega, Cash se sienta delante de mí, trae dos vasos

de papel y una bandeja de bocadillos, y yo me guardo el teléfono en el bolso enseguida y le quito el sonido.

—¿Alguna vez elegirás un sitio donde tengan tazas, por favor?

Me sonríe y yo le hago una mueca.

—¿De verdad eres demasiado bueno para los vasos de papel?

Le quito la tapa de plástico y dejo escapar los tirabuzones de vapor.

—Oye, solo porque tenga problemas para pagar el alquiler no significa que no sepa disfrutar de las cosas buenas de la vida.

Me acerca un sándwich de pavo con suavidad.

Sonrío y empiezo a ponerle mostaza al enrollado.

—¿Tu propuesta de ayuda sigue en pie? ¿Mañana?

—Claro. ¿Cuál es el plan?

—Bueno, puedo alquilar un coche. Quiero un GPS. No tengo ni idea de adónde voy. No tengo ni idea de lo que puedo esperar cuando llegue allí.

De repente el pavo parece blando y viscoso. Oh, Dios. 185 Mañana voy a conocer a mi madre. Se me hace raro pensarlo, decirlo, porque toda mi vida mi madre ha sido Evelyn, aunque dejé de llamarla mamá cuando cumplí los quince años. La palabra madre se me enreda en la lengua, atrapada en sus propias connotaciones. ¿Cuál de las dos es más madre para mí? ¿Caroline, que me trajo al mundo y me abandonó? ¿O Evelyn, que me rescató y me crio? Quien me compró mi primer sujetador, me enseñó lo necesario sobre el amor y el sexo, y más tarde sobre la muerte. ¿Por qué las palabras madre y amor son sinónimas?

—¿Espera siempre lo mejor y prepárate para lo peor?

—¡Ja! Ese comentario es típico de Henry.

Casi me río.

—Es un hombre listo. —Compartimos un silencio mientras Cash mastica. Se frota la boca con una servilleta y limpia una mancha de mayonesa de la mesa—. ¿Se lo has dicho?

Niego con la cabeza apartando la mirada. No quiero hablar con Cash de Henry. No soy ninguna ingenua, ya sé que una no habla con otro hombre sobre su matrimonio.

—No. Todavía no. Pero lo haré. Últimamente el trabajo lo ha tenido muy ocupado. Si ocurre algo interesante, se lo explicaré.

—¿Qué esperas?

—No lo sé. Supongo que nada.

Soy consciente de la mentira en cuanto me sale de la boca.

Él asiente y presiona el dedo índice contra los dientes del tenedor.

—Tener expectativas es bueno, Zoe. Conocí a un hombre en Texas que se estaba muriendo de SIDA. No tenía a nadie, nadie se preocupaba por él. Sus amigos no sabían cómo tratar a un hombre enfermo, y estábamos a finales de los noventa. En fin, la cuestión es que leyó mi artículo y me llamó. Quería encontrar a su madre. A su padre no, solo a su madre. Lo crio su padre, un auténtico desalmado. Tardé varios meses, y con este tipo iba contra reloj. Por fin la encontré. Tenía pruebas sólidas de que era ella, no tenía ninguna duda. Sigo sin tenerla. La llamé, le expliqué la situación. Le explico que su hijo, carne y sangre de su sangre, se está muriendo en un hospital para enfermos terminales, a menos de ochenta kilómetros de su casa. ¿Su respuesta? Lo negó todo. Seguí llamándola durante días. No cogía el teléfono. Él murió una semana después.

Aparto la bandeja.

—¿Por qué me cuentas esta historia?

Cash da un par de golpecitos en la mesa con el tenedor.

—No lo sé. Supongo que es la que más me impactó. Que alguien pueda negar a su hijo de esa forma.

—Vale. No me estás ayudando.

Se ríe.

—Lo siento. También tengo un montón de historias de reencuentros maravillosos. ¿Quieres que te las cuente?

—No, no pasa nada. Estoy bien. Supongo que mi meta es tener una conexión, eso es todo. Solo saber que está ahí. Saber que en algún lugar del mundo alguien sabe que existo.

—Eso suena excesivamente dramático y niego con la cabeza—. Hablemos del plan. Hoy llamaré al servicio de alquiler y reservaré un coche.

—No te molestes. Yo tengo coche.

—¿Vives en Manhattan y tienes coche? ¿Con el sueldo de un periodista? —bromeo, y cojo una patata.

—Soy rico en secreto. Me he dado cuenta de que mi dinero repele a las mujeres. —Me sonríe—. No, en serio, es un Honda de segunda mano. Lo aparco en el garaje de mi madre. Vive en Queens. Podemos coger el metro hasta su casa y recogerlo por la mañana.

Cash saca el teléfono y planifica la ruta. Quedamos a las ocho en la estación de metro y, por un segundo, me pregunto qué haré cuando Henry me llame a las nueve. Si llama. Cuando Cash se mira el reloj y anuncia que su larga comida ha terminado, reprimo una punzada de desilusión. Me da una rápida palmada en la mano, se despide con un «hasta mañana», se marcha y me quedo sola en la mesa.

Pienso en el piso, en los cristales rotos del suelo del comedor que todavía no me he molestado en recoger, y tengo la sensación de que estoy pegada a la silla. Imagino a Penny descubriendo el pegajoso desastre, preguntándose lo que habrá pasado. Llamando a Henry, con una voz compasiva: «¿Va todo bien?». Rebusco por el bolso mi móvil, en cuya pantalla parpadea un mensaje sin leer de Henry. «¿Estás en casa? Lamento nuestra pelea. El trabajo me ha tenido muy liado. Te quiero en mi vida más que cualquier cosa. Me olvidé de avisarte de la fiesta de esta noche, he estado muy distraído. Por favor, dime que vendrás conmigo. Es formal. He enviado algo al apartamento. Llámame cuando lo tengas. Te recogeré.»

El mensaje es largo y muy distinto a los habituales mensajes cortos y escuetos de Henry. Noto cómo me late el corazón a toda prisa, es como un aleteo en el pecho, y cierro los ojos. Miro la hora, ¿cuándo lo ha enviado? A las 12:05, justo cuando debía de salir del gimnasio. Me borro la imagen de la rubia de la cabeza y siento una oleada de amor por él. No somos perfectos, puede que ni siquiera lo llevemos bien, ahora mismo. Pero hay esperanza, y sé que hay amor. Lo veo por cómo me mira, y recuerdo su rostro, cautivado, a la luz titilante de las velas del restaurante italiano mientras me contaba la historia de la ciudad. Todas las mujeres deberían

187

tener un hombre que las mirara de esa forma, como si fuera la única persona de la habitación. ¿De verdad eso había ocurrido hacía solo unos días?

«Te he mandado una cosa.» Me levanto tan rápido que mi rodilla impacta contra la mesa, y vuelvo a meterme el teléfono en el bolsillo. Corro por la cafetería abarrotada empujando codos y chocando con las mesas. Por el camino tiro el vaso de papel a la basura. Voy con la cabeza agachada y estoy tan perdida en mis pensamientos que cuando abro la puerta me estampo contra Molly McKay.

—¡*H*ilary! —Su voz es estridente, destila la urgencia de un periodista que está cubriendo una noticia de la prensa amarilla, y tardo un segundo en darme cuenta de quién es. Ella sigue hablando—. Sé que eres tú.

—¿Me has seguido hasta aquí?

—Habla conmigo, por favor. ¿Por qué estás haciendo esto? Eras mi amiga, ¿sabes? —Se inclina hacia mí con una mueca en los labios pintados de rosa, pero tiene una mirada implorante, el dolor le nubla los ojos. No tengo ninguna duda de que ella cree que es verdad. Yo solía seguirla a todas partes, era un parásito, la clase de amiga que más le gustaba a Molly. Probablemente ese fuera el motivo de que me sintiera tan afín a Mick—. Es que no puedo olvidarme de esto. ¿Por qué no dejas de huir? ¿Qué te pasó?

—No tengo ni idea de sobre quién o qué hablas, pero, por favor, déjame en paz.

Empiezo a darme la vuelta, pero ella me agarra del brazo, me lo retuerce un poco y me clava una de sus pulidas uñas rosas en el codo.

—Justo aquí. Te dieron veintidós puntos, justo aquí, y yo pasé toda la noche en urgencias contigo. Te caíste de un caballo. Te gustó el mozo que trabajaba en el rancho, ¿cómo se llamaba? Ah, sí, Harlan. Fue a verte más tarde y todos pensamos que acabaríais juntos, pero no fue así. Porque en realidad él estaba casado. Pero yo soy la única que lo sabe porque volví al día siguiente, claro, después de pasar la noche con Gunther, y él seguía allí, a las seis de la mañana. No puedes fingir que no me conoces.

Sus clarísimos ojos azules no vacilan. No creo que parpadee siquiera. Molly nunca fue de las que se apoquinan, pero tampoco sabía que tuviera tanto brío.

Por muy descuidada que haya sido, no puedo ignorar las palabras del Detective Maslow. Él me advirtió que no regresara jamás a San Francisco. «Cogimos a Jared y a los demás, a los cabecillas. Todavía hay hombres muy poderosos escondidos. Nunca los cogeremos a todos.» Pienso en Mick, pudriéndose en la cárcel, porque él siempre fue un subalterno. El que era verdaderamente aterrador era Jared. Y quizá otros: amenazas anónimas y sin rostro.

Pienso en mi piso saqueado. Pienso en el conductor que se saltó el semáforo. En todas las cosas que no sé con certeza. Luego pienso que Molly, si yo cediera, aunque solo fuera un segundo, sin duda llamaría a todas las personas con las que siga en contacto. La mera idea, la historia, sería demasiado tentadora. Imagino las noticias cruzando las ondas, todo el medio oeste, hasta llegar a San Francisco. Imagino que llegaran a oídos de Mick, o peor, de Jared. «Hilary Lawlor, la zorra que te metió en la cárcel, está en Nueva York.»

—Lo siento, pero no tengo ni idea de quién eres. Por favor, déjame en paz.

Libero el brazo de sus zarpas.

—Está bien. Si es lo que prefieres, puedes fingir todo lo que quieras, pero ahora Gunther y yo vivimos aquí. No es una ciudad tan grande. Desapareciste como si yo no te importara. —Su redondo y alegre rostro se endurece al recordar el rechazo—. Ya nos veremos, Hilary.

Su voz suena como un siseo, y cuando dice «Hilary» frunce el labio. Lo que me sorprende es el enfado. Esperaba confusión, incluso tristeza. Pero ella se lo toma como un rechazo y le salen unas manchas en las mejillas. Me dedica una sonrisita seca y yo inspiro hondo.

Reconozco esa expresión, la determinación disimulada, superficial e interesada. Durante nuestro segundo año de carrera, Molly le dio la vuelta a un examen. Pensaba que había sacado un sobresaliente, pero le habían puesto un notable. Se quedó mirando el examen con esa misma cara, las mismas manchas en las mejillas, rojas y sonrosadas por el viento, la misma mirada dura en sus ojos negros. Tres días después oí un rumor: el profesor subía las notas de las estudiantes a cambio de sexo. Rumores sin fundamento. Lo suspendieron tres días para llevar a cabo una investigación, después lo readmitieron. No hubo daños permanentes. No fue nada al final. Pero, en realidad, esa fue la parte más terrorífica. Nunca pude demostrar que fue Molly, pero habría apostado nuestro piso a que había sido ella. Cuando se lo pregunté, en sus labios apareció una pequeña sonrisa. Alzó las cejas y murmuró: «La verdad es que no me sorprende». Entonces lo supe.

Me doy la vuelta y me marcho a toda prisa, peleando contra las aglomeraciones que se forman a la hora de comer, huyendo de esa sonrisa. Me limpio el sudor de la frente y me aparto el pelo de la cara, del cuello. No va a dejarlo pasar, ¿quién lo haría? Es una locura. Me la imagino sin amigas mientras Gunther pasa todo el día en su nuevo despacho, y luego sale a tomar unas copas con sus colegas. Me la imagino aburrida, merodeando por su piso, no muy distinta de la forma en que yo paseo por el mío, pero sin algo como CARE para distraerse, haciendo búsquedas por Internet, vigilando mi edificio, investigándome. A algunas personas les parecería una buena forma de pasar el tiempo. La idea me encoge el corazón.

Me meto en una tienda de recuerdos, forrada del suelo al techo con sombreros y camisetas, móviles prepago y miniaturas de la Estatua de la Libertad.

—¿Puedo ayudarla en algo?

Me doy media vuelta, el dependiente está a medio metro de mí, acosándome, doy un paso atrás.

—No, estoy bien. Solo necesitaba aire.

La puerta está abierta pero en la tienda hay aire acondicionado. Finjo mirar postales antes de ponerme bien la falda y volver a la calle. Inspiro hondo y examino la acera. Ni rastro de Molly. Me voy a casa. No miro atrás.

Hay una caja en la mesa del comedor, tiene una rosa de tallo largo encima y va acompañada de una nota.

Zoe, lamento que nos hayamos peleado. Últimamente he tenido mucha presión en el trabajo. Por favor, sé comprensiva, lo de la otra noche fue culpa mía. Esta noche hay una fiesta para celebrar nuestra asociación con Nippon. Ponte esto, debes estar preparada a las 6, yo te recogeré. Te quiero. Eres la luz de mi vida.

Pongo la rosa en la mesa y dejo la nota al lado. Me paro un momento, inspiro hondo. No sé si esto es real, si Reid le explicó a Henry que me vio en el gimnasio y esta es una maniobra para apaciguarme. ¿La Rubia era la auténtica cita? ¿Yo soy el plan de emergencia?

Levanto la tapa de la caja muy despacio. Aparto el papel de dentro y saco el vestido. Es un vestido de seda muy elegante, me llega por las pantorrillas, y es de color ciruela oscuro. El escote es pronunciado, yo nunca habría elegido algo tan provocativo, y está adornado con cristales. Me quedo sin aliento. Es precioso. En la caja hay una percha, la deslizo por debajo de los finísimos tirantes y lo cuelgo en la puerta.

Examino la cocina: alguien ha recogido el vaso, como si lo de anoche no hubiera ocurrido nunca. Supongo que debería inquietarme el hecho de que alguien haya arreglado mi casa mientras yo no estaba, como si fuera una goma deslizándose sobre el dibujo de la pelea de la noche anterior. A veces tengo la sensación de que hay personas moviéndose a mi alrededor, discretas y silenciosas como fantasmas, que van organizando mi vida sin hacer ruido según la conveniencia de Henry. Penny. Reid.

—Siento molestar. No sabía que ibas a estar en casa.

Suelto la caja que tengo en las manos y se me escapa un grito.

—Penny. Dios santo, me has asustado.

—Lo siento. La he oído. Estaba limpiando las habitaciones. —Hace un gesto rápido con la cabeza en dirección al pasillo—. Quitando el polvo.

No tenemos muchos encuentros como este, las dos solas. Ella suele ir y venir, convenientemente, cuando yo no estoy en casa. Con demasiada frecuencia como para ser una coincidencia, pero no de tal forma que pueda cuestionarse. Suelo pensar que Henry le comenta mis horarios. Se mueve con nerviosismo, lleva un plumero en las manos, una camisa blanca bien abotonada remetida en los vaqueros, y sus pies calzan unas Birkenstock. Tiene las uñas de los pies pintadas de un sorprendente color rojo, y los pies lucen un buen bronceado. Se cambia el peso de pierna y mira el reloj del horno.

—Penny, ¿te caigo bien?

No tenía intención de hacer esa pregunta, pero estoy cansada del día que he tenido, harta de pasar de puntillas junto a personas y según qué asuntos, y pasarme la vida intentando hacer siempre lo correcto para los demás. Estoy cansada de barricadas que no puedo ver, de planes ocultos que ni me imagino.

Levanta la cabeza y me mira a los ojos.

—No la conozco, señora Whittaker.

—Puedes llamarme Zoe. A Henry lo llamas Henry.

—Conozco a Henry desde… bueno, desde hace mucho tiempo.

Da un paso atrás, como si fuera a salir de la habitación. Puedo notar el desaire inminente.

—¿Cuánto hace?

Me agacho para recoger la caja y le doy la vuelta.

—¿Cuánto hace que qué?

—¿Cuánto hace que conoces a Henry? —la presiono.

—Hace mucho tiempo. No lo he calculado.

Mira con nerviosismo por encima de su hombro y luego demuestra un intenso interés por el plumero que tiene en las manos, le da la vuelta de un lado, luego del otro. Lleva las uñas de las manos pintadas del mismo color que las de los pies.

—Conocías a sus padres. ¿Le conociste de niño?

—Sí.

Retrocede hasta la puerta mientras se aparta los mechones grises de la frente con el antebrazo. Las arrugas le enmarcan los labios y tiene patas de gallo en los ojos. Intento recordar cuántos años me ha dicho Henry que tiene, pero entonces me doy cuenta de que no me lo ha dicho. Imagino que tiene sesenta y cinco. Quizá incluso setenta.

—Háblame de él. Cuéntame lo que sea. Él nunca habla de su infancia. Me ha hablado muy poco de la vida que llevaba antes de conocerme.

Doy un paso adelante y me acerco a ella, la desesperación me brota de la piel como un hedor. No me importa.

Su voz es un susurro.

—Era un niño poco común. Muy curioso. La verdad es que era brillante. —Se le apaga la voz y aparta la mirada. Cuando vuelve la cabeza se pone derecha y me mira a los ojos—. Esto no es asunto mío, señora Whittaker.

—Penny, yo…

—Debería volver al trabajo. Me marcharé muy pronto.

Se da media vuelta y se escabulle. Estoy a punto de seguirla. De asediarla con preguntas, de obligarla a hablar conmigo. Vuelvo a soltar la caja en la mesa, frustrada, y me voy a mi habitación después de coger el vestido de la puerta.

Cuelgo la percha con cuidado en la parte posterior de la puerta y me tumbo boca arriba en la cama. Es un vestido precioso y me pregunto dónde lo habrá comprado o cuándo. Me pesan los ojos y me quedo dormida. Sueño con la universidad de San Francisco, veo a Molly McKay con un vestido de noche de color berenjena y unas Birkenstock.

El coche llega a las 17:57 de la tarde y sonrío para mis adentros. Es tan típico de Henry. Me aliso la parte delantera del vestido. Llevo la pulsera de dijes, el bonsái, los gladiolos, las alas. Es una rama de olivo. Henry baja del coche, me tiende la mano y le hace un gesto al conductor para que no salga indicándole que él me ayudará a subir. Se detiene delante de mí y le brillan los ojos, lleva el pelo revuelto. No decimos nada durante un minuto, luego hablamos los dos a la vez. Se ríe y me hace un gesto para indicarme que puedo hablar.

—No hay nada entre Cash y yo —espeto.

Él me abraza y me posa los labios en el pelo.

—Lo sé. Ya lo sé. Lo siento. No hablemos de esto. Reaccioné de forma exagerada. —Me desliza las manos por la espalda, noto sus dedos calientes sobre la piel. Se separa de mí y hace un gesto en dirección al coche presionando la mano en mi espalda. Toca la pulsera mientras yo me subo al coche y dice—: Ah, Zoe.

—¿Has llamado al banco? —le pregunto como si acabara de pensarlo. Con inocencia.

—Sí. Te van a mandar una tarjeta nueva, pero estas cosas llevan su tiempo, Zoe. —Me da una palmadita en el brazo—. ¿Necesitas más dinero? ¿Es un problema?

—No. Estoy bien. Tampoco la uso mucho, la verdad, no siempre. Solo me gustaría no tener que ser tan dependiente. O algo.

Entonces vacilo, no estoy segura de cómo seguir. Me está observando.

—Lo que necesites, Zoe, solo tienes que pedirlo. Haré lo que sea, ya lo sabes.

Me estrecha la mano y me da un beso en la sien, justo en la raíz del pelo.

Seguimos en silencio, pero me coge de la mano y me desliza el pulgar por las yemas de los dedos. Pienso en la gala benéfica de CARE, la última vez que estuvimos juntos en el coche de esta forma, elegantes y achispados. Me había sentido tan amada entonces, hacía solo dos semanas y media. Ahora no puedo dejar de pensar en esa chica del gimnasio. La imagen mental de su mano recortada contra ese telón rosa brillante, la curva respingona.

—Henry, ¿tú me serías infiel?

Me quedo mirando fijamente nuestros dedos entrelazados.

—¿Por qué me preguntas eso? No. Jamás —responde con rapidez, con seguridad. Me sonríe—. Esta noche estará la mujer de Peter. ¿La recuerdas?

Asiento. Peter Young, la única persona que he conocido que Henry ha podido llamar jefe, con su prematuro pelo blanco, los dientes perfectos y las mejillas muy arrugadas. Apenas recuerdo a su mujer, Muriel, menuda y delicada, cincuentona pero con una mirada aguda e inquieta y una risa contagiosa.

Paramos delante de Heiwa, un restaurante japonés muy

de moda a solo cuatro manzanas del despacho de Henry, justo donde convergen los barrios de Tribeca y el Soho, dependiendo de quién pregunte. Henry me acompaña al interior del establecimiento y me estrecha la mano. Nos guían hasta un comedor privado donde hay unas veinte personas ataviadas con vestidos de cóctel y joyas brillantes. Conozco a la mayoría. Los colegas de Henry son recelosos con los desconocidos, pero muy cálidos cuando ya te has convertido en uno de ellos. Supongo que, en este momento, yo tengo un pie en cada campo.

Veo a Muriel Young desde la otra punta de la estancia, está hablando con Reid Pinkman, y me acerco a ellos. Reid me sonríe con alegría y me da un beso en la mejilla deteniéndose un segundo más de lo necesario, tiene la mejilla fría y suave. Lleva un traje azul marino y una corbata estrecha muy moderna de color amarillo. Miro a mi alrededor en busca de su acompañante, pero no la veo.

—Zoe. —Muriel me da un abrazo rápido y frío—. Hacía tiempo que no te veía, querida. ¿Cómo estás?

Contesto con alegría, algo completamente insustancial. Ella asiente y vuelve a su conversación con Reid. Están hablando sobre Nippon, la sociedad, y yo me pongo a pensar. ¿Cómo es que Muriel sabe tanto acerca de los negocios de Peter? Henry se comporta como si fuera un agente federal.

—… y cuando Henry vaya allí, se dará cuenta de lo que tanto le preocupa a Peter.

—Exacto. No puedo decir que le culpe por…

—Espera. —Les interrumpo—. ¿Cuando Henry vaya adónde? ¿Cuándo?

—A Japón. ¿Mañana?

Tanto Muriel como Reid me miran como si me hubiera vuelto loca.

—Ah, sí, claro. Lo había olvidado.

Me recupero rápidamente y la cabeza empieza a darme vueltas. ¿Cuándo me lo iba a decir? ¿Durante cuánto tiempo? Inspecciono la multitud pero no lo veo.

Reid coge una copa de vino tinto de la bandeja de un camarero que pasa por allí y me la acerca. Luego me da un golpecito en el hombro y me hace un gesto que dice: «Enseguida vuelvo». Yo asiento sin decir nada. Muriel me observa mientras hace girar la copa con la mano.

—No lo sabías, ¿verdad?

Ladea la cabeza. Guardo silencio. Estoy tan acostumbrada a la autosuficiencia que me resulta incómodo bajar la guardia, aunque sea una admisión tan pequeña.

—No. No lo sabía. —Busco de nuevo por el restaurante pero sigo sin ver a Henry—. Ha estado distraído. No pasa nada. ¿Cuánto tiempo?

—Una semana. —Me dedica una sonrisa tranquilizadora—. Henry es un hombre duro, Zoe. Hace mucho que lo conozco. Nunca pensé que se recuperaría de lo de Tara.

—¿Por qué?

—Oh. —Hace un gesto con la mano y sus pulseras repican entre sí. Sonríe con culpabilidad y baja la voz—. Lo pasó fatal durante un tiempo. Estaba decidido a averiguar quién conducía el coche. Esas cosas. Pareció olvidarse de todo cuando te conoció. Tú eres muy distinta.

El vino me calienta las mejillas.

197

—¿La conocías bien?

Inclino la cabeza hacia atrás y tomo el último sorbo, el tinto me quema la garganta.

Muriel me mira sorprendida.

—No, no llegué a conocerla.

—¿De verdad? ¿Por qué no?

Se me seca la boca.

Se acerca a mí y me da una palmadita en el hombro.

—Tara era agorafóbica, querida. Nadie la conoció.

Muriel empieza a caminar, se mezcla con la gente. Al final encuentro a Henry y me acerco a él, pero de alguna forma acabo siendo excluida del círculo. Él no hace ningún ademán de incluirme y yo empiezo a sentirme ignorada.

A medida que avanza la noche cada vez estoy más enfadada. ¿Por qué me ha invitado? Si se marcha mañana, ¿por qué no disfrutar de la noche juntos? ¿Por qué no me dice que se va mañana?

Al final lo sujeto del codo y tiro de él.

—Te vas a Japón. No me lo habías dicho.

—Relájate, Zoe. —Su tono es desdeñoso y tiene los ojos entornados—. Iba a decírtelo esta noche.

—Lo sabe hasta Muriel Young. Lo sabe Reid Pinkman. Parezco idiota.

—Estás dramatizando. No pareces nada. Todo el mundo sabe lo ocupado que estoy. —Se deshace de mi mano y levanta los dedos hacia un camarero para que le traiga otra bebida. Se vuelve hacia mí con la mirada oscura—. Además, pensaba que ya lo sabías. Últimamente estás muy unida a Reid.

—¿Y eso qué significa? —espeto.

—Oh, estoy seguro de que ya lo sabes.

Entonces Reid le ha dicho a Henry que estuve en el gimnasio.

Justo en ese momento Peter Young da unos golpecitos en el micrófono y pide a todo el mundo que se siente a cenar. Henry me pone la mano en la espalda para acompañarme.

Nos distribuimos en dos filas a lo largo de una mesa larga. Hay más gente de la que imaginaba, como unas treinta personas. Henry se sienta a mi izquierda y espero a que me retire la silla, pero se vuelve hacia el hombre que tiene al lado y me ignora. Nunca he visto a Henry actuar de una forma tan descortés; les abre la puerta a las mujeres y les lleva las bolsas de la compra a las ancianitas que se encuentra por la calle. Reid se sienta a mi derecha.

—¿No vienes acompañado esta noche?

Alzo las cejas y tomo un sorbo de agua. Tengo la espalda de Henry a escasos centímetros de mi cara, un muro obstinado.

—Esta noche no.

Reid posee lo que se conoce como encanto juvenil. Unas mejillas redondas y sonrosadas, brillantes como el culito de un recién nacido, y unas pestañas largas y rizadas tan oscuras que parece que lleve maquillaje. He visto mujeres (en realidad chicas) desmayarse después de ver una de sus sonrisas. A pesar de estar en la era del Smartphone, sigue teniendo una agenda negra.

Reid es una de esas personas a las que conoces y sabes, automáticamente, que podrías ser amiga suya. Casi todo el mundo se siente igual con él. Si le estrechas la mano, en tu mente aparecen todos los recuerdos que podríais tener, todas las travesuras que podríais hacer juntos. Casi puedes imaginarlo, de adulto, lanzando huevos a las casas de las afueras y huyendo en su Porsche amarillo. La gente se dirige a él confundida: «Ya nos conocemos, ¿no? ¿Quizá de jóvenes?».

Incluso ahora, mientras habla, me descubro recordando la noche de Cynthia. La noche anterior al Mucha Cay. La noche que me ayudó, que me rescató. Casi me río de mi propia dramatización. «Me rescató.»

—Necesito encontrar esposa. Tengo casi cuarenta años, ¿sabes?

Desdobla una servilleta y le da un trago a su vaso de whisky.

—No. Pensaba que todavía no habías cumplido los treinta. Que eras más joven que yo.

Estoy sinceramente sorprendida.

—Soy un anciano. No en espíritu, como tu Henry. Él es una alma anciana. Pero ya no hay marcha atrás. ¿Conoces alguna mujer soltera que esté buscando marido?

Se apoya la barbilla en la palma y me mira, tiene las mejillas de manzana sonrojadas por el alcohol.

—¿En Nueva York? —Alzo las cejas—. ¿Estás de broma? Debemos de tener el mayor índice de mujeres disponibles del país. Ponte un cartel y sal a la calle.

Suelta una carcajada, una rápida ráfaga de aire que le sale de la nariz, y niega con la cabeza.

—Encuéntrame a alguien. Necesito una mujer lista, independiente. Que no esté operada. Que no esté interesada en medirse el espacio que tiene entre los muslos.

—¿De qué hablas?

Parpadeo, dos veces. No estoy segura de querer saberlo. Las preocupaciones de la mitad de las integrantes de mi género me desconciertan. En el mundo de Henry no escasean las mujeres guapas y ricas que se comportan como adolescentes.

—¿Lo ves? ¿No tienes alguna amiga como tú? ¿Alguien consciente del mundo en el que vive? ¿Agradecida? Ese es

199

nuestro problema. Ya no hay personas agradecidas. Mírate a ti con CARE. Tú eres agradecida. Apuesto a que de pequeña eras pobre, ¿verdad?

Me revuelvo en la silla. Justo en ese momento me sirven un plato de *sashimi* muy bien decorado, con el pescado colorido y brillante y las verduras verdes, y un tirabuzón de jengibre en la esquina del blanco plato.

—No tienes por qué contestar. ¿No tienes amigas? Necesito encontrar a alguien como tú.

Arrastra las palabras «como» y «tú», que suenan juntas. En ese momento me doy cuenta de que Henry se ha dado la vuelta y está prestando mucha atención a nuestra conversación. Lo miro y entorna los ojos. Despliega la servilleta de un rápido movimiento y niega brevemente con la cabeza mirando fijamente hacia delante algún punto de la pared. Imagino que es una de las mejores habilidades de Henry: la frialdad. Se le suaviza el rostro, tiene la piel perfectamente lisa, como si estuviera esculpido en mármol. Una estatua del *David* de mi marido e igual de fría al tacto. Mientras la ira enardece a la mayoría de las personas, las altera y las saca de sus casillas, en Henry tiene el efecto opuesto. Se vuelve frío y hermético, se le endurece la piel. Un cadáver sacado directamente de la cámara frigorífica de la morgue.

Reid parlotea a mi lado, sus palabras se pisan y resbalan unas con otras, ajeno a lo que está ocurriendo entre Henry y yo. Me inclino hacia la izquierda, le doy un codazo a Henry, le clavo los dedos en el cuádriceps, ni se inmuta.

Sustituyen los platos de *sashimi* por los de la cena, son grandes y en ellos han servido raciones muy pequeñas. Nos ofrecen cuatro platos mientras Henry le sonríe a Muriel, que está sentada al otro lado de la mesa, y Reid habla con cualquiera que esté dispuesto a escucharlo. Cuando acaba la cena, mientras todo el mundo está tomando vino de postre y jerez, Henry se levanta, me coge del codo y, esbozando una enorme sonrisa de disculpa, me acompaña al coche que nos está esperando.

En el coche suena la música clásica de la radio a un volumen bajo, tal como Henry le pide siempre al conductor. Las calles de la ciudad pasan en silencio, la vida ha enmudecido.

200

—Di algo, por favor.

Deslizo el dedo por el borde de la ventana que está inexplicablemente húmeda debido a la condensación.

—Solo te diré que no quiero preocuparme por la relación que mi mujer pueda tener con otros hombres.

Tiene las manos entrelazadas sobre las rodillas, la espalda rígida. Le tiembla la mandíbula.

—¿Esto es por Cash o por Reid? —Noto que se me desploman los hombros. Estoy tan cansada de esta conversación, además sin motivos. Quiero sacar a relucir a la rubia, pero no puedo. Es una puerta nueva enorme y la habitación que hay al otro lado está llena de variables desconocidas. Estoy tan cansada—. Nunca te he dado ningún motivo de preocupación. Es cosa tuya.

—Zoe.

Una vez en el piso no dice nada más, se mete directamente en su despacho. La puerta se cierra con fuerza y se oye un eco amortiguado en el pasillo de mármol. Yo me voy a la cama, sabiendo, consciente por primera vez, que tenemos problemas. Nuestra vida no es lo que yo esperaba o deseaba, pero es como es. Me doy cuenta de que mañana Henry se marcha a Japón y que no sé muy bien cuándo volverá. Me planteo que quizá no vuelva. Que nuestro matrimonio habrá terminado.

Hago girar la pulsera de dijes alrededor de mi muñeca. Es un regalo único y creativo, muy impropio de Henry. La semana pasada se había mostrado despreocupado y libre. Cariñoso. Escribía poesía, o por lo menos la copiaba. Y ahora, de vuelta a la ciudad a la que llamamos hogar, vuelve a ser este otro hombre. Frío. Calculador.

Noto cómo la cama se mueve debajo de mí. Se retiran las mantas y noto la mano de Henry, suave como el terciopelo, en la piel. Me abraza y el alivio se apodera de mí. Siempre hemos hecho esto, siempre nos hemos reconciliado, hemos hecho el amor, nada ha sido nunca permanente. He sido una tonta por pensar lo contrario. Noto su aliento cálido en la oreja.

Antes de que me dé cuenta me quita el camisón y se coloca encima de mí, se interna en mí, duro, y presiona, enseguida oigo sus húmedos jadeos pegados a mi clavícula, y me agarra de la cadera con fuerza mientras ruge, una vez, dos. Se acaba en un minuto. Jadea en voz baja a mi lado, me aparta el pelo de la frente con la mano. Se levanta en la oscuridad, la luz de la luna se refleja en el sudor que le brilla en la piel y me doy cuenta de que está desnudo. Que ha venido a buscarme con un objetivo y yo le he complacido. Se marcha. Se detiene en la puerta con la mano en el pomo, una fina línea de luz blanca se le refleja en la espalda y en la pierna. Tiene la cara girada y veo cómo abre y cierra la boca, como si quisiera decir algo y, aun así, y como una tonta, mi corazón se aferra a lo que no dice.

—Nos vemos dentro de una semana, Zoe.

19

El viaje a Japón se ha llevado parte de la presión. No podía hablarle a Henry de Caroline si a) apenas nos hablamos y b) se ha marchado del país. Tal vez. ¿Quién sabe? He decidido no preocuparme por eso. Ha empezado a hacer calor de repente, estamos rozando los treinta grados, y hoy todo el mundo habla de eso. El vecino de Cash, el empleado de la gasolinera, incluso Cash. Yo voy a ver a mi madre por primera vez en mi vida y lo único que puedo pensar es si se parecerá tanto a mí como en la foto. ¿Tendrá el peculiar hábito de tirarse de la oreja cuando está nerviosa? ¿Se morderá la cutícula del pulgar? Aun así, de lo único que hablo es de la temperatura y la humedad. «¡Dicen que mañana será aún peor!» Incluso a pesar de oírme decir las palabras, no puedo imaginarme el día de mañana.

Cogemos el metro hasta Queens y vamos caminando hasta la casa de la madre de Cash desde la estación. La casa en la que creció es de madera, está achatada por los lados como si alguien hubiera intentado cogerla con las manos. En la calle hay otras construcciones similares con distintos grados de lobreguez y, sin embargo, tienen flores en las macetas de las ventanas (algunas son de plástico) y banderas americanas viejas (aunque sin desgarrones) izadas en mástiles (de los que están derechos, no esa versión del mástil típica de los suburbios que cuelga con desenfado del poste del porche con un gato sonriente xerografiado que te desea un día fabuloso). Los jardines de césped están pelados, con parches secos, pero se mantienen.

En casa de su madre no hay nadie. Está trabajando, me dice, es recepcionista en la consulta de un médico, y yo asiento. Cash hace un gesto con la mano y murmura algo sobre el vecindario, que antes era mejor. Las personas de clase media siempre se sienten así cuando están en compañía de personas ricas: tienen la necesidad de disculparse. Estoy acostumbrada a que me den excusas, a las explicaciones. La verdad es que nunca sé qué decir. El dinero que tengo no es mío. Cash y yo somos iguales. Pero decirlo negaría el privilegio que viene acompañado de la influencia de Henry. Así que asiento y sonrío. Nos subimos al viejo Honda de Cash y nos dirigimos al norte por la I-87.

La ciudad desaparece y Cash pone la radio, una emisora en la que suena una música que no he escuchado nunca. Me pregunto cómo es posible que tenga treinta años y no conozca la música pop actual. Lydia alucinaría. En nuestro piso de Hoboken nunca había silencio, siempre sonaba música punk, rock *hardcore* y, a veces, la última canción de Pink. Lydia vivía por y para la música. Ritmos potentes, duros y cañeros para los sábados, y jazz suave para las resacas de los domingos. El último año de mi vida ha estado marcado por el silencio.

204

—¿Qué le vas a decir?

Cash baja el volumen de la radio.

—No tengo ni idea.

Me encojo de hombros.

—¿Qué quieres de ella? ¿Una madre?

Evita mi mirada mientras tamborilea un ritmo suave en el volante.

—No —me apresuro a contestar. Tal vez—. ¿Sabes lo que es no tener a nadie?

—Tienes a Henry.

—Henry no está. Está en Japón. Ni siquiera sabía que se marchaba.

—En la gala benéfica erais la pareja modélica.

Parece que la gala se celebrara hace un millón de años. Éramos la pareja modélica entonces, cuándo fue eso, ¿hace dos semanas? Recuerdo sus manos paseándose por mis hombros, abrochándome el diamante y luego quedándose allí, reticentes a separarse. Todo ha ido cuesta abajo desde la gala. Molly McKay y Gunther Rowe. El extraño comportamiento de Henry, sus cambios de humor y sus arranques violentos. No puedo conectar a ese hombre con el Henry que recuerdo. Pero ahora, alejada de Henry y de Lydia sin la presión de ser una persona o la otra, la transformación es un poco más clara. El día que Henry sugirió con delicadeza que un *piercing* en la nariz era juvenil. «Eres demasiado guapa para esas artimañas de adolecente. Como si tuvieras trece años y quisieras hacer enfadar a tu madre.» Me lo quité porque tenía veintiséis años y me sentí como una tonta. De todos modos me lo puse por impulso, por influencia de Lydia, así como mi nuevo pelo corto con las puntas de color magenta. *Piercings.* Intentos de esconderme pero, al mismo tiempo, de descubrir en quién iba a convertirme con la ayuda de Lydia, tanto si ella lo sabía como si no. Aquella noche me lo quité, lo escondí debajo del collar de zafiro que me regaló como sustituto para mi joyero.

O quizá fuera por cómo cogió mi pelo corto puntiagudo entre los dedos índice y pulgar: «Qué color más bonito, ¿es natural? Estoy seguro de que te quedaría magnífico si te lo dejaras crecer». Comentarios sutiles aquí y allá acerca de mi ropa, decía que reflejaban mi espíritu pero no mi inteligencia.

205

Y entonces llegaron las hordas de regalos, cachemir, seda, Versace y Donna Karan. Tejidos gruesos y ricos. Me plantaba ante el armario y me acercaba la finísima seda a la mejilla, como si fuera la mantita que un niño lleva a todas partes. Telas que ni siquiera sabía que existían, por no mencionar que no las había comprado en mi vida, de colores vivos e intensos. De repente mis económicas faldas escocesas y mis camisetas con encajes parecían infantiles. Baratas. Evelyn decía que una tarda una eternidad en transformarse en la persona en la que se convertirá. Mientras yo estaba de pie delante de mi armario, frente a toda aquella increíble elegancia, ella me susurraba al oído.

Entonces, poco a poco, empecé a llevar la ropa que me compraba Henry a la floristería. Luego la llevaba siempre. Al final acabé metiendo todas mis cosas viejas en una bolsa y se la di a Penny para que la donara a Goodwill, y seguí haciéndolo hasta que desapareció el ultimo rastro de mí. En aquel momento no me dio pena; las partes de mí que estaban viejas, maltrechas, desgarradas y raídas desaparecían metidas en bolsas de plástico. Las mejores partes de mi vida estaban por llegar. Hemingway dijo en una ocasión que la ruina llega «gradualmente, luego de repente». Quizá fuera así como me convertí en la esposa de Henry.

—No eres la misma persona —se mofó Lydia un día mientras procesábamos las flores, dividíamos los tallos con los dedos, cortábamos las puntas al bies con nuestros cuchillos, podábamos las hojas.

—Nadie es la misma persona para siempre. Las personas que se estancan son aburridas.

Me puse a la defensiva.

—¿Estás diciendo que estoy estancada? ¿Que soy aburrida?

Dejó de cortar y me miró fijamente, tenía las aletas de la nariz dilatadas, como un caballo enfadado a punto de encabritarse.

—No. Estoy diciendo que yo estaba aburrida. Conmigo misma.

Tiré una cinia larguirucha en el cubo de acero inoxidable lleno de agua que tenía más cerca.

—Pero lo que en realidad estás diciendo es que te aburres con nosotros.

Javi estaba detrás de Lydia con los brazos en jarras.

—¿Vendrás al espectáculo de Paula luego? —Javi formuló la pregunta haciendo una mueca sarcástica. Paula, la pareja de Javi, tocaba el bajo en un grupo punk en el sótano de un bar los martes por la noche. Pero aquella noche Henry tenía entradas para ir a la ópera. Levanté los codos y abrí la boca, incapaz de verbalizar el rechazo—. Sí. Ya imaginábamos que no.

Se dio media vuelta y se marchó enfadado.

Yo me encogí de hombros mirando a Lydia como diciendo: «¿Qué le pasa?».

Ella hizo una mueca.

—En esto estoy con él, Zo. Eres demasiado… algo para nosotros.

Cerró el cuchillo y lo lanzó, con un chasquido, sobre la mesa de acero inoxidable.

Aquella noche Henry me tranquilizó, me aseguró que sí, yo había cambiado un poco, pero sí, eso era bueno.

—La vida es así, Zoe. Nadie es siempre la misma persona.

Entretanto yo resoplaba entre lágrimas. Sinceramente, ¿cuántas personas podía llegar a ser alguien?

Ahora que estoy sentada en el caluroso coche de Cash, con las ventanas bajadas, el cálido aire de treinta grados acariciándome las mejillas, no puedo evitar preguntarme si estaré destinada a convertirme en otra persona más. Parece imposible que esta noche vuelva a casa siendo la misma Zoe que salió del piso esta mañana.

Cash sale de la autopista y se interna por un intrincado laberinto de calles suburbanas. El cartel que hay en el lateral de la carretera reza: «Bienvenidos a Danbury». Parece un buen lugar para vivir: patios delanteros llenos de árboles con construcciones de madera para niños, senderos serpenteantes con SUV brillantes o BMW negros. Hace un rápido giro a la izquierda y aparca el Honda detrás de un Audi azul marino. El reloj del salpicadero marca las 10:55.

—Hemos llegado.

207

Estoy detrás de un felpudo de coco donde hay una copa de vino dibujada y las palabras «¡Bienvenido! ¡Espero que hayas traído vino!» en unas divertidas letras ladeadas. En el porche hay dos mecedoras, pero son decorativas, no sirven para sentarse, como evidencia la gruesa capa de polvo y polen que cubre los asientos. La casa es grande e imponente, una mezcla de revestimiento amarillo brillante y fachada de ladrillo. En los jardines crecen cipreses y arbustos podados en forma de esferas impecables.

La puerta se abre antes de que llame al timbre. Caroline me mira y parpadea dos veces, como si yo fuera un mensajero de FedEx sin paquete.

—¿Quién está en el coche?

Entorna los ojos hacia el camino.

—Yo, em, le he pedido a un amigo que me trajera, pero cree que deberíamos hablar a solas.

Cambio el peso de pierna y me subo la correa del bolso por el hombro. Aprovecho la oportunidad para mirarla a la cara:

tiene la piel lisa, con un mínimo atisbo de patas de gallo en los ojos. Es posible que parezcamos de la misma edad.

Abre un poco la puerta y me hace gestos para que entre. El vestíbulo es enorme, de techos altos, con una lámpara de araña imponente. Cierra la puerta deprisa y en silencio a mi espalda.

—Podemos sentarnos aquí.

Me roza al pasar por mi lado y la sigo hasta un salón. Los ventanales se extienden desde el suelo hasta el techo y la estancia está llena de luz. La alfombra es blanca, los muebles también. Entorno los ojos.

Se sienta delante de mí y las dos nos miramos con curiosidad. Está un poco más delgada que yo, casi esquelética, y viste unos vaqueros y una camiseta de manga larga muy grande. Lleva el pelo largo, es tan brillante y espeso como el mío, pero lo lleva recogido en una cola baja justo en la nuca. Tenemos los ojos del mismo tono cerúleo pálido, la misma nariz larga pero un poco grande. El mismo labio superior delgado y curvo, el inferior carnoso.

—Tenemos poco tiempo. Tengo una cita. —Dirige los ojos al reloj del fondo y vuelve a mirarme. Se coge una pelusa imaginaria de los vaqueros—. Has conservado tu nombre. Me parece que no fue cosa de Evelyn.

—No. Ella me llamó Hilary. Me lo cambié a Zoe cuando me trasladé al este.

Parece sorprendida.

—¿Por qué?

—Emm… por algún motivo me pareció más sencillo que elegir un tercer nombre, supongo. Estaba escapando de mi pasado. Es una larga historia.

Observo la habitación, blanco, cristal y elegantes piezas de arte negro. Todo es muy frío.

—Zoe, ¿ahora estás en apuros?

Su expresión es tan intensa que casi me dan ganas de ponerme a reír.

—¿Apuros? No. —Me seco el labio superior con delicadeza usando el dedo índice—. Estoy casada. Con Henry Whittaker, ¿le conoces?

Niega con la cabeza.

—¿Debería? ¿Es famoso?

—En ciertos círculos.

La conversación es tan banal, tan civilizada, que parece que esté hablando con la cajera del banco. Entonces me quedo sin palabras y el silencio parece apoderarse de la estancia. No sé qué hacer con el bolso. Me lo pongo encima del regazo, pero me siento muy remilgada, así que me lo llevo a un lado y lo meto entre mi cuerpo y el reposabrazos de piel blanca del sofá. Dentro puedo ver que en mi teléfono hay un mensaje en espera de Cash. «¿Va todo bien?»

—Zoe. ¿Qué quieres de mí?

Levanto la cabeza. ¿Por qué todo el mundo me hace la misma pregunta? Cash, Lydia y ahora Caroline.

—Saber, supongo. Una amistad, con suerte. Una reunión para recordar si no la tengo. Supongo que estoy pasando por una especie de crisis de identidad.

Me sorprende la verdad de lo que he dicho teniendo en cuenta que no lo había pensado exactamente así antes.

Se inclina hacia delante y me apoya la mano en el brazo. Tenemos las mismas manos, los dedos largos y delgados, las uñas cortas.

—No podemos tener una relación, Zoe. Te voy a contar una historia, no para lastimarte ni asustarte, sino porque es la verdad y he llegado a aceptarla. ¿Te apetece un vaso de agua?

Asiento y ella se levanta para ir a buscarlo. Cuando sale de la sala aprovecho para fisgonear en la habitación contigua, que contrasta radicalmente con la esterilidad del salón donde estoy. Está muy decorada, con cálidos tonos de marrón, y hay juguetes y cuentos infantiles tirados por el suelo. Han arrancado uno de los cojines del sofá y está torcido en el suelo.

—No tengo limón.

Vuelve a entrar, me da el vaso y se sienta en el borde de la silla de piel blanca, enfrente del sillón donde estoy sentada. Se alisa los vaqueros con las palmas de las manos. Tiene pose de bailarina, derecha y segura.

—Bueno, la historia. Cuando tenía diecisiete años, me enamoré de un chico llamado Trout Fishman. No es su verdadero nombre, claro, se llamaba Troy. Pero todo el mundo lo llamaba Trout. ¿Lo coges? ¿Fishman?[4]

Asiento como lo haría cualquiera que acabara de enterarse de que a su padre lo llamaban Trout Fishman.

—Bueno, él tenía un grupo, tocaba la batería y tenía un hoyuelo en la barbilla. Esos hoyuelos tienen algo, ¿verdad? —Cuando ve que no contesto tose y prosigue—. Nos conocimos como es habitual y empezamos a salir. Le quería, probablemente más de lo que me quería a mí misma, pero me parece que eso es normal cuando estás en el instituto. Era un buen chico, no se metía en líos. Hasta que dejó embarazada a su novia.

Guarda silencio y, por un momento, se me ocurre que él estará por ahí en alguna parte. Otra conexión, otro hilo. Alguien más a quien encontrar.

—Al principio se formó el clásico drama. Nuestros padres lloraron, los chicos del colegio rumoreaban. Pero yo no era la primera chica que se metía en líos y Dios sabe que no sería la última. Nuestros padres hablaron de ayudarnos para que pudiéramos acabar el instituto, quizá incluso ir a la universidad pública. Trout estudiaba electricidad en un instituto de formación profesional. Estábamos emocionados. Pero no siempre. Una noche, nos peleamos. Yo me sentía insegura, tenía la sensación de que intentaba atraparlo. Yo era una carga. Estaba de siete meses y muy hormonada. Desapareció detrás de un portazo y fue a desahogarse con sus amigos. Acabó en casa de un drogadicto, un chico con el que no hablábamos en el colegio porque estaba perdido. Pero lo cierto es que yo era una embarazada adolescente, ¿cómo podía juzgarlo? Ese chico le dio un puñado de pastillas de metacualona y le dijo que acabarían con todas sus preocupaciones. ¿A un niño de diecisiete años que se enfrentaba a la paternidad, con una novia hormonada y sin trabajo? No podía haberle dicho nada más perfecto. Trout se tomó todas las pastillas de golpe. Se rieron, pensaron que iría por ahí tambaleándose contra las paredes, por aquel entonces no se sabía que te podían matar. Eran los ochenta. Pero resultó que Trout tenía el corazón débil. No pudo soportarlo. Sufrió un

4. *Trout* significa trucha en inglés y *fishman,* pescador.

ataque al corazón aquella noche. Entró en coma y murió una semana después.

Y entonces la idea de un padre se esfuma. La sorpresa debe de reflejarse en mi cara porque ella calla un momento para tomar un poco de agua, se humedece los labios secos y pierde la mirada en una esquina. A lo lejos, en la cocina imagino, suena un teléfono. Una vez, dos, y salta el contestador. Ella no contesta.

Cuando por fin prosigue, su voz es seca.

—Se me rompió el corazón. Supongo que es natural en una adolescente embarazada. Mis padres no sabían qué hacer conmigo. Dejé de ir a la escuela, no salía de mi habitación. El parto fue un infierno. Estaba muy enfadada, nunca me he sentido así, ni ahora. ¿Puedes entenderlo?

Asiento, pero no puedo. Nunca he estado embarazada, nunca he dado a luz. El amor que una madre debe sentir por un hijo es incomprensible para mí, está fuera de mi alcance. Una idea desconectada de cualquier emoción real arraigada.

—Después de dar a luz empecé a consumir drogas yo también. Admito que no tuvo sentido. Era una persona distinta. ¿Has dicho que huiste de tu pasado? Es lo mismo que hacía yo. No me cambié el nombre, pero hui. Deambulé por el país. Los trabajos no me duraban, me arrestaron unas cuantas veces. Me enganché a la heroína. Fui a rehabilitación, encontré a Dios como se suponía que debía hacer, conocí a Ronald un día en la iglesia.

—¿Ronald?

—Ah. Es mi marido. Está trabajando. Es contable. Tenemos un hijo, Benjamin. Ahora está en casa de la madre de Ronald. No quería que estuviera aquí durante… esto. —Hace un gesto con la mano entre nosotras, como si «esto» fuera algo horrible. Yo soy su primer intento fallido de ser madre. La rabia se me clava en el pecho con fuerza y sin previo aviso—. Ronald no conoce todos los detalles sobre mi pasado. Sabe que estuve en rehabilitación, pero no sabe lo terrible que fue. No sabe que fui vagabunda, una indigente. No sabe que había sido madre. ¿Entiendes?

No para de pedirme que comprenda y que entienda. Quizá

debería ser más indulgente, menos crítica, tranquilizarla. Pero no puedo. Debería ser más tolerante, nuestras historias son sorprendentemente paralelas. Me imagino asintiendo con compasión, quizá tocándole el brazo, «lo entiendo», chasqueando la lengua con suavidad, y quizá esa sería la clave. Ella me volvería a invitar, me ofrecería café, descubriría que durante todos estos años lo único que ella necesitaba era desahogarse y ahora yo estoy aquí. Oportunamente. Me convertiría en una especie de amiga por casualidad, un secreto escondido, casi arcano. La imagen es romántica, como una aventura amorosa.

Sus líquidos ojos azules me miran implorantes, son idénticos a los míos, me suplican para que desaparezca sin más. Sigue divagando, como si estuviera hablando para sí misma.

—Ya hice esto una vez y fue suficiente, ¿de acuerdo? Una no puede pasarse la vida dando explicaciones.

La interrumpo.

—¿Y qué relación tenías con Evelyn?

—¿Evelyn? Ah, era prima de mi madre. Hablaron algunas veces antes del nacimiento, pero me quedé tan destrozada después que mi madre no sabía qué hacer. Supo que Evelyn y su marido, Dios, ni siquiera recuerdo su nombre, Tom, ¿no? —Da unos golpecitos en el borde de la mesa con la uña, reflexiva. No le digo el nombre, en parte porque no quiero desviar la conversación. Se llamaba Tim, era un hombre alto y oscuro al que apenas recuerdo. Pelo negro, colonia Old Spice. Niega con la cabeza—. Bueno, da igual. Mi madre había oído que querían adoptar. No sé cómo ni en qué contexto. Una de las noches malas, justo antes de que yo me escapara, mi madre la llamó. Le suplicó. Al principio Evelyn no quería, dijo que entre familia las cosas podían complicarse. Quería un bebé al que poder darle su amor, que fuera solo suyo. No quería perderlo después, ya me entiendes. Supongo que esas cosas pasaban, adopciones que fracasaban. Tuvimos que prometer que no te buscaríamos. Que Evelyn te lo explicaría cuando considerara que había llegado el momento.

Aprecio la sencillez de su bondad. A pesar de su frío comportamiento, no tiene por qué hacerlo, explicarme que las dudas de Evelyn fueron por amor, no por rechazo. Por encima de todo es una mujer consciente.

212

Se yergue, cruza los brazos en un gesto protector.

—¿Cómo está tu madre?

—Está muerta. —Mi tono es seco y cierro los ojos—. ¿No lo sabías?

Se le congela el rostro, abre mucho los ojos.

—No. Nosotros… la familia se separó después. Tras la muerte de mi madre. Hubo un tiempo en que se habló de una reunión…

La página web genealógica. Cuando era pequeña, recuerdo haberle preguntado a Evelyn por mi familia. Los demás tenían primos, celebraban grandes barbacoas el Cuatro de Julio y se iban de vacaciones, mantenían discusiones dramáticas y tenían personas a las que llamar cuando se les estropeaba el coche o necesitaban que les prestaran cien dólares. Eso era lo que veía por televisión. En aquel momento, ella frunció el ceño, negó con la cabeza. «Solo nos tenemos la una a la otra, colega.» Ahora me pregunto si ella lo prefería de esa forma. ¿Para protegerme o para poder conservarme?

Caroline se inclina hacia delante, noto su aliento cálido en la mejilla. Me observa con atención, estamos tan cerca que podríamos tocarnos. Pero no lo hacemos.

—Escucha —dice—. Nadie quería haceros daño. Todo pasó muy rápido, y yo apenas era consciente de nada. Pero tienes que entenderlo. Mi madre pensó que, si lo hubiera sabido, se habría echado atrás. Ella no sabía que erais dos. Pensó que no os querría a las dos. Sé que no fue la mejor decisión, pero tienes que entender…

Se me acelera el corazón. ¿Dos?

—¿A las dos?

Se lleva la mano a la boca y por entre esos largos y delicados dedos oigo:

—Creía que lo sabías. Pensaba que así era como me habías encontrado. Ella sabe que existes. Había dado por hecho que ella te había enviado aquí.

—¿Quién? ¿Quién me había enviado? ¿Quién es ella?

Mi boca no deja de hacer preguntas de las que mi cerebro ya conoce la respuesta.

—Tuve gemelas, Zoe. Tienes una hermana.

20

—No lo entiendo —digo—. ¿La conoces? ¿Dónde está?

Vuelvo la cabeza como si fuera a aparecer por arte de magia en el salón. Me tiemblan las manos y tengo el corazón acelerado.

—Creo que vive en Brooklyn con sus padres. Estuvo aquí, veamos, quizá haga tres o cuatro años. Ella sabe que existes. Se lo conté, pero ya lo sabía. Sus padres adoptivos…

Caroline abre las palmas de las manos y deja que yo imagine la información que falta. «Evelyn no lo sabía todo.» ¿Por qué?

Inspira hondo y se levanta.

—Se llama Joan, pero espera, te daré toda la información. —Sale del salón casi de puntillas, está nerviosa. Ha tenido la conversación bajo control hasta este punto, pero ahora está inquieta. Impaciente. Vuelve un escaso minuto después con una tarjeta. Se detiene delante de mí y pasa los dedos por encima de las palabras antes de entregármela—. No mantuvimos el contacto. Es toda la información que tengo.

Tiene unos ojos enormes y la piel pálida. Es guapa mi madre. Me parezco a ella, pero solo en algunas cosas. En persona nuestras diferencias son evidentes. Yo soy una caricatura de ella, a mí me dibujaron con un rotulador, mis rasgos son marcados y firmes. Su dibujo tiene un toque artístico: trazos suaves y sombras delicadas.

—Es como yo, nerviosa. Yo me medico, ¿tú también? ¿Es genético? Fue interesante, sus gestos se parecían mucho a los míos. Tú no te pareces tanto.

Me observa y agacho la cabeza, miro la tarjeta, las palabras se emborronan cuando se me nubla la vista.

El nombre de mi hermana y su dirección en Brooklyn están escritos de forma inconexa, con palabras tumbadas hacia un lado y luego hacia el otro. Joan Bascio. Miro a Caroline de forma inquisitiva.

—Puedes quedártela. La he copiado.

Mira la silla, como si no fuera capaz de decidir si debería sentarse o si la conversación ha terminado, y acaba cerniéndose un poco sobre mí, encorvada y nerviosa, como una paloma de Bryan Park.

—Si Evelyn lo hubiera sabido, se habría quedado con las dos —digo con seguridad—. ¿Por qué no lo sabía?

Evelyn era la persona más maternal que he conocido. Su necesidad de cuidar de mí fue una constante en mi infancia, cada vez que me torcía el tobillo cuidaba de mí como si fuera una enfermera de guerra. Me curaba a conciencia cada corte y arañazo con alcohol. A pesar de estar tan poco preparada y ser tan dispersa, compensaba su falta de preparación a base de preocupación. Su preocupación era infinita. Cualquier lobo solitario, un niño perdido, los cachorros sin hogar. Ella adoptaba cualquier cosa que anduviera perdida.

Cuando yo tenía dieciséis años, me rompí la muñeca, fue una fractura muy leve. La había estado ayudando a limpiar los edificios de la facultad de Berkeley al salir del colegio, uno de sus muchos trabajos parciales. Habíamos cogido el tren desde Richmond hasta la universidad y entrábamos y salíamos del edificio de administración como ratones silenciosos. Yo me había subido a una silla e intentaba limpiar el polvo de una lámpara que colgaba del techo de una sala de conferencias. Cuando me caí, ella gritó más fuerte que yo.

En urgencias yo pasaba el rato leyendo y soñando despierta para no pensar en el dolor. Evelyn aguardaba en silencio, básicamente preocupada por la factura, su cabeza no dejaba de repasar los continuos copagos y cualquier cosa desgravable y los comparaba con los balances de las cuentas corrientes y el sueldo. Procesaba las cifras como una cinta de teletipo. Una chiquilla, más o menos de mi edad, paseaba al fondo de la sala. Horas después, con el brazo curado y metido en un grueso yeso blanco, salí de nuevo al vestíbulo cruzando las enormes puertas dobles y la chica seguía allí. Estaba sentada en el suelo con la espalda pegada a la pared y tenía la cara llena de chorretones de rímel. Evelyn apretó los dientes, se acercó a ella, y, tras una corta conversación entre susurros, la trajo consigo. «Esta es Rachel, se viene a cenar con nosotras.» Lo dijo con tal seguridad que ni Rachel ni yo nos atrevimos a discutírselo, a pesar de que Evelyn y yo habíamos comido perritos calientes y alubias tres noches seguidas. No tuve el valor de preguntarle qué íbamos a cenar. Comimos lo que Evelyn pudo encontrar, algo blanco y misterioso que sacó del congelador, mezclado con verduras de lata, y luego llevó a Rachel a casa. Cuando volvió tenía los ojos rojos de haber estado llorando, pero nunca me explicó por qué. Cuando la presioné, solo me abrazó y me dijo que éramos afortunadas. «Esta casa, la carne misteriosa y todo lo demás. Somos afortunadas.»

Era imposible que Evelyn pudiera saber que existía otro bebé y lo rechazara.

—Ella no tenía ni idea de que había dos bebés. No se habría quedado con vosotras. No se podía permitir dos hijas, era imposible. Si lo hubiera sabido, no te habría adoptado. —Se pasa la palma de la mano por la frente como si se la masajeara para aliviar un dolor de cabeza—. Ya sé que ahora suena fatal. En aquella época yo solo sobrevivía. Todo era un desastre, pero estaba demasiado mala como para preocuparme. Mi madre encontró otra persona interesada en adoptar y se llevó a tu hermana. Todo se hizo de forma privada, a través de una agencia. —Al final se sienta en el borde de la silla, cruza las piernas, tiene las rodillas huesudas y las pantorrillas escuálidas—. Mi madre siguió pendiente de las dos durante mucho tiempo. Entonces Joan vino a verme.

La insinuación es evidente: Caroline no estuvo pendiente de nosotras.

—Entonces ¿todo el mundo sabía que tenía una hermana menos Evelyn y yo? Ella lo sabe. Tú lo sabías. ¿Nosotras éramos las únicas que no lo sabíamos?

Dejo el vaso de agua con fuerza encima del cristal de la mesa.

—Bueno, no puedes entenderlo si no lo has vivido. Después

creo que Joan quería buscarte a su debido tiempo. ¿O quizá lo intentara y no te encontrara?

Sí, eso tenía sentido. Hilary Lawlor se convirtió en Zoe Swanson, luego Whittaker. Un detective aficionado podría perder la conexión.

—Pero ¿tú no lo intentaste? Para ayudarla, quiero decir.

—No me lo pidió. Le expliqué lo que sabía, que no era mucho.

Aprieta el brazo de la silla con la yema del dedo y evita mi mirada.

Guardo silencio.

—Zoe, hay algo que deberías saber. —Alarga el brazo por mi lado para descorrer la cortina de la ventana y por un segundo puedo oler su champú, su gel de baño. Está tan cerca que podría inclinarme y darle un beso en la mejilla—. No debería contarte esto, pero alguien me llamó. —Baja la voz—. Creo que era un hombre, no lo sé con exactitud. Pero alguien está vigilándome, o quizá a ti. —Entonces me toca, noto su mano fría sobre el hombro—. Me amenazó. Me dijo que te dejara en paz.

—¿Quién era? ¿Quién te llamó?

Estoy muy confundida.

Extiende las manos con las palmas hacia fuera y niega con la cabeza. «No lo sé.»

—Tengo un hijo. Tiene seis años. Yo tengo cuarenta y seis. Se suponía que no iba a nacer. Lo intenté durante años, sin éxito, y la verdad es que creí que estaba siendo castigada por lo que había hecho. A ti. A tu hermana. Por abandonaros, por haber sido tan egoísta.

Me quedo pensando en sus palabras: «Tengo un hijo». Mi mente le contesta con sarcasmo: «No, tienes tres hijos». Pero la verdad es que no la veo como mi madre, ¿por qué iba ella a verme como su hija? Porque ¿no debería una persona recordar siempre a sus hijos? Yo nunca tuve el lujo de olvidar a una mujer a la que no conocía, la imagen imprecisa de una madre, básicamente inventada o salida de Polaroids amarillentas de las viejas amigas de Evelyn que encontré en su armario. Las pasaba una tras otra como si estuviera mezclando una baraja de cartas, las manoseaba con avidez, hasta que las caras de las mu-

217

jeres acababan cubiertas de huellas minúsculas. Siempre me pregunté si alguna de ellas sería mi madre biológica. Nunca me atreví a preguntarlo.

Caroline nos olvidó con facilidad. La prueba está justo aquí: «Tengo un hijo».

Entonces me doy cuenta, su nerviosismo, sus reticencias a hablar conmigo. Tiene miedo. Pero también quizá, solo quizá, se sienta aliviada. Tomaron la decisión por ella, ¿quién puede culparla?

Me levanto.

—Pero lo hiciste. Hablaste conmigo. ¿Por qué?

Trago saliva. De repente tengo ganas de llorar, siento una punzada en la garganta.

—Te lo debo. Se lo debo a Evelyn. Supongo. A Joan. Lo siento, tanto si me crees como si no.

Se mece sobre los talones.

—Tengo que irme.

Pienso en Cash, que me está esperando en el coche. En el hombre anónimo y sin rostro que amenazó a Caroline. En cómo después se pasará toda la noche vigilando tras las cortinas. Me cuelgo el bolso en el hombro, se balancea y tira el vaso de agua medio lleno. El agua resbala por los bordes de la mesa, gotea en el suelo y se desliza hacia el sofá de piel. Reprimo la necesidad de disculparme. Caroline alterna la mirada entre mi rostro y el charco y sé que es incapaz de decidir cuál es el peor desastre de los dos.

Se levanta, como acartonada, con los ojos cerrados.

—Zoe —dice en voz baja.

Me levanto expectante, como una estúpida, esperando algo, un abrazo, una disculpa, un gesto de amabilidad. Amistad.

—No vuelvas a venir.

Me subo al asiento del pasajero y cierro de un portazo. Cash había reclinado el asiento y se despierta sobresaltado. Se frota los ojos.

—¿Ya está? ¿Qué ha pasado?

Vuelve a poner bien el respaldo.

—Alguien la ha amenazado —espeto. Ladea la cabeza, confundido. Cojo la tarjeta con la información sobre Joan y se la planto en la cara—. Y también tengo una hermana.

Si está sorprendido, no se le nota en la cara. Se limita a asentir.

—¿Ya lo sabías? —le pregunto.

Niega con la cabeza.

—No, Zoe. Lo juro. No tenía ni idea. —Gira la llave en el contacto y recula despacio por el camino de entrada. Mira hacia delante, tiene los ojos pegados a la carretera—. ¿Qué ha pasado con Caroline?

—Es una zorra. —Lo digo con fuerza, en parte porque estoy tirando del cinturón, que se acaba soltando, pero la palabrota me sale con facilidad y me siento bien. Incluso cuando lo digo sé que no es del todo cierto. Entonces se me ocurre pensar una cosa: ¿las cosas habrían sido diferentes si no hubiera existido esa llamada amenazadora? No mantuvo el contacto con Joan—. Tiene una vida nueva. En la que yo no encajo, tenías razón. ¿Eso es lo que quieres oír? —espeto, y me siento con los tobillos cruzados.

—No. Zoe, esperaba equivocarme. Lo sabes, ¿verdad? ¿Qué te ha dicho?

Se revuelve incómodo mientras pone el coche en movimiento.

—Cash, recibió una llamada. Alguien la amenazó para que no hablara conmigo.

Estamos parados en un cruce y se vuelve para mirarme con la boca abierta.

—¿Qué? ¿Quién la llamó?

—No tengo ni idea. —Me encojo de hombros—. Eso es lo raro. ¿Mi hermana Joan? Ella sabe que existo. Encontró a mi madre, a nuestra madre, ¡hace tres años! Evelyn no tenía ni idea de que Joan existía. Todo esto es un desastre.

—Admito que es raro. —Se frota la barbilla—. ¿La buscarás? ¿A Joan?

—No tengo que buscarla. Caroline me ha dado su dirección.

Le vuelvo a enseñar la tarjeta y bloqueo su vista de la carretera. La aparta.

—¿Y qué hacemos ahora?

Lo pienso un momento.

—¿Sinceramente? Quiero encontrar a Joan. Quiero conocerla.

—¿Ahora?

Me mira esbozando una sonrisa ladeada. La ira que siento es como una ola del océano, a veces enérgica y sobrecogedora, otras retrocede y se calma. Observo cómo doblamos la esquina de la calle de Caroline y su casa desaparece. Siento una pequeña punzada de temor: ¿quién la llamó? Entonces se me ocurre una locura, ¿me habrá mentido?

—Sí. ¿Sería muy terrible? ¿Aparecer sin más? —me pregunto en voz alta.

—Tal vez. Deberías llamarla primero.

Reflexiono un momento, pienso en qué me importa más. La tranquilidad de mi hermana o mi creciente y desesperada necesidad de verla. Conducimos en silencio, nos internamos en la I-84 W, y de repente mi madre desaparece. Fuera cual fuera la conexión que había tenido, se disuelve y reflexiono sobre ese sentimiento, repito las palabras mentalmente. Lo exploro, igual que cuando te encuentras un agujero en la boca con la lengua donde antes había un diente. No sé si me importa. Una pequeña parte de mí se preocupa por ella, esa amenaza entre susurros, por ella, por su hijo pequeño y su marido el contable.

—Gracias por acompañarme. Esto tiene que ser muy aburrido para ti.

Evito sus ojos mirando fijamente los arboles que pasan de largo junto a la ventana del pasajero.

—¿Estás de broma? Ya te lo he explicado, pero las noticias que cubro a diario no tienen ninguna emoción. Esto es interesante, Zoe. Me recuerda a cuando estaba en Texas. —Da unas palmaditas en el volante—. ¿Quién llamó a Caroline? ¿Quién podría tener algún interés en amenazarla?

Pienso en el allanamiento. En el coche que se saltó el semáforo. En la abrumadora sensación de que estoy subida en una especie de tren a la fuga. Que toda mi vida —el piso del ático, el matrimonio perfecto, el dinero y la seguridad— está a punto de venirse abajo delante de mis narices. He sido demasiado confiada, y eso nunca queda impune. He tenido demasiada suerte, ha sido demasiado casual. Está ocurriendo algo, está borbotando justo debajo de la superficie, y no sé lo que es.

—¿No te preguntas por qué no te habrá llamado? —pregunta con serenidad.

—¿Quién, Joan? Debe de tener sus motivos —digo un tanto vigorosa intentando imaginar cuáles serán esos motivos—. Quizá tenga una familia, o una relación complicada o, en general, una vida ocupada. Tal vez sea una alta ejecutiva que trabaja en publicidad, o trabaja por las noches para poder llegar a fin de mes. ¿Quién sabe? Podría haber miles de motivos. Las personas suelen creer que tienen todo el tiempo del mundo para hacer las cosas. Hay un montón de «algún día» teóricos.

—Es verdad.

Me mira alzando una ceja.

—Tú no lo crees —digo, pero se limita a encoger los hombros.

—¿Quién llamó a Caroline?

Vuelve a eso. Me palpita la cabeza; estoy tan cansada. Joan y Caroline y una amenaza que alguien susurró por teléfono. Es demasiado.

Examino su perfil, su nariz larga y recta, sus ojos verdes claros e inteligentes con ese brillo compasivo, su piel, áspera y rugosa, probablemente debido a haber pasado demasiados días bajo el sol de Texas investigando el último escándalo político.

—No sé nada sobre ti —digo, y me doy cuenta de que es cierto.

—Nunca me has preguntado nada —contesta Cash esbozando una sonrisa ladeada, y me lanza una mirada rápida.

Noto cómo me ruborizo. Tiene razón, no lo he hecho.

—Nuestra amistad empezó porque estabas escribiendo un artículo sobre mí. No da mucho pie para una conversación a dos bandas.

Me estoy justificando. Nuestra amistad, si se puede llamar así, ha estado vergonzosamente centrada en mí.

Se ríe.

—*Touché*. Pues pregunta, te contestaré.

—¿Cómo acabaste en la costa este?

Se revuelve en el asiento y ladea la cabeza.

—Directa al grano, ¿eh?

—¿Ah, sí? Pensaba que era una pregunta fácil.

Sonrío.

—Sí, bueno, no lo sabías. Pues yo estaba comprometido. Se llamaba Mary. Nos conocimos en un partido de los Astros, en realidad era el quinto partido de la NLCS de 2005. —Tose y se remueve incómodo en el asiento del conductor—. Yo estaba sentado detrás de ella y todos estábamos de pie y saltando porque Berkman acababa de anotar un *home run*. Y un capullo chocó contra mí y vertió toda mi cerveza por la espalda de Mary. Se dio media vuelta y me miró. Yo tenía el vaso de cerveza vacía en la mano y ella me tiró el daiquiri a la cara. «¿Quién se toma un daiquiri en un partido de béisbol?» Creo que dije exactamente eso. La invité a otro en señal de paz.

Mientras explica la historia adquiere una divertida expresión distante y pienso en todas las formas que ha utilizado Cash para mantener las distancias. Aunque soy una mujer casada, estoy convencida de que no habría actuado de forma distinta si no lo estuviera.

—Yo nunca he ido a ver un partido de béisbol.

—¿Nunca? ¿Llevas viviendo un montón de tiempo en Nueva York y nunca has ido a ver un partido de los Mets o de los Yankees? Eso es algo así como antiamericano.

—Ya lo sé. Supongo que a Lydia no le iba, y te aseguro que a Henry tampoco. Me parece que su empresa ha celebrado eventos en el estadio de los Yankees, pero no hemos ido. —Hago un gesto con la mano en su dirección—. No pretendía monopolizar la conversación. Continúa. A esa tal Mary, entonces ¿le gustó tu daiquiri?

—Ya lo creo. ¿A quién no iba a gustarle? —Me guiña el ojo y yo me río—. De esa forma pude defenderme, explicarle que no había sido culpa mía, hablarle de los sinvergüenzas y todo eso. Supongo que me creyó. Volví a encontrármela en un bar fuera del estadio y la invité a otro daiquiri. Quedamos para cenar el sábado siguiente. Era…

Le cedo a Cash su momento respetuoso. ¿Preciosa? ¿Alucinante? ¿Luminosa?

—Una loca. Eso era lo que era. Era abogada, una auténtica perra de presa en el tribunal. Recibió una oferta de un despacho de abogados de Nueva York después de machacarlos en un caso de seguros. Después de una dura negociación, acabó siendo socia y una mujer rica. Yo la seguí hasta aquí. Era periodista. Tenía que haber un montón de trabajo en Nueva York, ¿no? Trabajaba por mi cuenta, pero ella no creía que yo fuera muy ambicioso y me sugirió que fichar por el *Post* me ayudaría a tener una vida más estructurada. «Un trabajo de verdad», lo llamó.

—Vaya —es lo único que se me ocurre decir.

—Sí. Vaya. Pero lo hice. Y teníamos un espacioso ático en la Quinta Avenida con vistas a Central Park. Ella trabajaba hasta tarde, por lo que yo también empecé a trabajar hasta tarde. Le pedí que se casara conmigo, para arreglarlo, que es lo más estúpido que puede hacer una persona. Ella dijo que sí porque, bueno, la verdad es que no sé por qué. Una vez decidí ir a buscarla al trabajo para sorprenderla y me la encontré follando con uno de los socios en su despacho. ¿Tú no cerrarías la puerta? —Me lanza una mirada rápida—. Yo cerraría la puerta. O sea, venga ya.

—Au.

Suspira.

—Así que me mudé y no he vuelto a hablar con ella desde entonces. ¡Ah! —Chasquea los dedos como si acabara de recordar algo—. Mentira. Hice un reportaje sobre una boda hace unos años y ella estaba invitada. Con él. Se casó con ese tipo. Estaba toda operada y estirada, tenía una capa de maquillaje muy espesa en la cara. Era como una escultura de hielo de Mary. Cuando le dije que seguía trabajando en el *Post*, se rio.

—¿Qué le dijiste? —le pregunto incrédula.

—Le pregunté si seguía follándose a su marido en el despacho. Él estaba justo al lado y, por la cara que puso, me di cuenta de que la respuesta era no.

Me río.

—Entonces ¿no sigues obsesionado por ella?

Guarda silencio un momento.

—No, no estoy obsesionado por ella. Ha sido la única mujer con la que he estado comprometido, así que a veces me pre-

223

gunto qué habría pasado. Además, ella era muy poco corriente. Me descubro saboteando relaciones con otras mujeres, eso es todo. Son todas muy normales. ¿Soy autodestructivo? Mi madre piensa que sí.

—Quizá un poco.

Sienta muy bien darle la vuelta a la cámara y centrarse en los problemas de otra persona.

—Bueno, parece que tenemos en común la autodestrucción. —Pone la radio, pero con el volumen bajo. Algo clásico. Más sorpresas—. ¿Y tú? ¿Cómo acabaste en la costa este?

La pregunta se enreda con todas esas cosas de las que no puedo hablar. Pienso en la forma de ser honesta y sincera sin tener que revelar mis secretos. Para mí, lo más sencillo siempre es lo más fácil de admitir. Evelyn.

—Estaba en la universidad. No estaba pasando un buen momento. —Hago dibujos en la ventana fría con la yema del dedo—. Mi madre adoptiva, Evelyn, había muerto. Estaba deprimida y era demasiado pobre para ocuparme de ella, y me marché.

—¿Estaba enferma?

—Tenía cáncer. —Trato de evitar decirlo, ese enorme nubarrón negro que flota en un rincón de mi cabeza. El que rodeo con eufemismos y sutilezas como «entierro en fosa común» y «financiado por el estado», cuando en realidad quiero decir abandonada. Rechazada—. Y Nueva York era un buen sitio donde huir. Encontré una oferta en La Fleur d'Élise y empecé a trabajar allí como ayudante. Trabajaba en los diseños por la noche. Y entonces conocí a Henry. —Bajo la voz al decir su nombre—. Pero abandoné a mi madre. —Me pongo tensa y miro el perfil de Cash esperando a que me juzgue. No veo nada, ni siquiera un atisbo de comprensión—. En el depósito de cadáveres. No tenía dinero para enterrarla. La abandoné.

Veo cómo la comprensión asoma a sus ojos. Alarga el brazo y me toca la mano.

—¿Eres la misma persona?

—No. Por aquel entonces estaba hecha un desastre, huía de mí misma. De otras personas. Ahora solo soy un desastre un poco más controlado.

Me limpio la nariz con una servilleta que encuentro en la guantera.

—¿Has intentado volver? ¿Averiguar lo que hizo el condado? Puedo informarme por ti. Podrías hacerle una placa conmemorativa. Cerrar esa herida.

—No. No puedo. —Niego con la cabeza con energía—. La enterraron en una fosa común. Es lo que hacen con las personas que dejan abandonadas. Las únicas personas que se abandonan al morir son las que nadie quiere. Yo... —No puedo acabar la frase. Ni siquiera puedo seguir pensando en ello, pero me esfuerzo. Mi cerebro se abre paso a través del zumbido que tengo en los oídos, del chirrido de las ruedas en la carretera y en la conciencia de mi cuerpo y pienso en lo que llevo evitando desde que me marché de San Francisco hace cinco años—. Lo último que le hice a Evelyn fue decirle que no la quería.

Las palabras no parecen tan horribles una vez fuera, después de chocar contra la consola que hay entre nosotros. Cash me coge la mano y en sus ojos brilla tanta compasión que creo que podría desmoronarme, justo aquí, en este coche destartalado en la I-84. Miro la interestatal que se extiende ante nosotros, un vacío largo y extenso sin coches ni personas. Todo es tan solitario.

Presiono el botón para bajar la ventanilla y noto el golpe del aire caliente en la cara. Inspiro hondo unas cuantas veces. Le he contado lo peor de mí misma a alguien que parece preocuparse por mí y sigo aquí. Me tiemblan las manos y me las meto debajo de los muslos, se me clava el diamante en la piel.

Cash alarga el brazo, me da una palmadita en el hombro.

—¿Estás bien?

Asiento con torpeza. Me siento como alguien que ha confesado algo por impulso en un avión a punto de estrellarse pero que acaba superando la situación crítica algunos minutos después. Toso.

—Sí. Quiero averiguar cosas sobre Joan. ¿Cómo puedo hacerlo?

—¿Tienes ordenador? —pregunta. Lo miro con cara de sorpresa y se ríe—. Si me das quince minutos y un wifi decente puedo averiguarlo casi todo.

Me encojo de hombros.

—Está bien. Vamos. Pero me voy a aprovechar que Henry no está y voy a pedir comida china. Normalmente él considera que todas las comidas a domicilio son de lo peor, prácticamente incomibles.

—Vaya, es una pena. A mí me encanta el pollo y el brócoli.

Pedimos la comida y nos sentamos sobre una manta en el suelo del comedor rodeados de envases de aluminio y cartón, la salsa resbala por las esquinas. Como hasta reventar y hablamos sobre la ciudad, por aquello de ser los dos forasteros, y acerca de las cosas a las que más nos ha costado acostumbrarnos.

—La velocidad a la que va todo —dice Cash sin pensar—. Todo el mundo camina deprisa, los metros van rápido, los taxis van a toda pastilla. Y, sin embargo, yo todavía puedo tardar una hora en cruzar una manzana de un kilómetro y medio. ¿Por qué? Antes me resultaba frustrante. Después de dieciocho meses aquí, he dejado de preguntármelo.

226

—¡Sí! Para mí, lo más difícil fueron las aglomeraciones. Yo vengo de una ciudad, pero San Francisco no tiene nada que ver con Nueva York en cuanto al número de habitantes. Aquí nadie se mira. En California la gente es amable. —Sirvo vino en los vasos de papel que nos han traído—. Cuando conocí a Lydia todo fue más fácil. Ya tenía un grupo de inadaptados.

—Bueno, para mí fue más fácil al principio, después me sentí más solo. Ahora tengo amigos, chicos del periódico o del gimnasio.

—¿Y qué tal con las chicas ahora? —espeto.

Se encoge de hombros y se reclina en la butaca que tiene detrás.

—Me va bien. —Se frota la cara con la mano y me mira de medio lado. Pienso en Henry por un momento, se moriría si nos viera comiendo aquí. La alfombra vale cinco mil dólares. Para disimular el silencio meto la mano en la bolsa grasienta y saco una galleta de la fortuna. La abro, las migas me resbalan por las piernas y caen en la manta. Saco el pequeño rectángulo de papel—. En caso de incendio, mantenga la calma, pague la cuenta y corra —leo—. ¿Qué significa esto?

—Me encanta que te aconsejen pagar primero la cuenta. —Estira las piernas y coge una galleta—. Escucha esta: «El que escupe al cielo, en la cara le cae». La verdad es que estas galletas son las más raras que he visto en mi vida.

—¿Escupir al cielo? Oh, Dios mío, qué tontería. Vale, tengo otra. —Desdoblo otro papelito y se me cae. Los dos intentamos cogerlo y me coge la mano sin querer. La aparto—. «El mayor riesgo es no correrlo.»

Los dos nos quedamos pensando en eso. Cash sonríe.

—Supongo que deberíamos ponernos con la investigación sobre Joan, ¿no?

Me río mientras él coge la última galleta de la bolsa, la abre y desdobla el papelito de la fortuna. Le tiembla la sonrisa.

—¿Qué? Léelo.

—Oh, Zoe. «Eres preciosa.»

—¿Qué?

El rubor me trepa por el cuello y se me calientan las mejillas. Me agarro del cuello de la camisa.

—Es lo que pone, mira.

Me pasa el papel.

Tiene razón. «Eres preciosa.» Se me acelera el pulso. Entonces lo noto, le gusto. No nos conocemos lo suficiente como para que haya algo más que eso, pero he estado abusando de su amistad mientras fingía que no había algo más. ¿Por qué otro motivo querría un hombre tomarse tantas molestias por una mujer, conducir más de ciento cincuenta kilómetros en un solo día?

—Cash, yo…

—¿Has oído eso?

Cash susurra. Levanta la mano y entonces lo oigo. Un golpe que viene de la salida de emergencias de la cocina. Todos los áticos de Nueva York tienen otra salida, forma parte del protocolo de incendios. Esa puerta está cerrada con llave, no funciona con una tarjeta como la puerta principal, y no se suele utilizar. La única llave que conozco está en el cajón de la cocina.

Me levanto animada por el calor del vino y voy de puntillas a la cocina. La habitación está oscura y la luz se cuela por debajo de la puerta de emergencias. La luz de ese pasillo es un fluorescente azulado y proyecta un brillo inquietante en la cocina. Paso junto a los armarios pegando la espalda a la encimera. Veo la sombra de dos pies por debajo de la puerta. No puedo respirar, se me acelera el corazón. «Tenemos que salir de aquí.»

Estoy mirando la puerta fijamente, el miedo me clava los pies al suelo, entonces el pomo gira.

Retrocedo y choco contra uno de los taburetes metálicos de la cocina. El pomo de la puerta deja de moverse.

—Henry. ¿Eres tú?

Le grito a la puerta, las palabras me salen con mucha menos intensidad de la que pretendía. Cash me coge del brazo. Ni siquiera lo había oído entrar en la cocina.

—Zoe, deberíamos salir de aquí.

Me está sacando por la puerta y metiéndome en el ascensor. Las escaleras de emergencia están justo delante del ascensor. Quienquiera que estuviera allí podría cruzar el edificio y sorprendernos en otro piso. Es difícil e improbable, pero posible. La puerta del ascensor se cierra y empezamos a bajar.

—¿Por qué iba a entrar por detrás? ¿Lo hace alguna vez?

Me inclino hacia delante tratando de recuperar el aliento. La adrenalina hace que tenga la sensación de tener las piernas de gelatina.

—No lo ha hecho Henry. No es él. Henry está en Japón.

Me pongo derecha y llamo a Henry. Contesta después de un tono.

—Zoe, ¿qué ocurre?

Inspiro, no esperaba que contestara. Me dejo caer contra la pared del fondo del ascensor mientras los números se iluminan: diez, nueve, ocho…

—¿Henry? Hay alguien en nuestro piso. No sé quién es.
Me chirría la voz.

Cuatro, tres, dos, planta baja.

—¿Zoe? ¿Estás bien? Estoy en Los Ángeles. ¿Debería volver a casa?

No sé qué decir. Me grita por teléfono.

—¿Me oyes? Voy a volver, ¿de acuerdo?

Apenas puedo oírlo, la sangre me ruge en los oídos.

Entonces se abren las puertas del ascensor.

21

*E*l vestíbulo está vacío, a excepción de Walter, el portero de la noche.

—Llama a la policía, Walter.

Me falta el aliento y voy de un lado a otro para averiguar dónde está la salida de la escalera de emergencia. Pienso en cómo estaba mi piso hace una semana, hecho un desastre, todas nuestras cosas esparcidas por el suelo y por los muebles. Pienso en el coche. La amenaza que le susurraron a Caroline por teléfono. De repente me doy cuenta de que nada de todo esto es casual. Todo forma parte de un intento deliberado de mandarme un mensaje.

—¿Está usted bien, señora Whittaker?

Frunce el ceño y alarga la mano para coger el teléfono. Niego con la cabeza.

—No puedo quedarme aquí. Alguien ha intentado entrar en mi piso. Llámelos.

Cruzo corriendo el vestíbulo en dirección a la puerta giratoria y salgo a la calle. El aire de abril sigue siendo fresco por la noche a pesar de la ola de calor del día, y en las calles de Nueva York nunca reina el silencio. Se oyen bocinas. Personas hablando, gritando, cantando. Siempre suena música. Resulta reconfortante este circo que nunca duerme.

—¿Adónde vamos?

Cash resuella detrás de mí, él también está sin aliento. Corro hacia el oeste por la calle Hubert, doblo a toda prisa por Collister. Cash me sigue, está esperando a saber mi plan. No tengo ningún plan. Seguir con vida, ese es mi plan.

No dejo de darle vueltas, ¿qué podría querer de mí nadie en este momento? ¿Venganza? La última vez que vinieron a buscarme querían saber dónde estaba Rosie. Pensaron que se lo contaría si me presionaban lo suficiente. Esto parece distinto, más definitivo, menos desesperado. Solo hay un motivo por el que podrían venir a buscarme: venganza, sencilla y llanamente. Solo hay dos personas que podrían desear eso: Jared Pritchett y Mick Flannery.

Me detengo en un callejón para recuperar el aliento.

—No tengo ningún plan —le digo a Cash para explicarme—. La verdad es que no tengo adonde ir, pero tengo que llamar a alguien. A la agente Yates.

—Vamos a mi casa. Podemos llamar desde allí.

Pienso en el pícnic del suelo y en los vasos de vino vacíos. ¿Qué pensará Penny cuando se lo encuentre por la mañana? Penny.

—Tengo que llamar a Penny. —Luego me doy cuenta de que Cash no tiene ni idea de quién es Penny—. Tu casa está bien, vamos.

Lo sigo hasta la estación de metro de Canal Street. En el tren no dejo de mirar arriba y abajo en busca de sospechosos. El recuerdo que conservo de Jared Pritchett es muy impreciso. El espeso pelo rubio de Mick cinco años después podría haber menguado. La cicatriz púrpura que zigzagueaba por su mejilla, desde la raíz del pelo hasta donde había estado a punto de perder una oreja en la cárcel. No recuerdo por qué conozco esa historia. Yo tenía catorce años cuando desapareció por primera vez durante aproximadamente un año. Conducía borracho, dijo Evelyn. No era la primera vez. Su ausencia era liberadora y vacía al mismo tiempo, no había cervezas en la nevera, los ceniceros estaban limpios y guardados en el armario de la cocina, esperando su inevitable regreso, trece meses después. Cuando no estaba, el apartamento era soleado y fresco, en cuanto volvía el aire apestaba a sudor. No era malo, no siempre. Pero le olía el aliento a regaliz, esos paquetes rojos y dorados amontonados como naipes debajo del cenicero de cuarzo en la mesa de la cocina, los tirabuzones de humo mientras él y Evelyn jugaban al Gin Rummy, las risas agudas de ella a medida que avanzaba la noche. Por lo general eran felices, hasta que dejaban de serlo. Supongo que le pasa a todo el mundo.

El metro se detiene en Union Square y salimos sin problemas. Ni rastro de Jared. Ni de Mick. Nadie nos sigue. He vuelto a mirar por encima del hombro, como hacía antes, buscando hombres armados. Las calles están extrañamente desiertas. Caminamos las cuatro manzanas hasta el apartamento de Cash. Vive en un edificio minúsculo sin ascensor ni portero. Observo la ventana, que parece fácil de romper, y la cerradura, que apenas parece operativa.

Cuando entramos, Cash agacha la cabeza con vergüenza y extiende el brazo como para enseñarme el piso. Hay pocos muebles y es pequeño, está limpio y en la cocina solo hay lo indispensable. Las baldosas de linóleo y la cocina de acero evocan los años cincuenta, además de la mesa de formica blanca y los taburetes de vinilo rojo. En el salón hay un sofá de dos plazas con tapizado a cuadros y una cadena de música de contrachapado con puertas magnéticas. Una sábana divide la zona del dormitorio del salón. Puedo ver el apartamento entero desde la puerta, podría meterse dentro del baño principal de Henry.

—Es muy acogedor.

Es un cumplido, pero por la cara que pone sé que se lo toma como un insulto.

—Eso es lo que dicen las personas amables cuando quieren decir que es pequeño.

Sonríe.

—¡No! En serio. La mayoría de días podría volverme loca en el piso de Henry.

Es la primera vez que lo digo así: el piso de Henry. Siempre ha sido nuestro piso.

Me saco el móvil del bolso y cojo una silla de la cocina. El primer número que marco es el de la agente Yates.

—Zoe. —Su tono es completamente profesional—. Me alegro de que hayas llamado. Escucha, he descubierto algo que deberías...

—Agente Yates, un hombre ha intentado entrar en mi casa

esta noche. Otra vez. Subió por la escalera de emergencia de la cocina. Me he marchado, pero el portero ha llamado a la policía. ¿Puede ir?

—¿Qué? ¿Dónde estás?

Suspiro. Estoy tan cansada. Le explico lo que he hecho por la tarde con más detalle y más calma. No le hablo de Caroline ni de la llamada, pero no sé si debería. Me parece excesivo, una distracción de todo lo que ha ocurrido. Puedo explicárselo cuando la vea, y estoy segura de que la veré. Ella va diciendo «hmmm-mmm» y «uh-huh» mientras yo hablo. Creo que está tomando notas. Oigo el chasquido de sus uñas en las teclas del ordenador. Me promete que va de camino y oigo el ruido que hace al coger la cazadora mientras me la imagino levantándose de la silla y pidiéndole a su compañero por señas que la acompañe. Cuelga el teléfono.

Llamo a Henry.

—¡Zoe! ¿Dónde estás? ¿Qué está pasando? —contesta con una sola frase.

Cierro los ojos. Es posible que todavía le importe. Pero ¿y a mí? Es tan difícil saberlo. Le explico el último allanamiento, le hablo del hombre que estaba en la puerta de emergencias.

—Hay cosas que no te he explicado. Ya sé por qué está ocurriendo todo esto. Hay cosas que no sabes. —La confesión sale de mi boca, lo suelto todo a la vez—. Testifiqué contra unos hombres horribles en California. Mi testimonio hizo que los metieran en la cárcel durante mucho tiempo, te contaré más cuando vuelvas a casa. No voy a explicártelo todo ahora, pero creo que uno o los dos han salido de la cárcel y me han encontrado. Alguien está intentando asustarme. El allanamiento del piso tiene que estar relacionado, y también lo de aquel coche. Te acuerdas, ¿hace una semana? Tengo una corazonada.

No le explico lo de Caroline. Lo de la llamada.

—No entiendo nada de lo que dices. ¿Dónde estás ahora?

Guardo silencio un momento.

—En casa de Lydia.

La mentira brota con facilidad, antes incluso de que tenga tiempo de pensar en ello. Me justifico pensando que parece más sencillo que hacer que se preocupe durante todo el viaje en avión por una aventura que, en realidad, no va a ocurrir.

—¿Vas a volver a casa o te marchas a Japón? —pregunto esperanzada.

Me doy unos golpecitos en la mejilla con los dedos, un gesto nervioso que le he visto hacer a Evelyn un millón de veces.

—Estoy en Los Ángeles de escala, pero vuelvo a casa. Mi avión sale dentro de… —guarda silencio un momento— diez minutos. Llegaré dentro de seis horas. Es un vuelo nocturno. —Se oye una risa al otro lado de la línea, suave e insistente. Familiar—. Zoe, no he cogido un vuelo nocturno en mi vida.

—Pues es un honor.

Entonces los dos guardamos silencio.

—Zoe, he sido un imbécil. Me he negado a conocer tu pasado. He ignorado el mío. Pensaba que podríamos vivir en esta burbuja en la que ninguno de los dos tiene cargas. Pero eso no es real. Lo arreglaremos, ¿de acuerdo? ¿Juntos?

Me pego el teléfono a la cara, quiero sentir su aliento en la mejilla, que me susurre al oído. Mi estómago parece una montaña rusa. Quiero este amor, el que me promete cuando estamos separados. El amor que intentamos recuperar una y otra vez, el que perseguimos como si fueran semillas de diente de león flotando en el viento. Ese es el amor que quiero.

Al otro lado de la línea resuena una voz que anuncia que es hora de embarcar. Henry se despide a toda prisa. Espero hasta que estoy segura de que ha colgado y digo «Henry» en el micrófono una última vez. No hay respuesta. Añoro los tonos que sonaban antes en los teléfonos.

Dejo el móvil en la mesa y espero a que Cash salga de la ducha. Me acerco de puntillas a la ventana y miro la calle a través de las cortinas a cuadros. El edificio de Cash está en plena Calle 14, entre la Primera y la Segunda Avenida. Debajo del toldo de una tienda con el escaparate iluminado por una farola, hay un hombre, se está fumando un cigarrillo y lleva una gorra de béisbol que le tapa los ojos.

Dejo caer la cortina y me alejo de la ventana. Es oficial, he vuelto a mirar por encima del hombro, a observar a cualquier

233

sospechoso, a dudar de la sonrisa de cualquier desconocido. La desconfianza me sienta como un guante. A decir verdad, la echaba de menos.

Yates vuelve a llamarme y mantenemos una conversación breve. No han encontrado a nadie. Igual que la otra vez, no hay nada concluyente y percibo cierto escepticismo en la voz de todo el mundo. Yates. Henry. Excepto Cash. Yates me pregunta si puedo pasar mañana por la comisaría para que pueda hacerme unas preguntas. El piso está seguro, han puesto vigilancia. Me pregunta si estoy en un lugar seguro. Le digo que sí y colgamos. Vuelvo a mirar por la ventana.

—¿Estás bien?

Cash se apoya en el marco de la puerta de la cocina con las manos en los bolsillos.

—Estoy bien. Solo estoy cansada.

Esbozo una sonrisa débil.

—Ya. Ven conmigo.

Cash me cede su cama y duerme en el sofá a pesar de que protesto y le digo que soy más bajita y estaría más cómoda que él. Me da dos mantas muy bien dobladas y aguardamos con torpeza. Cash agarra la sábana divisoria con el puño. Tiene una expresión indescifrable en el rostro.

—¿Tienes alguna pistola? —pregunto.

Me estoy volviendo a plantear la seguridad de la puerta, si alguien podría encontrarme aquí. Si el hombre con la gorra es una amenaza real.

—No, no tengo pistola. Pero tengo un bate de béisbol.

Sonríe con demasiada frivolidad dada la situación.

—Si vienen, llevarán pistolas.

Me pego las mantas al pecho y hago girar mi alianza con nerviosismo.

—Yo vigilaré. No te preocupes, ¿vale? Necesitas dormir.

Me empuja con suavidad en dirección a la cama. Su habitación es cálida. La madera vieja, una alfombra desgastada y una incandescente luz amarilla proporcionan a la estancia un aire de cabaña en el bosque a pesar del ruido de la calle. Lo oigo moverse a solo unos metros de distancia, solo nos separa la sábana.

234

La pared que hay delante de la cama es de ladrillos, cada uno está pintado de un color distinto, todos juntos conforman la imagen de un sol rudimentario en distintos tonos de naranja y rojo. Parece demasiado femenino para que lo haya hecho él. Los rayos se enroscan en los ladrillos como si fueran hojas de parra.

Preparo la cama, retiro la colcha y me meto dentro. Me quedo dormida con la ropa puesta, mirando ese sol, deseando que pudiera darme calor.

Duermo a trompicones, me despierto cada media hora, con cada coche que arranca, cada puerta que se cierra, nunca estoy segura de si el ruido es real o imaginario. Mis sueños son intensos y violentos. Evelyn embarazada con un vestido destrozado, como si fuera una zombi. Caroline huyendo de un edificio en llamas. Henry desangrándose en el suelo del piso de Cash después de recibir un disparo. A las cinco me doy cuenta de que estoy muerta de hambre y voy a la cocina. Advierto que los armarios de Cash y su nevera están bien surtidos de café, huevos, pan. Cocino en silencio, solo utilizo la luz de la cocina para no despertar a Cash, que ronca como un motor viejo en el sofá.

Mientras cocino repaso las opciones que tengo. No puedo quedarme aquí con Cash. Probablemente podría llamar a Lydia, pero soy incapaz de ignorar la cara de «ya te lo dije» que pondrá cuando le diga que Henry se ha ido a Japón. Tampoco soporto la idea de hacerle creer que mi matrimonio es de color de rosa. No, será mejor dejarlo por ahora. Cash, con sus preguntas abiertas y sin pretensiones es más fácil.

Henry volverá a casa hoy y compruebo el teléfono mientras me pregunto por qué no habrá llamado. Ya debería haber aterrizado. Cuando amanezca, pienso ir a la comisaría, reunirme con la agente Yates y averiguar qué está pasando. Me resigno al hecho de que hoy es el último día que viviré bajo el disfraz de Zoe Whittaker. Hilary Lawlor no ha dejado de aparecer en mi cabeza durante cinco años, solo existía de forma inconsciente. Se acabó. Henry descubrirá mi pasado, lo de las drogas. Evelyn. Puedo ocultarle algunas cosas, está claro que los detalles son cosa mía. Se me atenaza la garganta de la vergüenza que siento al ver las imágenes mentales que se proyectan en mi cabeza: robar pastillas. Esas madres relucientes, tan perfectas que costaba mirarlas. Esos gigantescos carritos bamboleantes de mil dólares. Piernas apiladas como cerillas en el asiento trasero de un coche. Yo, ebria de whisky, desplomándome en la calle mientras Mick y alguien más me sostenían. Evelyn abandonada en el depósito de cadáveres. Que dejé que el cuerpo de mi madre se pudriera. Nunca he hecho la lista de todo, ni siquiera para mí. Mis pecados son más pequeños, menos importantes y más manejables si siguen metidos en sus compartimentos individuales.

Henry no entenderá nada de todo eso. Él nunca ha sido pobre. No ha estado desesperado. Perdido. Henry, por encima de todo, siempre ha sido consistente, inquebrantable. Certero. Lineal.

Entonces pienso en Joan, en mi hermana, metida en la cama de su infancia a solo quince kilómetros de distancia. Si estoy realmente convencida de estar en peligro, de que alguien ha vuelto a por mí, entonces ella también lo está. Somos gemelas, las mismas caras, a escasos kilómetros de distancia. Es un trecho, pero me preocupa. No puedo evitar sentir cierta emoción, pronto la conoceré. Entonces siento una punzada de pánico al pensar que mi vida mancillará la suya, que quienquiera que me esté buscando, por algún motivo, la encontrará a ella primero. Porque ahora sé que hay alguien, un anónimo, una persona sin rostro que me está vigilando. Que viene a por mí. No tengo ni idea de lo que quieren, lo único que puedo hacer es esperar.

No puedo arreglar lo de Evelyn. No puedo volver atrás y cambiar lo que hice. La dejé, primero morir, después pudrirse. La mujer que me quiso, que me crio. Nunca podré enmendar esos dos errores.

Pienso en Caroline con su dulce niño. Seis años, con las manos pegajosas, los dientes mellados y el pelo revuelto. Ahora es madre, esta vez de verdad, con responsabilidades, horarios, parvularios, los Boy Scouts. Quienquiera que llamara a Caroline me está vigilando. No puedo despojarme de la sensación de que me están controlando. Podrían encontrar a Joan. Es posible. La tecnología lo ha hecho todo increíblemente posible. El mundo es más pequeño que nunca.

Calculo la distancia que hay desde el apartamento de Cash en el Village y Bay Ridge, en Brooklyn. No está lejos. Tal vez haya unos veinticinco minutos en taxi. Se me acelera el corazón.

—Bueno, ¿vas a llamar a tu hermana hoy?

Cash abre la boca, es un gesto difuso, mitad bostezo mitad estiramiento.

—Voy a hacer algo más que eso, voy a ir a verla.

Paso el dedo por el borde de la taza de café.

Él oculta su sorpresa.

—¿De verdad? ¿Cuándo?

—En cuanto me haga efecto el café.

—¿Por qué?

—No he sido del todo sincera contigo. —Me levanto, suelto el aire y vuelvo a sentarme—. Cuando vivía en California estuve implicada en cosas terribles. Mi vida era un desastre. Consumía drogas, incluso las vendía.

—No sabría decirte cuánto me sorprende.

Cash sonríe. Se levanta y saca un plato con rollos de canela de la nevera y me hace un gesto para que coja uno.

—No pareces muy sorprendido.

Me meto un pie debajo de la pierna, toco el glaseado con el dedo índice. Cuando lo levanto lo tengo blanco y pegajoso.

—Zoe, mucha gente consume drogas, vende drogas, arregla su vida. Cambia de vida. La verdad es que no es tan sorprendente.

Reflexiono sobre lo que ha dicho, pienso que quizá la vida que tanto me he esforzado en esconder debajo de capas de seda Chanel no es tan terrible como imaginaba.

—Soy una persona distinta, a veces pienso que quizá esa persona no existió, o por lo menos desearía que no hubiera existido. No creo que fuera muy buena persona.

—Eres demasiado crítica contigo misma. Los jóvenes hacen tonterías. Es la base de cualquier comedia romántica que haya

237

visto en mi vida. Es el argumento de muchas novelas. La base de un millón de canciones rock.

Guardo silencio. Nunca he pensado que tuviera la opción de ser perdonada por las elecciones que había tomado. Cojo un pedazo de pegajoso rollito glaseado y me lo meto en la boca. Se me funde en la lengua, el hojaldre es muy dulce.

—Caray, ¿los has hecho tú?

—No te metas conmigo —dice esbozando una sonrisa—. Mi padre era panadero. Aprendí del mejor.

—Es alucinante. —Cojo otro trozo y me lo trago acompañado de un sorbo de café. Aquí sentada, en esta cocina acogedora a la tenue luz de la mañana, me siento cómoda. Aceptada—. Bueno, no había acabado. Delaté a unas personas que estaban metidas en el negocio de la trata de blancas. Testifiqué ante un jurado y los criminales me amenazaron. Casi me asesinan por ello. Por eso hui. Me cambié el nombre, lo dejé todo atrás. Abandoné a Evelyn.

Las palabras salen con cierta facilidad, las mismas palabras que no le había dicho a nadie en cinco años. Es sorprendente. Cash transmite una serenidad que favorece las confesiones, como si su cuerpo pudiera absorber las palabras sorprendentes, extraerlas de la fuente de la misma forma que un afluente canaliza el agua. Por eso le conté lo de Evelyn cuando estábamos en el coche.

—¿Crees que han vuelto? ¿Esos hombres que te amenazaron? —pregunta con suavidad.

—Estoy segura. Sé que parece una locura y no puedo demostrarlo. La agente Yates lo investigó después del primer allanamiento. Llamé al detective que llevaba el caso al principio, pero está jubilado y el caso es antiguo y las cosas se pierden. —Me encojo de hombros—. Pero ahora estoy segura. El coche que se saltó el semáforo, la tarjeta de crédito perdida, mi apartamento saqueado y el allanamiento de la pasada noche. Demasiadas coincidencias. No consigo olvidarlo. Y todo ocurre cuando estoy buscando a Caroline. Y entonces recibe una llamada amenazadora.

—¿Qué quieres decir?

—¡No lo sé! —Doy un manotazo en la mesa—. No puedo explicarlo. Solo tengo la sensación de que todo está conectado de alguna forma. Tengo que volver a llamar a la agente Yates. Tengo que encontrar a mi hermana. Quizá advertir a Caroline. Todo es culpa mía. He sido yo quien ha llevado a esas personas a sus casas. Tal vez.

—Zoe, estás siendo demasiado dura contigo misma. ¿Te estás escuchando? Nada de esto es culpa tuya. Todo el mundo tiene un pasado. En cierta forma todo el mundo huye de él. Quizá no literalmente. —Me dedica una sonrisa suave—. ¿Qué podrían querer de ti después de todo este tiempo? ¿Crees que querrán vengarse?

—No estoy segura, pero estoy asustada. Tengo la sensación de que me va a dar un infarto.

Me froto los brazos intentando entrar en calor. Me levanto y le lleno la taza de café sin pensar.

—Podría acostumbrarme a esto. ¿Cuánto cobras? —pregunta Cash entre risas.

—Oh, no podrías pagarme —bromeo con delicadeza, luego me estremezco al percibir la verdad que encierran mis palabras. Relajo las manos—. ¿Pintaste tú el sol que hay en tu habitación?

—Emm, lo hizo mi hermana pequeña. Dijo que necesitaba un poco de luz en mi vida.

Se rasca la mejilla y se reclina en la silla.

—¿Un poco de luz?

—Bueno, ha sonado más melodramático de lo que pretendía. Fue justo después de lo de Mary. Casi siempre estaba de mal humor. —Sonríe y le da un sorbo a su café alzando las cejas—. Oye, ¡está bueno!

Bebemos en silencio hasta que él lo rompe.

—¿Quieres que te acompañe?

Lo pienso.

—Me parece que no. Creo que puedo coger un taxi.

—Si tienes razón y eres el objetivo de esas personas, ¿crees que deberías estar sola?

—¿Y qué harías? —bromeo—. ¿Te vas a llevar el bate de béisbol a todas partes?

—Bien visto. —Alza la taza de café en mi dirección—. Llámame en cuanto acabes, ¿de acuerdo? Estaré preocupado.

—Y tendrás curiosidad. Eres periodista.

Le dedico una sonrisa pícara.

—Lo admito. Tendré curiosidad. Pero será mucho más que eso, estaré preocupado.

—Claro, claro. Pero, primero —me limpio las manos en los vaqueros—, tengo que llamar a la agente Yates.

—No sé, Zoe. —Yates resopla al otro lado de la línea, con suavidad y amabilidad, pero dudosa—. Parece muy rebuscado. Todo lo que estás atribuyendo a una sola persona podría ser una coincidencia, o incluso mala suerte.

—¿Has buscado a Michael Flannery? ¿A Jared Pritchett? ¿Recuerdas lo que me hicieron? —Mi voz es cada vez más aguda y noto el grito en mi cuello, en la garganta. Inspiro hondo dos veces. Solo estoy enfadada, quiero que me crean. Quiero que alguien me diga que no estoy exagerando. Que alguien diga que tiene sentido, que lo investigarán, que me ayudarán. Que no estoy loca—. ¿Estás segura de que no había nadie en el piso?

La agente suspira al otro lado de la línea, es un sonido derrotado, vacío.

—No había nadie. Nadie vio nada, nadie oyó nada.

—¿Puedes buscar huellas?

La cabeza me da vueltas, no dejo de buscar algo a lo que poder agarrarme.

—No las buscamos, Zoe. —Oigo cómo decrece el ajetreo de la comisaría y me pregunto si se habrá llevado el teléfono a una sala de juntas para tener más privacidad. Ahora soy una llamada que requiere privacidad—. Para empezar las huellas solo sirven si tenemos otras con las que compararlas. Por ese pasillo ha pasado el personal del edificio, técnicos, tú, Henry. En la puerta no había pruebas de que alguien la hubiera forzado…

—¡Porque nos fuimos! —protesto. Cash me mira desde el comedor y articula: «¿Estás bien?». Le hago un gesto con la mano para que se despreocupe—. Cash estaba allí, él declarará.

—Ya lo sé, Zoe. Te creo, de verdad. Pero es un problema

de recursos. Dices que había un hombre en tu puerta. No hizo nada, no dijo nada, no tenemos pruebas de que estuviera allí. No podemos enviar técnicos a buscar huellas y procesarlas en el laboratorio cuando se están cometiendo crímenes reales por todo Manhattan. ¿Lo entiendes?

—Me están persiguiendo. Lo sé.

Me clavo las uñas en la tela de los vaqueros y siento una intensa punzada de dolor en los muslos.

—Zoe, quería explicarte esto ayer por la noche, pero entonces me llamaste y el intento de allanamiento tomó prioridad. —Baja la voz hasta que apenas puedo entenderla—. He investigado a Michael Flannery. No sé cómo decirte esto, pero no pude encontrar nada sobre él en el sistema.

—¿Qué?

Sus palabras no tienen sentido, me asalta una sensación de incertidumbre, como si alguien estuviera a punto de jugármela y dejarme tirada después para que los tiburones se abalanzaran sobre mí.

—Tu hombre, Mick. —Tose nerviosa al otro lado del teléfono—. Zoe, no existe.

Cruzo la Calle 14 y paro un taxi. Me saco la tarjeta del bolso y le grito la dirección al taxista desde el otro lado del separador. Tengo el río Hudson a la derecha, es ancho y bajo el sol de la mañana se ve prácticamente verde. Giramos y, en cuestión de pocos minutos, estamos cruzando el puente de Brooklyn, pasamos a toda velocidad por debajo de los famosos arcos de cemento, rodeados de unos cables tan gruesos y rectos que, si entorno los ojos, parecen barrotes de una cárcel. Pienso en el misterioso Mick, tan esquivo ahora, tan presente en mi cabeza. Yates ha dicho que no ha encontrado ningún informe sobre él: ni en la cárcel, ni en el sistema, ni de ahora ni de nunca. No vivía en San Francisco. No ha encontrado ningún hombre que se llame igual y que tenga aproximadamente esa edad en todo Estados Unidos. Es un fantasma. Una aparición.

Los fantasmas pueden entrar y salir de tu vida con facilidad. Nada de lo que me ha dicho la agente me ha tranquilizado.

En cualquier caso, el miedo ha conseguido internarse en mi corazón y se me ha revuelto el estómago. Seguía sintiendo la conexión entre los extraños acontecimientos de las dos últimas semanas, de una forma tan real y tangible como si estuvieran atados con cables metálicos. Pero hasta Cash parecía escéptico. ¿Cómo se convence a alguien de una verdad poco probable de la que estás completamente convencida? No se puede.

Mick siempre fue menos preocupante que Jared, un tipo con una mata de pelo negro, los ojos también negros, la piel pálida y una cicatriz desde la frente hasta la barbilla. El olor de su aliento, caliente y acre en mi cara. El contacto de sus manos en mi brazo, retorciéndolo a la espalda. El labio brillante y sonrosado de Rosie en el que relucía la palabra JAREd escrita en tinta negra. Un hombre capaz de marcar a una adolescente no tendría ningún problema en perseguir a la mujer que lo metió en la cárcel solo para matarla. Aterrorizarla y luego asesinarla. Mick nunca fue un cabecilla. Él solo consumía, tanto personas como drogas. Estaba perdido, como yo. ¿Mataría Jared a Mick y ahora iba a por mí?

Bay Ridge, un barrio de Brooklyn, está entre Gowanus y Shore Parkway, coronado al final por el puente de Verrazano-Narrows, como si fuera un alegre signo de exclamación. ¡Salida aquí!

Me pregunto cuánto tiempo llevará viviendo aquí, si va y viene de Manhattan. Si lo hace, ¿habremos ido a las mismas tiendas, a las mismas peluquerías? ¿Qué habría pasado si nos hubiéramos encontrado? ¿Nos habríamos hecho el mismo corte de pelo y nos habríamos intercambiado las vidas como pasa en esa película de Hayley Mills? Yo sería Sharon, ella podría ser Susan. Me imagino mordiéndome las uñas para que se parecieran a las suyas, cambiándonos la ropa.

Aunque hemos vivido a escasos kilómetros de distancia, podrían haber sido miles. Los neoyorquinos son sorprendentemente localistas, si no encuentran algo en un radio de tres manzanas a la redonda, entonces no existe. Nos gusta ir caminando a todas partes, nos molesta hasta tener que coger el metro. Una vez, en una cafetería, oí que un hombre afirmaba mantener una relación a distancia con su novia, una chica que vivía en el Upper East Side; él vivía en el Village. Había que hacer demasiados transbordos. Por no hablar de los que vienen de Jersey. Brooklyn y Manhattan son como dos estados diferentes.

El taxi para en la 77 delante de una casita con tejado a dos aguas, casi parece hecha de jengibre, con su fachada de ladrillos y un patio delantero de cemento. Parece cuidada y está rodeada de una valla de hierro negro. Pago al taxista y me bajo, inspiro hondo delante de la valla.

Los setos están muy bien podados y en las jardineras de las ventanas crecen brillantes flores de colores. Son demasiado brillantes para el mes de abril, rosas y amarillas, margaritas y crisantemos, es demasiado pronto para tantas flores. Delante de mí, solemne y amable, con los brazos extendidos en señal de bienvenida, hay una virgen María de hormigón. Es bonita, está cómodamente instalada en un altar de caracolas y tiene dos querubines metidos en sendas conchas a sus pies. Miro por la calle: más casas con flores demasiado brillantes, más estatuas de vírgenes. Tardo un poco en darme cuenta de que las flores son de tela.

Llamo al timbre y en el interior de la casa suena una voz: «¡Un momento!». Abre la puerta una mujer. Cabello reluciente, piel morena, uñas largas, probablemente tenga unos sesenta años. Cuando me ve palidece ostensiblemente y grita hacia el interior de la casa sin quitarme los ojos de encima.

—¿Bernie? ¡Bernie! ¡Ven aquí!

Me abre la puerta para que pueda pasar sin esperar a que yo hable. Paso junto a ella con torpeza. En el pasillo principal hay una alfombra de color rojo intenso, y veo un radiador cubierto de hojalata que hace las veces de mesita. Toda la casa huele a pastel de carne. Hasta este momento no sabía que quería vivir en una casa que oliera a pastel de carne.

Aparece un hombre a paso tranquilo, sudado y con la cara roja, la clase de hombre que todo el mundo calificaría de agradable. Lleva una camiseta de tirantes a rayas blancas y amarillas remetida en unos pantalones a cuadros con cinturón. Se echa el escaso pelo que tiene hacia atrás y me mira parpadeando.

243

—Hola, em, me llamo Zoe y estoy…

—Ya sé quién eres. —La mujer me interrumpe, entra en el comedor y se deja caer en una silla—. Casi me provocas un ataque al corazón. Pero sé quién eres.

Bernie sigue mirándome fijamente, continúa pegándose a la cabeza el único mechón de pelo con sus dedos rollizos, una y otra vez. Me mira con atención, parpadeando, con unos gigantescos ojos grises llorosos.

—Diantre, eres igual que ella.

—¿Soy la gemela de Joan? ¿Estoy buscando a Joan?

Mis frases suenan como preguntas. Un ventilador gira sobre mi cabeza y en algún lugar de la cocina oigo los gritos lejanos de un partido de béisbol en la televisión.

—Patrice, ¿le has pedido que se siente? ¿Le has ofrecido agua?

Bernie despega los ojos de mí un segundo y fulmina a su mujer con la mirada. Ella niega con la cabeza.

—No he hecho nada, Bern. Apenas puedo pensar. ¿Te apetece un vaso de agua o algo, querida? Acabo de hacer galletas. Eran para la fiesta del bebé de Lorranie, pero, por Dios, esa receta es tan…

Desaparece en la cocina y Bernie y yo nos quedamos solos. Tose una vez.

—Ya sé que no dejo de mirarte fijamente, es que no puedo evitarlo. Te pareces tanto a mi niña. Ya sabíamos de ti y hemos comentado durante años la posibilidad de buscarte, pero Pat lo ha pasado mal y no estábamos seguros, probablemente ya tenías otra familia, quién sabe.

Patrice vuelve y me pone delante un plato de cristal lleno de galletas con forma de copo de nieve espolvoreadas con azúcar glas, y se arrellana en una silla delante de mí. Los dos me observan y yo me revuelvo incómoda en la silla mientras cojo una galleta. Son ligeras, de hojaldre dulce, y cierro los ojos. Por un momento, deseo esto. Estas personas y sus galletas de mantequilla y su comida casera relajada viendo el partido de los Mets y su fiesta del bebé llena de familiares y sus tartas caseras para recaudar fondos. Me siento estafada.

—Cariño, ¿qué podemos hacer por ti?

Patrice alarga la mano y me roza la rodilla con sus uñas largas. Lleva un anillo de oro en cada dedo.

—Yo, em, estoy buscando a Joan. ¿Está aquí?

No han hecho ningún ademán de ir a buscarla. Y, sin embargo, Caroline dejó claro que vivía aquí, con sus padres.

Bernie y Patrice intercambian miradas y ella me coge de la mano.

—Cariño, no sé cómo decirte esto. —Patrice se santigua—. Pero nuestra Joanie murió hace tres años.

22

La habitación es cálida, sofocante, y el reloj que hay sobre la encimera empieza a sonar. Las tres en punto.

—¿Está muerta? —repito.

Tengo un trozo de galleta pegado a la garganta y empiezo a toser. Patrice me acerca el vaso de agua y bebo, agradecida, limpiándome el reguero que me resbala por la barbilla.

—Fue un atropello con fuga. Ella iba caminando y... —La voz de Bernie se apaga mientras él sigue moviendo la boca. Se encoge tímidamente de hombros como queriendo decir «cosas que pasan»—. Es Nueva York —concluye al fin.

—Ni siquiera vivía ya aquí. —Patrice patea el suelo con repentina amargura, las uñas pintadas de sus pies brillan dentro de las zapatillas de punta abierta—. Estaba casada, se había mudado a Tribeca, no volvía casi nunca.

Bernie da una palmada a su lado en el sillón y Patrice se levanta y cambia de sitio. Él se apoya en su mujer y cierra los ojos, se le mueven los labios como si estuviera rezando. Patrice se limpia las lágrimas con el pulgar.

—Lo siento, cariño, la mayoría de los días lo llevamos bastante bien. A fin de cuentas ya han pasado tres años. No pasa ni un solo día que no piense en ella, pero ya no lloro tanto. Pero tú. Eres una sorpresa. Tu aspecto, tus gestos. Eres igual que nuestra Joanie.

—¿Me podéis hablar de ella?

No sé lo que estoy buscando, pero todavía no puedo marcharme.

—Era una buena persona, eso era lo que decían todos los que

trabajaban con ella. Que era la persona más buena que habían conocido. Ayudaba a todo el mundo. Animalitos, niños. Siempre daba dinero a los vagabundos. Cualquiera que se encontrara por la calle con un sombrero, un cubo o una lata de café. No importaba lo que estuvieran haciendo, a ella le daba igual.

—No están pidiendo, están tocando música. —Siempre repetía eso—. Bernie se mece apoyándose las manos en las rodillas desnudas. Se ríe—. Yo pensaba que era una ingenua.

—Trabajaba en la biblioteca. Tenía amigos. Tenía una vida, no era una gran vida, pero era una vida. —Patrice me hace un gesto con el dedo con una mueca de disgusto en la boca—. Entonces conoció a Don Perfecto en una gala benéfica de la biblioteca y ¡puf! Se marcha. ¡Desaparecida! Ni siquiera celebró una boda católica para su mamá. Una elegante luna de miel en París. ¡París! Siempre había querido ir a Francia.

—Patrice. —Bernie se encoge de hombros—. Se enamoró. Nos pasa a todos —asiente en dirección a Patrice con una sonrisa irónica—, en un momento u otro.

—¿Y adónde se fue, eh? —Se inclina hacia delante y se apoya un codo en la rodilla—. Cuando murió hacía casi un año que no hablábamos con ella. Estaba enfadada conmigo. —Se pone bien el cuello de la camisa—. Yo no quería que se fuera. Su vida estaba aquí.

—Creció. Ya lo sabes. Es lo que hacen todos los niños.

Bernie pone los ojos en blanco mirando a Patrice y ella se vuelve a reclinar y gruñe indignada contra el cojín del sillón.

—Yo solo quería que conservara su vida. Ella quería una vida nueva y elegante. No tenía por qué dejar de hablarme. —Se vuelve y me mira—. Ese es mi pesar. Que no nos hablábamos.

—Cuando murió no sabíamos que estaba en la ciudad. Murió en Midtown. ¡En Midtown! ¿Quién va a Midtown? ¿Qué estaba haciendo? ¿Había ido a ver algún espectáculo? —Bernie niega con la cabeza—. Y estaba sola. Su marido ni siquiera sabía que estaba allí. Había ido ella sola con el coche. Nadie sabía por qué. Fue muy extraño.

—Y muy inesperado. Nunca hemos llegado a comprenderlo. Era un poco ansiosa, ¿sabes? —Patrice me mira e inclina la barbilla, como si yo debiera saberlo. Como si yo también fuera ansiosa—. Se medicaba, pero estaba mejorando. Estaba saliendo del caparazón. Al principio pensamos que le iría bien casarse. Incluso cuando estaba en el instituto era una chica muy hogareña. —Niega con la cabeza—. Es mi único pesar, de toda mi vida.

—Patrice.

La voz de Bernie destila dolor.

Patrice se levanta, el cojín del sofá se infla con un susurro. Me hace un gesto con la mano, como de disculpa, y sale de la habitación. Oigo sus pasos pesados en la alfombra de la escalera.

Bernie suelta un gran suspiro y se limpia la frente con el pañuelo que se saca del bolsillo.

—Lo siento. Normalmente estamos bien. Es que eres tan... —Me mira la cara como si las palabras estuvieran escritas ahí—. Inesperada. —Se levanta y me mira con tristeza—. Éramos unos padres mayores. Yo lamento eso. Intentamos tener hijos durante años, casi una década. Tuvo muchos abortos, nadie sabía decirnos por qué. Eso destrozó a Patrice. La destrozó. Joanie fue nuestra salvación, o eso parecía. Es posible que la protegiéramos demasiado por ese motivo.

Pensé en Evelyn y asentí.

—Deberías irte, querida. Escucha, déjanos tu número de teléfono. Le pediré a Pat que te llame cuando se sienta más fuerte.

Se levanta, el sofá ya ha adoptado la forma de sus cuerpos. Los imagino allí, noche tras noche, en una estancia oscura con nada más que el parpadeo del televisor para ocultar el silencio.

Garabateo mi número de teléfono en el reverso de un viejo número de lotería que me da. Lo coge y lo deja en la mesa del televisor, un viejo aparato de madera con una pantalla de color gris. Me acompaña hasta la puerta, me da una torpe palmada en la espalda.

Levanta una enorme mano sonrosada.

—Espera un momento. —Y se marcha por el pasillo. Vuelve un rato después—. Toma, puedes quedarte esto. Tenemos muchas.

Me da una tarjeta plastificada. En la parte de delante hay una fotografía de Joanie, delante de la biblioteca, con un vestido corto de flores y una sonrisa llena de veranos infinitos y posibilidades interminables. Podría haber sido yo. En la parte de atrás hay una plegaria.

—Es el día que se graduó en la universidad. —Le tiembla mucho la mano y se la mete en el bolsillo—. Fue a la Universidad de Queens. Se licenció en Biblioteconomía. ¿Sabes que se tarda una hora y media en llegar? Tres trasbordos. ¿A ti te parece que eso podría hacerlo una persona con ansiedad?

Niego con la cabeza.

—Tú lo entiendes. Es duro.

Sus ojos son de un color gris líquido, no tienen un tono definido, y le tiembla el cuello.

—Lo sé. Lo siento. No pretendía recordaros todo esto. No sabía lo de Joanie.

Se le escapa una tos apelmazada y llena de mocos. Entonces dice algo sorprendentemente empático.

—Tú también has perdido a alguien. Solo que no lo sabías.

No le digo que en los últimos días he perdido a muchas personas que no conocía. Alargo la mano, le doy un beso en la mejilla y lo dejo allí, tocándose la papada.

Una vez fuera, llamo a un taxi. Aguardo en la esquina, a media manzana de distancia de la casa de los Bascio. Hay alguien que no deja de abrir las cortinas desde la ventana delantera de la casa más cercana. Empiezo a pensar que va a aparecer un coche de policía porque «soy una persona sospechosa». Le mando un mensaje a Cash mientras espero. «Joanie está muerta. Joan Bascio. Averigua todo lo que puedas. Estaba casada. Averigua con quién.»

Antes de poder pensarlo bien, marco el número de Lydia. Contesta a medio tono y su voz suena fuerte y con eco, como si estuviera en el hangar de un aeropuerto.

—¿Zoe?

Se oye un gran alboroto por detrás de ella, un golpe seguido de una voz grave, casi un grito.

—Estoy aquí, ¿estás bien? ¿Qué pasa?

Se me acelera el corazón.

—Nos han asaltado. Está todo hecho un desastre.

Se oye un fuerte crujido, como si hubiera alejado la cara del altavoz, el roce de su barbilla contra el micrófono.

—¿Qué? —Espero un momento, pero solo oigo silencio, luego unas voces—. Lyd. ¿Dónde estás?

—En la tienda. Tengo que dejarte, tenemos que llamar a la policía. Te llamo luego.

—¿Está todo el mundo bien? —pregunto con pánico mientras mi cerebro repasa todo lo que ha estado pasando y se detiene, con un intenso y brumoso pánico, en la idea de que estoy implicada. Todo esto está relacionado conmigo. Está conectado.

—Creo que sí —contesta.

—Estoy en Brooklyn. —«Y he venido para nada»—. Tardaré un rato. Estaré allí cuanto antes.

Me arde la cabeza. Cuelgo y marco el número de Cash, me tiemblan las manos. Le cuento lo de la tienda.

—¿Vienes conmigo?

Tengo que pedirle otro favor.

No vacila.

—Nos vemos allí.

Me encuentro con Cash en la puerta de La Fleur d'Élise y examinamos los daños desde la calle. Los escaparates están hechos trizas, el cristal está hundido por un único punto, como si lo hubieran golpeado con un objeto contundente. Piso los pedazos de la puerta. Dentro, las bombillas del techo están rotas, lo único que queda son los pedazos de cristal clavados a los apliques. El mostrador de cristal está destrozado, la puerta de la nevera cuelga de las bisagras, los arreglos florales que había dentro están rotos y las flores repartidas por todo el suelo, lleno de charcos. Han volcado todos los cubos.

—Han destrozado el material de dos bodas —se lamenta Elisa cuando entro por la puerta.

Cuando me ve se levanta y cruza la habitación. Me rodea con sus brazos larguiruchos y me da una abrazo derrotado.

Javi está barriendo en un rincón, haciendo una montaña en el centro de la habitación con los cristales y las carcasas florales y luego la mira con impotencia, como diciendo: «¿Y ahora qué?».

Lydia está en la puerta, le cuelga un amarilis lacio entre los dedos.

El mostrador de la parte delantera, el que está junto a la caja registradora, es de un sólido acero inoxidable. Estaba allí para utilizarlo como mesa cuando teníamos que montar arreglos encargados a última hora, y para acabar algunos detalles cuando era necesario. Alguien ha dejado grabado un mensaje. Un mensaje para mí, lo siento en los huesos, tan pesado como el plomo. Paso los dedos por encima del metal.

JAREd.

Las terribles palabras están cinceladas con líneas rectas. Cualquier palabra grabada sobre metal es violenta por naturaleza, el mensaje es prácticamente irrelevante. Las letras de por sí son siniestras, como esas notas confeccionadas con letras recortadas de revistas, que no pueden ser otra cosa que notas de rescate.

Pero esta, esta nota es para mí. Y, sin embargo, Lydia, Javi y Elisa no pueden saberlo. La d minúscula cuelga un poco más abajo que el resto del nombre. Es la marca que leí dentro de la boca de Rosie, esa deliberada d minúscula pegada a la esquina de la E.

Se me sube la sangre a la cabeza. Me siento acalorada y mareada al mismo tiempo, una fina capa de sudor me recubre los brazos y lo noto resbalar por mi espalda, por debajo de la tira del sujetador, un único reguero de líquido que se desliza perezosamente por mi espalda. Me balanceo y desde lo que parece el interior de un túnel Cash grita: «¡Cogedla!». Pero ya no recuerdo nada más.

23

La primera persona que veo cuando abro los ojos es la agente Yates, sus morenas mejillas redondas, sus pestañas largas, su pintalabios brillante. Lo primero que pienso es: «¿Por qué estoy durmiendo en la tienda?». Elisa se asoma por encima del hombro de la agente Yates, en su rostro hay una mezcla de preocupación y algo más. ¿Enfado? Como mínimo una impaciencia latente.

Olvido, luego recuerdo, y por lo visto lo hago a la vez.

—¿Cuánto tiempo he estado inconsciente?

Me incorporo pero me mareo y me dejo caer en la silla de despacho de terciopelo rosa que me han traído.

—Poco más de un minuto.

Cash está apoyado sobre una rodilla junto a la silla, muy cerca. El olor de su loción para después del afeitado me revuelve el estómago.

—Yo acabo de llegar —comenta Yates. Elisa me trae agua y no puedo evitar disfrutar de ello, solo un poco. Elisa sirviéndome. Elisa, que una vez me envió a Duane Reade a comprar un sacapuntas. Dos veces. Porque por lo visto se puede comprar un sacapuntas equivocado. Yates se levanta y hace un gesto para indicarle a todo el mundo que se aparte, veo el brillo de sus uñas largas—. Dadle un poco de espacio, ¿de acuerdo? Dejad que hable con ella.

Se dispersan. Javi hace pucheros con su escoba y va arrastrándola con indolencia por los rincones. Elisa finge examinar unos papeles.

Yates me da una palmadita en la mano mientras yo le

pregunto por el hombre que apareció en la puerta de emergencias de mi casa. La agente me ha traído un informe para que lo firme.

—Lamento que no podamos hacer más, pero no hay nada que investigar.

Alza las cejas y lo único que veo son dudas.

Cash lo oye por casualidad e interviene.

—Yo estaba allí. Vi lo mismo que Zoe. Había alguien en la puerta. El pomo de la puerta giró.

—Le creo.

Le da una palmada en el hombro a Cash, lo apacigua. No sirve de nada. La palabra «recursos» no deja de resonarme en la cabeza.

—¿Qué hay de Jared Pritchett? ¿Le ha investigado? —Pego la palma de la mano a la suya de forma que nuestras manos forman un sándwich, y cierro los ojos. Un escalofrío me recorre la espalda, como el trino de un xilófono—. Mick Flannery existe. Todo está conectado. ¿Me crees ahora?

—Claro. Ya te creía antes, pero esto ayuda. —Hace un gesto señalando el desastre que la rodea y sonríe un poco, inesperadamente, me enseña un incisivo manchado de nicotina—. Tengo algunas ideas. Dame tiempo, ¿de acuerdo? Te creo, de verdad. He estado leyendo lo que declaraste. Aquello fue bastante duro. Esas organizaciones no las dirigen una o dos personas. Normalmente son más de treinta. Cincuenta. ¿Esto? —Señala el mostrador, el desastre—. Esto es venganza, así de sencillo. Para aterrorizarte.

—¿Y luego qué? ¿Matarme?

Mi mente regresa a aquella austera furgoneta. Aquella mancha de sangre. Aquel calcetín de niña con encajes. Se me revuelve el estómago.

—Zoe, hay agentes vigilando tu casa. Te protegeremos.

—Necesito llamar a Henry.

Tengo la sensación de tener la lengua llena de polvo.

—¿Tienes algún sitio adonde ir?

Miro a Elisa. A Javi. A Lydia. Todos me miran y parpadean en silencio. Entonces Lydia asiente una sola vez con la cabeza.

—Sí.

253

—Eso no será necesario.

Henry está plantado en la puerta de la tienda con la mano en la cadera. Me siento aliviada en cuanto le veo. Está hecho un desastre, despeinado, tiene la cara extrañamente roja por un lado, como si hubiera estado durmiendo apoyado en algo. Me levanto de la silla y cruzo la estancia en segundos. Me quedo delante de él, insegura, hasta que me estrecha entre sus brazos, su pecho me resulta desconocido y familiar al mismo tiempo.

—Estás aquí. ¿Cómo puede ser? Ni siquiera he tenido tiempo de llamarte.

—Zoe, he intentado llamarte unas diez veces. Me dices que alguien te está persiguiendo y ya no vuelvo a saber nada más. Excepto que te habías quedado en casa de Lydia.

Echa una ojeada por la habitación y ve a Elisa, la saluda asintiendo con la cabeza.

Lydia abre la boca para protestar y la vuelve a cerrar, niega con la cabeza, me guarda el secreto. Por un momento he pensado que lo soltaría aquí en medio: «Zoe no se ha quedado conmigo». A pesar del abismo que nos separa, guarda el secreto.

Yates me separa de Henry y me doy cuenta de que la nevera sigue zumbando en una esquina, escupiendo aire frío a través del cristal. Se me pone la piel de gallina en los brazos.

—Zoe, escúchame. Necesito que vayas con cuidado, ¿me entiendes? No puedes volver a tu piso. Te pondremos bajo vigilancia. Ven a la comisaria.

—Sí —contesto automáticamente.

—No es una opción. Me la llevo de aquí. —Henry se cruza de brazos. Es la clásica pose de Henry, la que he visto en las fiestas; mientras la mayoría de hombres se relajan, sostienen una copa, apoyan los brazos sobre los hombros de una mujer, Henry adopta pose de guardaespaldas. Es una contradicción en sí mismo. Su mano sobre la licra rosa. Le lanza una mirada a Cash, fría y despectiva. Su expresión, la tensión en las cejas, la barbilla ligeramente levantada, todo dice: «Tenemos cosas de que hablar». Entonces me pregunto si vendrá con un plan trazado. Se vuelve hacia Yates—. ¿Ha acabado?

Yates asiente.

—Técnicamente, sí. Por ahora. Creo que lo mejor es que se alojen en un hotel. En la ciudad.

—Sí. Lo entiendo.

Henry alarga el brazo hacia mi. Sé que está pensando en Fishing Lake. La cabeza me da vueltas.

—Debe quedarse cerca, señor Whittaker. —La voz de Yates es firme, nunca había oído a nadie hablarle así—. La investigación está abierta. Necesitamos poder contactar con ella.

—Sí, agente, lo entiendo. Tengo una casa que está a una hora de camino.

Habla con decisión y Yates cierra la boca y se lleva las manos a las caderas, su almidonado uniforme azul se le pega al pecho. Los anchos hombros de la oficial rivalizan con los de Henry y lo mira con la misma firmeza.

—Yo les aconsejaría que se quedaran aquí —solicita.

Nunca había visto nada igual.

—Henry, la casa no será segura —intervengo para poner paz.

—No pasa nada, querida. He contratado personal de seguridad. Solo tengo que cuadrarlo. —Levanta una mano en dirección a la agente Yates y la apacigua—. Encuentren al tal Jared. Quiero que cojan a ese bastardo.

Me lleva hacia la calle con actitud protectora, y no me da tiempo de despedirme de Lydia, Javi y Elisa, ni de darle las gracias a Cash. Me mete en el asiento trasero del coche y nos marchamos en dirección al centro antes de que pueda pensar.

¿Qué relación puede haber entre Caroline, Joan y Jared? ¿Qué le pasó a Mick, cómo encaja en todo esto? Rememoro la relación que mantenían Evelyn y Mick. Cómo se conocieron en la playa. Sus desapariciones aparentemente aleatorias. ¿Qué relación tiene con Caroline? Intento conectar los puntos, pero el dolor me palpita detrás de los ojos.

Henry me va dando palmaditas en la mano durante todo el trayecto, como si fuera un animalito. Quiero pedirle que pare, pero no encuentro las palabras. El sol está empezando a ponerse, está suspendido entre dos edificios, naranja y brillante. En cuestión de minutos estamos en el túnel Lincoln, de camino a la seguridad. Henry el héroe. Compruebo mi teléfono para asegurarme de que está encendido. Espero, espero. Mientras recorremos el túnel, el parpadeo de las luces que pasan a toda prisa por la ventana me recuerda esa luz que busca barcos perdidos a la deriva. Busca, no deja de buscar algo. Toco el cristal con la mano.

24

Cuando llegamos a la casa ya está anocheciendo. El cielo es gris azulado, las nubes tapan las estrellas, y eso que estamos en el campo, que es mucho más despejado que el crepúsculo de la ciudad. Henry me acompaña dentro, el aire huele a limpieza y seguridad. A la inocencia de las sábanas recién salidas de la secadora.

En la cocina hay un refrigerio frío: queso y humus, vegetales frescos, tan crujientes que me descubro buscando a Penny, no puede haberse marchado hace mucho. Pero no hay nadie, claro. No hace mucho tiempo me encantaba esta forma de vida, era como un truco de magia. Una mano por aquí, otra mano por allá, y *voilà*, la cena está servida. Ahora se me interna debajo de la piel y se infecta, como una nigua, y me estremece.

Henry me prepara una infusión, manzanilla, sin teína, la endulza un poco con miel e insiste en llevármela a la cama, a pesar de mis protestas. No son ni las ocho de la noche, por el amor de Dios. Tengo la cabeza muy pesada y no me apetece dormir.

—Debes de estar exhausta. Por favor, deja que te cuide.

Me tapa hasta el regazo, ahueca los cojines. Le cuelga un mechón de pelo por la frente y se ha puesto una camisa negra y unos shorts de color caqui. Parece relajado, con ganas de cuidarme, la preocupación le frunce el ceño. No deja de besarme, la frente, las manos, las mejillas. «Como mujer que eres, sé encantadora.»

Me trae un paño caliente para el dolor de cabeza. Me peina, me masajea la cabeza, la espalda, justo entre los omóplatos.

Dejo que lo haga. Me vuelve a meter en la cama, me tumba boca arriba y me desabrocha la blusa. Cierro los ojos y dejo que me quite la ropa hasta que noto el roce de la brisa, un escalofrío justo donde me ha besado. Me dibuja círculos en la tripa, los muslos, los pechos, y dejo que lo haga. Sus dedos me encuentran abierta y húmeda entre las piernas y le dejo.

Tengo la sensación de estar desconectada de mi cuerpo, como si flotara por encima de la cama y viera a un Henry, ahora desnudo, haciéndome el amor, insistente, amoroso. Su rostro parpadea a la luz de una vela que no recuerdo haber encendido y encarna una sola palabra: éxtasis.

No llego al orgasmo. Me siento entumecida e ingrávida, como si hubiera bebido demasiado. O como si me hubiera tomado algo. Me viene una idea a la cabeza, pero se me escapa antes de que pueda planteármelo siquiera. Henry se estremece y se encorva, sus suaves aullidos en mi oído me recuerdan a un cachorrito enjaulado, y susurra cosas que apenas consigo entender.

258   Excepto una: «Mi posesión más preciada». Lo dice una y otra vez hasta que me quedo dormida, de golpe, como si me cayera por un acantilado.

Sueño con Evelyn, enseña los dientes, están rojos y llenos de sangre. Grita: «¿Qué has hecho?», se abalanza sobre mí, me coge del cuello, de la garganta. Noto sus uñas en el cuello, en la clavícula, me las clava y grita como una hada maléfica con el pelo revuelto. Su odio es tan real y tan palpable que me despierto con las sábanas empapadas de sudor. Henry no está en la cama.

Son las dos de la madrugada. Recorro la casa y me lo encuentro en la cocina, tomando bourbon. Me vuelve a llevar arriba, cambia las sábanas, me mete en la cama. Me hundo en la cama recién hecha. Estoy convencida de que ahora mismo no podría enfrentarme a nada más. Es un alivio que Henry haya decidido cuidar de mí en silencio. Me trae un zumo de naranja, «Para coger fuerzas», susurra, y me lo tomo agradecida.

—¿Te ha llamado Yates? —le pregunto—: ¿Le han encontrado? ¿Podemos volver a casa?

Niega con la cabeza y me vuelvo a dejar caer sobre las almohadas, exhausta. Me quedo dormida enseguida, es un sueño espeso, profundo y denso. La clase de sueño del que, cuando despiertas, no sabes si es por la mañana o de noche, y los números del reloj flotan y chocan unos con otros.

No sueño nada.

Me despierto algún tiempo después, podrían ser horas, podrían ser días. Estoy febril y tirito. Henry está a mi lado y me tapa murmurando algo sobre gérmenes y resfriados de verano. No deja de ahuecar cojines, trajina por la habitación como si fuera una enfermera. Va recogiendo objetos al azar y los cambia de sitio solo para tener algo que hacer.

Yo me incorporo y le observo.

—¿Le han encontrado?

Henry niega con la cabeza.

—Tú preocúpate solo de ponerte mejor. —Me pone la mano en la nuca y me da un beso en la frente. Me trae más té, tostadas y los esponjosos panecillos que hace Penny. Me pregunto cuándo los habrá hecho y siento una intensa punzada de odio inexplicable. Los dejo todos en la bandeja. Sobre la mesita deja una gran jarra de zumo de naranja—. Tienes que hidratarte o te pondrás más enferma.

Me lo bebo todo y me vuelvo a dormir, esa clase de sueño del que entras y sales rápidamente, y sin soñar. Me va despertando cada pocas horas para que beba, hasta que aparto el vaso. No recuerdo que Henry haya cuidado de mí estando enferma. Antes de hoy no me lo habría imaginado nunca.

—No puedo tomar más zumo de naranja. Henry, creo que debemos volver a la ciudad.

—Volveremos. Volveremos. En cuanto sepa que es seguro.

Me aparta el pelo de la frente, lo tengo grasiento por el sudor.

—Yates ya tendría que haber llamado. ¿Ha llamado?

Intento levantarme, pero lo veo todo borroso. Tengo fiebre y me vuelvo a meter en la cama.

—Es la gripe. Has llegado a cuarenta —Henry habla en voz baja, como si estuviéramos en un hospital—. He llamado al doctor y me ha traído algo. Es un antiviral. Te ayudará, pero es posible que vomites.

Me está pidiendo permiso a su manera, que consiste en no pedir permiso. Me está diciendo lo que va a hacer. Me trae dos pastillitas rosas y un gran vaso de agua. Me las tomo.

Me pego las mantas a la cara. Imagino que se me mete la sábana en la boca, que me roba el oxígeno. Oigo los pasos de Henry en el suelo, el suave crujido de la puerta, y solo cuando estoy segura de que estoy sola, me dejo arrastrar por el sueño.

Cuando despierto, en la mesita de noche hay un vaso de zumo y una nota. «Enseguida vuelvo, Henry.» Ha dejado mi ropa sobre la *chaise longue*, un aviso delicado para que me levante. Vístete. Una camiseta violeta y un par de shorts blancos, como si hoy fuéramos a pasear. A pasear.

Tiro el zumo por el inodoro y me visto con desgana. Tengo que esforzarme para no volver a meterme en la cama. Tengo mucho frío. Pero por debajo de la desesperación arde una rabia primitiva, una llama. A todo el mundo le parece bien que Jared me atrape. A Yates parecía tenerle sin cuidado, Henry no fue de mucha ayuda. Si nadie va a ayudarme, tendré que espabilarme sola.

Si pudiera ponerme en contacto con Cash, seguro que él podría hacer algunas investigaciones. Necesito ayuda. Joanie está muerta, Caroline está amenazada, Jared y Mick han desaparecido, todo está relacionado de algún modo, pero no encuentro la conexión. Todo está conectado, me vibra todo el cuerpo de lo segura que estoy. Tengo razón, sé que Jared y Mick están relacionados con la muerte de Joanie, sé que de alguna forma es culpa mía. Sé que maté a mi hermana. De repente me asalta una idea: si encuentro a Mick, podré aclarar todo este asunto.

Bajo a la cocina en busca de mi teléfono. La sangre me late con fuerza en las venas, palpita con un ritmo constante. «Encuentra a Mick.» «Encuentra a Mick.» Un ritmo de redención con un toque de venganza. Sigo sintiéndome adormilada y débil por culpa de la fiebre y noto las náuseas que me provocan los antivirales, pero estoy rabiosa.

Busco en la cocina, en el salón, en el porche, voy abriendo cajones y armarios a mi paso. Ni rastro del móvil. Vuelvo a subir y rebusco en los cajones de nuestras cómodas, en las maletas, en los bolsillos de los pantalones. No aparece por ninguna parte.

Estaba justo en la mesita cuando me quedé dormida, estaba segura de eso. Tiene que estar en alguna parte. Se me ocurre una idea: el despacho de Henry.

Entro y abro cajones y rebusco en los archivos. En el armario encuentro cajas de archivos y rebusco en ellas, no encuentro nada importante, salvo la llavecita de un candado que me meto en el bolsillo.

Clavo los ojos en mi fotografía, la de la estantería, esa que Henry me hizo en el bosque. Me doy cuenta de que llevo la misma camiseta que me he puesto ahora. Cojo la fotografía y la observo con atención, me llevo la mano al cuello, acaricio el cuello redondo de la prenda. Toco la camiseta de la imagen, un dobladillo con un marcado pico en V. Un poco de escote, un amago de pecho.

No es la misma camiseta.

261

Solo tengo una, me la compró mi querido marido, en un color que nunca me gustó. Examino la fotografía con más detalle. Las mismas cejas irregulares, el discreto pico de viuda en la raíz del pelo, mi pelo negro, que acababa de crecer, brillante y suave, largo hasta los hombros. El lunar de mi oreja izquierda. Mi oreja izquierda. Me llevo la mano a la cara y me toco con delicadeza el lunar que tengo en la oreja derecha.

La mujer de la fotografía no soy yo.

25

$\mathcal{M}$e saco la llave del bolsillo y la meto en el candado. La habitación cerrada. La habitación llena de archivos y objetos personales que Henry quería proteger cuando alquilaba la casa. La habitación que no he visto nunca.

Hago girar la llave con la fotografía debajo del brazo y la puerta se abre. Tardo un minuto en correr el pestillo y la puerta cede con un traqueteo. La habitación está completamente oscura y solo son las tres de la tarde. Me doy cuenta de que las ventanas están tapadas. Enciendo la luz.

En la pared del fondo hay una pila de cajas, cinco de largo por cuatro de alto, todas idénticas y sin etiquetas. En la pared de la izquierda veo unas cajas de embalaje enormes. La pared de la derecha está tapada con una sábana muy grande.

La habitación huele a humedad, como si no entrara nunca nadie. Saco la fotografía y vuelvo a observarla ladeándola bajo la luz. Entre la mujer de la imagen y yo hay algunas diferencias sutiles: tiene un poco roto uno de los dientes de delante, casi ni se nota. Le asoma una cicatriz roja y brillante en la clavícula. Si no hubiera estado buscando algo, no la habría visto. Me tiemblan las manos.

Saco la caja de arriba, la apoyo en el suelo y levanto la tapa. Carpetas. Las examino. Los impuestos de Tara. Los préstamos de estudiante de Tara de 2007. Bajo la caja siguiente. Más carpetas. Luego la siguiente. Hasta que todas las cajas están repartidas a mi alrededor. ¿Qué estoy buscando? No lo sé. Solo hay una explicación para esta fotografía, pero necesito pruebas. Bingo. Fotografías de la boda. Abro el álbum y paso las páginas.

Tara con un vestido de color marfil corte sirena, lleva el cabello recogido en un moño, sonríe de una forma que reconozco, yo también sonrío así, así le he sonreído a Henry. Es una sonrisa secreta. Una sonrisa de amante. Los labios un poco separados, medio ladeados.

Paso las páginas con el pulgar, una detrás de otra. Una boda sin invitados. Una cena elegante, un imponente plato de vieiras, Tara abriendo la boca como una tonta para comerse una. Yo odio las vieiras.

Gracias a las viejas fotografías de la boda de mi marido, descubro que a mi hermana muerta le gustaba el marisco.

Un primer baile, un restaurante íntimo, un único violinista. «Oh, Joanie, ¿por qué te aislaste tanto del mundo?» ¿Tenía amigos? ¿Sus padres querían asistir? ¿Dónde se celebró esta boda? Examino las páginas, por delante y por detrás, luego al revés. Busco pistas pero no encuentro nada. Se la veía tan feliz, la alegría que da la libertad. La clase de felicidad propia de los perros y los niños cuando son muy pequeños. Propia de las personas entregadas.

263

Dejo el álbum. Me acerco a las cajas grandes y levanto las tapas. Dentro, muy bien doblada, hay ropa. Pilas de pantalones de vestir, blusas, vestidos. Unas telas tan buenas que dan ganas de enterrar la cara en ellas. Miro las etiquetas. Versace. Donna Karan. Seda, terciopelo, cachemir, distintos tonos de violeta.

Pienso en todas las prendas que me ha regalado, color berenjena, violeta, lavanda. Un color que he aborrecido toda mi vida. El color preferido de Tara. No me compraba ropa nueva, me daba la de ella. Noto un sabor a cobre en la boca e inspiro aire entre dientes. Me quedo sin aliento. No he sido más que una maldita Barbie.

Me levanto, cruzo la estancia y arranco la sábana de la pared. Debajo aletean cientos de pequeñas fotografías. Es un corcho clavado en la pared, está lleno de fotografías, artículos, notas escritas a mano, trozos de hojas, pedazos de papel. En un lado del corcho hay una etiqueta en la que pone Tara con un marcador negro, en la otra parte pone Hilary. Me ruge la sangre en las orejas.

Fotografías mías en la floristería. Faldas de encaje, medias de rejilla y botas militares cuando llegaba al trabajo, tacones de aguja cuando salía por la noche. Lydia y yo riendo, agarradas de la cintura, compartiendo un cigarrillo.

Las fotografías de Tara son muy variadas. En las más antiguas se la ve con melena, más joven, más libre, con las mejillas rosadas y sinceras sonrisas abiertas. Después se la ve reservada, como si guardara un secreto, con los labios apretados y una tímida mirada distante. Tiene la mirada más oscura, más caída.

Arranco un artículo de periódico, el papel se rompe al desprenderse de la chincheta.

> 5 de septiembre de 2011: una mujer de 25 años ha muerto en un atropello con fuga en la esquina de la 32 con la Sexta. La víctima ha sido identificada como Tara Joan Whittaker...

Aliso el artículo con la mano y dejo marcas de tinta en el papel. Ahí está. La confirmación. La prueba. Tara y Joanie eran la misma persona. Me tambaleo hacia atrás, cojo una caja con las dos manos y me dan arcadas. Tengo la sensación de que voy a vomitar, siento náuseas. Dejo la caja.

Hay una tarjeta de color crudo prendida al tablón. La desengancho y leo lo que pone. Por delante solo pone «Hal». En el interior, una inquietante escritura que conozco muy bien desgrana las palabras de unos versos que me resultan igual de conocidos:

> Como mujer que eres, sé encantadora;
> como mujer que eres, sé compleja,
> tan compasiva como constante, tan constante como compleja.
> Entrégate a mí, y yo seré tuyo para siempre.

Le doy la vuelta a la tarjeta. Detrás hay escrita otra estrofa:

> Encantadora soy, demostraré que soy compasiva:
> soy mujer, tan constante como compleja,
> no tengo el corazón de piedra, soy tu verdadero amor.
> Bésame de igual a igual, igual que yo te beso a ti.

En la garganta se me queda atrapado un sollozo que escon-
de una carcajada. Esta era Tara diciéndole a Henry con sutile-
za: «Te conozco». Te tengo calado. Aunque él nunca lo había
entendido, claro. A pesar de la capacidad intelectual de Henry,
sé que nunca se permitiría un lujo tan frívolo como la poesía.
Mi hermana, con sus novelas de misterio, su introversión y su
abrumadora agorafobia... Tal vez fuera tímida, pero no tenía
ni un pelo de tonta. «No tengo el corazón de piedra, soy tu verdadero amor.» Galatea diciéndole a Pigmalión que es mucho
más que su creación; ella tiene vida propia, tiene alma. «Bé-
same de igual a igual.» ¿Es Henry capaz de considerar a una
mujer su igual? Chica lista.

Hay una fotografía enganchada, Tara y Henry delante de la
Torre Eiffel, y le doy la vuelta. «TJ y Hal. Luna de miel, 2008.»
Ella lleva un vestido negro con una enorme rosa plateada pren-
dida del cuello. La falda a rayas blancas y negras. Lo reconozco.
Lo llevé en Francia, el broche también. Me sabe la boca a cobre
y me tiemblan las manos.

Todas estas fotografías, sus enormes y felices sonrisas. Sin
ansiedad. Es evidente que está en el exterior. Rodeada de gente. En aquella época no era agorafóbica, todas tienen fecha de
2008, 2009. Algunas son de 2010. Ya no hay ninguna de 2011.
Aunque estuviera luchando contra la ansiedad como había su-
gerido la señora Bascio, no estaba encerrada en casa. Vivía con
normalidad. «Oh, Joanie, ¿qué te hizo Henry?» Entonces lo
siento, lo que podría llegar a hacerme la presión de ser la esposa de Henry Whittaker, y la presión es tan pesada como una
casa, se me clava justo en el pecho.

Descuelgo los demás artículos que están en mi lado del
corcho. Pequeñas notas mecanografiadas del juicio. Testigos y
acusados. Jared Pritchett y Michael Flannery. Está justo ahí, en
negro sobre blanco.

De repente caigo en la cuenta de que estoy en peligro. De lo
que no estoy segura es en qué sentido. No puedo dejar que me
pille dentro de esta habitación. Tengo que salir de aquí. ¿Cómo?
Vuelvo a clavar los artículos en el tablero, apilo las cajas, cierro
las tapas. Echo un último vistazo a ese... altar. Ha estado justo
delante de mis narices todo el tiempo, como si él quisiera que lo

265

encontrara. Noto que se me escapa un sollozo. Toda mi vida es una mentira. Toda esta habitación es una mentira.

Retrocedo hasta la puerta, cierro el candado y corro al despacho de Henry. Vuelvo a dejar la llave en la caja que he encontrado en su armario y espero recordar cuál era. Me doy cuenta de que he olvidado la fotografía en su habitación secreta. No hay tiempo.

Corro a la puerta principal. Tengo que marcharme. Llamar para pedir ayuda. Lo que sea. Intento imaginar cómo le explicaría todo esto a Yates. Me encerraría, me pondría una camisa de fuerza.

Me doy cuenta de que no tengo coche. Piensapiensapiensapiensa. Iré caminando hasta la tienda de la esquina. ¿Y luego qué? ¿A quién llamaría? ¿Acaso sigue existiendo algún número de información al que se pueda llamar? Pienso en Trisha, con su sonrisa de ardilla y sus brillantes ojos vivarachos. Me imagino pidiéndole que llame a la policía jadeando presa del pánico. Sería lo más emocionante que haya pasado en Fishing Lake desde aquel italiano que vivía en lo alto de la colina.

Hago girar la manecilla de la puerta principal y tiro. Está cerrada. Descorro el cerrojo, vuelvo a intentarlo. Cerrada. La puerta no cede. Se me está empezando a acelerar el corazón. Van a pasar cosas malas, lo presiento. El pánico me trepa por la espalda, se me enrosca en el cuello y noto que empieza a sudarme la nuca, me resbalan grandes gotas de sudor por el cuello. Mi vida se está deshilachando a mis pies, y yo me tambaleo y tropiezo con las hebras. Hago girar el cerrojo de nuevo y el cierre de la puerta y doy un rápido tirón. No se mueve ni un centímetro. El pánico aumenta, me atenaza la garganta hasta que no puedo respirar y entierro un sollozo en el antebrazo.

La puerta está cerrada por fuera. Estoy atrapada. Apoyo la frente en el cristal e inspiro con fuerza tratando de calmarme. Ventanas. Eso es. Ventanas. En realidad no se puede encerrar a una persona dentro de una casa. No me importa tener que descender por la pared. Estoy empezando a sentir claustrofobia y no puedo respirar. Inspirar. Exhalar. Inspirar.

—¿Vas a algún sitio?

Me doy media vuelta y ahí está Henry, alto, con ese aspecto que tan bien conozco, con su sonrisa de vacaciones y su pelo despeinado, con un rizo desenfadado de chico de fraternidad cayéndole por la frente. Tiene la cabeza ladeada, los ojos marmolados, entornados. Pego la espalda a la puerta y se me clava el pomo.

En la mano izquierda lleva una pistola.

267

$\mathcal{M}$e acompaña con delicadeza hasta el dormitorio, me sujeta del codo con la mano —tan suave y bien cuidada—, casi con preocupación, si no fuera por el duro metal del cañón que tengo clavado en la espalda. Me indica que me meta en la cama y yo me resisto lanzándole una mirada; él suspira.

—Siempre has sido obstinada. —Niega con la cabeza con una sonrisita de la misma forma que lo haría una madre ante un niño de cuatro años especialmente tozudo, como si mi oposición fuera infantil. Adorable. Me sabe la lengua a sulfuro. Me clava la pistola en la piel con más fuerza y me retuerce el brazo a la espalda con fuerza—. Métete en la cama, Zoe. Podría matarte ahora mismo. ¿A quién iba a importarle de todas formas? Tampoco tienes a nadie.

Lo dice como si nada, es calculador, gélido.

Me lanza contra la cama y me agarra de la muñeca izquierda; de un rápido movimiento me esposa al cabecero de hierro forjado. Me tira del brazo para comprobar que aguantará.

—Así que Joanie es Tara. —No tiene sentido andarse por las ramas. Se me ha desbocado el corazón, pero todavía tengo la cabeza despejada, quizá por primera vez en semanas—. Entonces ¿yo quién soy? ¿Para ti?

Está de espaldas a mí, y manipula algo dentro del armario. Entonces se da la vuelta con una jeringuilla llena en la mano.

—Eres la suplente. Haz los cálculos, Zoe. ¿Cuándo murió Tara?

Mi cabeza se llena de fechas y datos de los que, hasta ahora, solo había sido vagamente consciente. Hace tres años. Trago saliva con fuerza, pero no digo nada.

No espera a que conteste.

—¿Y cuándo salió de la cárcel tu querido Jared?

No tengo ni idea. Niego con la cabeza.

Me mira con lástima.

—Tara era mucho más inteligente que tú. La verdad es que es una lástima, por muchos motivos. —Suspira—. Te daré una pista. Fue hace tres años.

Se me revuelve el estómago y noto que el sudor me salpica el labio superior. Me humedezco las comisuras de los labios, pero tengo la lengua seca como el papel de lija.

—¿Por eso han vuelto ahora?

Tengo la voz áspera.

—¿Quiénes? ¿Las personas a las que jorobaste cuando vivías esa vida tan desagradable y vendías drogas en los parques? —Henry se ríe con suavidad y niega con la cabeza mientras le da unos golpecitos a la jeringuilla para eliminar las burbujas—. No ha vuelto nadie. Encontré a Jared y lo maté. Hace dos años, porque la policía era incompetente y me di cuenta de que era lo que querías. Él no sabía que existía Tara. Diría que ese fue el peor error de su vida. —Contrae la boca, me lanza un beso de soslayo—. Mick murió de sobredosis cuando estaba en protección de testigos. Hace años.

—¿Protección de testigos? —Por eso no existía ningún Mick—. Espera, ¿tú mataste a Jared?

Me lo quedo mirando fijamente. Este hombre, este tipo elegante tan pulcro, mi marido, a quien solo le gusta comer cordero los miércoles y cree que el cabernet nunca debería tomarse con pasta porque ambos productos son muy pesados. Es un asesino. Es inconcebible.

—No te sorprendas tanto, Zoe. No es el primero, ni será el último. Aunque nadie lo echará de menos. Igual que a ti. —Le vuelve a dar un golpecito a la jeringuilla y se acerca despacio a la cama. Reculo—. En realidad no me costó mucho. No era tan listo.

—Pero... si Jared no existe y Mick está muerto, ¿eras tú quien estaba haciendo todas esas cosas? ¿El vandalismo, el allanamiento?

Levanto la voz, estoy gritando.

Técnicamente yo soy la causante de la muerte de mi hermana. Técnicamente la mató Jared. Pero solo porque creía que era yo. Mi vida, mis elecciones, mis errores. Un sencillo caso de identidades equivocadas, eso es lo que puso la bola en marcha. Jared venía a por mí, una venganza por haber destruido su castillo de naipes. Henry solo continuó lo que había empezado Jared, después, claro, de matarlo.

—¿Crees que he llegado donde estoy por casualidad, Zoe? ¿Que mi dinero, mi vida, mi posición, es todo un feliz accidente? La verdad es que me has agotado.

—No sé a qué te refieres —siseo entre dientes pateando en su dirección.

—Tara solía pasar el día en casa leyendo. Pero ¿tú? Tu estás descontrolada, correteas por todo Manhattan, me sigues al gimnasio. —Debo de parecer sorprendida al oír eso, porque suelta una risita—. Sé todo lo que haces. Tu teléfono, el piso. Ahora es muy fácil gracias a la tecnología. GPS. Cámaras del tamaño de una uña. ¿Cómo crees que te encontré en la tienda de Elisa? Sé todo lo de tus citas con ese reporterucho, incluso la noche que pasaste con él, y sobre la que mentiste. Tengo grabado todo lo que has tecleado en el ordenador. Todo lo que has hecho desde que empezaste a vivir en mi casa, Zoe.

—¿Quién es la chica del gimnasio? —espeto.

Se encoge de hombros.

—No es nadie.

Y lo dice en serio. Para él no es nadie.

—¿Caroline? ¿La llamada? ¿También eras tú?

Intento sentarme, pero me falla el brazo que tengo encadenado por encima de la cabeza y no consigo agarrarme a la cama.

Se planta a mi lado con una débil sonrisa gélida.

—Tú estás siempre descontrolada, Zoe. No me escuchas. No me necesitas, no como me necesitaba Tara. Tara era dulce, sumisa. Ella me necesitaba. Tú eres insolente. Desagradable. Es imposible quererte. —Su voz es grave y sus palabras me atraviesan el corazón. Podría tener razón—. Me eres indiferente,

270

Zoe. No puedo tolerarlo. Antes era distinto, con tu maravillosa ignorancia. Pero tú tenías que seguir adelante, tenías que buscarla. Encontrar a Caroline. Luego a tu hermana. Has sido tú quien lo ha echado todo a perder, no yo. Nunca estás satisfecha.

Me sujeta la rodilla y abro los ojos. Me inyecta la aguja en el muslo y aprieta el émbolo.

Jadeo.

—¿Qué estás haciendo, Henry?

—No solo me debías una esposa, Zoe. Me debías a Tara. ¿Es que no lo ves?

Su rostro está a escasos centímetros del mío y puedo verle todos los poros de la piel. Tiene la respiración agitada. Se desvanece y la habitación empieza a dar vueltas.

Cuando me despierto, la habitación está a oscuras. Miro el reloj de la cómoda: las dos de la madrugada. Me incorporo y noto una punzada de dolor en el brazo. Lo tengo entumecido y muy frío. En la oscuridad, oigo el crujido de las sábanas a mi lado. Henry.

—No me siento el brazo —murmuro atontada, y Henry enciende la luz.

Entonces me doy cuenta de que me ha puesto un camisón de seda blanco y una bata que no es mía. Parece un salto de cama de novia. No me siento los brazos ni las piernas. Tengo que salir de aquí. Henry, que lleva puestos unos pantalones de pijama y una camiseta, sostiene una llavecita. Me levanta el brazo con habilidad, lo pega a la pared, abre la esposa y me la cambia de brazo. Durante el breve segundo que paso sin esposas, intento golpearlo con torpeza, pero solo consigo pegarle la mano a la mejilla. Me da una bofetada. Con fuerza. Siento un dolor caliente en la cara y se me saltan las lágrimas.

—Vuelve a hacerlo, Zoe, y te mato ahora mismo —me espeta.

Luego se le suaviza la expresión, mi somnolencia lo relaja.

Intento enfocar a Henry, cuya imagen no deja de alejarse y volver a acercarse, una y otra vez. Me recuerda a cuando veía la vieja televisión de Evelyn las noches que ella trabajaba: canales de pornografía, un destello de piel aquí o allí, quizá un brillante pecho en tecnicolor. Cierro los ojos, veo puntitos amarillos y destellos de color.

Cuando vuelvo a abrir los ojos, Henry está de pie delante de mí, desnudo, erecto, cogiéndose el pene. Me desliza las manos por los muslos. Aparto la cara y él me obliga a girarla agarrándome de la barbilla. Me doy cuenta de que no llevo nada debajo del salto de cama y pateo. Intento sentarme.

—No —murmuro.

Me parece que se me está pasando el efecto de las drogas. Ese «no» ha sonado más claro, pero no estoy segura.

—Tranquila, amor mío. —En algún momento de los últimos minutos, ha encendido velas y ha apagado las luces. Se tumba encima de mí, me besa el cuello y yo me encorvo contra su pecho—. Maldita sea, Zoe. Sé obediente por una vez. —Se levanta deprisa, avergonzado, se da una palmada en el muslo, en su flácido fracaso—. Esto no me había pasado nunca.

Se disculpa y me acusa al mismo tiempo; le brillan los ojos de odio y se queda plantado a mi lado hasta que tengo la impresión de que quizá me pegue, tiene los puños apretados, los nudillos blancos. Aprieto los dientes, me preparo para el golpe y cierro los ojos.

Se da media vuelta y vuelve a abrocharse el pijama. Cuando se vuelve sostiene una jeringuilla. Un rápido pinchazo en el otro muslo y se me nubla la vista.

Me trae bandejas de comida y yo clavo los ojos en el reloj cada vez que despierto. Las 6:27 de la mañana. Las 4:13 de la tarde. Las 5:42 de la madrugada. Intento llevar la cuenta de los días, pero no dejo de descontarme y tengo que volver a empezar. Desisto de mi intento de recordar y, con la mano que tengo libre, me clavo la uña en la piel de la cadera hasta que sale manchada de sangre. Una media luna por cada día. O lo que me parece que es un día, a veces me cuesta recordar si era por la mañana o por la tarde la última vez que desperté, por lo tanto no sé si ha pasado un día o solo doce horas. Puedo pasar el dedo por las cicatrices, las costras, y contar. A veces, cuando me despierto de golpe, asustada y jadeando, palpo estas pequeñas incisiones. Seis, llevo aquí seis días. Luego ocho. Luego diez.

Creo que me pone la ropa de Tara, vestidos de fiesta negros y pantalones de traje de seda. ¿Para qué querría ponerse pantalones de traje una agorafóbica?

Me acompaña al servicio, dos, quizá tres veces al día, esposada y con el cañón de la pistola en la espalda, y luego me devuelve a la cama. Después me incorpora, me da galletas y zumo. Me habla, me cuenta cómo le ha ido el día. Sus palabras flotan a mi alrededor, oigo su eco, como si estuviera en el hangar de un aeropuerto. Si le preguntó «qué» demasiadas veces, se enfada. Me pregunto qué querrá de mí. ¿Estaré aquí para siempre? Su sustituta de Tara amarrada a la cama como un animal.

¿Moriré aquí?

¿Me añorará alguien?

¿Le importa a alguien?

Un pinchazo en la pierna. Apenas lo noto.

273

He empezado a encontrarme mal. Vomito una cálida bilis verde en la cama, cosa que enfurece mucho a Henry.

—¿Qué vas a hacer conmigo? —le pregunto con debilidad mientras me sale un largo hilo de baba de la boca.

Estoy tumbada de lado, me suda la cara. No sé lo que me está inyectando, pero es demasiado. Mi cuerpo ha empezado a rechazarlo. Me provoca náuseas y me debilita. Moriré aquí, en esta casa aislada con una ropa que no es mía.

Está limpiando mi vómito con una toalla y sonríe, es una de las inteligentes sonrisas de Henry.

—La agente Yates me ha llamado, me ha dicho que ha estado intentando llamarte. Le he dicho que me has dejado. Que te has alojado en un hotel de la ciudad, pero no sé cuál. Me ha dicho que tiene información sobre Mick, así que imagino que habrá descubierto que está muerto. Es una detective sorprendentemente buena para ser mujer. Vivía con un nombre distinto. Protección de testigos, ¿sabes? —Lo comenta relajadamente mientras limpia una mancha especialmente pegajosa del colchón—. Cuando te marchaste de la ciudad, se convirtió en testigo del estado, desmontó toda la organización. Estuvo muy poco tiempo en la cárcel, luego se unió a la protección de testigos. No me costó mucho encontrarlo, aunque la verdad es que tengo muy buenas conexiones. Los federales no hablan mucho con la policía.

Me pesa mucho la cabeza y la apoyo en el brazo, tengo lágrimas en la cara, sudor. Quizá también tenga vómito. Empiezo a apestar.

—Pero ¿qué vas a hacer conmigo? —le vuelvo a preguntar como una boba, no sé si ya me ha contestado o no.

—Faltan tres meses para que empiece la temporada de caza. Y entonces volverás conmigo. Comprenderás tu error, te darás cuenta de lo mucho que me has echado de menos. Estás sola en el mundo, Zoe, no tienes a nadie. Solo me tienes a mí. Dejas tu hotel, vuelves aquí. Para suplicar mi perdón. Intentas encontrarme en los bosques que hay detrás de la casa, darme una sorpresa. —Ha bajado la voz hasta convertirla casi en un susurro, me acaricia la mejilla con el dedo—. Yo creeré haber alcanzado un ciervo. En realidad es trágico.

—Henry, me buscarán. La agente Yates, Lydia, Cash. Alguien se preguntará dónde estoy. No te saldrás con la tuya.

—Tara nunca pensó que yo fuera estúpido, Zoe. Pero tú, tú me cuestionas continuamente. Sinceramente, es exasperante. —Lo dice con un tono relajado—. Le he pedido a Yates que se lo explicara a Cash y a Lydia. Tuvimos una discusión bastante acalorada acerca de tu pasado. Tus secretos. Se lo conté todo, que vendías drogas. Lo de Evelyn. No eres la persona que todo el mundo piensa. —Me ronronea al oído—. Solo quieres que te dejen en paz. Tienes miedo. Has vuelto a huir. —Se acerca a la cómoda, coge unos cuantos billetes, los hace ondear en mi cara—. Incluso te has llevado dinero.

Yo he compartido distintas partes de mi historia con diferentes personas, pero nadie lo sabe todo. Cash es el que más cosas sabe, él no se rendirá. Pero primero irá a hablar con Yates. Después de hablar con Henry, ella dará por hecho que le he robado a Henry y me he marchado.

Henry se tumba en la cama, se acurruca contra mí, noto su aliento cálido y húmedo en el cuello y quiero darle una patada

274

para que se aleje, pero no consigo que mis piernas cooperen. Tres meses. Me va a tener aquí tres meses.

Moriré antes.

Me despierto cubierta de orina. La huelo antes de notarla. Henry me está quitando las sábanas de debajo y yo ruedo contra mi muñeca esposada, me corto la piel hasta que empieza a resbalar sangre por el brazo, cosa que todavía lo pone más furioso. Está enfadado y grita palabras que no entiendo. Las sábanas tienen manchas amarillas y rojas. Me quita las bragas y el camisón, me palpa la cadera, las cicatrices. Me pregunta: «¿Qué narices es esto?». Le contesto: «Es mi reloj». No lo pienso detenidamente, sencillamente me sale, y ni siquiera es coherente. Ni siquiera estoy segura de lo que digo, suena incoherente. Lo único que él oye es la palabra reloj.

Se acerca a la cómoda. Arranca el cable del reloj y cierra de un portazo. Con la mano libre me palpo la cadera desnuda. Doce días. Llevo aquí doce días.

275

Me parece que se marcha de casa durante el día. Me obligo a mantenerme despierta, oigo cómo se cierra la puerta, el coche avanzando por el camino. Grito durante todo el tiempo que puedo. Imagino a Trisha, de la tienda de la carretera, con un chándal rosa, brillante y metálico, una cinta para el pelo de un resplandeciente color violeta y deportivas nuevas, caminando junto a la casa, paseando con energía mientras intenta, por última vez, perder esos kilos de más que ganó durante el embarazo. Llamo a Trisha a gritos. Grito hasta que pierdo la voz y me quedo ronca. Grito todo el día. O por lo menos durante lo que me parece que es el día. Grito hasta que Henry llega a casa.

Amanece, anochece, luces tenues a través de las cortinas, cambio de brazo, aseo con esponja. Me acaricia todo el cuerpo, pero no es capaz de conservar la erección, así que desiste. Más ropa extraña: chándales y ropas de gimnasio, me hacen bolsas y se me caen, me estoy quedando escuálida. Preferiría morir de hambre. Seguro que lo conseguía antes de tres meses.

—Te he traído un regalo.

Una jeringuilla más pequeña, un líquido ligeramente amarillento.

—Esto no te sentará mal.

Sonríe. Este es mi regalo. Una droga que me matará más despacio. Tengo que hacer algo.

—Henry, espera, Hal.

Recuerdo el nombre que estaba escrito detrás de la fotografía. Hal y TJ. Tengo la voz apelmazada, cubierta de melaza, como si tuviera alquitrán en la lengua. Palpo el dobladillo del vestido, un vestido de verano verde, perfecto para fiestas de compromiso y bautizos, un perfume con un olor dulce y copas altas llenas de champán. Galletas decoradas con copos de nieve. ¿De dónde ha salido eso? Recuerdo la fotografía de mi hermana sonriendo delante de la biblioteca el día de su graduación. Un vestido de flores.

276 —¿Qué?

Se queda de pie al final de la cama y me da unos golpecitos impacientes en los pies desnudos. Me esfuerzo por sentarme. Entre una dosis y otra estoy bastante lúcida. Como si la droga no consiguiera entrar en mi sistema a la misma velocidad a la que sale, y entonces la niebla se levanta como si fuera la pesada cortina de un escenario.

—Hal —repito.

—No me llames así.

Entorna los ojos, agita la muñeca de la mano con la que sostiene la jeringuilla.

—¿Por qué? ¿No es lo que quieres? —Me muevo hacia delante, de repente me siento segura. Firme. Alargo el brazo, la esposa se me clava en la piel como un pulpo, y le toco el brazo. Noto su calor bajo los dedos y cierro los ojos recordando cuando, no hace tanto tiempo, habría hecho este gesto con sinceridad. Con amor. Los huesos de su muñeca son firmes. Me mira a los ojos y vacila—. Déjame probar.

Lo está valorando. Está pensando en mí, con la ropa de ella, leyendo a Ruth Rendell y Sherlock Holmes con unas zapatillas con los dedos descubiertos y llamándole Hal, pícnics en el bosque, esperando pacientemente en nuestro piso a que él vuelva a casa, con ganas de verlo, saltando, rodeándole la cintura con las piernas. Una vida llena de posturas del misionero y de cenas decididas en base a lo que Henry tome a la hora de comer, o el día de la semana que sea. Yo contentándome con eso. Siendo obediente. Complaciente. Duda. Lo noto por cómo le tiembla la jeringuilla en la mano.

—Hal. —Vuelvo a decirlo, pero con más suavidad, con timidez, y aparto la mirada. Con recato. Tal como actuaría si fuera verdaderamente sumisa, intento canalizar esa intuición de gemela de la que he oído hablar en *Oprah*. Incluso pienso, durante un absurdo segundo, que ella puede verme u oírme: «Mándame una maldita señal, Joanie. ¿Qué harías tú?»—. ¿Y si pudiera hacerlo? ¿Podríamos ser felices, no? Hubo un tiempo en que lo fuimos, ¿no? ¿Te acuerdas de aquel día en el bosque? ¿Del pícnic? Yo llevaba esa camiseta violeta. Hicimos el amor contra un árbol.

Pruebo suerte recordando la fuerza con la que me empotró contra aquel árbol, la corteza clavándose en la piel de la espalda. Pienso en nuestro matrimonio. En los momentos de mayor intensidad, los más románticos: París, el tejado. El parque de Washington Square. ¿Todo eran momentos repetidos? ¿Era su intento por revivir lo que había tenido con Tara? ¿Quería revivir su pasado? Yo diría que sí por cómo se le nublan los ojos, los entorna y me observa atrapado entre la lógica y sus deseos más primitivos. Se le suaviza la expresión, pierde fuerza.

Niega con la cabeza, no dice nada. Yo prosigo.

—¿París? ¿Nuestra luna de miel? —Y entonces se viene un poco abajo, me doy cuenta. Se le dilatan las pupilas y se le relaja la mandíbula. Henry es un hombre racional, pero desea esto. Muchas personas olvidan la lógica cuando se enfrentan a algo imposible que desean con todas sus fuerzas—. Vámonos a París. Otra vez. Tú y yo. Lo reviviremos. De nuevo. Esta vez de verdad. Hal y TJ. —Me atraganto, bajo la voz, me clavo la barbilla en el pecho y susurro—: Tú puedes ayudarme, Hal. Enséñame. Me refiero a cómo debo actuar. Lo único que he deseado siempre es que cuidaras de mí.

Me doy cuenta con enfermiza sorpresa de que, en realidad, eso es cierto.

Él no habla, se limita a salir del dormitorio agarrando la jeringuilla con fuerza, tiene los nudillos tan blancos como la cara. No accede. Todavía. Pero lo hará.

Por lo menos sigo aquí, todavía estoy encadenada, pero tengo la cabeza despejada. Lo único que tengo que hacer es esperar.

—Hal, Hal. —Lo muevo con suavidad. Es medianoche, o más tarde, no lo sé con seguridad—. Tengo que ir.

Murmura algo contra la almohada.

Lleva veinticuatro horas sin darme drogas. Me evita, y esto puede ser o muy bueno o muy malo. Está considerando mi oferta. No ha hablado conmigo, pero yo le hablo, utilizo cualquier detalle que se me ocurre de todo lo que encontré en sus cajas, en el corcho. Le hablo de nuestra boda, de mi plato de vieiras, de los centros de mesa, comento que todo estaba hecho especialmente para nosotros, y eso era lo más romántico que había visto. Finjo desmayarme y soy femenina. Me muestro incluso emocionada. Podríamos revivirlo. Renovar nuestros votos, ¡en París! Él finge ignorarme.

Es el momento de ir a lo esencial, parloteo sobre cualquier cosa que me viene a la cabeza, sobre todas las cosas que podría haber dicho si hubiera sido yo pero estando completamente dominada, dócil y enamorada de él. Ni siquiera me cuesta, es como si mi cerebro hubiera bloqueado las imágenes mentales que debería evocar de forma natural. «¿Recuerdas aquel día en el barco?» Apenas recuerdo un barco, ni siquiera sé si Tara estuvo allí. Todavía no me ha dicho nada. Me estoy convirtiendo en una persona dentro de su cabeza, lo noto por cómo me mira cuando digo ciertas cosas, ya no está seguro: ¿Tara o Zoe? E incluso, aunque sabe que no podemos ser la misma persona, empieza a valorar la posibilidad por primera vez. Que podría fingirlo y quedarme. Que quizá si lo hiciera, me convirtiera en la realidad que él desea, podríamos ser tan felices como lo eran él y Tara.

Noto cómo duda de su propia cordura. Pero a veces veo su forma de suspirar, con rapidez y fuerza, y sé que mis conjeturas dan justo en el blanco de vez en cuando. Solo tengo que hacer las necesarias.

Le doy un golpecito con la mano encadenada.

—Hal. Por favor. No quiero volver a mojar la cama. ¿Te acuerdas de lo mucho que te enfadaste?

Intento no recordarle a Zoe ni a Tara. Intento transformarme en ella, pero la biología supera a la psicología. Tengo que ir al baño.

Se levanta tambaleándose, coge una llave de la cómoda y, sin decir una palabra, me abre las esposas. Me observa mientras utilizo el servicio, y yo incluso me descubro preguntándome si Tara haría esto de esta forma. Me lavo las manos. Él carraspea en la puerta, el servicio está poco iluminado por la bombilla del tocador.

Sobre el tocador hay una vela ancha y plana. Mientras dejo resbalar el jabón entre los dedos la miro fijamente. Tiene tres mechas. ¿Dos kilos? ¿Tal vez uno? No tengo ningún plan, solo tengo la vaga noción de un plan.

Me seco bien las manos, no quiero tenerlas húmedas. Miro a Henry, que está observando la llave de las esposas. Aguarda ahí plantado con sus pantalones cortos. Vuelve a mirar hacia el dormitorio.

Cojo la vela, la levanto y la estrello rápido y fuerte contra la frente de Henry. La esquina le impacta justo en el puente de la nariz y la sangre lo salpica todo.

Creo que grita. No espero a saber si está consciente o se ha desmayado.

Solo corro.

He salido de la casa y corro por la hierba. Las ramas chocan contra los brazos, las piernas, la tripa. Voy enseñando la barriga. Llevo una camiseta de Henry y unas bragas que me resbalan por las caderas. Las ramas me arañan la cara, pero sigo corriendo. Soy más rápida que Henry, que corre ocho kilómetros cada día. Ahora estoy débil y desmejorada, jadeo, me falta el aire, pero sigo siendo rápida. Atajo en zigzag, por fuera del camino, y tengo la sensación de que estoy corriendo en círculos, las piedras se me clavan en los pies. Voy descalza, y cuando bajo la vista veo que me sangran los pies y las piernas. Tengo las manos llenas de sangre, podría ser mía o de Henry.

No sé si me está siguiendo. No oigo nada más que mi aliento. Me arden los pulmones y me duele el estómago, noto un calambre en la cadera. Piso una roca y noto cómo me rasga la piel, justo en medio del pie, en el arco. No grito, no me paro.

Veo una luz a lo lejos. Un faro suave. Una casa. Un minúsculo refugio con un tejado a dos aguas, una lucecita nocturna que brilla en la ventana. No sé si está vacía o si hay alguien durmiendo. Me arriesgo a mirar hacia atrás, solo veo oscuridad. Me tambaleo por las escaleras que suben al porche, me caigo y me golpeo la cara en el escalón. Noto una punzada de dolor en la nariz y cuando me la tapo con la mano se me llena de sangre. Más sangre. Dios, mucha sangre.

Aporreo la puerta y al final grito:

—¡Ayúdenme! ¡Por favor, abran la puerta! ¡Dios, abran la puerta! —Estoy llorando, el hollín, la sangre y las lágrimas se me mezclan en la boca y sabe a metal y a sal. Llamo con más fuerza—. Por favor, abran la puerta, por favor, por favor, por favor, por favor.

Se abre la puerta. Uñas descalzas pintadas de rojo, pelo gris recogido en un moño, su boca dibuja una o, pequeña y menuda, el pánico le abre los ojos.

Penny. Me mete en la casa, cierra el pestillo de la puerta.

—Llama a la policía —digo balbuceando sin dejar de llorar. Me limpia la cara y las manos con una toalla y no puede dejar de murmurar: «Oh, Dios mío, oh, Dios mío». Cuando coge el teléfono no tiene línea. Su móvil no tiene cobertura—. Tenemos que marcharnos. Viene a por nosotras.

—¿Quién? —susurra completamente pálida.

—Henry. Está intentando matarme. Por favor, tenemos que irnos. Coge tu coche.

Le tiro de la manga, del brazo. Estoy aterrada, miro por la ventana. No anunciará su llegada. Vendrá armado. Se lo digo.

—No me puedo marchar, Zoe. Frank está arriba.

Tiene una expresión horrorizada.

—¿Quién es Frank?

—Es mi marido. Es tetrapléjico. No puedo dejarlo. Coge mis llaves, ve. Pide ayuda. —Sus ojos se pasean entre el porche y la parte de atrás, se posan en las escaleras y de nuevo atrás. Le cojo las llaves—. Tengo una pistola —dice.

Justo cuando dice eso, la ventana delantera cruje, se dibuja una tela de araña, el cristal explota y yo me agacho por instinto. Oigo cómo Penny pasa corriendo por detrás de mí, cruza el suelo de madera y se mete en la cocina. Me deja allí. Henry está de pie en el porche, enmarcado por el agujero del cristal.

—Crees que soy tonto, Zoe.

—Henry, ahora ya no puedes arreglar esto. No puedes matarnos a todos. Suelta la pistola.

Ahora estoy calmada, no estoy llorando. No puedo hacer otra cosa. Así es como acabará todo, Henry con una pistola, yo en ropa interior fingiendo ser mi fallecida hermana gemela. Así es como voy a morir.

Apenas alcanzo a oír el estallido a mi espalda antes de que Henry caiga de espaldas. Mientras cae, los pies le apuntan hacia arriba de una forma casi cómica antes de volver a posarse en el suelo. Huelo la pólvora y la sangre antes de ver nada.

Penny está de pie, enmarcada en la puerta que separa el comedor de la cocina, tiene una escopeta apoyada en el hombro. Una cazadora. Todo el mundo caza en Fishing Lake. Cuando deja caer el arma, su cara parece vacía, lisa y pálida por la conmoción. Está temblando. En el porche, la pierna de Henry se agita, solo una vez, como uno de sus ciervos moribundos.

—Ahora. Zoe. Ve a pedir ayuda, ya.

281

27

*U*n pitido constante me despierta de un sueño pesado e intenso. Quiero dormir, estoy muy cansada. La oscuridad es reconfortante, una cálida manta eléctrica en la que quiero enterrarme, pero mis ojos parpadean bajo una luz brillante.

Alguien susurra: «¡Se está despertando! ¡Corre!». Oigo un tumulto, un murmullo de brazos y piernas, y parpadeo. Aparece una cara. Una enfermera. Rolliza y sonrosada, demuestra la clase de comportamiento sensato que demostraría el tipo de persona que calificaría de valiente. Me habla, me explica que es martes, que he dormido todo el lunes. Quiero hablar, pero tengo una máscara de oxígeno en la boca. Tiro de ella, tengo los brazos conectados a tubos y cables, oigo el siseo y el pitido sofocado propio de los ruidos de hospital. Máquinas para monitorizar los latidos del corazón y la tensión arterial. Me pregunto qué consecuencias tendrá la droga que me estuvo dando Henry.

Incorpora el cabezal de la cama y me quita la máscara de la cara. Me hace preguntas que sé responder, mi nombre, mi edad, y exclama contenta: «¡Has aprobado!».

Miro a mi alrededor, la habitación está vacía, salvo por la silla que hay a los pies de la cama. Cash está inclinado hacia delante, observando, esperando. Cuando lo miro a los ojos sonríe y mueve los brazos como si fuera el presentador de un concurso de la tele: «¡Mira todo esto!». Le devuelvo la sonrisa con debilidad.

—¿Qué haces aquí?

La pregunta me sale un tanto desagradable sin querer y me sonrojo.

Se encoge de hombros.

—Estaba preocupadísimo. Ni te lo imaginas, Zoe. Sabía que algo no iba bien cuando vi que no me devolvías las llamadas ni contestabas mis mensajes. Llamé a la agente Yates. Hemos estado buscándote.

—¿Cuánto tiempo he estado…? —No sé cómo acabar la frase—. Desaparecida.

—Ah. Dos semanas.

Dos semanas. Me cuesta calibrar el paso del tiempo. Cierro los ojos, «un salto de cama blanco, las manos de Henry». Se me abren los ojos y sujeto el brazo de la enfermera.

—Necesito que me examinen, es posible que me hayan violado —exijo con aspereza.

La mujer se inclina hacia delante, huele a lavanda.

—Ya lo hemos hecho, querida. El test ha dado negativo.

Gracias a Dios. Me dejo caer en la almohada.

—Henry está muerto —susurro.

No es una pregunta. Pienso en su pierna, en Penny con aquella escopeta.

—Sí —contesta Cash con delicadeza, casi con respeto.

—Penny me salvó —murmuro.

—Sí —concede Cash.

—Quiero verla. ¿Puedo verla?

Intento sentarme, estoy inmovilizada por todas esas agujas y tubos. «Un pequeño pinchazo.» El sudor me salpica la frente. Tengo ganas de llorar, me siento tan aliviada.

—La buscaré. Tú no puedes moverte de aquí. Yates viene de camino.

—Dios, dos semanas.

Es lo único que se me ocurre decir.

—Nos estábamos volviendo locos, Zoe. Yates no te encontraba, Henry le dijo que lo habías dejado. Cuando descubrí con quién estaba casada Joanie, Yates accedió a cursar la denuncia de tu desaparición. Estuvo a punto de pedir una orden de registro. Pensaba que Henry te iba a matar.

—¿Lo sabías? ¿Sabías que Joanie era Tara? —pregunto incrédula.

—Lo descubrimos ayer. Convencí a la agente Yates de que

283

había ocurrido algo horrible. ¿Te acuerdas de cuando me enviaste el mensaje y me pediste que investigara con quién se había casado Joanie?

Asentí.

—Esa fue la clave. Tú lo sabías, ¿verdad? En el fondo.

Niego con la cabeza.

—No sé lo que sabía. No creía que estuviera casada con Henry. No podía quitarme de la cabeza la idea de que estaba todo relacionado. Pero no tenía ni idea de cómo.

Estoy muy cansada. Lo único que quiero es dormir.

Cuando llega el doctor, Cash aguarda en el pasillo con delicadeza. El médico se pone unos guantes de látex y me examina la boca, la garganta, los ojos. Me monitoriza las constantes vitales, el oxígeno, las pulsaciones, la presión arterial, el funcionamiento de los músculos.

Cuando termina acerca una silla a la cama, se apoya la cabeza en la mano, quiere saber si tengo preguntas. No tengo ninguna. Entonces empieza a hablar. Gracias a él descubro todo lo que me ha hecho Henry. Me había mantenido prácticamente inconsciente durante casi quince días con una mezcla de Dilaudid y Benadryl, una inyección narcótica. Han encontrado restos de oxycodona e hydrocodona en mi sangre, así como una droga llamada midazolam, un sedante muy potente que se utiliza básicamente por sus propiedades anestésicas. No es muy probable que recuerde muchas cosas de las dos semanas que he pasado en Fishing Lake.

«¿Cómo había conseguido todas esas drogas? ¿Es que los hospitales no controlan esas cosas?» Estoy furiosa, pido explicaciones, golpeo el colchón del hospital con la mano abierta.

El doctor se muestra comprensivo. Por lo visto los hombres con dinero pueden conseguir casi todo lo que quieran. Y precisamente yo sé lo fácil que es encontrar narcóticos en la calle. Me estremezco al pensar en las drogas que tengo en las venas, cortadas solo Dios sabe con qué. Pienso en la colección de medicamentos para el dolor que tenía Henry. Henry, que conocía mi historia, mi pasado.

Las únicas heridas externas que tengo son los cortes en los pies que me hice cuando estuve corriendo por el bosque, y las de la muñeca izquierda, los cortes que me hicieron las esposas de Henry. Ahora tengo cicatrices, unas líneas finas en las dos muñecas, un recuerdo físico de lo que he pasado. Supongo que son, literalmente, rasguños superficiales.

Yates aparece en cuanto se marcha el doctor y ocupa su lugar junto a la cama. Me explica los detalles de su investigación, una mera formalidad dado que Henry está muerto.

Por lo que sabe Yates, Henry resolvió el asesinato de Tara cuando la policía no lo consiguió. Él mismo me lo explicó. Me buscó con la intención de matarme por venganza. Pero la idea de poder recuperar a Tara, de tener una sustituta que fuera exactamente igual que ella, era demasiado tentadora. ¿Qué más daba que fuéramos dos personas distintas? Podía convertirme en ella. Casi lo había conseguido. Recuerdo su incesante persecución, su atracción casi abrumadora. En realidad me cuestiono a mí misma. Solo alguien desesperada por ser amada no reconocería lo poco sinceros que fueron sus actos. Se había declarado solo cuatro meses después de conocerme. Nunca había estado enamorado de mí. ¿Obsesión? Eso sí. ¿Odio y culpa? Sí. Pero ¿amor? Yates cree que un hombre como Henry es incapaz de amar. A veces sigo soñando con sus manos. Me despierto asqueada conmigo misma.

Unos días después, Yates trae un psicólogo criminalista al hospital que pueda explicarme cómo era Henry. Es un gigante, tiene que encorvarse en una de las sillas del hospital, que parece tan pequeña como el mueble de una casa de muñecas. Se estira la barba mientras habla, enrosca sus gruesos dedos en las puntas del pelo tieso, yo le observo fascinada.

—No le encuentro el sentido a que Henry pasara por tantos inconvenientes para intentar desquiciarme. Destrozar su propia casa. ¿Para qué? No tiene sentido —protesto impotente y débil recostándome en la montaña de almohadas que tengo a la espalda.

—Tiene todo el sentido del mundo. —El doctor Reginold da un golpecito con el bolígrafo en su libreta—. Usted no paraba de hablar de encontrar a Caroline, y eso lo sacó de sus casillas. ¿Alguna vez ha paseado a un perro desobediente, señora Whittaker?

—¿Disculpe?

285

—Cuando se pasea a un perro que no está entrenado, el animal se desvía. Cuanto más larga es la correa, más imprevisible es su ruta, olisquea en un sitio, se cruza por delante de usted, la hace tropezar, persigue a los coches. Pero cuando está amaestrado, caminará en línea recta y con seguridad. También podría mostrarse rebelde con una correa corta, pero no lo hará. Es psicológico. Una correa corta envía un mensaje.

—¿Yo soy el perro?

Estoy entumecida, cansada.

—Sí, por desgracia sí. Lo siento. —Tose un momento, luego se recupera—. Para él, usted estaba descontrolada. Si conseguía volver a dominarla, él podría recuperar el papel de protector. Conocía su pasado, ¿por qué no utilizarlo? Si temía por su vida, no andaría por ahí buscando a su madre biológica. Si la encontraba, había muchas posibilidades de que su secreto saliera a la luz. Todo era una distracción. Y entonces, cuando usted se rebeló, apareció la rabia. ¿Comprende por qué?

Niego con la cabeza.

—Los sociópatas son fría, casi ciegamente lógicos. Henry no se planteó dos veces la posibilidad de embestir un cruce lleno de gente si eso le servía para alcanzar su meta. Solo se preocupan por una cosa, su objetivo. Su meta era reemplazar a su querida Tara.

—¿Era capaz de amar?

—Tara era su obsesión. Alguien muy por debajo de su nivel a quien podía manipular fácilmente. Una mujer a quien le parecía bien vivir aislada. O por lo menos lo aceptaba.

«Tara era tan sumisa. Tú eres insolente. Desagradable.» Me pregunto si mi hermana sabía que la estaba manipulando y recuerdo el poema que le escribió a Henry. Un gesto sutil y codificado, casi convencida de que él no lo entendería. ¿Podría haber sido el primer paso hacia su liberación? Es posible.

—Entonces todo fue un intento por controlarme, por tenerme a su merced.

El doctor Reginold asiente.

—Hay un montón de estudios psicológicos sobre las personas malas. Pero según mi experiencia, el sociópata medio no tiene ni idea de que se equivoca. Nacen así, no se hacen.

En cuanto a Mick, Henry no mentía. Se celebró otro juicio del que yo no sabía nada, en el que Mick testificó contra Jared Pritchett y después implicó a hombres varios niveles por encima de Jared que se dedicaban al tráfico de drogas y de personas, y lo hizo a cambio de una sentencia más leve. No llegó a ir a la cárcel. Jared salió cinco años después debido a la superposición de leyes y alguna especie de trato. Los motivos por los que Jared me buscó y acabó matando a Tara sin querer no están claros. Alguna especie de venganza. Lo están investigando. Me han asegurado que están siguiendo todas las pistas. Jared mató a Tara, Henry lo mató a él y yo maté a Henry. Es una especie de círculo vital, pero cada vez que pensaba en ello me quedaba un regusto amargo en la boca.

Mick, por otra parte, nunca tuvo lo que hacía falta para volver al buen camino, siempre iba un paso por detrás, dejándose arrastrar por la corriente. No me sorprende que acabara enganchado a las drogas. Lo que sí me sorprende es que testificara contra Jared.

Todavía sigue quedando un misterio. Tara vivía en la ciudad de Nueva York con un hombre controlador que se negaba a llamarla por el nombre por el que su familia la había llamado toda la vida: Joanie. Decía que era vulgar. De clase trabajadora. (Me lo imaginaba diciéndolo con el labio ligeramente curvado hacia arriba, poniendo los ojos en blanco, con ese gesto que hacía con desdén con la muñeca.) Tara había sido una mujer prácticamente agorafóbica, no podía trabajar, sufría tanta ansiedad que tenía que tomar un montón de medicamentos para controlarla. O eso era lo que ella pensaba. Yo sospecho que a Henry sencillamente le gustaba medicar a sus mujeres.

En la habitación de Henry encontraron un frasco de Dexedrina, una medicación para tratar la hiperactividad conocida por provocar una ansiedad paralizante a pacientes que no sufrían ningún déficit de atención. La receta era de cuarenta pastillas. Quedaban siete.

Yates buscó a Maslow y él llenó algunos huecos. Tara le había encontrado, gracias a los archivos públicos, unos seis meses antes de morir. Según Maslow, Tara lo llamó, le suplicó que le diera información sobre Hilary Lawlor. Se negó, pero aquella llamada siempre lo inquietó. En realidad, dijo, yo siempre le inquieté. Mi historia. Todo lo que había pasado y cómo salió todo. Odiaba que hubiera abandonado la ciudad, que no confiara en que él fuera capaz de hacer su trabajo. Había pasado noches sin dormir preguntándose si yo habría sobrevivido. Investigó a Jared y a Mick. Mientras estuvieran donde debían estar, los dejó en paz.

Se jubiló y se marchó a Carolina del Norte. Un día lo invitaron a una boda en la ciudad y volvió a llamar a Tara, accedió a reunirse con ella. Le dijo que no había podido olvidar aquella llamada. No es que supiera mucho, pero quería hablar con ella por mí.

Dijo que estuvo a punto de desmayarse cuando la vio, se parecía tanto a mí que pensó que era yo. Le explicó lo poco que sabía sobre mí. Que lo más probable era que me llamara Zoe, se lo dije antes de marcharme. Me iba hacia el este, lo más lejos que podía de San Francisco. Todavía tenía mi nota. «Mucha luz, ciudad grande.» Sospechaba que me refería a Nueva York, pero no tenía pruebas para respaldarlo. Imagino que poco después apareció el artículo en la revista *New York* con esa estúpida foto de grupo en La Fleur d'Élise. Habría sido mucha suerte, supongo, pero una hermana podría reconocer a una hermana, por muy pequeña que fuera la cara.

La idea de que Joan estaba allí ese día buscándome hace que me despierte por las noches, aterrada y profundamente triste. Yo soy la culpable de todo lo que le pasó. Yo. Todo era culpa mía.

Probablemente, Jared llevaba un tiempo observándome, esperando el momento perfecto para actuar. Por pura casualidad había seguido a la hermana equivocada. La mataron a media docena de manzanas de la floristería donde yo estaba trabajando aquel día. Estaba sola, no como explicaba Henry. No había salido con su mujer a cenar, eso de que era un hombre casado y, de repente, dejó de serlo. Todo había sido una treta, una estratagema, planificada específicamente para mí. Es una teoría, y es solo mía, eso me dijo Yates.

Todo parecía tan fortuito, aunque tan completamente opuesto de lo que significaba la palabra fortuna. Una vez busqué una palabra más adecuada. Encontré la palabra *zemblanity*. Era la palabra perfecta. Un termino acuñado por William Boyd que significa sorpresa desagradable, y eso no me parece lo bastante terrible. Provoqué la muerte de mi hermana y la reacción en cadena llevó al paréntesis psicótico de Henry —que duró unos dos años—, y su muerte. Había cubos, raíles y poleas, pero yo era el mecanismo que lo ponía todo en marcha.

A veces imagino un universo alternativo. La idea de que pudiera habérmela tropezado por casualidad, al salir a buscarle a Elisa un lazo del mismo color azul aciano que la última remesa de hortensias. «No, ese no. Vuelve a intentarlo. ¿Sabes esa tienda de las afueras?» Quizá pidiéramos lo mismo en la cafetería. «Doble de leche, doble de caramelo.» Ella se alegraría tanto de haberme encontrado por fin, yo me sorprendería de averiguar que ella existía. Me imagino enseñándole la tienda de Elisa y el apartamento que compartía con Lydia. Imagino una amistad con ella, alguien con quien poder ser yo misma, quienquiera que sea esa persona. Imagino no haberme casado nunca con Henry. Es una bonita fantasía y me la permito de vez en cuando.

Entonces, cuando ya es muy tarde, tengo que pinchar el globo de felicidad que empieza a florecer cuando me asalta la idea de que nadie me estaba buscando. Me doy cuenta de que no tiene ningún sentido. Durante el día, todo lo ocurrido me destroza. «Es culpa mía», me lamento hablando con terapeutas y doctores. No estoy fingiendo. Me siento así. Pero por la noche, cuando estoy sola, a veces mi cabeza viaja. Mi hermana, con ganas de conocerme, recorriendo la ciudad, su ansioso corazón desbocado debido al ruido, el tráfico y el metro. Se enfrentó a todo eso por mí. Por un segundo, si se lo permito, mi corazón se hincha con ese pensamiento. Todo este tiempo yo había tenido una conexión, un hilo invisible que me unía a otra persona.

Pero no lo sabía.

—Zoe.

Parpadeo y abro los ojos. He estado soñando, pero lo que

fuera que soñara desaparece antes de que pueda recordarlo.
Penny está a los pies de la cama, se aferra al bolso que tiene pegado a la cintura. Pasea los ojos por la habitación, de la ventana a la puerta y de vuelta a mi cama. Me esfuerzo por sentarme.

—Penny. —Tengo la boca seca y acartonada. Se acerca a la cama y me rellena el vaso de agua. La jarra se bambolea en su mano—. Gracias.

La silla chirría contra el suelo de baldosas cuando la acerca a la cama.

—¿Te pondrás bien? —medio susurra—. Lo siento.

—Me salvaste la vida. —La miro a la cara, me gustaría que dejara de mover los ojos solo un momento. Está nerviosa, se alisa los pantalones con las manos, las pasea por el bolso. Alargo el brazo, le toco la mano y, por un segundo, se está quieta—. ¿Sabías que yo estaba allí? ¿En la casa?

Niega con la cabeza con violencia.

—No. No, Zoe, no lo sabía. Me despidió. Yo tengo la culpa de que llegara tan lejos.

Inspira hondo, parece un sollozo.

—Lo sabías. —Claro que lo sabía. No lo había pensado hasta ahora, pero Penny conocía a Tara. A Joanie. De ahí la sorpresa cuando me vio por primera vez. Entonces recuerdo fragmentos de conversaciones que había escuchado por casualidad: «Henry, pero esto no está bien. No parece adecuado». El motivo de que ella no pudiera mirarme, ni siquiera dijera mi nombre—. ¿Cuánto sabías? ¿Sabías que éramos gemelas?

Asiente despacio y, por una vez, me mira a los ojos. Carraspea. Cuando habla, por primera vez, su voz es clara y firme.

—Frank y yo vivíamos en esa cabaña que está detrás de la propiedad de los Whittaker. —Debe de ver la sorpresa en mi rostro, porque se detiene y tose, un hueco sonido húmedo que procede del interior de su pecho—. Henry creció en Fishing Lake. Le compraron la casa a los Vizzini. Frank y yo estuvimos trabajando para los Whittaker durante años.

Eso ya lo sabía, lo de que Penny trabajaba para la familia de Henry. Que la casa de Fishing Lake era de los padres de Henry. Cierro los ojos, me aliso las cejas con el dedo índice. Le hago un gesto con la mano para que continúe.

—En la parte de atrás, en los límites de la propiedad, antes había una casa para invitados. Más o menos como la que viste. Era casi un apartamento, en realidad. Yo me ocupaba de la casa de los Whittaker, recados, facturas y el calendario social, y Frank trabajaba como contable en la empresa del señor Whittaker. El señor Whittaker trabajaba en publicidad. Eran buena gente. Pero tenían un hijo adolescente muy problemático.

Rebusca en el bolso, saca un pañuelo y se limpia los ojos.

Entonces lo recuerdo: un incendio. Y ya sé lo que va a decir antes de que lo haga.

Niega con la cabeza.

—La quemó. Vi el fuego desde el dormitorio del piso de arriba. Bajé corriendo por el camino, Frank estaba en la casa. Había estado enfermo, un herpes. Cuando llegué a nuestro camino, Henry estaba allí, sentado en una roca, viendo cómo ardía. Le grité. Le dije que Frank estaba dentro, que estaba atrapado, pero fue como si no me oyera. O no le importara. Se limitó a ver cómo ardía, hipnotizado. —Le resbalan grandes lágrimas por las mejillas, una tras otra, y se las limpia mientras le caen por la barbilla al hablar—. Cuando Frank se dio cuenta de que había un incendio, intentó bajar por la escalera. Se derrumbó a sus pies. Se rompió la espina dorsal. —Hace una pausa, se sirve un poco de agua de la jarra en un vaso de cartón limpio—. Los Whittaker se quedaron traumatizados. Llevaron a Henry a todos los psicólogos que había en la zona. Eran buena gente. Me mantuvieron en plantilla hasta que murieron. No dejaban de disculparse, me pagaban muy bien. Nos construyeron otra casa, más grande, en otra zona de la propiedad, un poco más lejos, es la que encontraste. Dijeron que podíamos vivir allí toda la vida sin pagar alquiler. A Henry no le dejaron volver mientras siguió siendo adolescente.

—¿Cómo murieron?

Dejo el vaso en la mesita de noche, me sorprende darme cuenta de que no lo sé. Dios, había tantas cosas que no sabía. Casi puedo ver a Henry con el reflejo de las llamas en los ojos. Imagino esa sonrisa suya tan escueta. La reconozco.

—Fue un accidente de coche. Un fallo en los frenos. Siempre me pregunté... —En el pasillo suena una alarma y pasa un grupo de celadores y enfermeras con una camilla. Las dos nos volvemos para mirar. Cuando se vuelve a hacer el silencio, prosigue—: Luego llegó Tara y, de adulto, siempre dijo que el incendio fue un accidente y que estaba conmocionado. Pero yo... yo le vi la cara aquel día. Estaba contento. Toda esa luz reflejada en sus ojos, para él era como si fuera Navidad. —Se le endurece la voz—. Bueno, en cualquier caso, de adulto era encantador. Volvió a contratarme. Se disculpó una y otra vez. Me pagaba más de lo que yo tenía derecho a aceptar por el trabajo que me daba. —Observa las baldosas del suelo—. Necesitaba el dinero. Recibía muy poca ayuda para la enfermedad de Frank. Solo teníamos lo que nos pagaba la seguridad social. Y luego Henry se casó y Tara era tan maravillosa, tan callada, educada, respetuosa. Un encanto. Y entonces muere y él aparece en casa tres años después contigo. Zoe, créeme —dice, y se inclina hacia delante, me coge de la mano, tiene las palmas frías y me clava las uñas en las muñecas—, yo no pretendía que pasara esto. Intenté preguntarle por el tema. Me dijo que me metiera en mis asuntos. Le dije que no estaba bien que tú no lo supieras. Me contestó que iba a decírtelo, pero que estaba enamorado de ti y tenía miedo de que lo dejaras. Que te sentirías engañada. Me juró que se tropezó contigo por casualidad, que te habías encargado de los adornos florales para un evento de su empresa.

Asiento.

—Es cierto. Pero lo organizó él. Él me encontró, sabía que todo era... —se me quiebra la voz— una mentira.

—Me dijo que se había quedado cautivado por ti, por tu espíritu. Puede ser muy convincente. Podía ser, quiero decir.

Hace una mueca y me doy cuenta de lo que es todo esto. Una confesión. Penny se siente culpable por haberlo aceptado. Por no haberlo cuestionado. Recuerdo las conversaciones que escuché por casualidad, la voz de Penny. «No parece apropiado, Henry.» Oh, Dios.

—¿Cómo es posible que no supieras que yo estaba allí? ¿No regresaste? —la presiono, siento una gran necesidad de unir las piezas del rompecabezas.

Niega con la cabeza.

—Me despidió. Creo que intentaba no dejar cabos sueltos. Dijo que yo era una carga. El último día que trabajé para él fue el día que te trajo a Fishing Lake. Me pidió que limpiara la casa y preparara algo para picar. Lo hice. Me dijo que estabas enferma, que alguien te había amenazado. Le supliqué que te dijera quién era él, quién era tu hermana. Me gritó que me metiera en mis asuntos. Me mandó a casa. Y me fui. —Dobla su pañuelo lleno de lágrimas en un pulcro cuadradito y se lo vuelve a meter en el bolsillo del bolso—. Volví una vez. Una tarde. Henry estaba sentado en el porche trasero tomándose un coñac. Me dijo que le habías dejado. Que habías vuelto a la ciudad y le habías robado algún dinero. Que estabas furiosa por lo de Tara. Me hizo sentir culpable. Estaba muy furioso. —Niega con la cabeza, chasquea la lengua como si se regañara a sí misma—. Tengo miedo hasta de mi sombra. Henry Whittaker me tenía aterrorizada.

Le toco la mano.

—Te perdono, Penny. Y siempre te estaré agradecida.

Se levanta, hace un gesto con la mano y se da la vuelta para marcharse. Se detiene en la puerta y se vuelve.

—Tengo pesadillas con aquel incendio. ¿Sabes que una semana antes de aquello lo sorprendí cortándole la cola a uno de los gatos del vecino con una sierra? Se lo conté a su madre. —Vuelve a sacar el pañuelo del bolso, se limpia la barbilla y las mejillas—. Siempre pensé que aquel fuego fue una venganza. Frank está tetrapléjico porque yo me chivé de Henry.

—Oh, Penny —digo con suavidad.

—Tenía miedo, Zoe. —Está de pie en la puerta, recortada contra las luces brillantes del pasillo, parece diminuta. Una figura encorvada y regordeta—. Pasé años sin poder dejar de mirar atrás. Me planteé contarte yo misma lo de Tara. Pero siempre me preguntaba qué me habría hecho.

Epílogo

Seis meses después

*F*ue idea de Lydia. En realidad, ella hizo todas las llamadas, habló con las personas adecuadas. Un día, llego a casa después de estar en el despacho de CARE, y Lydia se pone a corretear en círculos a mi alrededor como si fuera un perrito emocionado. Me coge de la mano, me lleva al salón y me sienta en el sofá, me apoya las manos en los hombros.

—Por favor, no te enfades, ¿vale?

Volvemos a vivir juntas, es un apartamento distinto en Hoboken, más grande, con más lujos. Colores cálidos y brillantes, marrones y naranjas. Decorarlo ha sido una forma de terapia.

Ahora soy una mujer rica. En Nueva York se aplica la ley de la sucesión intestada, cosa que significa que aunque Henry muriera sin haber hecho testamento, como soy su esposa actual, lo heredo todo: todos sus activos líquidos, sus propiedades, sus acciones y sus bonos. Estoy segura de que nunca pensó en eso. Su testamento era lamentablemente antiguo, seguía nombrando a Tara como única heredera.

—No me voy a enfadar. —Esto es muy impropio de Lydia, ella suele tener un único estado de ánimo intermedio, se pasa la vida perfeccionando su cara de aburrimiento. Ahora está alterada, se pega las palmas a las rodillas, empieza y corta frases hasta que le digo—: ¡Oh, Dios, dilo ya!

—He encontrado a Evelyn. —Inspira hondo y me coge de las manos—. El estado paga para incinerar los cuerpos que no reclama nadie, pero las funerarias no siempre hacen algo con los restos por si acaso los reclama alguien.

Niego con la cabeza, eso no tiene sentido. Recuerdo a aquel abogado tan desagradable y su minúsculo despacho. Me dijo que ellos decidirían qué hacer con las cenizas.

—¿Qué? Estás loca, Lydia. Evelyn murió hace más de cinco años. Además, dijeron que eso no era seguro. La política de la mayoría de funerarias es conservar los restos solo unas semanas. En aquel momento hablé con un abogado…

—No importa. He hablado con el director de la funeraria. Dice que en su sótano tiene un montón de cajas metálicas que se remontan a los años setenta. No se deshacen de ellas, aunque tienen todo el derecho legal a hacerlo. Me dijo que muchas funerarias tienen un sótano lleno de cenizas. Cosa que es muy triste, si lo piensas bien. Pero Zoe —le brillan los ojos, es un azul reluciente—, tienen una etiquetada con el nombre de Evelyn Lawlor.

Se me para el corazón, se detiene el tiempo. La idea de que podría volver atrás y arreglar lo peor que he hecho en mi vida… Ni siquiera soy capaz de hacerme a la idea.

—Tiene que haber un error. Ni siquiera sé a qué funeraria la mandaron.

—Llamé a todas las funerarias que hay en la zona de la bahía de San Francisco. No fue tan difícil. Me parece que la encontré en la undécima funeraria a la que llamé. —Arruga la cara y mira al techo pensativa, luego se encoge de hombros—. Eso da igual, lo importante es que está ahí.

Me enseña un pedazo de papel con el nombre, la dirección y el número de teléfono de la funeraria. Howey Funeral Service. Me lo quedo mirando fijamente. Podré enterrar a Evelyn. A mi madre. La única que he conocido. Podré pensar en ella sin esta sensación de vacío en el estómago.

—¿Vendrás conmigo? —le pregunto con delicadeza.

—Claro.

Lydia me abraza, sus pulseras metálicas me golpean la nuca. Vuelvo a llevar el pelo corto. Es una especie de protesta emocional. A decir verdad, añoro tenerlo largo.

Me he vuelto a convertir en otra persona, aunque la doctora Thorpe —mi psicóloga— cree que es normal. Nunca podré volver a ser la persona que era antes de conocer a Henry, pero lo ocurrido ha alterado la persona que seré en el futuro. Asegura que la vida es eso: una suma de experiencias. Que no puedo afligirme por la mujer que podría haber existido si Henry no hubiera entrado en mi vida. O más bien si no le hubiera dejado entrar. Me asegura que volveré a sentirme completa, que una persona no puede desvanecerse por culpa de un año traumático. Yo estoy convencida de que he desaparecido. Ella me asegura que me pondré bien. Y, por ahora, con eso me basta.

No me he librado de las cicatrices: tengo unas pesadillas horribles, en realidad son terrores nocturnos, estoy dormida, pero deambulo por la casa gritando, aterrorizada, sudando, hasta que Lydia me encuentra intentando cortarme unas esposas de plástico imaginarias con las tijeras de la cocina. Me aterraría vivir sola.

Hace poco fui al dentista y sufrí un ataque de pánico cuando vi la inyección de novocaína. Sí, han quedado secuelas. La doctora Thorpe, a quien veo tres o cuatro veces por semana, dice que tengo un desorden de estrés postraumático, un trastorno que suele tratarse con antidepresivos. Como no quiero medicarme, utilizamos una combinación de hipnosis y terapia cognitiva, y creo que me está ayudando. Cuesta decirlo. Últimamente no hago nada sin consultárselo a la doctora Thorpe, vuelvo a quedarme atrapada en ese limbo entre la persona que era y la persona que podría ser si algún día encuentro la manera de recuperarla.

La mayoría de mis sesiones giran en torno a dos temas: Evelyn y Henry. Me siento culpable por Evelyn, claro. El tema de Henry es más complejo. A veces, de madrugada, en esos breves espacios entre el sueño y la conciencia, lo añoro. Echo de menos su cabello revuelto después de las vacaciones y sus grandes y hábiles manos. Añoro la forma que tenía de ocuparse de todo, de ocuparse de las complicaciones por mí: dinero y finanzas, asuntos del banco, seguros. Me aflijo por el Henry que creía conocer. Añoro a ese hombre que me cuidaba y que he perdido. Después me debato entre el asco que siento de mí misma y la frustración.

Cuando le explico lo de Evelyn, chasquea la lengua y dice:

297

—Zoe, creo que sería precioso.

La doctora Thorpe es de esas personas que utiliza la palabra «precioso» con libertad, a menudo la combina con la palabra «sencillamente». También es de esas personas que lleva pantalones de pinzas y blusas. Golpea sus uñas color borgoña rítmicamente sobre la libreta. Lleva fundas en los dientes y sus pendientes de aro dorados brillan cuando mueve la cabeza.

—¿Crees que me resultará duro el viaje en avión? —le pregunto.

Si me contesta que sí, sufriré un ataque de pánico. La gente. Irónicamente, las multitudes me agobian mucho. Veo la cara de Henry, o la de Jared, y a veces tiemblo tanto que no veo, tirito y se me nubla la vista.

—¿Tú crees que te resultará duro?

Se da un golpecito en el reloj con el bolígrafo, una sutil señal para indicarme que se nos acaba el tiempo. No sé qué decir.

El lago Tahoe en otoño es un arcoíris de colores: los tonos rojos y amarillos de las hojas se amontonan contra el azul cerúleo del lago. El aire es fresco y limpio, y nuestros pulmones neoyorquinos están un poco sorprendidos, intoxicados, como si hubiéramos estado inhalando oxígeno puro. La canoa cabecea y resuella en el agua, sin rumbo; quizá el peso de los tres sea demasiado. Lydia se ciñe el chaleco salvavidas y no deja de comprobar si lleva bien abrochados los cinturones. Cash me mira, receloso y nervioso.

A veces lo sorprendo mirándome cuando no está así y lo único que veo es amor. En esos momentos sé que yo también le querré. Algún día. De momento, casi me siento culpable de que se haya enamorado de una persona tan hecha polvo como yo. La mayor parte del tiempo no soy más que un pajarillo frágil. Él es dulce, temeroso, cariñoso y delicado. No sé cuando ocurrió, cuando se enamoró de mí. En algún momento entre la cena y la habitación de hospital. Algún día me gustaría preguntárselo.

Nos lleva remando hasta el centro del lago, hasta que la orilla no es más que una línea borrosa en el horizonte, arena blanca y árboles amarillos, las luces de nuestro hotel brillan en el anochecer. A Evelyn le hubiera encantado este sitio. «¡Oh, el dinero!» Me la imagino en mi habitación, tan bien decorada, con las alfombras mullidas, las vistas del lago desde nuestro balcón de madera, la enorme chimenea de gas que se enciende con solo apretar un botón. Bailaría descalza por toda la habitación apretujando la alfombra con los dedos.

«Su sonrisa, el pintalabios en los dientes. El hoyuelo de su mejilla derecha. Sus manos castigadas, con los nudillos grandes, manos de trabajadora, pero con las uñas pintadas. La forma que tenía de tocarse la nariz cuando reía. El moño que se hacía en la nuca.»

Antes de remar hasta el centro del lago, había arrastrado a Lydia y a Cash por todas partes en nuestro coche de alquiler buscando una aguja en un pajar. Nos metimos en un camino privado, en la orilla norte del lago; Lydia jadeó al ver la casita.

—Esta es la casa donde nos alojamos. La que Evelyn consiguió gracias a una amiga o algo así.

Me quedo mirando las impecables líneas grises de la cabaña y me doy cuenta de que ella jamás habría podido permitirse nada igual. Ninguna de las personas que ella conocía podrían habérsela permitido. ¿De dónde salió? Las imágenes me llegan de golpe: gruesos y jugosos filetes ligeramente grisáceos, justo a punto de caducar. Esta casa, los ventanales, las impresionantes vistas que ni advertí ni valoré de adolescente. Los vestidos de lentejuelas que traía a casa y se probaba, y con los que desfilábamos por nuestro pequeño comedor, solo para desaparecer mágicamente al día siguiente. El descapotable «prestado», el viento en su pelo.

En el asiento del pasajero, mientras Cash y Lydia me observaban con recelo, empiezo a reírme. Me rio tanto que me lloran los ojos. Cash me toca el hombro.

—Era robado —digo con un hipo—. Lo robó todo.

Lydia suelta un delicado:

—Aaah, Zoe. —Como si estuviera a punto de consolarme, pero yo le hago un gesto con la mano para que se tranquilice.

299

—Tenía tantas ganas de vivir la vida que veía todos los días. Intentó dármela. Con vacaciones y vestidos y filetes y vino, y, oh, Dios…

Se me quiebra la voz y me duele tanto el estómago que me inclino hacia delante. Imagino a Evelyn metiéndose las llaves de la cabaña del señor Misaka Tahoe en el bolso justo antes de acabar su turno, un fin de semana que sabía que él no estaría. Me la imagino diciendo: «Le llevaré el vestido a la tintorería», o metiéndose los entrecots envueltos en papel en el bolso.

Pienso en esas cosas mientras levanto la tapa de la caja de madera. Todos los recuerdos sobre Evelyn se entremezclan en mi cabeza; se convierte en alguien sin edad, atemporal, deja de ser una persona real que estuvo viva, para convertirse en una amalgama de memorias infantiles. Evelyn, flotando con libertad.

Se levanta un poco de brisa y le doy la vuelta a la caja con suavidad para verter sus cenizas en el agua. Al principio se quedan flotando en la superficie, luego se van hundiendo despacio. Ahora lo pienso, lo último que hice por ella fue por amor. Espero que nunca más vuelva a sentirse poco querida.

—No puedo borrar los últimos cinco años, Ev. Y ya sé que siempre dijiste que lamentarse era de débiles. No te gustaba que te pidieran disculpas, perdonabas sin que te lo pidieran. Pues ahora te estoy pidiendo disculpas.

Intento seguir la trayectoria de cada mota hasta que se dispersa del todo y ya no puedo ver nada más. «Mézclate con los ricos», pienso. Siempre había querido hacerlo. El agua está en calma y brillante.

Nos quedamos allí sentados un rato más, hasta que se pone el sol y el lago azul se viste de negro. Lydia tararea «Amazing Grace» y yo cuento una anécdota, solo una. La que más me gusta sobre mi madre, la que demuestra la clase de persona que era, el día que trajo a Rachel a cenar.

—A veces son las personas que menos tienen las que más dan —dice Lydia. Es un comentario perfecto.

Creo que es el mejor funeral que se podría pedir.

—¿Estáis listos? —les pregunto, y ambos asienten.

Son tan pacientes conmigo, mis amigos. Por lo visto no es imposible quererme, como me dijo Henry. Cash nos lleva de vuelta. Lydia hace un pequeño chiste insinuando que él solito va a hundir la canoa y Cash la salpica un poco con el agua. Intento identificar lo que siento. Contenta. Estoy contenta. Como diría Evelyn: «Bueno, todo llegará».

A veces la vida te da una tercera oportunidad. ¿Quién sabe?

301

Agradecimientos

A mi pelotón de escritura: Kimberly Giarratano, Ann Garvin, Elizabeth Buhmann, Sonja Yoerg, Mary Fan, Aimie Runyan, y a todos mis *cracks*: todos habéis leído, comentado y habéis sido mi salvación y mis más duros críticos cuando lo necesitaba. A todas mis hermanas amapolas: os quiero, *amapola power*.

A mis lectores *beta*: Jamie Raintree, Rachel Jarabeck, Bridget Lynch, Sarah DiCello, Betsy Kirkland, Becky Riddle, Abby Polozin, Stephanie Bradley. Vuestros comentarios me resultaron valiosísimos. Gracias a Teri Woods por tus aterradores conocimientos sobre los sociópatas, y a Carl Palmeri, que me dio el final gracias a una información sobre el mundo de las funerarias.

Le estoy muy agradecida a mi familia, las personas que más me han apoyado: mamá y papá, Meg, Becky, Molly, Mary Jo y Jeff, George y Lori, Judy y Audrey, Dottie, Chuck y Lauren, que me animaron incansablemente. Debéis de estar todos exhaustos.

Y por último, y los más importantes, quiero dar las gracias a los amores de mi vida: Chip, Abby y Lily. Está claro que muchos días habéis ocupado el asiento de atrás de esta aventura literaria sin apenas quejaros. Sois mis mayores admiradores y significa un mundo para mí teneros en mi vida.

Os quiero.

Este libro utiliza el tipo Aldus, que toma su nombre
del vanguardista impresor del Renacimiento
italiano, Aldus Manutius. Hermann Zapf
diseñó el tipo Aldus para la imprenta
Stempel en 1954, como una réplica
más ligera y elegante del
popular tipo
Palatino

La mujer que no existió
se acabó de imprimir
un día de otoño de 2018,
en los talleres gráficos de Liberdúplex, s.l.u.
Ctra. BV-2249, km 7,4, Pol. Ind. Torrentfondo
Sant Llorenç d'Hortons (Barcelona)